Balans vinden

In het hart van Australië: moedige vrouwen en onvergetelijke paarden

Caitlyn Lynch

Shenanigans Press

Inhoudsopgave

Dankwoord   V

1. Hoofdstuk Één   1

2. Hoofdstuk Twee   19

3. Hoofdstuk Drie   34

4. Hoofdstuk Vier   53

5. Hoofdstuk Vijf   66

6. Hoofdstuk Zes   79

7. Hoofdstuk Zeven   96

8. Hoofdstuk Acht   113

9. Hoofdstuk Negen   129

10. Hoofdstuk Tien   149

11.	Hoofdstuk Elf	168
12.	Hoofdstuk Twaalf	183
13.	Hoofdstuk Dertien	201
14.	Hoofdstuk Veertien	218
15.	Hoofdstuk Vijftien	232
16.	Hoofdstuk Zestien	249
17.	Hoofdstuk Zeventien	266
18.	Hoofdstuk Achttien	283
19.	Hoofdstuk Nineteen	295
20.	Hoofdstuk Twintig	312
Emma's ananasjam		329
Andere boeken van Caitlyn Lynch		332

Dankwoord

DEZE SERIE HAD NOOIT geschreven kunnen worden zonder de gulheid van paardendeskundigen uit alle geledingen van de sector, die hun kennis met me deelden, in de meeste gevallen zonder het flauwste idee waarom ik deze kennelijk krankzinnige vragen stelde.

Charlotte, paardendierenarts pur sang

Caleb, een hoefsmid die zowel betaalbaar als betrouwbaar is (goud waard!)

Emma, een Masterson-therapeut met werkelijk magische handen

Tamara, OTTB-hertrainer en coach

En de mensen van de ruitersportgemeenschap in Elimbah, die op dit moment vechten voor hun huizen tegen de moloch van Main Roads, een strijd waaruit ik inspiratie putte voor de strijd tegen de rondweg die de McKenzies voeren.

En mijn excuses; ik ben in dit boek iets vrijpostig omgesprongen met een paar feiten over de Ekka-springrubrieken, omdat ik Phoenix' herstelschema's moest inkorten om in het verhaal te passen. Hij had zich op eerdere wedstrijden moeten kwalificeren om in de Showcase te mogen starten. De Ekka (de Royal Queensland Show) is echter alles wat ik heb beschreven en nog meer, en als je ooit de kans krijgt om naar Brisbane te komen, moet je zéker in augustus komen om het mee te maken!

Hoofdstuk Één

Emma McKenzie bewerkte Phoenix' vervilte manen met methodische vingers, plukje voor plukje de klitten uit elkaar halend met de geduldigheid van iemand die wist dat tijd niets betekent voor een bange hengst. De lange, zwarte volbloed deinsde bij elke aanraking, zijn zwarte vacht glanzend van de zenuwachtige zweet, ondanks de koele ochtendlucht. Pas enkele uren nadat ze hem had meegebracht van Laidley Sales, was de ruin nog steeds één brok rauwe zenuwen, zijn ogen schoten heen en weer om elke beweging over de uitgestrekte weiden van Ridgewater te volgen.

'Rustig maar, jongen,' murmelde ze, haar stem laag houdend, haar toon sussend, bijna zingend voor het nerveuze paard. 'Niemand zal je hier pijn doen.'

Phoenix snoof, zijn neusgaten wijd open terwijl hij zijn gewicht verplaatste, hoeven die zenuwachtig over het gras dansten. Met 17,2 hands was hij groot voor een volbloed, torenend boven Emma uit, maar zijn grootte had haar nooit geïntimideerd. Het waren zijn ogen die haar het meest verontrustten, het wit voortdurend zichtbaar van alarm, alsof hij elk moment een klap verwachtte.

De racecarrière van de zesjarige was abrupt geëindigd, zijn temperament zo verslechterd dat hij onberijdbaar was geworden. Hij had meerdere keren gewonnen in zijn drie jaar op de baan, maar was in zijn laatste drie koersen niet eens van start gegaan; hij wierp jockey's eraf terwijl ze probeerden hem in het starthek te krijgen en veroorzaakte chaos op de baan tot de stewards hem konden vangen. Zijn eigenaren hadden de hoop opgegeven en Emma had hem op de verkoop gezien, zijn ribben zichtbaar, seconden verwijderd van het inladen in de vrachtwagen van de vleeshandelaar. Iets in zijn wanhopige ogen had haar geroepen. Weer een gebroken ziel die een tweede kans nodig had.

Gelukkig kende de vleeshandelaar Emma goed. Toen hij haar zag aankomen, grijnsde hij. 'Ik heb vijfhonderdtwintig betaald.'

'Zeshonderd.' Emma haalde haar portemonnee tevoorschijn en telde elke biljet dat ze bij zich had. 'Het is alles wat ik heb.'

'Dan is hij van jou. Succes!'

Emma greep nu naar de zachte borstel in de kist met poetsgerei aan haar voeten, en zorgde ervoor dat Phoenix hem zag voordat ze hem naar zijn hals tilde. 'Zie je? Gewoon een borstel. Niets engs.'

Ze haalde hem er in langzame, zachte halen overheen, denkend aan wat haar oudste zus Sarah had gezegd toen ze Phoenix uitgeladen had. 'Weer een project? En nog een grote ook; hij zal veel eten. Je hart is groter dan je bankrekening, Em.'

Misschien was dat zo. Maar Emma had hem daar niet kunnen laten.

De winterzon verwarmde haar rug terwijl ze werkte, en zorgvuldig elke schaafwond en oud letsel in haar mentale catalogus noteerde. Zijn staart was rafelig rond de staartwortel, waar hij hem uit frustratie tegen stalwanden had geschuurd. Langs zijn flanken spraken vage strepen van al te enthousiaste zwepen van trainers en jockey's die hun geduld verloren waren, en zijn mond was getekend door littekens, van de brute bitten en kettingen waarmee ze hem hadden geprobeerd te beheersen. Ze had het allemaal eerder gezien: de fysieke manifestaties van menselijke ongeduldigheid, afgereageerd op dieren die niet konden begrijpen wat ze fout hadden gedaan. Maar uiteindelijk kon geen mens werkelijk een halve ton paard beheersen, niet wanneer dat paard door angst en paniek over de rand van zijn verstand was geduwd.

'We krijgen je weer in orde,' beloofde ze, terwijl ze haar vingers zacht door een nieuwe klit werkte. 'Je hebt gewoon iemand nodig die luistert naar wat je probeert te zeggen. Ik luister, dat beloof ik. Ben ik de eerste die ooit naar je geluisterd heeft, hm?'

Phoenix liet zijn hoofd een fractie zakken, het eerste voorzichtige teken van ontspanning. Emma glimlachte en herkende de kleine overwinning. Dit was de taal die zij het vloeiendst sprak, de stille communicatie tussen mens en paard, die voor haar altijd meer zin had gehad dan de meeste menselijke interacties.

Het verre gedreun van een motor doorbrak de ochtendrust. Emma keek op en herkende het kenmerkende klappen van helikopterbladen. Vreemd. Gewoonlijk vlogen er geen toestellen zo laag over Ridgewater.

Phoenix' hoofd schoot omhoog, oren vooruit en meteen daarna plat tegen zijn schedel. Zijn hele lichaam spande zich aan.

'Het is oké,' suste ze, een kalmerende hand op zijn schouder leggend. 'Slechts een helikopter. Niets om je zorgen over te maken.'

Maar het geluid werd luider, aandringender. Tussen de bomen door zag Emma de heli, ongewoon laag vliegen. Het was de meethelikopter, besefte ze met een flits van woede. Ze moesten luchtmetingen doen voor het omleidingsproject; maar ze moesten van tevoren per post aankondigen dat ze dat zouden doen!

Phoenix' ademhaling versnelde, zijn neusgaten wijd opensperrend. Emma rukte aan de snelloslusknoop waarmee Phoenix aan het veiligheidskoord aan de reling vastzat, wetend dat hij zich misschien minder gekooid moest voelen, en deed een stap achteruit om hem ruimte te geven. 'Rustig, jongen. Rustig...'

De helikopter donderde over hen heen, zijn schaduw veegde over de weide. De downwash legde het gras in golven om hen heen plat. Phoenix' ogen sloegen wit van paniek, zijn massieve lijf spande zich als een veer.

'Phoenix, nee!' Emma's commando verzoop in het gebrul van de helikopter.

De volbloed steigerde, zijn voorhoeven maaiend door de lucht. Emma klampte zich aan het halstertouw vast, haar laarzen gleden door het gras. Heel even voelde ze het verpletterende gewicht van onvermijdelijkheid, het besef dat haar greep niets was tegen zijn paniek. En toen schoot het touw door haar handpalm heen, wat haar deed gillen van de brandende pijn, haar vingers gingen onwillekeurig open.

Phoenix kwam hard neer, het touw sloeg tegen zijn benen. Daarvan schrok hij opnieuw, hij sprong recht omhoog en landde met één hoef op het touw, terwijl Emma nog probeerde ernaar te grijpen.

Voor Emma's ontzette blik leek alles in slow motion te gebeuren. Met één hoef op het touw was Phoenix' volgende beweging zijn hoofd keihard omhoog te rukken.

De stalen musketon waarmee het touw aan het halster
vastzat, brak met een scherpe knal; het geluid joeg Phoenix
nóg meer schrik aan, en voordat Emma één stap had
kunnen zetten, maakte hij een scherpe wending en ging er
als een pijl vandoor over de weide, zijn krachtige benen die
het land in enorme sprongen onder hem door vraten.

'Phoenix!' gilde Emma, het afgebroken halstertouw lag
nutteloos aan haar voeten.

Het zwarte paard denderde op het weidehek af, oren
plat tegen zijn schedel, staart wapperend achter hem aan.
Emma's hart sloeg haar in de keel toen ze besefte dat
hij niet vertraagde. Het hek was anderhalve meter hoog,
stevige palen en liggers die zelfs de meest vastberaden
ontsnappingskunstenaar binnen moesten houden.

Phoenix verzamelde zich, spieren bol onder zijn
glanzende vacht, en lanceerde zich in de lucht. Hij nam het
hek met angstaanjagend gemak, landde zonder ook maar te
struikelen en ging zijn halsbrekende vlucht onverminderd
voort.

'Nee, nee, nee,' hijgde Emma, die in een run uitbarstte.

Ze bereikte het hek net toen Phoenix de volgende
afscheiding naderde, die tussen de huisweiden en het
merriënveld in. Sarah zou haar vermoorden als hij de
drachtige merries verstoorde!

Phoenix aarzelde niet. Hij zweefde over het hek, zijn
krachtige lichaam een hartslag lang tegen de blauwe lucht
hangend, voordat hij in de volgende weide verdween, de
schrille gillen van de merries stegen op terwijl hij dwars
door de vredig grazende kudde stoof.

Emma veranderde van richting en sprintte langs de
afrastering naar het dichtstbijzijnde hek. Haar longen
brandden terwijl ze met het grendel werkte; kostbare
seconden tikten weg. Tegen de tijd dat ze erdoorheen was
gesprongen, naderde Phoenix al de derde afscheiding.

Dit hek was bijna twee meter massief hout met palen en
liggers, speciaal ontworpen en gebouwd om hun hengst

Legend te houden toen die jonger en avontuurlijker was. Emma minderde vaart en bad dat de barrière Phoenix' vlucht eindelijk zou stuiten. Hem vangen in de twaalf acre grote merriënweide zou een uitdaging zijn, maar in elk geval...

De volbloed verzamelde zijn kracht, spieren golfden onder zijn vacht. Hij katapulteerde zich omhoog in een perfecte boog en nam het hek met ruimte over.

'Jezus!' hapte Emma naar adem, terwijl ze opnieuw van koers veranderde.

Ze sprintte terug naar het hoofdterrein, benen malend, terwijl ze Phoenix' koers berekende. Hij ging oostwaarts, recht op de grens met Ridgemont Country Club af. Als hij het golfveld opkwam...

Emma stoof het erf op en deed haar dochter Jemima schrikken, die net een pony uit de stal leidde.

'Mam? Wat is er?'

'Phoenix is losgebroken,' hijgde Emma, terwijl ze haar sleutels uit haar zak griste. 'Hij gaat richting de golfclub.'

'Moet ik tante Sarah waarschuwen?' riep Jemima, terwijl Emma het portier van haar ute openrukte.

'Ja. En vraag haar om oom Marcus te bellen! Zeg dat we hem misschien nodig hebben.' De motor brulde tot leven. Emma gooide hem in de versnelling, banden die spinden op het grind voordat ze grip vonden.

Ze scheurde de oprit af en nam de bocht naar de toegangsweg te snel. Tussen de bomen door ving ze glimpjes op van Phoenix, ver voor haar en nog steeds op volle kracht op de grens met de golfclub af. Het hek daar was hoog, maar Emma maakte zich geen illusies dat het hem zou stoppen, niet na de hekken die hij al had genomen alsof ze er niet waren. Niets zou hem in deze staat van blinde paniek tegenhouden.

Terwijl de ute stuiterde over de grindweg, joeg Emma's gedachten door scenario's, elk erger dan het vorige. Phoenix die zich aan een hek verwondde. Phoenix die op een golfkar knalde of, God verhoede, op een persoon. De massieve volbloed was een raket van spieren en botten, niet voor rede vatbaar door angst.

Ze had die blik eerder gezien in de ogen van andere geredden. De blik van een dier dat zo overspoeld is door angst dat zelfbehoud niets meer betekent. Phoenix zou rennen tot hij instortte of tegen iets onverbiddelijks knalde dat hem tot stilstand bracht.

De toegangsweg boog van de grens weg. Emma boog zich vooorover over het stuur, worstelend om Phoenix tussen de bomen door in het oog te houden. En toen was hij weg, zijn donkere gestalte zweefde over het laatste hek dat de rand van Ridgewater markeerde.

Emma's maag zakte weg. Phoenix had het golfveld bereikt.

Ryan Wardell tikte met zijn Mont Blanc-pen tegen een klembord, voordat hij nog een punt toevoegde aan zijn toch al uitgebreide renovatielijst. De signatuur-achttiende hole van Ridgemont Golf and Country Club verdiende beter dan verbleekte vlaggenstokken en verouderde sproeiers. Staand op de smetteloze fairway, in gepoetste brogues en een maatpak, vormde hij een opvallend contrast met de greenkeepers in hun versleten werkplunje, maar dat was nu juist de bedoeling. Nieuw eigendom betekende nieuwe standaarden, en Ryan had zijn reputatie opgebouwd met het transformeren van onderpresterende bezittingen. Nieuwe uniformen stonden ook op zijn lijst.

'Het irrigatiesysteem stamt nog uit de redesign van de jaren negentig, meneer,' legde de hoofdgreenkeeper uit, wijzend op de sproeikoppen die de fairway en de green omlijstten. 'Het werkt nog wel, maar onderdelen worden steeds lastiger te vinden.'

Ryan knikte en krabbelde aantekeningen. 'En hoe zit het met de waterrechten?'

'Uitstekend. We hebben toewijzing van zowel de beek als boortoegang, en het meer net ten zuidwesten droogt nooit op, gevoed door verschillende beekjes. Zelfs in jaren van droogte redden we het. Maar we overstromen ook niet; het meer heeft aan het uiteinde een overlaat die overloopt vóór de waterstand de laagste punten van de baan bereikt.'

Dat was tenminste bevredigend. Waterzekerheid was een cruciale factor geweest in zijn beslissing om Ridgemont te kopen. Na een decennium klimmen op de bedrijfsladder in Brisbane had Ryan gezocht naar een investering die zakelijk potentieel met levensstijlvoordelen combineerde. Een kampioenschapsbaan op twee uur van de stad vinkte al zijn hokjes af, zeker nadat zijn financiële analyse het onbenutte potentieel had blootgelegd.

De ochtendzon verwarmde zijn rug terwijl hij zijn nieuwe koninkrijk bekeek. De glooiende fairways strekten zich voor hem uit, smaragdgroen tegen de helderblauwe lucht. In de verte glansde het clubhuis, met moderne lijnen en grote ramen – een troef voor de bruiloften en zakelijke evenementen die Ryan agressief van plan was te vermarkten.

'Laten we de afwatering van de bunkers als volgende checken,' zei Ryan, zijn schema raadplegend. Dit was zijn eerste dag als officiële eigenaar, en hij was vastbesloten elk aspect van de bedrijfsvoering te inspecteren. Zijn methodische aanpak had hem door zijn carrière heen goed gediend; geen detail was te klein om mee te nemen bij het opbouwen van een degelijke strategie.

Hij draaide zich naar de oostelijke rand van de baan, waar een rij volwassen eucalyptus met een hoge, massieve houten schutting erachter de grens met het naastgelegen terrein markeerde. Ridgewater, had zijn research hem verteld. Een of andere paardenhouderij. Niet dat het uitmaakte voor zijn plannen, behalve als een potentiële bron van geluidsklachten bij grotere evenementen. Er was bijna honderd meter struikgewas tussen de fairway en de grens; genoeg ruimte om een aantal grote kavels uit te zetten en premium villa's te bouwen, een ander onderdeel van zijn plannen.

Een rammelend gekraak uit de richting van de bomen onderbrak zijn gedachten.

'Wat is dít nou?' riep de greenkeeper uit, wijzend naar de grens.

Ryan draaide zich om, tegen de zon in turend. Even kon hij niet bevatten wat hij zag. Een massieve donkere vorm brak door de boomrand en bewoog met verbijsterende snelheid over het struikgewas op hen af.

Een paard. Een enorm zwart paard zonder ruiter, dat regelrecht op zijn smetteloze golfbaan af galoppeerde en vervolgens, rampzalig, er zo bovenop ging.

Het dier denderde over de green, hoeven die bij elke krachtige pas plaggen uit het gras trokken. Zijn ogen waren wild, oren strak in de nek. Ryan had beperkte ervaring met paarden, maar zelfs hij herkende blinde paniek als hij die zag.

'Houd dat beest tegen!' riep Ryan, zijn zelfbeheersing barstte terwijl hij toekeek hoe duizenden aan baanonderhoud voor zijn ogen naar de knoppen gingen.

Een sproeikop knapte met een knal toen het paard eroverheen denderde, waarop een geiser van water twee meter de lucht in spoot. De plotselinge straal joeg het dier nóg meer schrik aan, waardoor het scherp uitweek richting een groep golfers op de aangrenzende fairway.

'Pas op!' schreeuwde Ryan, met afgrijzen toekijkend hoe de golfers uiteenstuiven, hun clubs en karretjes achterlatend in hun haast om het aanstormende beest te ontvluchten.

Het paard maaide over een onbeheerde golftas heen, clubs vlogen als mikadostokjes over de fairway. Een ouder lid kwam ten val in zijn haast weg te komen, en één hartstilstand lang dacht Ryan dat het paard hem zou vertrappen. Op het laatste moment maakte het dier een zwenk, sprong met schokkende gratie over een bunker en vervolgde zijn chaotische koers over de baan.

Ryan's gedachten schakelden automatisch naar crisismodus; hij beoordeelde de oplopende schade met elke seconde die verstreek. Reparaties aan de irrigatie. Herstel van de grasmat. Mogelijke aansprakelijkheidsclaims als iemand gewond raakte. Allemaal op zijn eerste officiële dag als eigenaar.

'Breng de leden in veiligheid,' beval hij de dichtstbijzijnde medewerker, een jonge man in een polo van de pro shop die bevroren toekeek met open mond, terwijl de chaos zich ontvouwde. 'En iemand moet de dierenopvang bellen.'

Om hem heen was de welgeordende rust van de golfbaan verworden tot pandemonium. Golfers riepen in paniek, medewerkers renden alle kanten op, en ondertussen bleef het massieve paard maar ravage veroorzaken, ogenschijnlijk onvermoeibaar in zijn vlucht, maar gedwongen om steeds om te keren door .

Twee greenkeepers probeerden het dier bij de oefengreen klem te zetten, armen wijd gespreid en voorzichtig naderend. Het paard steigerde, voorhoeven maaiend in de lucht, draaide toen weg en galoppeerde opnieuw over de achttiende green, zijn krachtige lijf dat zich bewoog met een vloeiende gratie die in elke andere context prachtig zou zijn geweest.

'Van wie is dat verdomde paard?' eiste Ryan te weten, terwijl hij naar het clubhuis liep, waar de manager hulpeloos naar de zich ontvouwende ramp stond te kijken. 'Iemand moet er toch verantwoordelijk voor zijn.'

'Moet van Ridgewater zijn,' antwoordde de manager, wijzend naar de oostelijke grens. 'Ze hebben daar van alles aan paarden. Nog nooit is er eentje door het hek gekomen. Of er overheen – hij moet gesprongen hebben!'

Ryan keek toe hoe het paard eindelijk inhield, zenuwachtig cirkelend op de green. Zijn kaak spande terwijl hij de schade opnam: vernielde grasmat, kapotte sproeikoppen, verspreide golfspullen en verschrikte leden die bij het clubhuis samenklonterden. Een groep medewerkers had een losse perimeter om het dier gevormd, al leek niemand staat te trappen om dichterbij te komen.

'Meneer, er komt een ute de oprijlaan op,' riep de pro shop-medewerker. 'Misschien is dat de eigenaar.'

Ryan draaide zich om en zag een met modder bespat voertuig over het karretjespad stuiteren, duidelijk de kortste route nemend in plaats van de oprit te volgen. Het gierde tot stilstand naast de pro shop, en een jonge vrouw sprong eruit en kwam op hem afgerend.

Zelfs op afstand zag Ryan dat ze geen corporate amazone was in rijbroek en getailleerd jasje. Haar jeans waren versleten, haar verkreukelde geruite overhemd bevlekt met wat op aarde en paardenzweet leek. Lang bruin haar glipte los uit een praktische vlecht en omlijstte een gezicht dat getekend was van zorgen.

Zonder aarzelen baande ze zich een weg naar het enorme paard dat nog steeds zenuwachtig op de green cirkelde, met doelgerichte passen tussen de toeschouwers door.

'Pardon,' riep Ryan, terwijl hij in haar pad stapte. 'Dat dier heeft aanzienlijke schade toegebracht aan mijn eigendom.'

De vrouw wierp hem ternauwernood een blik toe, haar aandacht vast op het nerveuze paard. 'Het spijt me zo. Hij is van mij. Laat me hem alstublíéft pakken voordat iemand gewond raakt.'

Voor Ryan kon antwoorden, glipte ze al langs hem heen, richting het opgewonden dier, met een vertrouwen dat hem verraste. Ryan keek toe, verscheurd tussen irritatie over de schade en een tegenstribbelende nieuwsgierigheid hoe ze van plan was dit overduidelijk panische beest te vangen.

De greenkeepers gingen voor haar opzij, zichtbaar opgelucht. Ryan volgde op enige afstand, in zijn hoofd de reparatiekosten optellend die per minuut opliepen. Als zij dacht dat een simpel excuus de vernielde green en kapotte irrigatie zou dekken, had ze het mis.

Toch, ondanks zijn ergernis, raakte hij vreemd gefascineerd toen ze het massieve paard benaderde. Haar hele houding was veranderd, de spanning gleed van haar schouders, haar bewegingen werden vloeiend en doelbewust. Het contrast tussen haar eerdere urgentie en haar huidige kalmte was opvallend.

'Dat dier is een plaag,' mompelde een lid in dure golfkleding, handen in de zij. 'Hoe moeten we onze ronde nu afmaken? Kijk die green eens!'

Ryan zei niets en keek toe hoe de vrouw langzaam de afstand tot het nerveuze paard verkleinde. De geërgerde leden en financiële implicaties konden wachten. Eerst moest dat dier veilig van zijn golfbaan af.

Emma's hart bonkte tegen haar ribben toen ze de omvang van Phoenix' ravage zag. De smetteloze golfbaan leek wel een arena voor een autoslooprace in plaats van een rustige ochtend golf. Plaggen gras lagen verspreid over de green, een kapotte sproeier spoot een boog water de lucht in, en woedende golfers stonden in groepjes te wijzen naar Phoenix, die in het midden van dat alles zenuwachtig rondcirkelde. Zijn donkere vacht glansde van het zweet, zijn flanken gingen zwaar op en neer van inspanning en angst. Toen een keurig geklede man haar de pas afsneed, zijn kraakheldere zakelijke outfit en donderwolk van een uitdrukking verried dat hij hier de scepter zwaaide, zonk Emma's maag.

'Het spijt me zo. Hij is van mij. Laat me hem alstublíéft pakken voordat iemand gewond raakt,' wist ze uit te brengen, terwijl ze de man nauwelijks aankeek en Phoenix' lijf scande op verwondingen. In elk geval geen zichtbaar bloed. Kleine meevallers.

Ze glipte langs de zakenman, zich pijnlijk bewust van haar met modder bespatte jeans en haar verfrommelde uiterlijk. Niet dat het nu uitmaakte. Het enige wat telde was Phoenix bereiken voordat zijn paniek opnieuw oplaaide. Ze voelde blikken in haar rug priemen, meende de schadeberekeningen bijna te kunnen hóren, maar schoof het allemaal opzij.

Toen ze de kring van greenkeepers naderde die een losse cordon rond Phoenix hadden gevormd, voelde Emma hoe haar lichaam automatisch de houding aannam die ze in jaren werken met getraumatiseerde paarden had ontwikkeld. Schouders ontspannen, ademhaling rustig en gelijkmatig, elke beweging vloeiend en bedachtzaam. Ze bleef een paar meter van Phoenix staan en nam hem op.

De volbloed had nog steeds witte randen in zijn ogen van angst, zijn oren flikkerden nerveus tussen de mensen om hem heen. Zijn massieve borstkas hijgde nog, maar het wilde rennen had tenminste een deel van zijn eerste paniek verbrand. Hij luisterde nu, verwerkte zijn omgeving in plaats van alleen maar te reageren.

'Kan iedereen alstublieft een stap terugdoen en stil zijn?' riep Emma, haar stem kalm maar met zoveel mogelijk gezag. 'Hij is bang, niet agressief.'

Tot haar verbazing weken de greenkeepers direct, al bleven de golfers op afstand in groepjes staan, hun gemor een dof achtergrondgeluid. Ze voelde eerder dan dat ze zag dat de zakenman dichterbij was gekomen en vanaf een paar meter achter haar toekeek.

Emma hield haar aandacht bij Phoenix, haar lichaam iets schuin van hem af gedraaid, direct oogcontact vermijdend dat als roofzuchtig kon overkomen. 'Hé daar, grote jongen,' murmelde ze zacht. 'Wat een avontuur, hè?'

Phoenix' oren draaiden naar haar stem, herkenning flakkerde in zijn donkere ogen. Hij snoof en deed een halve stap achteruit, maar ging er niet vandoor. Vooruitgang.

Emma reikte langzaam in haar zak en haalde er een klein stoffen zakje uit. De lichte maar onmiskenbare geur van drop dreef op de lucht toen ze het opende. Phoenix' neusgaten trilden, interesse won het even van angst.

'Dat is het,' moedigde ze aan, terwijl ze een langzame stap naar voren deed, en nog een. 'Niets om je zorgen over te maken. Gewoon wat lekkers.'

Achter haar hoorde ze iemand een ongelovig geluid maken, gevolgd door een scherpe 'Sst!' van iemand anders. Ze negeerde het en hield de kalme bubbel in stand die ze tussen haar en Phoenix creëerde. Dit was de taal die ze het vloeiendst sprak: de stille communicatie van intentie en vertrouwen die woorden overstijgt.

Phoenix liet zijn hoofd iets zakken, zijn oren nu op haar gericht, neusgaten trilden toen hij de geur van de lekkernijen oppikte – lekkernijen die hij tot gisteren niet kende, maar waarvan hij al had geleerd ze lekker te vinden. Hij zette aarzelend een stap naar haar toe en hield toen weer in, nog altijd op zijn hoede.

Emma stak haar hand met de palm naar beneden uit, het universele gebaar van vrede voor een paard. 'Het is oké,' suste ze. 'Je bent geschrokken, maar je bent nu veilig. Geen helikopters meer.'

Ze deed nog een stap en nog een, en verkleinde zo geleidelijk de afstand. Phoenix bleef stil staan, zijn ademhaling kalmerde terwijl haar rustige aanwezigheid hem begon te beïnvloeden. De verbinding die tussen hen ontstond was bijna tastbaar, een fragiele draad van vertrouwen die zich over de ruimte tussen hen spande.

Eindelijk stond ze op armlengte van hem. Phoenix liet zijn hoofd verder zakken en blies een warme adem over haar uitgestrekte handpalm.

'Brave jongen,' fluisterde Emma, bijna onhoorbaar. Ze bood een dropveter aan, die Phoenix voorzichtig van haar hand lipte. Met haar vrije hand streek ze zacht over zijn bezwete hals en voelde de rillingen die nog door zijn krachtige lichaam liepen. 'Zo'n brave, dappere jongen.'

Van rond haar middel haalde ze een halstertouw los – gelukkig had ze een reserve in de ute. Langzaam hield ze het omhoog, liet Phoenix het zien en ruiken, voordat ze het rustig omhoog bracht om het aan het halster te klikken. Hij schrok van de zachte klik van metaal, maar bleef staan en accepteerde de lichte druk terwijl ze het vastzette.

Pas toen liet ze haar adem helemaal ontsnappen.

Crisis bezworen, althans de onmiddellijke.

Ze draaide zich om naar de verzamelde menigte, Phoenix nu rustig naast haar, al schoten zijn ogen nog nerveus heen en weer naar de onbekende omgeving. De zakenman stond het dichtstbij, armen over de borst, met een uitdrukking die een onrustbarende mix was van ergernis en iets wat bijna op tegenstribbelende bewondering leek.

'Ik ben Emma McKenzie,' zei ze, terwijl ze zijn blik recht beantwoordde. 'Van Ridgewater. Ik kan niet genoeg mijn excuses aanbieden hiervoor. Er vloog een meethelikopter te laag, en hij raakte in paniek.'

De kaak van de man verstrakte, maar hij knikte bij de vermelding van de helikopter – hij had hem duidelijk ook gehoord. 'Ryan Wardell,' antwoordde hij kortaf. 'Eigenaar van Ridgemont Country Club. Sinds vanmorgen, zelfs.'

Emma trok een pijnlijk gezicht. Natuurlijk. Typisch mijn geluk. 'Een prachtrelatiegeschenk dat ik je bezorgd heb. Het spijt me oprecht.'

Ryan gebaarde naar de opengereten green, de kapotte sproeier die nog altijd water de lucht in joeg, de verspreide golfclubs. 'Dit gaat duizenden kosten om te herstellen. Om nog maar te zwijgen van de verstoring voor onze leden.'

Zijn keurige accent en perfect geperste kleding schreeuwden stadse zakenman, maar er was iets in zijn grijsgroene ogen dat Emma deed aarzelen. Een zweem van oprechte nieuwsgierigheid toen hij tussen haar en Phoenix keek. Hij was ook jonger dan ze in eerste instantie had gedacht; ze betwijfelde of hij ouder was dan midden dertig.

'Ik begrijp het,' zei ze en hield zijn blik vast. 'Ik zal de kosten natuurlijk vergoeden. En ik kan helpen met het herstel. Ik weet dat het de verstoring niet goedmaakt, maar...'

Phoenix verplaatste zich naast haar, wat Ryans aandacht trok. De volbloed was aanzienlijk gekalmeerd; zijn hoofd hing lager, de spanning stroomde langzaam uit zijn enorme lijf nu de adrenaline wegebde. De transformatie van de bange raket die over de baan was geraasd naar dit nu rustige dier was opmerkelijk.

'je bent goed met hem,' merkte Ryan op, met een toon die suggereerde dat hij dat niet had verwacht.

Emma glimlachte flauwtjes. 'Dit is wat ik doe. Ex-renpaarden rehabiliteren. Deze is gloednieuw, ik heb hem gisteren bij Laidley Sales gekocht. Hij ging de vleeswagen op, tot ik ingreep.'

Er flitste iets over Ryans gezicht, te snel voor Emma om het te duiden. Hij keek op zijn horloge, en vervolgens naar de groep ontevreden golfers. 'We moeten contactgegevens uitwisselen. Voor de herstelwerkzaamheden.'

'Natuurlijk.' Emma haalde éénhandig haar telefoon tevoorschijn, voorzichtig om niet aan Phoenix' halstertouw te trekken. Ze wisselden gegevens uit met zakelijke efficiëntie, al kon Emma, terwijl ze zijn nummer intikte, niet voorkomen dat ze de kwaliteit van Ryans leren schoenen opmerkte, nu bespat met modder en water van de kapotte sproeier. Nog een verontschuldiging borrelde op, maar ze slikte die weg. Ze had al genoeg sorry gezegd; nu moest ze overgaan tot daden.

'Ik breng hem terug naar Ridgewater en kom daarna meteen terug om te helpen met opruimen,' beloofde ze, Phoenix een geruststellend klopje gevend toen hij nerveus verschoof.

Ryan knikte, al suggereerde zijn uitdrukking dat hij beperkte fiducie had in haar belofte. 'Ik laat de greenkeepers de volledige schade opnemen.'

Emma draaide zich om om Phoenix weg te leiden en voelde Ryans blik in haar rug branden terwijl ze de volbloed behoedzaam richting de oprit leidde waarlangs ze hem naar huis moest brengen. Het paard liep nu gewillig naast haar, zijn vertrouwen in haar leiding zichtbaar groeiend bij elke stap.

Terwijl ze de omgeploegde fairway overstaken, betrapte Emma zichzelf erop dat ze de interactie met Ryan Wardell opnieuw afspeelde. Ondanks zijn evidente ergernis was daar dat moment van oprechte interesse geweest toen hij had gekeken hoe ze met Phoenix omging. Niet de typische reactie van iemand van wie zojuist het terrein door een op hol geslagen paard was vernield.

Phoenix duwde zachtjes met zijn neus tegen haar schouder, alsof hij zijn excuses aanbood voor de problemen die hij had veroorzaakt. Emma streek over zijn neus en glimlachte ondanks alles.

'Nou, dat is óók een manier om kennis te maken met de nieuwe buurman,' mompelde ze. 'Maar laten we het de volgende keer iets minder dramatisch doen, goed?'

Phoenix' oren schoten bij haar stem naar voren, zijn ogen toonden nu een glimp van de intelligentie en gevoeligheid die haar in de eerste plaats tot hem had aangetrokken. Onder de angst en het trauma school een bijzonder paard. Emma hoopte maar dat Ryan Wardell haar de kans zou geven om het goed te maken, vóórdat hij besloot dat zowel zij als Phoenix meer moeite waren dan ze waard waren.

Hoofdstuk Twee

EMMA STAARDE NAAR DE rekening in haar handen. Ze had hem geopend terwijl ze in haar pick-uptruck zat te wachten tot Jemima uit school kwam, en nu dansten de keurige rijen cijfers voor haar ogen terwijl haar brein worstelde met het totaal onderaan de pagina. Drieëntwintigduizend vierhonderdzevenenzestig dollar. En twaalf cent. Het precieze bedrag maakte het op de een of andere manier nog erger, alsof elk van die centen minutieus was berekend uit de ravage die Phoenix had aangericht op Ridgemonts smetteloze greens. Ze liet haar hoofd tegen het stuur zakken, haar maag een strakke knoop van onheil.

Drie dagen. Het had Ryan Wardell precies drie dagen gekost om een gedetailleerde factuur op te stellen voor professioneel herstel van het landschap, reparaties aan het irrigatiesysteem en gederfde inkomsten doordat holes waren gesloten. De envelop had onschuldig in de brievenbus gelegen toen ze terugkwam van de voerwinkel, het briefhoofd van Ridgemont Golf and Country Club gaf geen enkele hint van de bom die erin zat.

'Precies wat ik nou nodig had, ook nog,' mompelde ze uiteindelijk, terwijl ze overeind kwam en een hand door haar haar haalde.

De voerrekeningen stapelden zich op, en drie van haar rescue-paarden hadden tandheelkundige zorg nodig die ze niet veel langer kon uitstellen. Ze had haar financiën al tot het uiterste opgerekt vóór Phoenix' spontane golfbaanavontuur.

Emma wierp een blik op haar telefoon. Eén belletje naar Sarah en dit was geregeld. Haar oudere zus beheerde de familiefinanciën met militaire precisie en hield een buffer aan voor noodgevallen. Of Kate, wier recente wedstrijdwinsten aanzienlijk waren. Zelfs Pip, met haar bloeiende ponyhandel, zou zonder aarzelen helpen. En Marcus, Sarah's dierenarts-verloofde, zou die tanden waarschijnlijk gratis doen als ze stilletjes toegaf dat ze het zwaar had.

Maar alleen al de gedachte om te vragen, deed haar keel dichttrekken. Haar hele leven had ze geprobeerd te bewijzen dat ze niet de wispelturige jongste zus was die gered moest worden na haar tienerzwangerschap. Verantwoordelijkheid nemen voor haar keuzes was een erezaak, en deze situatie, hoe onverwacht ook, was volledig haar eigen schuld. Ze had Phoenix in huis gehaald terwijl ze wist dat hij getraumatiseerd was. Ze had hem niet goed genoeg vastgezet, misschien te vroeg met hem begonnen – maar alles wat ze had gedaan was hem een beetje proberen op te knappen...

Nog geen uur geleden had ze Phoenix achtergelaten, na het grootste deel van de ochtend met hem gewerkt te hebben aan basisgrondwerk. De imposante volbloed was opmerkelijk tot rust gekomen in de drie dagen sinds zijn paniek, en reageerde goed op het rustige ritme en consequente omgang. Hij zou ooit een magnifiek rijpaard worden, met zijn atletische bouw en intelligentie. Als ze het zich tenminste kon veroorloven hem lang genoeg te houden om zijn rehabilitatie af te ronden.

'Goed,' zei ze, de rekening opvouwend en in haar zak schuivend terwijl de kinderen om de auto heen begonnen te stromen. 'Geen zin om te zitten kniezen.'

'Hé, mam!' De achterdeur aan passagierskant ging open en Jemima wierp zich op de achterbank, gooide haar schooltas over de zitting en klikte haar gordel vast in één snelle beweging. 'Mag Charlotte vanmiddag langskomen?'

'Zoals bijna elke middag?' plaagde Emma. 'Natuurlijk. Ik stuur haar vader wel een bericht. Maar vind je het goed als we eerst even een snelle stop maken op weg naar huis?'

'Prima. Waar, de supermarkt? Kunnen we ijs halen?'

Emma startte haar pickup en vertrok met een pijnlijke grimas toen de motor een paar keer hoestte voor hij aansloeg. Hij was hard toe aan een beurt en met driehonderdduizend op de teller had hij waarschijnlijk sowieso niet heel veel kilometers meer over. Weer een uitgave die ze zich niet kon permitteren.

'Niet de supermarkt. De golfclub. Ik moet met de eigenaar praten.'

'Die plek waar Phoenix doordraaide?'

Emma trok haar gezicht samen. 'Ja. Daar. Ik moet met meneer Wardell over wat grote-mensen-dingen praten, maar het is misschien fijn als jij meegaat.'

Het was niet precies manipulatie, hield Emma zichzelf voor terwijl Jemima gemoedelijk haar schouders ophaalde. Het was gewoon... strategisch denken. De man had zich volstrekt onbewogen getoond door haar excuses, maar zelfs de meest corporate persoonlijkheid smolt toch wel een beetje bij een pientere achtjarige.

'Waarom moet je met die golfclubmeneer praten?' vroeg Jemima terwijl Emma voorzichtig de drukke schoolparkeerplaats afreed de hoofdweg op.

Emma aarzelde, en koos toen voor eerlijkheid. 'Phoenix heeft behoorlijk wat schade aangericht toen hij daar doorheen stoof. Meneer Wardell heeft ons een heel hoge rekening gestuurd, en ik hoop dat we iets kunnen afspreken dat niet neerkomt op het verkopen van een nier.'

'Je moet geen organen verkopen, mam,' zei Jemima ernstig. 'Tante Pip zegt dat je alle hersencellen nodig hebt die je nog over hebt.'

'Dank je wel,' antwoordde Emma, haar glimlach onderdrukkend. 'En denk eraan, vandaag je beste gedrag, oké? Dit is belangrijk.'

Het contrast tussen de omliggende percelen, waaronder dat van henzelf, en Ridgemont Golf and Country Club was altijd opvallend. Zelfs met de schadebeperking die nog zichtbaar was op de achttiende fairway en green, stak de aangeharkte perfectie van de grounds schril af tegen Ridgewaters praktische functionaliteit. Emma parkeerde haar modderspattende pickup tussen twee glimmende luxeauto's en voelde zich acuut misplaatst.

'Wauw,' fluisterde Jemima terwijl ze naar het clubhuis liepen. 'Het is net een paleis, mam! Ik wist niet dat dit pal naast ons lag!'

Omdat we het ons niet kunnen veroorloven hier te komen. Emma zei het niet hardop, maar ze voelde Jemima's hand in de hare glijden en wist dat zelfs haar zelfverzekerde dochter zich een beetje geïntimideerd voelde.

De eigentijdse structuur rees voor hen op, een en al glas en gepolijst hout. Emma streek onwillekeurig haar haar glad en wenste dat ze de tijd had genomen om iets minder stalversleten aan te trekken dan haar vale spijkerbroek en flanellen overhemd. Maar daar viel nu niets meer aan te doen. Ze leidde Jemima over het stenen pad tussen twee

fonteinen door en door de grote deuren, die geluidloos openschoven toen ze naderden.

Binnen droeg de gekoelde airco de geur van citroenpoets en dure parfum. Een receptioniste in een kraakhelder uniform keek op toen ze binnenkwamen, haar professionele glimlach haperde een fractie bij Emma's casual kleding.

'Kan ik je helpen?' vroeg ze, haar blik schoot heen en weer tussen Emma en Jemima.

'Ik zou graag met Ryan Wardell spreken, alstublieft,' zei Emma, waarbij ze vastberadenheid in haar stem legde. 'Emma McKenzie van Ridgewater.'

Herkenning lichtte op in de ogen van de vrouw. 'Ah, ja. Het paardenincident.'

Emma voelde de hitte in haar hals omhoog kruipen. 'Dat klopt.'

'Heb je een afspraak?'

'Nee, maar het gaat over de factuur die ik vandaag heb ontvangen. Het is vrij dringend.'

De perfect geëpileerde wenkbrauwen van de receptioniste gingen een tikkeltje omhoog. 'Ik zal kijken of meneer Wardell beschikbaar is, maar hij is erg druk met de overgang. Misschien kun je een afspraak maken voor later deze week?'

'Kun je hem alsjeblieft even vragen,' zei Emma, haar stem verstevigend. 'Zeg hem dat het over Phoenix gaat.'

Terwijl de receptioniste de telefoon oppakte, trok Jemima aan Emma's mouw. 'Mam, kijk al die bekers,' fluisterde ze en wees naar een glazen vitrinekast. 'Is golf moeilijk? Op tv ziet het saai uit.'

'Sst,' suste Emma, al glimlachte ze om haar dochters openhartigheid.

'Meneer Wardell kan een paar minuten vrijmaken,' kondigde de receptioniste aan toen ze de hoorn neerlegde. 'Zijn kantoor is de gang door, laatste deur rechts. Hij vraagt je het kort te houden, want hij heeft zo een teleconferentie gepland.'

'Dank je wel,' zei Emma, waarbij ze Jemima's hand pakte. 'We zijn zo weer weg.'

Terwijl ze door de weelderig beklede gang liepen, voelde Emma de rekening in haar zak als een loden gewicht. Drieëntwintigduizend dollar. Het had net zo goed een miljoen kunnen zijn, gezien haar onvermogen het meteen te betalen. Haar enige hoop was dat Ryan Wardell ergens onder zijn gepolijste corporate uiterlijk een greintje empathie had.

'Denk eraan,' fluisterde ze tegen Jemima toen ze de deur bereikten met 'R. Wardell, CEO' erop, 'beste gedrag.'

Jemima knikte plechtig, haar blauwe ogen ernstig. 'Ik zal lief zijn, mam. Beloofd.'

Emma haalde diep adem, streek nog één keer haar haar glad en klopte aan.

Ryan keek op van zijn laptop toen er op zijn kantoordeur werd geklopt. Door het glazen paneel zag hij dat Emma McKenzie stond te wachten, en naast haar een klein blond meisje. Hij strekte reflexmatig zijn stropdas recht en sloot de spreadsheet die hij zat te bekijken. het Phoenix-incident, zoals het clubpersoneel het inmiddels noemde, had veel te veel van zijn eerste week als eigenaar opgeslokt. De rekening die hij had gestuurd was volkomen redelijk, dekte de daadwerkelijke schade plus gederfde inkomsten. Dat Emma McKenzie was gekomen om haar zaak te bepleiten, was niet verrassend, al wel onhandig. Hij zou haar vijf minuten geven, niet meer.

'Kom binnen,' riep hij, terwijl hij opstond toen de deur openging.

Emma ging als eerste naar binnen, haar uitdrukking een zorgvuldig masker van zelfbeheersing dat de onrust in haar ogen net niet verborg. Het kind volgde, blauwe ogen wijd van onverholen nieuwsgierigheid terwijl ze het kantoor in zich opnam.

'Mevrouw McKenzie,' zei Ryan, met een gebaar naar de stoelen tegenover zijn bureau. 'En...'

'Jemima,' vulde het meisje aan, terwijl ze op een van de leren stoelen klom. 'Ben je de meneer van wie Phoenix het gras heeft platgestampt?'

Tegen zijn zin voelde Ryan zijn mondhoek trillen. 'Zo kun je het noemen, ja.'

Emma ging naast haar dochter zitten, haar rug recht, schouders vierkant. 'Dank je dat je ons zonder afspraak wilt ontvangen. Ik heb vandaag jouw factuur gekregen... Het spijt me dat ik mijn dochter heb meegenomen, we zijn net op weg naar huis van school.'

Ryan moest moeite doen om zijn gezicht in de plooi te houden, zijn blik gleed terug naar het blonde meisje. Ze leek jaar of acht, negen. Hij keek weer naar Emma en herzag haar in gedachten. Hij had gedacht dat zij zelf nauwelijks uit haar tienerjaren was, maar als Jemima haar dochter was...

Geërgerd op zichzelf dat hij afdwaalde, herpakte Ryan zich en leunde achterover in zijn stoel. 'De schadetaxatie was vrij grondig. Ik meen dat het bedrag de werkelijk gemaakte kosten weerspiegelt.'

'Dat begrijp ik,' zei Emma, met vaste stem. 'En ik neem de volledige verantwoordelijkheid voor wat er is gebeurd. Maar het bedrag... het is voor mij simpelweg niet mogelijk om dat in één keer te betalen.'

Ryan bestudeerde haar over het bureau heen. Ze droeg vergelijkbaar praktische kleding als drie dagen geleden, al was die nu schoner. Haar handen, viel hem op, waren eeltig, de nagels kortgeknipt, volledig zonder sieraden. Geen trouwring zelfs, en opnieuw ergerde hij zich aan zichzelf, omdat hij erop had gelet. Het waren praktische handen die hard werkten. Heel anders dan de gemanicuurde vingers van de vrouwen met wie hij doorgaans in de bedrijfswereld van Brisbane te maken had.

'De club heeft ook uitgaven,' zei hij, zakelijk van toon. 'De hoveniers moesten meteen betaald worden. Het irrigatiesysteem had dringend reparatie nodig en we hebben tijdelijk de prijs per ronde moeten verlagen om te compenseren dat de achttiende niet bespeelbaar is.'

'Dat weet ik,' erkende Emma. 'En ik betwist de kosten niet. Ik vraag of we een betalingsregeling kunnen treffen, uitgespreid over de tijd.'

Ryan leunde achterover in zijn stoel en overwoog. De verzekering van de club zou het grootste deel van de kosten dekken, al was het eigen risico fors. De claim werd al verwerkt, en hij had ruim genoeg geld op de bank om tien keer te dekken wat Emma schuldig was. Vanuit een puur financieel perspectief maakte het moment van betaling weinig uit; hij liep geen rente op een schuld.

Maar er speelden ook principes mee. Zijn eerste dagen als eigenaar waren al uitdagend genoeg geweest, gezag vestigen bij personeel dat al jaren onder de vorige eigenaar had gewerkt. Hoe zou het eruitzien als hij meteen zou verzachten bij een aanzienlijke aansprakelijkheidsclaim?

Toch, terwijl hij naar Emma keek, herinnerde hij zich hoe zij met dat enorme, doodsbange paard was omgegaan. De rustige zekerheid, het intuïtieve begrip van wat het dier nodig had. Er zat iets betoverends in hoe ze een panisch beest binnen enkele minuten transformeerde tot een kalme compagnon.

'Meneer Wardell,' zei Jemima plotseling, onderbrak zijn gedachten, 'wist je dat Phoenix heel veel koersen heeft gewonnen voordat hij bang werd? Hij verdiende bijna een miljoen dollar, maar toen wilden de mensen die hem bezaten hem niet meer. Ze stuurden hem naar de verkoop en als mam hem niet had gekocht, was hij gedood en veranderd in hondenvoer.'

Ryan richtte zijn aandacht op het kind, getroffen door de verontwaardiging op haar gezicht. 'Is dat zo?'

'Hmm-m,' knikte ze. 'Mam zegt dat heel veel renpaarden worden weggegooid als ze niet meer winnen. Daarom redt zij ze en leert ze ze weer gewone paarden te zijn.'

Emma legde zacht een hand op de arm van haar dochter. 'Jem, meneer Wardell is erg druk.'

'Nee, het is goed,' zei Ryan, die zichzelf oprecht nieuwsgierig betrapte. 'Je specialiseert zich in het rehabiliteren van ex-renpaarden?'

Emma knikte, en even brak er passie door haar beheerste houding heen. 'Het zijn ongelooflijke atleten die nooit hebben geleerd om gewoon paard te zijn. De meesten kunnen met de juiste hertraining prachtige tweede carrières hebben.'

'En Phoenix?'

'Eigenlijk reageert hij goed. Het trauma zit diep, maar hij is intelligent. Met tijd en consequent omgaan komt hij er wel.'

Ryan betrapte zichzelf erop dat hij naar de bezieling in haar gezicht zat te kijken terwijl ze over het paard sprak. Haar haar haar expertise was overduidelijk, haar toewijding onmiskenbaar. Een wereld van verschil met de chaos van drie dagen geleden.

Hij was zich er ook pijnlijk van bewust dat zijn club en Ridgewater een lange erfgrens deelden. Als nieuwe eigenaar van de countryclub moest hij goede relaties in de gemeenschap opbouwen. Zijn buurvrouw financieel verpletteren, zeker iemand met een achtjarige dochter, zou hem bepaald niet geliefd maken bij de locals.

'Speel jij golf, Jemima?' vroeg hij, zichzelf verrassend met de vraag.

Het meisje schudde haar hoofd, blond haar zwaaiend. 'Nee, ik rijd. Ik ga ooit naar de Olympische Spelen, net als mijn grootouders.'

'Waren jouw grootouders Olympiërs?' vroeg Ryan, met hernieuwde interesse naar Emma kijkend.

'Ja, mijn ouders, Jim en Ingrid McKenzie,' bevestigde Emma. 'Ze reizen momenteel, maar Ridgewater is nog steeds van hen. Mijn zussen en ik runnen de boel zolang zij weg zijn.'

Deze nieuwe informatie verschoof Ryans perspectief een tikje. Hij had zijn huiswerk gedaan over de omliggende percelen voor hij Ridgemont kocht, maar had zich vooral gericht op potentiële ontwikkelingsconflicten, niet op de persoonlijke geschiedenis van zijn buren.

'Ik begrijp het,' zei hij, terwijl hij met zijn pen op het bureau tikte.

De slimme zakelijke beslissing zou zijn om bij de factuur te blijven. De verzekeringsclaim was rechttoe rechtaan, de schade helder. Zijn financieel controller zou elke concessie afraden.

Maar terwijl hij naar Emma keek, naar de stille waardigheid waarmee ze een rekening onder ogen zag die ze duidelijk niet meteen kon betalen, merkte hij dat zijn vastberadenheid wegebde. Er was iets aan haar vakmanschap, haar weigering verantwoordelijkheid te ontlopen ondanks haar evidente financiële krapte, dat hij respecteerde.

'Ik zal met onze verzekeringsmaatschappij praten,' hoorde hij zichzelf zeggen. 'Kijken of er een manier is om dit zo te structureren dat het voor beide partijen werkt.'

Emma's uitdrukking veranderde, opluchting overspoelde haar gelaat. 'Dank je. Dat waardeer ik meer dan ik kan zeggen.'

'Ik kan niets beloven,' waarschuwde Ryan, terwijl hij zijn beslissing nu al in twijfel trok. 'Er zijn procedures die we moeten volgen.'

'Natuurlijk,' knikte Emma. 'Maar alleen al de mogelijkheid van een betalingsregeling zou een wereld van verschil maken.'

Ryan stond op, een teken dat de bespreking voorbij was. 'Ik laat iets horen zodra ik met hen heb gesproken. Waarschijnlijk tegen het einde van de week.'

Toen Emma en Jemima opstonden om te vertrekken, hoorde hij zichzelf toevoegen: 'Hoe gaat het nu met Phoenix? Geen golfbaanavonturen meer, hoop ik?'

Een kleine glimlach beroerde Emma's lippen en transformeerde haar gezicht. 'Nee, hij zit veilig opgesloten. Eigenlijk gaat het opmerkelijk goed, alles overziend. Ik denk dat hem doodmoe rennen geholpen heeft om wat van zijn angst los te laten.'

'Op onze kosten,' merkte Ryan op, zij het zonder de scherpte die drie dagen geleden nog aanwezig zou zijn geweest.

'Ja, nou,' zei Emma, met een lichte blos. 'We werken aan meer constructieve uitlaatkleppen voor zijn energie, wees gerust.'

Ryan liep met hen mee naar zijn kantoordeur, zich bewust van de wachtende conferencecall maar vreemd onwillig om het gesprek te beëindigen. 'Veel succes met hem. Het lijkt me een hele uitdaging.'

'De uitdagende gevallen zijn het meestal waard, uiteindelijk,' antwoordde Emma, en haar ogen ontmoetten de zijne een moment met onverwachte warmte.

Ryan betrapte zichzelf erop dat hij Emma en Jemima helemaal tot aan de ingang van het clubhuis begeleidde, zijn conferencecall even vergeten. Professioneel gezien had hij afscheid moeten nemen bij zijn kantoordeur, maar op de een of andere manier wandelde hij nu naast hen door de hoofdhal, terwijl hij naar Jemima luisterde die opgewekt over Phoenix' koersstatistieken kwebbelde. Het meisje somde met indrukwekkende kennis de verdiensten en het winstrecord van het paard op, haar enthousiasme werkte aanstekelijk.

'Hij won zes koersen als driejarige en bleef daarna ook winnen,' legde Jemima uit, een beetje stuiterend terwijl ze liep. 'Mam heeft hem opgezocht in de racedatabase. Hij kostte zijn eigenaren maar 40.000 als jaarling, en hij verdiende 973.000 dollar voordat hij te bang werd om nog te koersen.'

'Dat is behoorlijk indrukwekkend,' antwoordde Ryan, tegen wil en dank oprecht geïnteresseerd. 'Hebben alle rescue-paarden van je moeder een renverleden?'

'De meeste wel,' knikte Jemima serieus. 'Sommigen waren heel beroemd voordat ze stukgingen. Niet hun benen of zo, maar hun hoofd ging stuk omdat mensen gemeen tegen ze waren.'

Ryan wierp Emma een blik toe en merkte de lichte blos op haar wangen.

'Jemima heeft sterke ideeën over dierenwelzijn,' zei ze met een kleine glimlach.

'Tante Sarah zegt dat ik een echte McKenzie ben,' kondigde het meisje trots aan. 'Wij maken al eeuwen en eeuwen kapotte paarden weer heel.'

Er zat iets innemends in het zelfvertrouwen van het kind, vond Ryan. Op haar achtste sprak ze met de zekerheid van iemand die zich thuis voelt in haar vel en zeker is van haar plek in de wereld. Haar blonde haar en blauwe ogen leken overigens in niets op Emma's bruine golven en hazelnootkleurige ogen. Misschien leek ze op haar vader.

Wat de vraag opriep naar Emma's leeftijd. Ze leek zelf amper twintig, en toch had ze een dochter van acht. Er stond ook geen trouwring aan haar vinger, al hoefde dat tegenwoordig niets te betekenen.

'Meneer Wardell,' vroeg Jemima, die zijn gedachten onderbrak, 'is golf echt moeilijk om te spelen? Het ziet er makkelijk uit op tv, want je slaat alleen maar tegen een bal, maar het moet lastig zijn als mensen er zoveel geld aan uitgeven.'

Ryan lachte, verrast door de scherpe observatie. 'Het is bedrieglijk moeilijk, ja. Het basisidee is simpel, maar het consequent goed uitvoeren kost jaren oefening.'

'Net als dressuur,' knikte Jemima wijs. 'Als tante Kate het doet, lijkt het makkelijk, maar het is eigenlijk supermoeilijk om goed te krijgen.'

'Dressuur is een paardensport,' legde Emma uit, toen ze Ryans vragende blik zag. 'Net ballet voor paarden.'

'Aha,' zei Ryan, al wist hij in werkelijkheid niets van paardensporten. 'Misschien wil je ooit golf proberen, Jemima. We hebben juniorprogramma's vanaf zes jaar.'

Het meisje woog dit met verrassende ernst af. 'Misschien. Maar ik heb het nogal druk met mijn pony. Ik ga dit jaar naar de Ekka voor het springen, en mam zegt dat ik veel moet oefenen.'

'De Ekka is de Royal Queensland Show,' verduidelijkte Emma. 'Best een dingetje in de paardenwereld.'

'Ik wéét wat de Ekka is, ik kom uit Brisbane,' zei Ryan droog, al voegde hij er om de een of andere reden aan toe: 'Maar ik ben er nog nooit geweest.'

Jemima keek hem ongelovig aan. 'Ben je nog nooit naar de Ekka geweest? Maar dat is de leukste tijd van het hele jaar! je moet met ons meegaan!'

Ryan slikte een lach weg toen Emma er bij die gedachte geschokt uitzag, waarna ze die uitdrukking meteen probeerde te maskeren met een diplomatieke glimlach en een zachte terechtwijzing aan Jemima dat ze niet zoveel moest praten.

Ze waren inmiddels bij de hoofdingang aangekomen, waar de glazen deuren uitzicht gaven op Emma's modderbespatte pickup, die incongruent geparkeerd stond tussen twee luxe Europese wagens. Terwijl Emma zich omdraaide om hem nogmaals te bedanken, merkte Ryan hoe zijn blik afgleed naar de manier waarop haar vale spijkerbroek haar benen omhulde, de krachtige spieren in haar dijen zo anders dan de zorgvuldig onderhouden figuren van de vrouwen met wie hij doorgaans uitging.

'Ik waardeer het echt dat je een betalingsregeling overweegt,' zei ze. 'Dat maakt een wereld van verschil.'

Ryan dwong zijn ogen terug naar haar gezicht, ontdaan door de richting van zijn gedachten. 'Zoals ik zei, ik moet het met de verzekeraar bespreken. Geen garanties.'

'Natuurlijk,' knikte Emma, haar hand licht op Jemima's schouder. 'Hoe dan ook, dank je dat je naar ons wilde luisteren.'

'Dag, meneer Wardell,' tsjilpte Jemima, waarbij ze haar kleine hand uitstak met een formele beleefdheid die hem deed glimlachen. 'Dank je dat je niet al te boos bent over Phoenix die jouw gras heeft verpest.'

Ryan schudde plechtig haar hand, tegen wil en dank gecharmeerd. 'Graag gedaan, Jemima. Het was leuk je te ontmoeten.'

Terwijl zij naar hun auto liepen, bleef Ryan in de deuropening staan kijken. Er was iets onweerstaanbaars aan Emma's natuurlijke gratie, de zelfverzekerde manier waarop ze bewoog. Geen designkleren of zorgvuldige make-up, gewoon een ongekunstelde vrouw die zich prettig voelt in haar eigen vel. Toen ze de achterdeur voor haar dochter opende, viel er een lok haar over haar gezicht en zij streek die met een onbewuste beweging achter haar oor – een gebaar dat Ryan onverwacht aantrekkelijk vond.

Hij betrapte zichzelf en draaide zich om, zich ineens pijnlijk bewust van de ongepastheid van zijn observaties. Emma McKenzie leek in niets op de gepolijste, carrièregerichte vrouwen die hem normaal aantrokken. Zijn laatste vriendin was financieel analist geweest met een kledingkast vol designpakken en een vijfjarenplan dat naadloos aansloot op het zijne. Daarvoor een marketeer voor wie 'casual' nog steeds getailleerd en kleurgecoördineerd betekende.

Emma, met haar praktische kleren en door paardenwerk verharde handen, leefde in een totaal andere wereld. Een wereld van modder en hooi en het weer opbouwen van gebroken wezens. Het tegenovergestelde van zijn zorgvuldig geordende, corporate bestaan.

Toch betrapte Ryan zich er, terug in zijn kantoor, op dat hij aan Ridgewater dacht en de familie die het blijkbaar runde. Olympische sporters, een rehabilitatieprogramma voor ex-renpaarden, een kind met talent voor het springen. Er zat duidelijk meer achter zijn buren dan hij aanvankelijk had aangenomen.

Zijn telefoon knipperde met een herinnering aan de conferencecall waarvoor hij nu te laat was. Ryan streek zijn stropdas recht, greep naar zijn headset en probeerde zijn gedachten weer op zakelijke zaken te richten. Maar terwijl hij verbinding maakte met de call, kreeg hij het beeld van Emma's glimlach niet helemaal uit zijn hoofd wanneer ze over Phoenix' vooruitgang sprak, noch de warmte in haar ogen wanneer ze naar haar dochter keek.

'Ryan? Ben je erbij?' klonk een stem in zijn headset.

'Ja, sorry,' antwoordde hij, terwijl hij de relevante bestanden opende op zijn computer. 'Ik was even bezig met een buurtkwestie.'

Een buurtkwestie met verontrustend aantrekkelijke benen en een oprechte passie voor gebroken dingen, voegde hij er in stilte aan toe, voor hij zijn aandacht resoluut terugdraaide naar de spreadsheets die op hem wachtten.

Hoofdstuk Drie

De trap naar het advocatenkantoor van Joe Ashford kraakte onder Emma's laarzen terwijl ze de smalle treden boven het Main Street Café beklom. Elke houten trede leek mee te kreunen met haar benarde situatie; de vertrouwde geuren van koffie en versgebakken scones van beneden deden niets om haar rommelende maag tot rust te brengen. Bij het bordes hield ze even stil, haalde diep adem en liep toen naar de matglazen deur waarop in afgebladderde gouden letters 'Joseph Ashford, Solicitor' stond. Haar handpalmen waren klam toen ze naar de doffe messing klink greep; het gewicht van de onbetaalde factuur drukte zowel op haar tas als op haar geweten.

De deur zwaaide open met een zachte protestzucht van de scharnieren en onthulde een benauwd kantoor dat leek stilgezet in de tijd. Lederen wetboeken vulden houten planken, hun ruggen verschoten door jaren zonlicht dat door het ene raam naar binnen stroomde. Stapels juridische dossiers balanceerden wankel op elke beschikbare plek, gele mapjes opgestapeld in geordende chaos.

Joe kwam achter zijn gehavende eiken bureau vandaan, stak zijn hand uit met een hartelijke glimlach die de ooghoeken deed rimpelen. 'Emma, goed je te zien. Al was het liever onder betere omstandigheden geweest.'

'Bedankt dat je tijd voor me maakt, Joe,' antwoordde Emma, terwijl ze zijn uitgestoken hand aannam. Ze kende hem al jaren – zijn dochter Charlotte was Jemima's beste vriendin, en hij had de McKenzies geholpen met hun zaak tegen de omleidingsroute die Ridgewater zou vernietigen – maar persoonlijk had ze zijn juridische diensten nog niet eerder nodig gehad.

'Ga zitten,' gebaarde hij naar een versleten leren stoel tegenover zijn bureau. Emma nam op het randje plaats, rug kaarsrecht, handen stevig in haar schoot gevouwen. De stoel had betere tijden gekend; het leer was met de jaren gebarsten, net als de rest van het bescheiden kantoor. Joe hield niet van opsmuk, en precies daarom had ze voor hem gekozen in plaats van voor de gelikte kantoren in Brisbane. Ze kon hem betalen.

Joe liet zich weer in zijn piepende bureaustoel zakken en legde de vingertoppen tegen elkaar terwijl hij haar aankeek, met medeleven dat getemperd werd door professionele afstand. 'Ik heb de stukken doorgenomen die je stuurde. De verzekeraar... nou ja, ze houden de poot stijf.'

Emma knikte, haar keel plots kurkdroog. 'Dat begreep ik wel uit hun brief.'

'Het probleem is,' ging Joe verder terwijl hij naar een map greep tussen de vele op zijn bureau, 'dat ze behoorlijk stevig staan voor volledige aansprakelijkheid. Jouw paard heeft privé-eigendom beschadigd, en dat valt niet te betwisten.' Hij haalde een verkreukeld papier tevoorschijn en schoof het naar haar toe. 'Dit is hun definitieve standpunt.'

Emma staarde naar de gespecificeerde rekening, haar hart bonsde tegen haar ribben. Het was in wezen dezelfde als de oorspronkelijke factuur, maar nu met het briefhoofd van de verzekeraar en een extra alinea juridisch jargon die Joe had gemarkeerd.

'De verzekeraar staat op volledige compensatie, Emma,' zei Joe, met een zacht verontschuldigende toon. 'Je krijgt dertig dagen om het volledige bedrag te voldoen, anders gaan ze andere middelen inzetten om te incasseren.'

Emma klemde haar lippen op elkaar en las tussen de regels. 'En met "andere middelen" bedoelen ze...'

'Als je niet meteen kunt betalen, dreigen ze met beslagleggingen en voorlopige voorzieningen,' bevestigde Joe, vooroverbuigend. 'Je opvang zou onder deze aansprakelijkheid kunnen bezwijken. Ze kunnen een pandrecht leggen op je bezittingen, en ik neem aan dat daar ook je paarden onder vallen.'

Een koude golf van angst spoelde door Emma heen. Het idee dat Phoenix, of een van haar andere opvangers, in beslag genomen zou worden als bezit, maakte haar fysiek misselijk. 'Ze kunnen de paarden niet afpakken,' zei ze, haar stem harder dan bedoeld.

'Ze kunnen het proberen,' antwoordde Joe bedachtzaam. 'Maar er zijn manieren om juist dat te bestrijden, onder meer met een beroep op het dierenwelzijn, en ik betwijfel of een rechter in zo'n geval hun kant zou kiezen. Mijn zorg is te voorkomen dat het zover escaleert. De advocaatkosten die je dan oploopt, zelfs tegen mijn bescheiden tarieven, zouden gemakkelijk hoger uitvallen dan je nu al verschuldigd bent.'

Emma keek opnieuw naar de rekening; de getallen dansten voor haar ogen. Drieëntwintigduizend dollar. Op haar spaarrekening stond nog niet eens een kwart daarvan. In de donatiepot van de opvang misschien nog duizend. De laatste dierenartskosten voor injecties tegen maagzweren bij drie van haar opvangers hadden haar financiën al tot het breekpunt belast, ook al had Marcus de prikken tegen kostprijs gegeven en zijn arbeid gedoneerd.

'Is een betalingsregeling mogelijk?' vroeg ze, en ze hoorde de wanhoop in haar stem sluipen ondanks haar poging beheerst te blijven. 'Ik heb zelf met meneer Wardell gesproken, en hij stond... niet geheel afwijzend tegenover het idee.'

Joe kantelde zijn hoofd, peinzend. 'Als meneer Wardell bereid is bij de verzekeraar aan te dringen, is dat waarschijnlijk onze beste insteek. Verzekeringsmaatschappijen hebben doorgaans de voorkeur voor afkoop in één keer, maar als de polishouder pleit voor een alternatieve regeling...' Hij hield even in, nadenkend. 'Denk je dat hij er iets voor voelt om direct met mij te spreken?'

'Ik weet het eerlijk gezegd niet,' gaf Emma toe. 'Hij zei dat hij het zou uitzoeken, maar dat is dagen geleden en ik heb sindsdien niets meer gehoord.'

Joe tikte met zijn pen op het bureau, een ritmisch tegenpunt bij de gedempte geluiden van de cafébezoekers beneden. 'Dit stel ik voor. Ik stel een formeel voorstel op voor een gespreid betalingsplan, met redelijke voorwaarden die beide partijen beschermen. Als meneer Wardell ook maar enigszins overweegt te helpen, maakt een professioneel document het makkelijker voor hem om daarmee naar de verzekeraar te stappen.'

Emma knikte, een flard opluchting flakkerde op. Het was tenminste een actieplan. 'En als ze weigeren?'

'Dan bekijken we andere opties. Leningen. Bezittingen liquideren.' Joe aarzelde even en voegde toen zacht toe: 'Of misschien familiehulp.'

Emma's rug verstijfde. 'Dit is mijn verantwoordelijkheid. Ik nam Phoenix op, wetend dat hij getraumatiseerd was. Ik vind er wel een weg in.'

Joe bestudeerde haar een moment, alsof hij zijn volgende woorden woog. 'Er is geen schande in om hulp te vragen, Emma. Zeker niet als de gevolgen je hele organisatie kunnen raken.'

'Ik waardeer het advies,' zei ze, met een toon die duidelijk maakte dat het onderwerp gesloten was. 'Laten we ons nu richten op het voorstel voor de betalingsregeling. Hoe snel kun je het klaar hebben?'

'Morgenmiddag kan ik iets hebben dat je kunt doornemen,' antwoordde Joe, terwijl hij een aantekening op zijn blocnote maakte. 'Maar Emma, je moet wel weten: zelfs áls we ze meekrijgen in een betalingsplan, dan nog praat je over forse maandlasten. Weet je zeker dat je dat, naast je huidige uitgaven, kunt dragen?'

De vraag bleef tussen hen hangen. Emma dacht aan Phoenix, aan zijn geleidelijke verandering van de afgelopen week. Hoe zijn ogen meer nieuwsgierigheid dan angst toonden, hoe hij haar aanraking begon op te zoeken in plaats van ervoor terug te deinzen. De vooruitgang was echt, meetbaar in duizend kleine momenten van vertrouwen. En hij was gezonder dan ze had gedacht; de echoscopie die Marcus standaard bij al haar paarden maakte, had geen maagzweren laten zien, en zijn gebit was in prima staat ondanks de littekens rond zijn mond. Hij kwam zelfs snel aan, dankzij haar voerprotocol 'stop ze propvol'.

'Ik vind wel een manier,' zei ze eenvoudig. Want dat deed ze altijd. Want gebroken wezens verdienden een tweede kans, zelfs als die persoonlijk iets kostte.

Joe knikte, de vastberadenheid in haar stem herkennend. 'Goed dan. Ik stel het voorstel op en bel je zodra het klaar is. En Emma? Geen kosten. Ik weet hoeveel gratis ritjes Charlotte bij jou maakt, en ze is nog nooit zo gelukkig geweest. Ik reken alleen als ik officiële stukken moet indienen... of als dit voor de rechter komt.'

Er sprong een brok in Emma's keel bij zijn gulheid. 'Dank je,' zei ze, terwijl ze uit de stoel opstond. 'En Charlotte is altijd welkom.' Ze voelde zich vreemd genoeg lichter, ondanks het uitblijven van een concrete oplossing. Een plan hebben, elk plan, was beter dan de verlammende onzekerheid van de afgelopen dagen.

Terwijl ze de krakende trap afdaalde en de cafégeluiden bij elke trede luider werden, schoot Emma's hoofd vol met rekensommen. Welke persoonlijke bezittingen kon ze verkopen? Kon ze in het weekend extra lessen geven? Misschien kon ze een paar van haar rijkere klanten vragen om rehabilitatiediensten vooruit te betalen.

Buiten voelde de winterzon onverwacht warm op haar gezicht. Emma bleef even stilstaan op het trottoir en keek naar de kleine-stadsdrukte van de hoofdstraat van Ridgemont. Het gewone leven ging gewoon door, onbewust van het gewicht dat zij meedroeg. Ze zette haar schouders eronder en weigerde zich erdoor te laten verpletteren.

Phoenix was het waard om voor te vechten. Al haar opvangers waren dat. En ze zou deze uitdaging aangaan zoals elke andere: stap voor stap, met vastberadenheid en veerkracht, leunend op niemand anders dan zichzelf.

De keuken in het Grote Huis rook naar koffie en toast; het ochtendlicht viel gefilterd door de gingham gordijnen en toverde patronen op de doorleefde houten tafel waar Emma zat, vingers nerveus langs de nerf strijkend. Ze was sinds zonsopgang op, had met Phoenix gewerkt en de methodische routine van poetsen en grondwerk gebruikt om dit gesprek uit te stellen. Maar de papieren van Joe Ashford lagen nu voor haar; de juridische terminologie bevestigde wat ze al wist. Ze had hulp nodig, of op z'n minst advies, en trots betaalde geen rekening van drieëntwintigduizend dollar.

De achterdeur sloeg open toen Sarah binnenkwam, haar bewegingen zoals altijd zorgvuldig gedoseerd terwijl de oudste McKenzie-dochter de tijd nam om haar afstanden in te schatten; haar dieptezicht was aangetast na een ernstig rijongeval dat een einde had gemaakt aan haar eventingcarrière. Sarah bleef kort staan, registreerde Emma's ongebruikelijke aanwezigheid op dit uur en liep toen naar de koffiepot.

'Je bent hier meestal niet op dit tijdstip,' merkte Sarah op terwijl ze zichzelf een mok inschonk. 'Gedraagt Phoenix zich?'

'Redelijk,' antwoordde Emma, terwijl ze haar moed bijeenraapte. 'Eigenlijk wilde ik met jullie praten. Met jullie allebei. Is Kate in de buurt?'

Sarah's blik verscherpte; ze kreeg duidelijk de ernst in Emma's toon mee. 'Ze is net klaar met Misty. Ze komt zo.' Ze liet zich in de stoel tegenover Emma zakken, haar aardbeiblonde vlecht nog vochtig van de ochtendschouwer. 'Gaat dit over het incident op de golfbaan?'

Emma knikte en vond het ineens lastig om haar oudste zus aan te kijken. Sarah was de verantwoordelijke, degene die in de schoenen van hun ouders was gestapt toen die besloten te gaan reizen. Emma had jaren geprobeerd te bewijzen dat ze geen familielast was, niet het impulsieve jongste zusje dat voortdurend uit de brand geholpen moest worden, sinds ze op haar negentiende zwanger was geraakt van Jemima door haar vriendje van de middelbare school, die er meteen tussenuit kneep, naar Perth verhuisde en elk contact afwees.

'Wat is er aan de hand?' Kate's stem ging haar de keuken in vooraf; haar lange gestalte verscheen in de deur. In tegenstelling tot Sarah's beheerste bewegingen bewoog Kate zich met de achteloze gratie van een atleet; haar rijkleding zat onberispelijk, al was het werkkleding. 'Mystery loopt trouwens fabuleus. Dat nieuwe gewrichtssupplement lijkt te helpen.'

'Emma wil met ons praten,' zei Sarah, terwijl ze naar de stoel naast haar wees. 'Over Phoenix' avontuurtje op de golfbaan.'

Kate liet zich in de stoel vallen, nonchalant elegant, en pakte een appel uit de fruitschaal. 'Laat me raden. De nieuwe eigenaar doet lastig over de schade?'

Emma haalde diep adem en schoof toen Joe's papieren over tafel. 'De verzekeraar eist volledige betaling binnen dertig dagen. Geen onderhandelingen, geen betalingsregeling. Drieëntwintigduizend dollar, anders starten ze een juridische procedure die de opvang zou kunnen stilleggen.'

Er viel een stilte in de keuken, slechts doorbroken door het tikken van de stokoude klok boven de koelkast en het zachte gehinnik van een paard in de weilanden. Sarah boog zich voorover om de documenten te bekijken, haar uitdrukking geconcentreerd terwijl ze de juridische taal scande. Kate's nonchalante houding was verdwenen; waakzame aandacht nam die plek in.

'Dat is absurd,' zei Kate uiteindelijk, verontwaardiging duidelijk in haar stem. 'Ze kunnen niet verwachten dat je zóveel meteen ophoest. Het was per ongeluk, in vredesnaam.'

'Juridisch gezien kan het wel,' mompelde Sarah, nog altijd lezend. 'Emma is technisch aansprakelijk voor schade veroorzaakt door haar paard.' Ze keek op, haar praktische brein al richting oplossingen schakelend. 'Heb je hierover direct met meneer Wardell gesproken? De eigenaar heeft invloed bij zijn verzekeraar.'

Emma knikte, terwijl haar vingers patronen over het hout bleven volgen. 'Ik ben eerder deze week bij hem langsgegaan. Jemima meegenomen.' De hoek van haar mond krulde in een kleine glimlach. 'Ik hoopte dat haar charme hem wat milder zou stemmen.'

'Slim,' zei Kate met een goedkeurend knikje. 'Niemand kan Jem weerstaan als ze haar charmes inzet. Hielp het?'

'Hij zei dat hij bij de verzekeraar zou pleiten voor een betalingsregeling, maar ik heb sindsdien niets gehoord. Joe denkt dat dat nog steeds onze beste optie is: meneer Wardell zover krijgen dat hij zich hardmaakt voor redelijke voorwaarden.' Emma zuchtte en streek een hand door haar haar. 'Maar ik heb een noodplan nodig. Ik kan het risico niet lopen de opvang te verliezen.'

Sarah keek peinzend, tikte met één vinger op de papieren. 'Wij hebben nu niet zoveel liquide middelen, anders leenden we het je en betaalde je het terug. Hm. Misschien kunnen we gespreide terugbetalingen aan meneer Wardell aanbieden en hem zo overhalen om coulance te bepleiten bij de verzekeraar. Als hij echt een goede buur wil zijn, spreekt dat hem misschien aan.'

Kate snoof en nam nog een hap van haar appel. 'Als. Het is een zakenmanstype uit Brisbane. Ziet ons vast als dorpse sufferds over wie hij kan heen walsen.'

Emma trok een gezicht en dacht aan Ryan's strakke pak en gepolijste manieren. 'Hij was niet echt onvriendelijk. Gewoon... zakelijk.'

Sarah's blik was naar het raam afgedwaald, waar Phoenix te zien was in de dichtstbijzijnde wei, zijn donkere vacht glanzend in de ochtendzon. 'Weet je,' zei ze langzaam, 'dat paard heeft een behoorlijk uitzonderlijke sprong. Zelfs Legend heeft nooit over die hekken van zes voet heen gesprongen.'

Emma volgde haar blik en keek hoe Phoenix zijn hoofd hief om de omgeving op te nemen, zijn krachtige hals vanzelfsprekend fraai gebogen. 'Hij was een sprinter op de baan. Heeft aardig wat gewonnen voordat zijn temperamentproblemen de kop opstaken.'

'Met de juiste training,' ging Sarah door, haar deskundige oog de bouw van de volbloed taxerend, 'zou hij een serieuze springbelofte kunnen zijn. Die lange benen, de manier waarop hij zichzelf draagt... daar zit potentie.'

Kate kwam rechter op zitten en pikte Sarah's gedachtegang op. 'De Ekka is over een paar weken. Als je hem klaar krijgt, al is het maar voor de beginnersrubrieken, trekt hij aandacht. De showcase voor ex-renpaarden heeft flink wat prijzengeld... ik meen dat het tienduizend is voor de eerste plaats in de één-twintigrubriek.'

'Zelfs als hij geen prijzengeld pakt, kun je met hem starten en interesse wekken,' stemde Sarah in, die warm liep voor het idee. 'Misschien is hij snel verkocht voor genoeg geld om de schuld te dekken.'

Emma beet op haar lip en dacht na. Phoenix had opmerkelijke vooruitgang geboekt in de korte tijd dat ze hem had, maar het was een ongelooflijk krappe tijdlijn om een getraumatiseerd ex-renpaard klaar te stomen voor Queenslands grootste show. 'Ik weet niet zeker of hij dan al zover is. Hij begint me op de grond net pas te vertrouwen. Ik heb nog niet eens op hem gezeten.'

'Je hebt eerder wonderen verricht,' herinnerde Sarah haar. 'Weet je Midnight Star nog? Iedereen zei dat hij nooit meer te rijden zou zijn na dat trailerongeluk.'

'En nu loopt hij Zware Tour-dressuur met dat tienermeisje uit Gatton,' voegde Kate toe. 'Volgend jaar brengt ze hem naar Prix St. Georges-niveau.'

Emma voelde een vlinder van hoop, vermengd met twijfel. Phoenix had zeker het atletisch vermogen, maar vertrouwen kost tijd om op te bouwen, en een paard als hij opjagen kon zijn revalidatie maanden terugzetten.

Kate plantte haar kin in haar hand, met een ondeugende twinkeling in haar ogen. 'Beter nog, waarom geef je meneer Wardell niet de helft van Phoenix in eigendom? Misschien ziet hij een aankomend springkampioen en slikt hij de schuld.'

Emma snoof en stelde zich Ryan Wardell in zijn maatpak voor, staande in de modderige wei naast Phoenix. 'Niet waarschijnlijk. Ik vermoed dat Ryan Wardell alleen geeft om contant geld in de hand.'

'Ryan, hè?' plaagde Kate, terwijl ze een veelbetekenende blik met Sarah wisselde. 'Nu al op voornaambasis?'

Er kroop een blos omhoog in Emma's hals. 'Hou op. Zo is het niet. En Phoenix op de Ekka? Ik betwijfel sterk dat hij dan al klaar is, het is al over een paar weken.'

'Dat is zat tijd,' hield Kate vol. 'Je hoeft niet in de hoge klassen te starten. Zorg er gewoon voor dat hij zich comfortabel genoeg voelt voor de OTTB-showcase. Laat mensen zien wat hij met meer training kan worden. Sarah heeft gelijk; over dat hek naar de golfbaan springen was een wereldprestatie.'

Sarah knikte instemmend. 'Het is het overwegen waard, Em. Hij heeft echt uitzonderlijk potentieel.'

Emma staarde naar Phoenix en dacht aan de vooruitgang die ze al hadden geboekt. Hoe hij nu het hek naderde zodra hij haar zag aankomen, met oren nieuwsgierig naar voren in plaats van in angst platgelegd. Hoe voorzichtig hij gisteren een wortel uit Jemima's kleine hand had gepakt, zacht ondanks zijn enorme formaat.

'Ik zal erover nadenken,' gaf ze toe. 'Maar ik moet die rekening wel vóór die tijd geregeld krijgen. Joe stelt een formeel voorstel voor een betalingsregeling op, maar zonder de steun van meneer Wardell zal de verzekeringsmaatschappij het waarschijnlijk niet accepteren.'

'Bel hem dan,' stelde Kate voor, alsof het de meest voor de hand liggende oplossing ter wereld was. 'Nodig hem uit om Phoenix' vooruitgang te komen zien. Mannen vinden het heerlijk om zich belangrijk te voelen, en als hij denkt dat hij speciale toegang krijgt tot een potentiële kampioen...'

'Het is het proberen waard,' stemde Sarah in. 'Het ergste wat hij kan zeggen, is nee.'

Emma tikte met haar vingers op de tafel en overwoog het. De gedachte om Ryan Wardell om een gunst te vragen, liet haar maag zich samenknopen met een mengsel van trots en iets anders waar ze nog niet te nauw naar wilde kijken. Maar haar zussen hadden gelijk: ze moest elke optie verkennen.

'Ik geef het nog een paar dagen,' besloot ze. 'Kijken of hij eerst reageert op het oorspronkelijke verzoek. Dan probeer ik het opnieuw als het moet.'

Sarah reikte over de tafel om Emma's hand te knijpen. 'Je staat hier niet alleen in, Em. Wat er ook gebeurt, we komen er samen uit.'

'Dat weet ik,' zei Emma, terwijl ze, ondanks de knoop van angst die zich blijvend in haar borst had genesteld, een glimlach forceerde. 'Maar dit is mijn verantwoordelijkheid. Ik heb Phoenix op me genomen, wetend wat het risico was.'

'En het was Phoenix die het golfparcours heeft heringericht,' merkte Kate grijnzend op. 'Dus technisch gezien is het zijn verantwoordelijkheid.'

Ondanks alles betrapte Emma zichzelf op een lach. 'Dat zal ik zeker aan meneer Wardell doorgeven. Ik weet zeker dat hij Phoenix' artistieke visie voor zijn fairways kan waarderen.'

De keuken vulde zich met zusterlijk gelach, een kortstondige verlichting van het gewicht van onzekerheid. Door het raam tilde Phoenix bij het geluid zijn hoofd op, zijn oren nieuwsgierig naar het huis draaiend. Op dat moment, terwijl de zon zijn krachtige silhouet verguldde, voelde Emma een golf van vastberadenheid. Hij verdiende zijn tweede kans, en zij zou een manier vinden om te zorgen dat hij die kreeg, desnoods via betalingsregelingen, wedstrijden, of zelfs door haar trots in te slikken en om hulp te vragen.

Ze hoopte alleen dat Ryan Wardell meer geïnteresseerd was om een goede buur te zijn dan een keiharde zakenman.

Regen dreigde in de grijze wolken die laag hingen over de negende fairway van Ridgemont, en wierp een zilvergroen licht over het perfect onderhouden gras dat door de glazen pui van het kantoor van de manager stroomde. Ryan schikte zijn maatjasje, de zijden voering die zacht tegen zijn Egyptisch katoenen overhemd fluisterde, terwijl hij toekeek hoe een eenzame golfer de par-4 probeerde te bedwingen maar zijn tweede slag in de bunker eindigde. Achter hem kraste Robert Shaw's vulpen gestaag over het notitieblok op de gepolijste mahoniehouten vergadertafel, de minutieuze aandacht voor detail van de restaurantmanager zichtbaar in de keurige rijen vinkjes naast elk agendapunt.

'De herziening van de wijnkaart moet volgende week rond zijn,' zei Robert, zijn beschaafde stem met het stille gezag van iemand die al decennia high-end zaken runt. 'Ik heb gunstige voorwaarden bedongen bij de nieuwe leveranciers, vooral voor de reserve-selecties.'

'Goed,' antwoordde Ryan, die maar half luisterde terwijl zijn blik de geslaagde reddingsslag van de golfer uit het zand volgde, de bal die tot op slechts enkele centimeters van de hole landde. De voldoening van de speler was zelfs vanaf deze afstand zichtbaar, een klein vuistpompje dat sprak van een persoonlijke overwinning op de uitdagingen van de baan.

Robert ging door, onverschrokken door Ryans verdeelde aandacht. 'De keukenrenovatie kan volgende maand doorgaan tijdens de rustigere midweekperiode, zodat de dienstverlening minimaal wordt verstoord. En het nieuwe menu van de chef heeft uitzonderlijk goed gescoord bij de focusgroep.'

Ryan knikte en draaide zich van het raam om naar zijn restaurantmanager. Shaw droeg een onberispelijk antraciet pak dat waarschijnlijk een maandsalaris van het meeste clubpersoneel had gekost, zijn zilveren haar precies geknipt, zijn houding militair rechtop ondanks dat hij al ver in de zestig was. De man was een doorgewinterde professional, die de restaurantactiviteiten feilloos runde sinds ruim vóór Ryan de club kocht.

'Hoe zit het met de bezetting voor de bedrijfsevents?' vroeg Ryan, en dwong zichzelf zich te concentreren op de zaken die voorlagen in plaats van op de gedachten die hem de afgelopen dagen steeds vaker bezighielden. Gedachten aan warme hazelnootkleurige ogen en bekwame handen.

'Alles geregeld,' antwoordde Robert, terwijl hij nog een punt op zijn lijst afvinkte. 'We hebben ervaren tijdelijke krachten vastgelegd voor de grotere evenementen, en ik heb ze stuk voor stuk persoonlijk gescreend.'

Ryan trommelde licht met zijn vingers op het gepolijste hout, het gelijkmatige ritme dat zijn rusteloosheid verraadde. Buiten was de aangekondigde regen begonnen, een zacht getik tegen de grote ruiten. De golfer reed inmiddels met zijn karretje terug naar het clubhuis, met een misnoegde uitdrukking. Hopelijk duurde de regen niet lang en kon de man zijn ronde afmaken.

'je bent hier al jaren, Robert,' zei Ryan abrupt, de vraag die eruit floepte voordat hij had besloten haar te stellen. 'Weet je iets van de onderneming van Emma McKenzie naast ons?'

Als Robert al verrast was door de plotselinge wending, liet hij het niet merken. Zijn uitdrukking bleef professioneel neutraal, hoewel Ryan meende een flits van interesse te zien in de ogen van de oudere man.

'De McKenzies zijn heel goede mensen, lokaal zeer gerespecteerd,' antwoordde Robert, terwijl hij zijn pen met zorg neerlegde. 'Emma is de jongste dochter, beroemd om het rehabiliteren van Off-the-Track volbloeden.'

Ryan knikte, zijn wenkbrauwen licht gefronst. 'Het paard dat vorige week al die schade veroorzaakte, kwam uit haar programma.'

'Ah, ja. Ik heb over dat incident gehoord.' Roberts lippen krulden in een kleine glimlach. 'Een behoorlijk dramatische introductie tot het naburige perceel.'

'Inderdaad,' zei Ryan droog. 'Ze kwam langs om betalingsregelingen te bespreken. Ze had haar dochter bij zich.'

'Jemima,' knikte Robert. 'Verrukkelijk kind. Een echt ruiterwonder, naar ik begrijp. Haar grootvader was in '84 in LA olympisch medaillewinnaar in het springen, en haar grootmoeder reed in dezelfde Spelen in de dressuur.'

Ryan trok een wenkbrauw op. 'je bent goed op de hoogte van hen.'

'Ridgewater is al decennia een pijler van deze gemeenschap,' legde Robert uit. 'De McKenzies hebben het uitgebouwd tot een van de meest gerespecteerde hippische centra in Queensland. Emma's revalidatieprogramma is relatief nieuw, maar het krijgt veel aandacht in de sportpaardenwereld – mijn dochter rijdt, en heeft een erg goed paard bij Emma gekocht, een paar jaar geleden. Ze neemt paarden waar anderen de hoop op hebben opgegeven en geeft ze een nieuw doel.'

Er klonk iets door in Roberts beschrijving dat bij Ryan resoneerde; het beeld van Emma die kalm voor dat enorme, doodsbange paard stond, flitste door zijn hoofd. Het stille vertrouwen dat ze uitstraalde, de zachte autoriteit die chaos in orde had veranderd.

'Haar reputatie in de paardensport is onberispelijk,' vervolgde Robert, 'maar het bypass-voorstel werpt een grote schaduw over de McKenzies. De momenteel geprefereerde route zou hun eigendom volledig vernietigen; ze krijgen te maken met gedwongen onteigening.'

Ryan kwam rechter op in zijn stoel, zijn zakelijke instincten ineens alert. De voorgestelde rondweg was in zijn aankooponderzoek genoemd, maar slechts als een mogelijke ontwikkeling die de waarde van zijn bezit positief kon beïnvloeden. Hij had de specifieke routeopties niet uitgeplozen.

'Hun eigendom vernietigen?' herhaalde hij, geschrokken. 'Hoeveel ervan?'

'De hoofdroute zou dwars door hun huis, stallen en primaire trainingsfaciliteiten lopen,' antwoordde Robert, hoorbaar met spijt. 'Ze krijgen te maken met gedwongen onteigening en zouden alles verliezen wat ze hebben opgebouwd. Zij zijn degenen die de westelijke route pushen, die onze grens zou volgen en de grondwaarde zou verhogen als die gekozen wordt.'

Ryans kaak spande zich toen de implicaties kristalhelder werden. De westelijke route zou de waarde van zijn eigendom aanzienlijk verhogen, mogelijk miljoenen toevoegen aan de waarde van de club met ontwikkelingskansen langs de nieuwe corridor; er lagen meer dan 200 acres onbenutte grond op de grens van de golfclub die top-industriële grond zou worden als de rondweg die kant op ging. Zijn investeerders zouden door het dak gaan. Toch betekende diezelfde route redding voor Ridgewater, het verschil tussen behoud en vernietiging.

'Ik wist niet dat de planvorming al zo ver was,' zei Ryan, terwijl hij naar de grote kaart van het district aan de muur van zijn kantoor liep. Hij volgde met zijn vinger de grenslijn tussen Ridgemont en Ridgewater, zijn gedachten die op hol sloegen met mogelijkheden, en bekeek toen het westelijke deel van zijn land. Het was volledig onontwikkeld en zou, als de rondweg de westelijke corridor koos, extreem waardevolle commerciële grond worden.

'De definitieve beslissing laat nog maanden op zich wachten,' zei Robert, die zich bij hem voegde bij de kaart. 'Maar de strijdlijnen zijn getrokken. De oostelijke belangen, voornamelijk projectontwikkelaars voor woningbouw, duwen hard voor de hoofdroute. Zij profiteren het meest als het land van de McKenzies wordt onteigend. Al het land dat niet de eigenlijke weg is – wat maar een smalle strook zou zijn, hoor – komt uiteindelijk vrij voor woningbouw, omdat het licht glooiend is en niet geschikt voor industriële ontwikkeling.'

Ryan fronste, tot zijn eigen verbazing geraakt door een instinctieve oprisping van beschermingsdrang. 'En welke troeven hebben de McKenzies?'

'Draagvlak in de gemeenschap. Milieubezwaren tegen de hoofdroute die kwetsbare wetlands kruist. Historische betekenis van Ridgewater zelf.' Robert pauzeerde en voegde toen bedachtzaam toe: 'En mogelijk de steun van invloedrijke buren die voordeel kunnen hebben bij het westelijke alternatief.'

De implicatie hing tussen hen in. Ryan draaide zich terug naar het raam en keek hoe de regen in strepen over het glas liep en het zicht op de doorweekte fairway vervormde. Zijn plicht was helder: de waarde van zijn eigendom maximaliseren voor zichzelf en zijn investeerders. De westelijke route steunen sloot daar perfect op aan. Hij kon miljoenen verdienen. Emma McKenzie's schuld woog daarbij niet op.

'Best een toevalligheid dat hun paard ons terrein uitkoos voor zijn ontsnapping,' mompelde Ryan, bijna tegen zichzelf.

In de weerspiegeling in het raam lag een kleine, veelzeggende glimlach op Roberts gezicht. 'Misschien. Al zijn er naar mijn ervaring, meneer Wardell, maar weinig echte toevalligheden in het leven.'

Ryan draaide zich om en ving de peinzende blik in de ogen van de oudere man. 'Wat bedoelt je?'

'Oh, niet dat het op enige manier opzettelijk was! Ik betwijfel ten zeerste of juffrouw McKenzie ook maar vermoedde dat het paard dat hek kon nemen. Alleen dat onverwachte verbanden vaak waardevoller blijken dan vooraf gedacht,' antwoordde Robert. 'Is er verder nog iets voor onze vergadering?'

'Nee, dat was het voor nu,' zei Ryan, die de subtiele terugtocht herkende. 'Dank je voor de updates.'

Robert verzamelde zijn aantekeningen tot een nette stapel en schoof ze in een map, het perfecte plaatje van professionele competentie. Bij de deur hield hij even stil. 'Juffrouw McKenzie geeft rijles aan volwassenen, meen ik. Voor beginners. Mocht je ooit interesse ontwikkelen in hippische bezigheden.'

De deur sloot achter hem voordat Ryan een reactie kon formuleren, en liet hem alleen met zijn gedachten en het gestage ritme van regen tegen glas. Hij keerde terug naar de kaart en volgde met zijn vinger de twee mogelijke routes van de rondweg, terwijl hij plicht afwoog tegen de aantrekkingskracht van iets minder tastbaars, maar steeds dwingender.

De verzekeringsmaatschappij had op zijn vraag over betalingsregelingen voorspelbaar afhoudend gereageerd. Het bedrijfsbeleid schreef volledige betaling voor, legde hun vertegenwoordiger uit, vooral in gevallen van duidelijke aansprakelijkheid. Hij had natuurlijk de bevoegdheid om hen te overrulen, maar daarvoor was een goede onderbouwing nodig.

Ryan streek zijn stropdas recht, een gewoontegebaar wanneer beslissingen nodig waren die evenwicht vroegen tussen zakelijk inzicht en menselijke factoren. De rondweg voegde lagen van complexiteit toe die hij niet had voorzien bij het afhandelen van de eenvoudige kwestie van materiële schade.

Zijn vinger zweefde boven haar nummer in zijn telefoon, terwijl het besluit om te bellen ineens bezwaard raakte met implicaties die verder gingen dan een loutere betalingsregeling.

Hoofdstuk Vier

RYAN TIKTE MET ZIJN Montblanc-pen op het glanzende oppervlak van zijn bureau terwijl hij naar de financiële prognoses voor Ridgemonts derde kwartaal staarde. De cijfers sloten naadloos aan bij zijn verwachtingen, elke kolom een bewijs van zijn methodische zakelijke aanpak. Een klop op de deur van zijn kantoor onderbrak zijn concentratie, en hij keek op om zijn receptioniste te zien gebaren naar een man in een licht verkreukeld pak die in de deuropening bleef hangen. Joseph Ashford, volgens de afsprakenlijst. De advocaat van Emma McKenzie. Ryan streek zijn stropdas recht en knikte de man toe dat hij binnen kon komen.

'Meneer Wardell,' zei Ashford, terwijl hij een doorleefde hand uitstak. 'Dank je dat je me zo op stel en sprong wilde ontvangen.'

Ryan schudde die stevig, en merkte de eeltplekken op die wezen op handarbeid naast zijn juridische werk. Niet de gemanicuurde greep van de zakenadvocaten in Brisbane. 'Gaat je zitten. Ik begrijp dat dit over het incident met Phoenix gaat?'

'Inderdaad.' Ashford zette een versleten leren aktetas op de stoel naast zich en haalde er een dunne map uit. 'Ik heb namens mevrouw McKenzie een formeel voorstel voor een gestructureerd betalingsplan voorbereid.'

Ryan nam het document aan en scande de eerste pagina snel. De voorwaarden waren verrassend helder uiteengezet: maandelijkse betalingen over achttien maanden, met een kleine aanbetaling om goede wil te tonen. De rente was wat optimistisch, maar niet beledigend.

'Mevrouw McKenzie begrijpt haar volledige aansprakelijkheid in deze kwestie,' vervolgde Ashford, professioneel van toon. 'Ze is vastbesloten haar verplichtingen na te komen. De eis van de verzekeraar om binnen dertig dagen volledig te betalen zou haar revalidatieprogramma echter feitelijk stilleggen.'

'En waarom zou mij dat moeten raken?' vroeg Ryan, zijn stem opzettelijk neutraal, al doemde meteen het beeld op van Emma's gezicht, de bezieling in haar ogen toen ze sprak over Phoenix' vooruitgang.

Ashfords uitdrukking bleef onbewogen. 'Omdat buren ertoe doen in gemeenschappen als de onze, meneer Wardell. De McKenzies zijn al decennialang vaste waarden in Ridgemont. Emma's programma geeft tweede kansen aan paarden die de meesten als verloren zouden beschouwen.' Hij zweeg even en keek hem recht aan. 'En omdat ik vermoed dat je een man bent die waarde herkent die verder gaat dan direct financieel rendement.'

Ryan leunde achterover in zijn stoel en overwoog. De verzekeringsclaim was al afgehandeld; het meeste herstelwerk voltooid. Vanuit strikt zakelijk perspectief betekende een gespreide betaling een vordering op de balans gedurende meer dan een jaar, een kleine administratieve last. Maar de betaling was verzekerd, en het gebaar van goede wil naar een buurman had op zichzelf waarde.

Zeker naar een buurvrouw met hazelnootkleurige ogen die oplichtten wanneer ze sprak over kapotte dingen die weer heel werden.

Hij smoorde die onzakelijke gedachte en keerde terug naar het voorstel. 'Welke zekerheid stelt mevrouw McKenzie voor deze betalingen?'

'Haar persoonlijke borgstelling, vanzelfsprekend,' antwoordde Ashford. 'En ze is bereid een zekerheidsrecht op haar voertuig te registreren, indien nodig, al moet ik aantekenen dat dat niet de openstaande som dekt.'

Ryan fronste licht. 'Dat stelt niet bepaald gerust.'

'Het revalidatieprogramma van mevrouw McKenzie heeft enkele vermogende klanten met paarden in training, en ze bezit nog andere paarden die aanzienlijke waarde zullen hebben zodra hun hertraining voltooid is,' wierp Ashford tegen. 'Haar inkomen is stabiel, zij het bescheiden. Wat ze mist, is liquide kapitaal voor een onmiddellijke aanbetaling.'

Ryan knikte, vingers trommelend op het bureau terwijl hij nadacht. De McKenzies waren buren, en Robert had hun positie in de strijd om de omleidingsweg uitgelegd. Hen als bondgenoot in plaats van tegenstander hebben, kon nuttig blijken.

En er was nog iets, iets wat hij niet eens tegenover zichzelf graag toegaf. De herinnering aan Emma's stille zelfvertrouwen bij dat massieve, bange paard. De flits van kwetsbaarheid onder haar beheerste uiterlijk toen ze tegenover hem over de rekening had gesproken. De manier waarop Jemima's blauwe ogen, qua kleur anders dan die van haar moeder maar identiek in vastberadenheid, hem kinderlijk onderzoekend hadden opgenomen.

'De voorwaarden zijn aanvaardbaar,' hoorde hij zichzelf zeggen, terwijl hij naar zijn pen greep. 'Ik onderteken dit vandaag nog en reken af met de verzekeringsmaatschappij. Ik laat je de bankgegevens weten waarop de aflossingen gestort moeten worden.'

Opluchting flitste over Ashfords gezicht, snel weer bedekt door professionele beheersing. 'Dank je, meneer Wardell. Dit is bijzonder redelijk van je.'

Ryan parafeerde elke pagina voordat hij de laatste ondertekende, zijn handtekening verzorgd. 'Ik wil echter wel één voorwaarde toevoegen.'

Ashfords uitdrukking verschoof naar behoedzame waakzaamheid. 'En dat is?'

'Ik wil de erfafscheiding tussen onze percelen inspecteren,' zei Ryan, verbaasd over zijn eigen woorden terwijl hij ze uitsprak. 'Om te voorkomen dat we een herhaling krijgen. Vandaag nog, als mevrouw McKenzie daarmee instemt.'

Ashfords wenkbrauwen gingen even omhoog voordat hij knikte. 'Ik weet zeker dat ze dat op prijs stelt. Zal ik haar bellen om te laten weten dat je komt?'

'Graag.' Ryan gaf de ondertekende documenten terug aan Ashford, die ze zorgvuldig in zijn aktetas schoof. 'Ik rijd er binnen het uur naartoe.'

Nadat Ashford vertrokken was, ging Ryan bij het raam van zijn kantoor staan en keek toe hoe de bescheiden sedan van de advocaat de kronkelende oprit nam langs de tot in de puntjes aangelegde tuinen. Zijn beslissing om het betalingsplan te accepteren was volkomen logisch, hield hij zichzelf voor. Goede wil kweken bij buren, mogelijk steun veiligstellen voor de westelijke route van de omleidingsweg, negatieve lokale publiciteit vermijden. Allemaal solide strategische overwegingen.

Toch erkende Ryan, toen hij veertig minuten later richting Ridgewater reed, een andere motivatie onder de rationele rechtvaardigingen. Eenvoudige nieuwsgierigheid naar Emma McKenzie en haar wereld van geredde volbloeden en zachte revalidatie. Een wereld die zo ver van zijn zakelijke bestaan lag als maar denkbaar was.

De overgang van Ridgemonts zorgvuldig onderhouden perfectie naar Ridgewaters praktische functionaliteit was abrupt. Het gladde asfalt van de toegangsweg naar de golfclub maakte plaats voor aangestampte grindwegen, de aangelegde borders voor natuurlijke bush en stevige hekken. Terwijl Ryan's BMW-golfkar over het oneffen oppervlak hobbelde, betrapte hij zich erop dat hij het terrein scande en op details lette die verder gingen dan potentiële aansprakelijkheidsrisico's.

Een bord markeerde de ingang van Ridgewater Equestrian Centre, de verf recent bijgewerkt, de letters trots. Daarachter graasden paarden in paddocks die zich uitstrekten naar de verre heuvels, hun vachten glanzend in de winterzon. Het tafereel had een ongepolijste schoonheid die scherp contrasteerde met de gecontroleerde perfectie van de golfbaan.

Ryan parkeerde naast een met modder bespatte pick-up die hij herkende als die van Emma. De centrale binnenplaats bruiste van activiteit; meerdere ruiters leidden paarden tussen paddocks, terwijl anderen werkten in wat trainingsringen leken. Een meisje dat hij niet kende zwaaide vanaf de rug van een voskleurige pony voordat ze verderreed; haar nonchalante groet suggereerde dat bezoekers geen uitzondering waren.

'Meneer Wardell?'

Ryan draaide zich om en zag een lange, elegante blonde vrouw die hem openlijk nieuwsgierig opnam. Niet Emma, maar de gelijkenis was groot genoeg om te concluderen dat ze een van de zussen moest zijn waarover Robert had gesproken.

'Ja. Ik ben hier om met Emma te spreken over de erfafscheiding.'

'Kate McKenzie,' stelde ze zich voor, terwijl ze een hand uitstak. 'Emma staat in de roundpen met een van haar projecten. Volg dat pad daar maar, je kunt het niet missen.'

Ryan knikte haar dankbaar toe en liep in de richting die ze had aangewezen, langs stallen en materieelschuurtjes die, hoewel niet nieuw, duidelijk goed werden onderhouden. Het contrast met zijn eigen smetteloze bedrijf was opvallend, maar er hing hier een onmiskenbaar gevoel van doelgerichtheid: werk dat werd gedaan met passie in plaats van louter efficiëntie.

Hij hoorde Emma's stem voordat hij haar zag, de zachte, melodische klank droeg ver. Toen hij een hoek omging, stond hij aan de rand van een cirkelvormige omheining waar Emma in het midden stond, een touw losjes in één hand terwijl ze sprak tegen een trillend bruin paard. Anders dan Phoenix' imposante hoogte was dit paard kleiner, de ribben zichtbaar onder een doffe vacht, de ogen wit wegrollend van angst.

'Zo is het,' murmelde Emma, haar stem nauwelijks hoorbaar vanaf waar Ryan stond. 'Niemand doet je hier pijn. Adem maar met me mee.'

Ryan bleef roerloos staan, intuïtief begrijpend dat een plotselinge beweging het nerveuze dier zou kunnen doen schrikken. Hij keek toe hoe Emma het paard haar rug toekeerde en gewoon wachtte, haar lichaamstaal een kalme zekerheid uitstralend die leek door te dringen tot het dier's paniek. Langzaam werd het dier stiller en keek naar haar, de oren nieuwsgierig naar voren terwijl Emma wegblijvend bleef staan. En toen, tot Ryan's verbazing, begon het paard te naderen, stap voor voorzichtige stap, tot het uiteindelijk zijn neus aarzelend naar haar schouder uitstak. De glimlach die Emma's gezicht deed oplichten was stralend. Het contrast tussen dat moment van stille triomf en de overwinningen met hoge inzet die Ryan in directiekamers nastreefde, trof hem met kracht. Hier werd succes gemeten in verdiend vertrouwen in plaats van gesloten deals, in heling in plaats van overname.

Er verschoof iets in Ryan's blik terwijl hij Emma aan het werk zag, een erkenning dat haar manier van omgaan met gebroken dingen een geduld en empathie vergde die hij in zijn zakelijk gerichte leven zelden oefende. Haar wereld werkte volgens een ander tijdschema, waar vooruitgang werd gemeten in kleine gebaren in plaats van kwartaalrapporten, waar kwetsbaarheid met zachtheid werd beantwoord in plaats van met uitbuiting.

Toen Emma uiteindelijk merkte dat hij er was, bleef haar glimlach, al werd die gereserveerder. Ze fluisterde iets tegen het paard, streek nog één keer over zijn hals en liep naar het hek waar Ryan stond.

'Joe belde om te zeggen dat je zou komen,' zei ze, terwijl ze een pluk haar uit haar gezicht streek. 'Dank je dat je het betalingsplan hebt geaccepteerd. Het betekent meer dan ik kan zeggen.'

Ryan knikte, vreemd geboeid door de oprechte dankbaarheid in haar ogen, zo anders dan de berekende waardering die hij doorgaans in zijn professionele leven ontmoette. 'Het is een redelijk arrangement. En het geeft me een excuus om te zien hoe het met Phoenix gaat.'

'Hij doet het goed,' zei Emma, en haar uitdrukking klaarde op. 'Wil je hem zien? Ik ga zo met hem aan het werk.'

En Ryan, die van plan was geweest niet meer dan een half uur te besteden aan het bespreken van hekonderhoud en aansprakelijkheidsmaatregelen, hoorde zichzelf knikken, onverklaarbaar aangetrokken tot deze wereld van tweede kansen en stille heling.

Ryan volgde Emma over het erf en merkte hoe verschillende paarden in de nabijgelegen paddocks hun hoofd hieven om haar voorbij te zien lopen, de oren gespannen van herkenning. Ze bewoog met dezelfde rustige zekerheid die hij had gezien tijdens Phoenix' avontuur op de golfbaan, haar pas doelgericht maar niet gehaast. Het contrast tussen haar versleten spijkerbroek en werklaarzen en zijn keurig geperste chino's en Italiaanse instappers ontging hem niet, een zichtbaar geheugensteuntje aan hun verschillende werelden.

'Phoenix staat in de achterste paddock,' legde Emma uit, terwijl ze gebaarde naar een veld in de verte waar een donkere gestalte in zijn eentje graasde. 'Ik hou hem apart van de anderen terwijl hij zich aanpast. Volbloeden die net van de baan zijn, weten vaak niet hoe ze met andere paarden moeten omgaan. De rensport kan hen sociaal afstompen.'

Ryan knikte en merkte dat hij oprecht geïnteresseerd raakte. 'Hoe lang duurt revalidatie meestal?'

'Dat verschilt enorm,' antwoordde Emma, terwijl ze vaart minderde bij een hek. 'Sommige paarden passen zich binnen weken aan. Andere doen er maanden of zelfs jaren over. Phoenix gaat eigenlijk sneller vooruit dan ik had verwacht, gezien zijn verleden.'

Ze bleef bij het hek staan en haalde een klein stoffen zakje uit haar zak. Het zwarte paard in de paddock hief onmiddellijk zijn hoofd, zette de oren naar voren en liep met verrassende gretigheid naar hen toe. Ryan spande onwillekeurig iets aan, denkend aan de destructieve paniek van het dier op zijn golfbaan, maar van die uitzinnige energie was nu geen spoor. Phoenix naderde het hek met beheerste passen, zijn ogen gericht op Emma.

'Hallo, knapperd,' murmelde ze, terwijl ze een zwart snoepje op haar vlakke handpalm aanbood. 'Klaar voor wat werk vandaag?'

Phoenix' lippen plukten het snoepje voorzichtig van haar hand, en zijn massieve hoofd zakte zodat Emma over zijn hals kon aaien. De gedaanteverwisseling ten opzichte van het doodsbange dier dat over Ridgemonts fairways had geraasd was opmerkelijk.

'Is dat drop?' vroeg Ryan, toen de kenmerkende geur zijn neus bereikte.

'Ik heb nog nooit een paard ontmoet dat er niet van hield. Maar Phoenix wist niet wat hij ermee aan moest toen hij hier net kwam.' Ze lachte zachtjes toen het enorme paard haar hand hoopvol aanstootte. 'Kijk hem nu eens. Bedelen.'

'Wat doet je precies met ze?' vroeg Ryan, terwijl hij respectvol afstand hield toen Emma een halster om Phoenix' hoofd schoof en een leidtouw vastklikte. 'Om ze te revalideren, bedoel ik.'

Emma zwaaide het hek open en leidde Phoenix met rustige autoriteit naar buiten. 'Kort gezegd help ik ze traumareacties af te leren en nieuwe associaties op te bouwen. Ren-volbloeden worden doorgaans getraind met methoden die onmiddellijke gehoorzaamheid boven begrip stellen. Ik draai die aanpak om.'

Ze leidde Phoenix richting de roundpen. 'Wil je een trainingssessie zien? Ik was van plan vandaag voor het eerst op hem te gaan zitten.'

Ryan's wenkbrauwen gingen omhoog. 'Is dat veilig? Na zijn reactie op de helikopter...'

Emma's glimlach was zelfverzekerd zonder arrogant te zijn. 'Phoenix en ik hebben hiernaartoe gewerkt. Hij is klaar voor een korte, positieve ervaring. Niets veeleisends, gewoon een ruiter accepteren terwijl hij rustig blijft.'

Toen ze de roundpen inliepen, klikte Emma het leidtouw los, zodat Phoenix vrij kon bewegen binnen de cirkelvormige ruimte. De volbloed draafde een rondje langs de omheining, zijn krachtige spieren golfden onder zijn zwarte vacht, waarna hij terugkeerde naar Emma's zijde als een goed getrainde hond.

'Braaf,' prees ze, terwijl ze met lange, vloeiende halen haar handen over zijn hals en flanken liet gaan. Ryan keek gefascineerd toe hoe ze het paard systematisch betastte en merkte hoe Phoenix geleidelijk ontspande, zijn oogleden zakten in zichtbare tevredenheid.

'Mam! Meneer Wardell!'

Jemima's stem droeg over het erf terwijl ze naar hen toe rende, blond haar op en neer deinend bij elke stap. Ze klauterde moeiteloos op de reling rond de roundpen met de onbewuste gratie van een kind dat tussen paarden is opgegroeid.

'Gaat je op Phoenix rijden?' vroeg ze, ogen stralend van opwinding. 'Heb je meneer Wardell al over zijn mond verteld?'

Emma knikte en bleef het paard ritmisch strelen. 'Ik stond net op het punt om de trainingsaanpak uit te leggen.'

Jemima wendde zich tot Ryan met de serieuze uitdrukking van een docent. 'Phoenix heeft littekens in zijn mond van racebitten,' vertelde ze hem. 'Echt nare, waardoor hij in paniek raakt zodra er iets van metaal daar komt. Dus mam gaat een bitloos hoofdstel gebruiken als ze zover is, maar vandaag gebruikt ze alleen het halster.'

Ryan voelde zich gecharmeerd door haar oprechte deskundigheid. 'En is dat veilig?'

'Mam zegt dat het veiliger is dan vechten met een bang paard,' antwoordde Jemima nuchter. 'En ze rijdt graag zonder zadel bij de eerste sessies, omdat er dan niets is waar ze van kunnen schrikken, alleen haar gewicht. En als ze eraf komt, blijft er niets achter haken.'

Ryan keek naar Emma, die nog steeds met die lange, beheerste halen over Phoenix' lichaam ging. De gedachte aan haar, gezeten op dat enorme dier zonder zadel of hoofdstel, deed zijn maag zich bezorgd samenknijpen.

'We stappen alleen vandaag,' zei Emma, alsof ze zijn ongerustheid aanvoelde. 'De roundpen houdt hem binnen, en dit draait om positieve associaties opbouwen, niet om controle.'

Ryan keek toe terwijl ze Phoenix verder voorbereidde en tegen hem sprak met diezelfde zachte, vaste stem die hij bij hun eerste ontmoeting had gehoord. Het paard bleef ontspannen; zijn af en toe gesnuif en oorbewegingen verraadden alertheid in plaats van angst.

Na enkele minuten van deze stille voorbereiding liep Emma naar een getrapt, rond blok in het midden van de ring. Phoenix ging met haar mee zonder dat ze een hand aan het halster hoefde te slaan, blijkbaar graag in haar nabijheid. Emma nam de tijd om hen beiden langzaam goed te positioneren, liep toen de treden op en bracht haar lichaam boven Phoenix' rug. De oren van de volbloed draaiden naar haar toe, maar hij bleef stil, ogenschijnlijk onberoerd door haar verhoogde positie terwijl Emma zijn rug begon te strelen en zijn schouders en manen te krabben. Het grote paard strekte zelfs zijn hals, alsof hij Emma aanmoedigde harder te krabben.

'Dit is het moment van de waarheid,' fluisterde Jemima tegen Ryan, haar kleine hand onbewust zijn mouw omklemmend van verwachting. 'De eerste keer is altijd het lastigst.'

Langzaam boog Emma voorover en liet haar bovenlichaam op Phoenix' blote rug rusten, terwijl ze hem bleef krabben en wrijven, en onophoudelijk tegen hem mompelde om hem gerust te stellen. Phoenix reageerde niet, en na een paar tellen verplaatste Emma haar gewicht en zwaaide één been over Phoenix' rug.

Ryan merkte dat hij zijn adem inhield toen haar gewicht zich op het paard zette. Phoenix spande zich een moment, zijn krachtige lichaam werd even stijf, en Ryan deed instinctief een stap naar voren voordat hij zich herpakte.

Maar Emma bleef volkomen kalm, haar handen licht op Phoenix' hals, haar stem in diezelfde rustgevende cadans. 'Braaf. Zo is het. Niets om je druk over te maken. Ik ben het maar hier bovenop.'

Ongelooflijk genoeg ontspande het paard, zijn gespannen houding verzachtte terwijl Emma hem zachtjes bleef geruststellen. Ze deed geen poging hem te sturen; ze zat er slechts, en gaf hem de tijd om te wennen aan haar gewicht en aanwezigheid.

'Nu zal ze hem vragen te stappen,' vertelde Jemima, terwijl haar greep op Ryan's mouw verslapte. 'Alleen met haar stem. Geen schoppen of trekken.'

En inderdaad, Emma's zachte 'Stap' ging gepaard met de geringste verplaatsing van haar houding, en Phoenix begon in een bedaard tempo voorwaarts te bewegen, de roundpen in beheerste passen rondgaand. Zijn oren bleven lichtjes naar achteren gericht, zijn aandacht duidelijk bij Emma, al was zijn pas ontspannen ondanks de ongewone situatie van een ruiter dragen zonder het vertrouwde toebehoren van zadel of bit.

'Ze is briljant, hè?' zei Jemima, hoorbaar trots. 'Mam kan elk paard maken.'

Ryan knikte, oprecht onder de indruk van de stille communicatie tussen paard en ruiter. Er zat iets bijna magisch in het vertrouwen dat Emma had opgebouwd met een dier dat nog maar een paar dagen geleden een gevaarlijk projectiel van paniek en spieren was geweest.

Terwijl Phoenix zijn rustige cirkels bleef lopen, werd het Ryan duidelijk dat zijn aanwezigheid en die van Jemima meer afleiding konden zijn dan Emma tijdens deze cruciale eerste rit nodig had. De blik van de volbloed flitste af en toe naar hen, zijn ritme even verstoord voordat Emma's zachte stem zijn aandacht weer terugleidde.

'Ik denk dat jouw moeder zich moet concentreren,' zei Ryan zacht tegen Jemima. 'Misschien kun je me nog wat verder rondleiden? Ik zie graag de rest van Ridgewater.'

Jemima's gezicht lichtte op bij de suggestie. 'Echt? Ik kan je Sparky laten zien, mijn oude pony, en Pepper, mijn nieuwe merrie! En de grote piste waar tante Kate dressuur rijdt! En het springveld!'

Ryan glimlachte om haar enthousiasme. 'Klinkt perfect. Jij gaat voorop.'

Hij ving Emma's blik op terwijl ze zich klaarmaakten om te vertrekken, en zij schonk hem een dankbare glimlach, duidelijk waarderend dat hij de situatie aanvoelde. De eenvoudige warmte van die glimlach raakte hem meer dan hem lief was en veroorzaakte een onbekend gefladder in zijn borst terwijl hij Jemima weg volgde van de roundpen.

'Laten we bij jouw pony's beginnen,' stelde hij voor, terwijl hij nog één keer naar Emma en Phoenix keek, de stille harmonie van hun beweging een beeld vormend waarvan hij vermoedde dat het nog lang zou blijven hangen, lang nadat hij was teruggekeerd naar de tot in de puntjes onderhouden voorspelbaarheid van de golfbaan.

Hoofdstuk Vijf

'DIE ZIET ER CHIC uit,' merkte Jemima op terwijl ze naar Ryans BMW-golfkar liepen, waarvan de glanzende buitenkant niet echt paste bij de praktische omgeving van Ridgewater. 'Mams pickup maakt rare geluiden als hij start. Zij zegt dat hij gewoon met ons praat, maar tante Sarah zegt dat hij over pensioen aan het praten is.' Ze keek met open nieuwsgierigheid op naar Ryan. 'Ik heb nog nooit in een golfkar gezeten. Mogen we ermee rondrijden?'

Haar blauwe ogen werden groot met de universele blik van een kind dat een onverwachte traktatie heeft gespot. 'Ik kan rijden! Ik kan heel goed rijden op het kleine tractortje dat opa me laat gebruiken als hij thuis is. En de golfkar bij oom Harry.'

Ryan aarzelde en woog de risico's af. De kar was niet bijzonder snel, de paden op het terrein leken vlak genoeg, en Jemima had duidelijk ervaring met soortgelijke voertuigen. Toch was een achtjarige in zijn golfkar laten rijden niet bepaald standaard risicomanagement.

'Alsjeblieft, meneer Wardell? Ik zal supervoorzichtig zijn. Ik mag sowieso niet in de buurt van het meer of de achterheuvel zonder een volwassene.'

Tot zijn eigen verbazing knikte Ryan. 'Goed dan, maar ik moet heel goed toezicht houden. En we blijven op vlakke, open stukken.'

Jemima's verrukte glimlach maakte iets los in zijn borst, een sensatie zo ongewoon dat hij het bijna niet herkende als pure vreugde om het geluk van een kind. Wanneer had hij voor het laatst iets gedaan puur om iemand anders blij te maken, zonder strategisch voordeel voor zichzelf?

'Dit is geweldig,' verklaarde Jemima, terwijl ze met zelfverzekerde vanzelfsprekendheid op de bestuurdersstoel klom. Haar benen reikten net tot de pedalen, haar kleine handen klemden vastbesloten om het stuur. 'Waar zullen we eerst heen? De stallen? De grote piste? Oh, ik weet het, laten we eerst Sparky zien!'

De kar zoemde tot leven zodra de sleutel werd omgedraaid, de elektromotor bijna stil vergeleken met de benzinemodellen die veel clubs nog gebruikten.

Ryan ging naast haar zitten, zich er scherp van bewust hoe vreemd deze situatie op zijn collega's of cliënten zou overkomen: de gepolijste zakenman die over een paardenbedrijf wordt rondgereden door een enthousiast kind. Maar terwijl Jemima de kar met verrassende vaardigheid over de ingesleten paden van het terrein stuurde, merkte hij dat hij zich ontspande.

'Sparky was mijn eerste pony,' legde Jemima uit, terwijl ze zorgvuldig om een plas heen stuurde. 'Ik kreeg hem toen ik vier was, maar ik word nu te lang voor hem. Hij is een lespony, wat betekent dat andere kinderen die net leren rijden hem gebruiken.' Ze wees naar een kleiner weiland waar verschillende pony's vredig graasden. 'Dat is hem, die bruine met die witte bles en één blauw oog. Het is een Welsh-kruising.'

Ryan zag de stevige pony meteen, met een dikke, gezond ogende vacht. Jemima bracht de kar behoedzaam tot stilstand bij het hek.

'Sparky! Kom eens hier, jongen!'

De pony hief zijn hoofd bij haar roep, oren spits naar voren. In een ontspannen draf kwam hij naar het hek en reikte met zijn neus naar Jemima's uitgestrekte hand.

'Hij is prachtig,' merkte Ryan op, oprecht onder de indruk van de verzorgde uitstraling en het zachtaardige karakter van de pony.

'Hij is een superpony,' zei Jemima, terwijl ze met zichtbare genegenheid over zijn voorhoofd streek. 'Maar Pepper is nu mijn wedstrijdpaard. Zij is degene die oom Harry me speciaal heeft gegeven, omdat ik klaar ben voor grotere sprongen.' Een vleugje trots kleurde haar stem. 'Wil je haar zien?'

Ryan knikte, gecharmeerd door haar enthousiasme. Terwijl Jemima hen naar een ander weiland reed, gaf ze een doorlopend commentaar op de indeling en geschiedenis van Ridgewater, opmerkelijk veel kennis voor een kind van haar leeftijd.

'Dat is de hengstenstal waar Legend staat, maar daar mogen we niet in zonder tante Sarah of opa. En daar heeft Duchess haar veulen gekregen, Miracle. Hij wordt later mijn Olympisch paard, maar pas als ik veel ouder ben, minstens zestien, zegt tante Kate.'

Ze sprak met zoveel zekerheid over haar toekomst dat Ryan haar helderheid van doel benijdde. Op haar leeftijd waren zijn eigen ambities vaag geweest, meer gevormd door de verwachtingen van zijn vader dan door persoonlijke passie.

De kar minderde vaart toen ze een wei naderden waar een kleine zwarte merrie alleen graasde, haar ranke elegantie direct te onderscheiden van de gedrongener pony's die ze gepasseerd waren.

'Dat is Pepper,' kondigde Jemima aan, haar stem tot een eerbiedige fluistering gezakt. 'Is ze niet het mooiste paard ooit? Haar officiële naam is Peppermint Twist, maar wij noemen haar Pepper. Ze was te klein om te racen, maar oom Harry zegt dat ze perfect is voor juniorenspringen.'

Ryan bekeek de merrie met hernieuwde waardering en merkte haar harmonische verhoudingen en alerte uitdrukking op. Zelfs voor zijn ongetrainde oog had ze iets bijzonders, een verfijning die getuigde van zorgvuldige fokkerij.

'Ze ziet er... waardevol uit,' merkte hij op, terwijl hij zich afvroeg hoe de financiële verhoudingen lagen bij een man die duidelijk een duur paard aan een achtjarige schonk.

'Nou, als ze had kunnen racen, was ze heel veel waard geweest,' bevestigde Jemima opgewekt. 'Haar grootvader won de Melbourne Cup. Maar oom Harry gaf haar aan mij omdat hij van me houdt en omdat tante Pip als zijn dochter is en ook omdat mam hem ooit hielp met een heel moeilijk paard dat niemand anders kon "repareren" en dat toen heel veel koersen is gaan winnen.' Ze keek met totale ernst naar Ryan. 'Mam kan ieder paard "repareren", hoe stuk het ook is.'

Er was iets in haar formulering dat Ryans aandacht trok, een kinderlijke, onschuldige onthulling van haar moeders bijzondere gave. Emma maakte gebroken wezens heel, niet alleen als werk maar als roeping. Het contrast met zijn eigen werk, dat vooral bestond uit het herstructureren van organisaties voor meer winst, trof hem onverwacht hard.

Terwijl Jemima haar rondleiding vervolgde, betrapte Ryan zich erop dat hij details opmerkte die verder gingen dan de praktische indeling van het terrein. De verouderde maar zorgvuldig onderhouden infrastructuur en apparatuur, de plekken met slijtage die met zichtbare zorg waren gerepareerd in plaats van vervangen. De kwaliteit van de paarden zelf, hun glanzende vachten en gezonde uiterlijk die wezen op uitzonderlijk management.

Hij herkende de tekenen van een bedrijf dat drijft op passie meer dan op winst, waar uitgaven worden geprioriteerd op basis van de behoeften van de dieren in plaats van op esthetische uitstraling. Of was het simpelweg rurale nuchterheid, generatiegewoonten van "niet maken wat niet kapot is"? Er hing een onmiskenbare harmonie over Ridgewater, een gevoel van doelgerichtheid dat doordrong in alles, van de methodische organisatie van het materieel tot het tevreden voorkomen van de paarden.

'Mam werkt echt hard,' zei Jemima, alsof ze zijn gedachten las, terwijl ze de kar voorzichtig parkeerde bij het hoofdblok van de stallen. 'Soms blijft ze de hele nacht op bij zieke paarden, maar ze klaagt nooit. Tante Kate zegt dat mam liever zelf zonder lunch gaat dan dat een van haar rescues een maaltijd mist.'

De terloopse opmerking onthulde meer over Emma's karakter dan Jemima misschien besefte en schetste een beeld van een vrouw die zware verantwoordelijkheden draagt terwijl ze haar dochter beschermt tegen de last van hun financiële zorgen. Ryan dacht aan Emma in de ronde longeercirkel met Phoenix, haar rustige zelfvertrouwen dat ongetwijfeld aanzienlijke druk maskeerde, en voelde een golf van bewondering die hem verraste door haar intensiteit.

Ze eindigden de rondleiding bij het hoofdgebouw, een verweerde Queenslander. De brede veranda's en verhoogde ligging gaven het, ondanks wat afbladderende verf, een waardige uitstraling.

'Dat is het Grote Huis,' legde Jemima uit. 'Opa en oma zijn vorig jaar naar The Shack verhuisd, al is het eigenlijk geen hut maar een heel mooie cabin bij het meer, en de backpackers wonen in The Barracks, dat lang geleden de hoofdwoning was, nog voor mam geboren werd, maar de rest van ons woont hier. Inclusief oom Marcus en oom Jake, die dit jaar zijn ingetrokken.'

Ryan keek op zijn horloge en schrok toen hij besefte dat er bijna twee uur verstreken waren sinds zijn aankomst. De inspectie van de omheining, zijn ogenschijnlijke reden voor het bezoek, was volledig blijven liggen, maar hij voelde geen enkele haast om die te doen. In plaats daarvan merkte hij dat hij ertegen opzag om te vertrekken, weg uit deze plek waar de tijd in een ander tempo leek te gaan, geleid door de natuurlijke ritmes van de dieren in plaats van door de meedogenloze drang van de commercie.

'Daar is mam,' zei Jemima, wijzend naar de round pen waar haar moeder inmiddels weer op eigen benen stond en Phoenix in rustige cirkels leidde, de volbloed haar met aandachtige interesse volgend. 'Laten we haar laten zien hoe goed ik kan rijden!'

Toen ze naderden keek Emma op, haar glimlach verbreedde bij het zien van hen. Het zonlicht ving in haar haar, waardoor amberkleurige lokken tussen het bruin oplichtten, en Ryan voelde een onverwachte benauwdheid in zijn borst. Ze zag er moe maar vervuld uit, haar band met het paard naast haar duidelijk in hun gesynchroniseerde bewegingen.

'Ik zie dat jullie de deluxe rondleiding hebben gehad,' riep ze.

'Jemima is een uitstekende gids geweest,' antwoordde Ryan, terwijl hij zichzelf breed zag glimlachen, zonder de zorgvuldige modulatie die hij gewoonlijk in professionele settings hanteerde. 'En een verrassend bekwame chauffeuse.'

'Ik heb hem alles laten zien,' kondigde Jemima trots aan. 'Sparky en Pepper en de grote piste en zelfs Legends stal, al zijn we niet naar binnen gegaan vanwege de regels.'

Emma's uitdrukking verzachtte toen ze naar haar dochter keek, en Ryan was getuige van het samenspel van kracht en tederheid dat haar definieerde. Hier was een vrouw die getraumatiseerde dieren van een halve ton het hoofd bood, en toch zo zacht bleef met haar dochter, zo toegewijd aan het creëren van veiligheid in omstandigheden die duidelijk precair waren.

'We moeten meneer Wardell maar laten teruggaan naar zijn golfclub,' zei Emma, al klonk er een vraag door in haar toon.

'Eigenlijk,' hoorde Ryan zichzelf zeggen, 'heb ik de grensomheining nog niet goed geïnspecteerd. Misschien nadat je klaar bent met Phoenix?'

De woorden verbaasden hem net zozeer als ze Emma leken te verrassen; zijn gewoonlijk efficiënte aanpak maakte plaats voor talmen in deze vredige omgeving, die zo scherp contrasteerde met de gecontroleerde perfectie van Ridgemont. Maar toen Emma knikte en haar glimlach warmer werd, erkende Ryan de waarheid: de omheining was slechts een excuus om in haar gezelschap te blijven, om meer te ervaren van deze wereld waar kapotte dingen met geduld en vriendelijkheid worden hersteld in plaats van afgedankt voor nieuwere modellen.

Emma leidde Phoenix uit de round pen met de stille voldoening van een trainer wiens sessie goed is verlopen. De volbloed volgde aan haar schouder, zijn eerdere spanning vervangen door een ontspannen alertheid die Ryan herkende als vertrouwen. Terwijl hij hen samen zag bewegen, hun passen bijna gesynchroniseerd, werd hij opnieuw getroffen door het partnerschap dat Emma opbouwde met dieren die anderen hadden afgeschreven als te beschadigd of te moeilijk.

'Dat ging nog beter dan ik had gehoopt,' zei ze, terwijl ze even haar hand over Phoenix' glanzende hals liet gaan. 'Eerste ritjes kunnen lastig zijn, maar hij leek te begrijpen dat ik niets moeilijks van hem vroeg.'

'Het was indrukwekkend,' erkende Ryan, en hij meende het oprecht. 'De transformatie vanaf het paard dat over mijn golfbaan stoof is opmerkelijk.'

Emma glimlachte, de trots in haar uitdrukking getemperd door bescheidenheid. 'Hij doet het werk. Ik geef hem alleen de ruimte en de consistentie om vertrouwen op te bouwen.' Ze bracht Phoenix terug naar zijn wei en deed zijn halster af zodra ze binnen het hek waren. Het paard bleef nog even bij haar hangen en sjokte toen weg, om vervolgens heerlijk te rollen in een patch zachte grassprieten.

'Hij ziet er gelukkig uit,' merkte Ryan op, verbaasd over zijn eigen betrokkenheid bij het welzijn van het dier.

'Hij begint het te worden,' stemde Emma toe. 'Daarom is dit werk de moeite waard: zien hoe ze hun waardigheid en vreugde herwinnen.' Ze vergrendelde het hek en controleerde de grendel twee keer voordat ze zich naar Ryan omdraaide. 'Klaar om die omheiningslijn te bekijken?'

Ryan knikte, zich pijnlijk bewust dat zijn oorspronkelijke excuus om zijn bezoek te verlengen nu daadwerkelijk de focus werd. Hij had de golfkar juist hiervoor meegebracht, maar de inspectie die hem eerder zo noodzakelijk leek, voelde nu ondergeschikt aan simpelweg meer tijd doorbrengen in Emma's gezelschap.

'Mag ik ook mee?' vroeg Jemima, stuiterend op haar tenen naast hen. 'Ik kan weer rijden!'

Emma lachte, lichter dan Ryan haar eerder had horen klinken. 'Ik denk dat meneer Wardell liever zelf rijdt tijdens de echte inspectie, liefje. Bovendien, heb je geen huiswerk?'

Jemima's enthousiaste knik verraste Ryan, totdat ze verduidelijkt: 'Wiskunde! En het gaat over geld, wat perfect is, want ik ging meneer Wardell toch al over tante Kates idee vertellen.'

Emma's uitdrukking verschoof subtiel, een vleugje alarm gleed over haar gezicht. 'Jemima, ik denk niet dat dit het moment is voor...'

'Tante Kate zei dat als meneer Wardell de helft van Phoenix zou nemen in plaats van dat u al dat geld moest betalen, het eerlijk zou zijn, omdat Phoenix heel veel waard gaat worden zodra u hem goed hebt gerepareerd,' ging Jemima onverstoorbaar verder, haar kinderlijke directheid die door volwassen omhaal heen sneed. 'En dan zou hij Phoenix kunnen komen zien wanneer hij maar wil, en misschien zelfs ooit op hem rijden, wanneer Phoenix klaar is voor een tweede ruiter.'

Ryan zag hoe de kleur naar Emma's wangen schoot, haar composed houding als trainer even aan het wankelen gebracht door de onschuldige herhaling door haar dochter van wat duidelijk een privéfamiliegesprek was geweest.

'Dat is... Kate dacht alleen maar hardop,' zei Emma snel, terwijl haar blik van de zijne wegschoot. 'Het was geen serieus voorstel.'

'Maar het zou het wel kunnen zijn,' hield Jemima vol met de vasthoudendheid van een kind. 'Phoenix gaat veel meer waard worden dan drieëntwintigduizend dollar als hij klaar is. Tante Kate zegt dat hij makkelijk een zeventigduizend-dollarpaard kan zijn, misschien meer als hij zo goed springt als hij deed over uw golfbaan.'

Ryan voelde zich, ondanks Emma's duidelijke ongemak, geïntrigeerd. Het zakelijke voorstel kon daadwerkelijk hout snijden, ervan uitgaande dat Phoenix' revalidatie succesvol bleef verlopen. Als financiële investering zou het zelfs beter kunnen renderen dan veel conventionele opties, zeker gezien de evidente atletische capaciteiten van de volbloed.

Maar het was het andere aspect van Jemima's suggestie dat zijn belangstelling nog meer wekte: "En dan zou hij Phoenix kunnen komen zien wanneer hij maar wil'.' Een legitieme reden om geregeld naar Ridgewater te komen. Om Emma te zien.

'Jemima, ga jij maar vast aan je huiswerk beginnen,' stelde Emma snel voor, haar toon beslist. 'Ik help je als ik terug ben.'

Het kind knikte, blijkbaar tevreden dat ze haar boodschap had afgeleverd, en huppelde naar het huis, waarbij een ongemakkelijke stilte achterbleef.

'Het spijt me zo,' zei Emma zodra Jemima buiten gehoorafstand was. 'Kate heeft de gewoonte om hardop te denken, en Jemima pikt alles op. Het was geen serieus voorstel.'

'Maar het zou het wel kunnen zijn,' hoorde Ryan zichzelf zeggen, Jemima's woorden echoënd. 'Als Phoenix echt het potentieel heeft waarvan jij gelooft dat hij het heeft.'

Emma's ogen werden iets groter. 'Zou u het echt overwegen?'

Ryan knikte, verbaasd over zijn eigen interesse. 'Het is een ongewone regeling, maar niet zonder precedent. Partnerschap of syndicaat-eigenaarschap is gebruikelijk bij renpaarden. Is dat bij sportpaarden niet ook zo?'

Ze liepen richting de grensomheining, de golfkar even vergeten terwijl ze beiden deze onverwachte wending in hun gesprek verwerkten. Ryan betrapte zichzelf op het berekenen van mogelijke rendementen, de risico-batenafweging van investeren in een paard met Phoenix' combinatie van bewezen racebloedlijnen en ogenschijnlijke springcapaciteiten. Maar onder die vertrouwde zakelijke berekeningen stroomde iets minder kwantificeerbaars mee, een aantrekkingskracht naar een blijvende verbondenheid met Ridgewater. Met Emma.

'Phoenix hééft uitzonderlijk potentieel,' zei Emma behoedzaam toen ze de omheining bereikten die hun percelen van elkaar scheidde. 'Zijn exterieur is zo goed als perfect voor het springen, en hij heeft al enorme scope laten zien. Maar revalidatie is nooit gegarandeerd. Er kunnen tegenslagen zijn, fysiek of psychologisch.'

Ryan knikte en waardeerde haar openheid. 'Elke investering draagt risico.'

'Dit is niet alleen een financiële propositie,' ging Emma verder, nu met een directe blik. 'Paarden zijn geen aandelen of onroerend goed. Het zijn levende wezens met goede en slechte dagen, met eigen karakters en nukken. Partnerschap betekent dat we beslissingen delen over zijn welzijn, zijn training. Bent u bereid tot die betrokkenheid?'

De vraag was praktisch en gericht op Phoenix, maar Ryan hoorde de onderliggende kwestie: was hij, met zijn corporate achtergrond en zorgvuldig geordende bestaan, bereid zich in te laten met de rommelige, onvoorspelbare realiteit van revalidatie? Met verbinding maken, niet alleen met een paard, maar met de mensen die voor hem zorgen?

Ze bleven staan bij een deel van de omheining waar aan de bovenkant recent herstelwerk te zien was, misschien de plek waar Phoenix zijn dramatische ontsnapping had gemaakt.

'Hier is hij eruit gesprongen,' zei ze. 'Hij raakte alleen de bovenste lat, wat echt ongelooflijk is. Het is hier ruim twee meter hoog. Ik kan nog steeds nauwelijks geloven dat hij niet stopte.' Ze gebaarde hem de golfkar dicht bij het hek te zetten, zodat ze achterop kon klimmen om de reparatie te controleren.

'Ik weet niets van paarden,' gaf Ryan toe, terwijl hij haar geoefende beoordeling gadesloeg. 'Maar ik ben wel in staat om te leren.'

Emma wierp hem een blik toe terwijl ze weer op haar stoel ging zitten, zichtbaar verrast. 'Het kan een aanzienlijke tijdsinvestering zijn, niet alleen geld.'

'Dat begrijp ik,' antwoordde Ryan, terwijl hij besefte dat juist de tijdsinvestering deel uitmaakte van de aantrekkingskracht. De gedachte aan regelmatige bezoeken aan Ridgewater, Phoenix' vooruitgang volgen, een legitieme reden hebben om tijd door te brengen in deze wereld die zo anders was dan de zijne, wekte een onverwacht gevoel van voorpret.

Ze vervolgden hun weg langs de omheiningslijn en bespraken praktische zaken als onderhoud en beveiliging, maar Ryan betrapte zich er steeds opnieuw op dat zijn gedachten terugkeerden naar het partnerschapsvoorstel. Louter zakelijk gezien was het onorthodox maar potentieel solide. Phoenix had al uitzonderlijke atletische kwaliteiten getoond, en Emma's expertise in revalidatie bleek uit de transformatie die ze in slechts enkele dagen had bereikt.

Toch moest Ryan, terwijl hij luisterde naar haar uitleg over de verschillende voorzorgsmaatregelen die ze hadden genomen om een nieuwe ontsnapping te voorkomen, erkennen dat zijn belangstelling verder ging dan koude financiële berekening. Er was iets onweerstaanbaars aan Emma zelf, aan haar geduldige kracht en vanzelfsprekende expertise. Aan de manier waarop ze een leven had opgebouwd dat draaide om helen in plaats van verwerven, om tweede kansen in plaats van snelle winst.

Zijn eigen leven, met zijn gelikte netheid en nadruk op perfectie, leek ineens steriel in vergelijking daarmee. Wanneer had hij voor het laatst de eenvoudige voldoening ervaren die Emma liet zien na haar geslaagde eerste rit op Phoenix? Zijn overwinningen behaalden zich in bestuurskamers en spreadsheets, abstracte successen die zelden de tastbare vervulling boden die op Emma's gezicht te lezen stond terwijl ze met haar paarden werkte.

'Zou je openstaan voor een formeler gesprek over het partnerschap?' vroeg hij toen ze hun inspectie afronden en terugreden richting de hoofdwerf. 'Misschien in aanwezigheid van je zus Kate, aangezien het oorspronkelijk haar idee was. Of je advocaat – meneer Ashford komt uiterst verstandig over.'

Emma bekeek hem even, haar uitdrukking peinzend. 'U bent hier echt serieus over.'

'Dat ben ik,' bevestigde Ryan, de zekerheid in zijn stem zelfs voor hemzelf verrassend. 'Ik denk dat het voor ons beiden voordeel kan opleveren.'

Wat hij niet onder woorden bracht, wat hij pas net tegenover zichzelf begon te erkennen, was hoeveel het arrangement hem persoonlijk aantrok. Phoenix vertegenwoordigde niet alleen een potentieel financieel rendement, maar ook een brug tussen zijn wereld en die van Emma, een legitieme reden om de grens over te steken die hun percelen en levens scheidde. Het paard dat zoveel ravage op zijn golfbaan had aangericht, stond nu voor iets onverwachts: een kans om zijn leven te verbreden voorbij de enge grenzen van corporatief succes, om de stillere voldoening te ervaren van vooruitgang die wordt gemeten in vertrouwen in plaats van in winstmarges.

'Ik zal met Kate praten,' zei Emma uiteindelijk, haar glimlach voorzichtig maar oprecht. 'Misschien kunt u later deze week bij ons komen eten? Dan kunnen we de details goed bespreken.'

'Dat lijkt me fijn,' antwoordde Ryan, en de eenvoudige waarheid van die woorden resoneerde dieper dan hij had verwacht.

Terwijl hij terugreed naar de golfclub, betrapte Ryan zich erop dat hij zijn terugkeer naar Ridgewater nu al verwachtte. Het partnerschap rond Phoenix was volkomen logisch vanuit zakelijk perspectief, hield hij zichzelf voor. Een diversificatie van investeringen, een verkenning van een onontgonnen markt.

Maar de warmte die zich in zijn borst verspreidde bij de gedachte aan een etentje met Emma en haar familie had niets te maken met bedrijfsstrategie en alles met de onverwachte verbondenheid die hij had gevonden op Ridgewater, waar gebroken dingen met geduld worden gerepareerd en waar tweede kansen verder reiken dan paarden, naar de mensen die voor hen zorgen.

Hoofdstuk Zes

EMMA LEUNDE TEGEN DE houten heiningpaal en keek voor de derde keer in evenveel minuten op haar horloge. Marcus had een halfuur geleden geappt dat ze het vliegveld uit waren, wat betekende dat Zoe Webb elk moment kon aankomen. De knoop in Emma's maag trok strakker. Ze had zoveel gehoord over Marcus' zus en haar bijna mystieke talent met getraumatiseerde paarden, dat ze Zoe in haar hoofd had opgeblazen tot een soort wonderdokter. Wat als de werkelijkheid niet klopte? Wat als Phoenix zelfs voor Zoe niet te helpen was?

Het geluid van banden op grind trok haar aandacht naar de oprit, waar Marcus' pick-up tot stilstand kwam. Emma richtte zich op en veegde denkbeeldig stof van haar spijkerbroek. Phoenix had de afgelopen dagen opmerkelijke vooruitgang geboekt, maar ze wist dat, als ze ook maar enige kans wilde maken om Phoenix in te schrijven voor springwedstrijden, het diepgewortelde trauma van het paard iemand vergde met specialistische kennis, iemand zoals Zoe Webb.

De passagiersdeur ging open en een tengere vrouw stapte uit, haar armen boven haar hoofd uitrekkend met een theatraal kreuntje dat over het erf droeg. Ze leek op een meer vrouwelijke versie van Marcus, met hetzelfde donkere, krullende haar, al leek het hare vastbesloten te ontsnappen aan de praktische vlecht. Waar Marcus zich kalm en gestaag bewoog, stuiterde Zoe bijna, haar hele lichaam voortdurend in beweging terwijl ze eenvoudigweg naar haar tassen reikte.

'Emma!' riep Zoe, die met verrassende vaart op haar af liep voor iemand die net ruim vierentwintig uur onderweg was geweest. Haar accent was uitgesproken Brits, haar stem warm en levendig. 'Marcus heeft sinds hij me ophaalde niet opgehouden over jouw paard. Bijna twee keer gecrasht omdat hij me tijdens het rijden foto's wilde laten zien.'

Marcus, die tassen uit de bak van de pick-up tilde, rolde met zijn ogen. 'Ik heb je één foto laten zien bij rood licht.'

'Details,' wuifde Zoe weg, terwijl ze Emma met een grijns haar hand toestak. 'Zoe Webb. Je bent vast voor me gewaarschuwd.'

Emma lachte en voelde zich meteen op haar gemak bij haar. 'Alleen dat je de beste paardengedragstherapeut aan deze kant van de evenaar bent.'

'Nou, tot zestien uur geleden zat ik zeker aan de andere kant van de evenaar, dus technisch gezien klopt dat,' antwoordde Zoe, met een stevige handdruk. 'Waar is die Phoenix over wie ik zoveel heb gehoord? Marcus zegt dat hij ernstig getraumatiseerd is, maar buitengewoon talent heeft.'

'Hij staat in de achterste wei,' zei Emma, wijzend richting het pad. 'Ik dacht alleen dat je misschien eerst wilde uitrusten. De vlucht vanuit Londen is slopend.'

Zoe schudde haar hoofd al. 'Slapen is voor watjes. Ik heb nog zo'n vier uur voordat de jetlag me neerslaat, dus die besteed ik liever aan het beoordelen van jouw paard dan aan plafondstaren.' Ze draaide zich naar haar broer. 'Dump mijn spullen maar ergens, Marc. Ik regel het later wel.'

Marcus zuchtte met het geduld van iemand die al lang gewend is aan de wervelstorm die zijn zus kon zijn. 'Ik zet het in de logeerkamer en kom naar Phoenix' wei.'

Terwijl ze liepen, merkte Emma dat ze meer praatte dan normaal, terwijl ze Zoe bijpraatte over Phoenix' geschiedenis, zijn panische vlucht voor de helikopter en de vooruitgang die ze hadden geboekt. Zoe luisterde met geconcentreerde intensiteit en onderbrak af en toe met scherpe vragen over zijn fysieke reacties en gedragspatronen.

'De rensport heeft veel uit te leggen,' zei Zoe toen ze Phoenix' wei naderden. 'Zoveel briljante dieren die afgedankt worden zodra ze niet meer presteren. Het is crimineel.' Ze hield in en spotte Phoenix die aan het andere eind van het veld graasde. 'Daar is hij. Prachtig dier. Eens kijken wat hij ons vertelt.'

Emma maakte het hek open, klaar om Zoe door de voorzichtige benadering te leiden die ze voor Phoenix had ontwikkeld, maar Zoe bewoog zich al met zelfverzekerde gratie de wei in, haar lichaamstaal volledig veranderd. Waar ze net nog levendig en bijna hyper was, bewoog ze nu met een vloeiende rust die Emma deed denken aan water dat over stenen glijdt.

Phoenix hief zijn hoofd, neusgaten trillend terwijl hij Zoe's onbekende geur opving. Emma spande zich, klaar voor zijn gebruikelijke wantrouwige terugtrekking, maar hij bleef staan en bekeek de naderende onbekende met voorzichtige interesse.

'Hallo, schoonheid,' murmelde Zoe, haar stem in een zachte cadans die over de wei droeg. 'Je hebt nogal een reis achter de rug, hè?'

Ze stopte enkele meters van Phoenix, zonder hem direct aan te kijken en haar lichaam iets afgewend in een niet-confronterende houding. Toen deed ze iets waardoor Emma verrast knipperde: ze gaapte, een overdreven, theatrale beweging die totaal niet bij het moment leek te passen.

Phoenix' oren schoten naar voren, zijn hoofd kantelde nieuwsgierig.

'Gaaapjes geven ontspanning aan paarden aan,' legde Zoe zacht aan Emma uit. 'Het werkt aanstekelijk, net als bij mensen.' Alsof op commando liet Phoenix zijn hoofd een fractie zakken en trilden zijn lippen. 'Zie je? Hij verwerkt het.'

Geleidelijk verkleinde Zoe de afstand tussen hen, haar bewegingen zo vloeiend en onbedreigend dat Phoenix geen aanstalten maakte om weg te lopen. Toen ze hem eindelijk bereikte, raakte ze hem niet meteen aan, maar bleef naast hem staan en ademde in het ritme van zijn ademhaling.

'Ik ga je nu aanraken,' zei ze het paard gemoedelijk. 'Hier.' Haar hand kwam naar zijn hals en rustte licht op de kam net achter zijn oor. 'Dit is de Masterson Method,' legde ze aan Emma uit. 'Het gaat om het loslaten van spanning in plaats van het afdwingen van gehoorzaamheid. We luisteren naar wat het lichaam ons vertelt.'

Emma keek gefascineerd toe hoe Zoe zich methodisch over Phoenix' lijf werkte, met een aanraking zo licht dat die nauwelijks zichtbaar was. Toch waren de reacties van het paard onmiskenbaar: zijn ogen verzachtten, zijn ademhaling werd dieper en af en toe trilde of bewoog een spier onder haar vingers.

'Dit is een ontspanning,' merkte Zoe op toen Phoenix' hals plotseling lang werd en hij diep ademhaalde. 'Zijn lichaam laat vastgehouden spanning los. Kijk naar zijn oog nu, zie je hoe het zachter is?'

Emma kwam dichterbij en zag de verandering in Phoenix' uitdrukking. De witte angstrand die zijn oog meestal omcirkelde, was verminderd en vervangen door een meer ontspannen blik.

'Hij houdt hier enorm veel spanning vast,' zei Zoe, haar vingers die amper over zijn atlasstreek gleden. 'En zijn kaakgewricht zit potdicht. Geen wonder dat hij in paniek raakt als er iets bij zijn mond komt.' Ze ging door met haar beoordeling, af en toe zachte geluidjes van bezorgdheid of interesse makend. 'Zijn rug is eigenlijk in betere staat dan ik had verwacht, al zit er wel spanning door de lendenen. Iemand heeft goed werk met hem gedaan.'

'Dat is allemaal Emma,' zei Marcus, die stilletjes bij hen kwam staan. 'Ze heeft zelf ook behoorlijk wat gevoel in haar handen.'

Zoe knikte goedkeurend naar Emma. 'Je hebt een goede basis gelegd. Maar er zit diep trauma, lichamelijk én psychisch. Het goede nieuws is: zijn exterieur is spectaculair. Het slechte nieuws: we praten over maanden specialistisch werk.'

'Maanden?' Emma's hart zonk. Het afbetalingsplan was te doen, maar alleen als ze haar reguliere training en lessen kon blijven geven. Maanden intensieve revalidatie voor Phoenix zouden haar middelen nog verder oprekken.

'Minimaal,' bevestigde Zoe, terwijl ze Phoenix' benen bekeek. 'Maar Emma, dit paard...' Ze hield even in en keek op met een onverwachte intensiteit in haar goudbruine ogen. 'Zijn atletisch vermogen is buitengewoon. Als we het trauma oplossen, kan hij Grand Prix-niveau aan. Ik heb met internationale springpaarden gewerkt die niet zijn natuurlijke vermogen of exterieur hadden.'

Marcus floot zacht. 'Dat zeg je niet zomaar, Zo.'

'Dat zeg ik eigenlijk nooit,' antwoordde zijn zus, terwijl ze vakkundig met haar handen Phoenix' benen afstreek. 'Maar voel dit beenwerk, Marc. En Emma zei dat hij hekken van zes voet nam alsof het niets was, in blinde paniek. Stel je voor wat hij kan met gerichte training en vertrouwen.'

Emma staarde naar Phoenix en zag hem met nieuwe ogen. Ze had op de een of andere manier vanaf het moment dat ze hem bij Laidley Sales zag geweten dat hij bijzonder was, maar Grand Prix-potentieel? Dat ging verder dan haar stoutste hoop voor zijn revalidatie.

'De vraag is,' vervolgde Zoe, terwijl ze overeind kwam, 'kun je de tijd en middelen opbrengen die zijn herstel vergt? Want dit gaat niet alleen om lichamelijke genezing. Zijn vertrouwen is verbrijzeld. Hij heeft consistente, gespecialiseerde begeleiding nodig.'

Emma slikte, de verantwoordelijkheid zwaar op haar schouders. 'Ik weet het niet,' gaf ze toe. 'Financieel is het op dit moment ingewikkeld.'

Zoe knikte begrijpend. 'Ik ben hier in elk geval zes maanden voor deze werkvakantie, en omdat jullie me onderdak geven, is de behandeling van jullie paarden gratis. We beginnen met intensieve dagelijkse sessies en kijken dan waar we staan. Eén ding is zeker,' voegde ze eraan toe, terwijl ze Phoenix nog een laatste zachte aai gaf, 'dit paard is elke minuut die we in hem investeren waard.'

Terwijl ze terugliepen naar het voorerf, was Emma verscheurd tussen euforie over Phoenix' bevestigde potentieel en zenuwen over de middelen die zijn revalidatie zou vereisen. Maar toen ze Zoe levendig met haar broer zag praten, al plannen smedend voor Phoenix' therapierooster, voelde ze een sprankje hoop. Misschien konden ze met Zoe's expertise een manier vinden om

Phoenix te laten herstellen zonder Emma's toch al gespannen financiën te breken.

Emma legde nog een bord op tafel en vroeg zich af hoe haar dag zo had kunnen ontsporen: van nerveus wachten op een paardenspecialist naar het organiseren van een etentje voor de man wiens golfbaan Phoenix had vernield. Vanavond zou Ryan komen eten, hadden ze afgesproken, om verder te praten over de mogelijkheid dat hij een deel van Phoenix zou overnemen. Nu, met de geur van Sarah's gebraad die de keuken vulde en het geluid van stemmen uit de woonkamer, betwijfelde ze haar overhaaste beslissing. Ze was hier niet op voorbereid, niet op hem, niet met Zoe's beoordeling van Phoenix die nog door haar hoofd tolde.

'Nog hulp nodig?' vroeg Kate, terwijl ze met een fles rode en een fles witte wijn de eetkamer binnenzweefde. 'Rood of wit voor Meneer Corporate?'

'Allebei,' antwoordde Emma, terwijl ze het bestek rechtlegde. 'En noem hem alsjeblieft niet zo in zijn gezicht.'

Kate grijnsde. 'Geen beloften. Sarah heeft zichzelf overtroffen met het eten, trouwens. Niets zo motiverend als een potentiële deal om haar innerlijke huisgodin te wekken.'

De deurbel ging, en Emma's maag sloeg onverwacht op hol. Ze streek haar haar glad, zich ineens bewust van haar nonchalante outfit, de versleten spijkerbroek en vaalgeruite blouse die ze na een dag in de wei niet had verwisseld.

'Ik doe open,' riep Jemima, haar voetstappen trippelend over de houten vloer. Even later klonk Ryan's diepe stem door de gang, afgewisseld met Jemima's opgewonden gekwebbel terwijl ze hem blijkbaar een uitvoerig verslag van haar dag gaf.

Emma liep naar de deuropening van de eetkamer en keek toe hoe Ryan haar dochter door de gang volgde. Hij had zijn gebruikelijke zakelijke outfit verruild voor slimme vrijetijdskleding: een donkere spijkerbroek en een strak overhemd met de mouwen opgerold, waardoor zijn gebruinde onderarmen zichtbaar waren. Het effect was onverwacht aantrekkelijk.

'Emma,' begroette hij haar met een glimlach die warmer leek dan bij eerdere ontmoetingen. 'Dank je voor de uitnodiging. Ik heb wijn meegenomen.' Hij hield een fles omhoog die, vermoedde Emma, meer kostte dan haar wekelijkse boodschappenbudget.

'Dat is lief, dank je,' antwoordde ze, terwijl ze de fles aanpakte. 'Iedereen is in de woonkamer. Het eten is bijna klaar.'

Ryan volgde haar naar de rest van de familie, al was Pip er vanavond niet bij; zij en Jake waren een paar dagen naar Sydney om Pip's moeder te bezoeken. Sarah en Marcus spraken zachtjes bij de open haard, terwijl Kate in een levendig gesprek verwikkeld was met Zoe, die opmerkelijk wakker oogde ondanks haar eerdere voorspelling van een aanstaande jetlag-instorting.

'Iedereen, dit is Ryan Wardell,' kondigde Emma aan, zich vreemd formeel voelend in haar eigen huis. 'Ryan, je kent Kate en Sarah al. Dit is Marcus Webb, onze dierenarts en Sarah's verloofde, en zijn zus Zoe, die vandaag uit Engeland is aangekomen.'

Ryan schudde iedereen de hand, zijn manier ontspannen en zelfverzekerd. 'Aangenaam om je allen eens echt te ontmoeten. Marcus, ik geloof dat we kort telefonisch spraken over de verzekeringskwestie.'

'Dat klopt,' bevestigde Marcus. 'Fijn dat we naar een vriendelijkere oplossing toewerken.'

'En Zoe,' ging Ryan verder, zich met interesse naar haar kerend. 'Emma vertelde dat je gespecialiseerd bent in paardengedrag?'

'Schuldig,' antwoordde Zoe met haar kenmerkende directheid. 'Ik heb vanmiddag toevallig net mijn beoordeling gedaan van jouw investering.'

'Mijn potentiële investering,' corrigeerde Ryan met een glimlach. 'Ik begreep dat je in het Verenigd Koninkrijk een stevige reputatie heeft in paardenkringen.'

'Allemaal dik verdiend,' grapte Zoe, waardoor iedereen moest lachen en de sfeer meteen warmer werd.

Sarah kondigde aan dat het eten klaar was, en ze gingen naar de eetkamer, waar de grote houten tafel vol gerechten stond. Toen ze eenmaal zaten, merkte Emma dat ze recht tegenover Ryan zat, met Zoe naast hem en Jemima naast haar. Het gesprek vloeide gemakkelijk terwijl de schalen rondgingen en er wijn werd ingeschonken; de aanvankelijke stroefheid maakte plaats voor het comfortabele ritme van een familiediner.

'Dus, Zoe,' zei Ryan nadat hij Sarah had gecomplimenteerd met het eten, 'wat is jouw professionele oordeel over Phoenix? Emma vindt dat hij al opmerkelijke vooruitgang heeft geboekt.'

Emma spande zich onwillekeurig, onzeker hoe Ryan zou reageren op de tijdslijn die Zoe eerder had geschetst. Maar Zoe aarzelde niet.

'Hij is uitzonderlijk,' zei ze, terwijl ze zichzelf nog wat aardappelen opschepte. 'Tot in zijn kern getraumatiseerd, ja, maar met zo'n natuurlijk atletisch vermogen dat professionele ruiters er hebberig van worden. Zijn exterieur is leerboek-perfect voor het springen en, afgaand op Emma's beschrijving van zijn ontsnapping, is zijn natuurlijk vermogen enorm.'

Ryan knikte bedachtzaam. 'Dat hij überhaupt zulke hoge hekken kan nemen, is al indrukwekkend, zeker zonder training, toch?'

'Het probleem,' vervolgde Zoe, nadat ze zijn vraag beaamd had, 'is de tijd. Zijn lichaam draagt jaren aan spanning en trauma met zich mee, en het is onmogelijk precies te zeggen hoe lang het duurt om dat los te laten. Maar het potentieel...' Ze hield even in, haar ogen helder van professionele bevlogenheid. 'De absolute top van de sport, potentieel. Zodra we zijn issues oplossen.'

Emma hield Ryan scherp in de gaten, en verwachtte de ongeduldigheid van een zakenman met zo'n onbepaald investeringshorizon. In plaats daarvan leek hij oprecht geïnteresseerd; hij stelde Zoe intelligente vragen over Phoenix' prognose en revalidatieplan.

'En wat houdt die Masterson Method precies in?' vroeg hij, tot Emma's verbazing zo betrokken.

Zoe begon uit te leggen, haar handen sprekend terwijl ze de lichaamswerktechniek beschreef. 'Het gaat om luisteren naar de reactie van het paard, werken met het zenuwstelsel in plaats van ertegenin. Vooral effectief bij paarden met diepgeworteld trauma.'

'Fascinerend,' mompelde Ryan, en hij leek het echt te menen. 'En dit is jouw specialiteit?'

'Eén van,' knikte Zoe. 'Ik begon ooit met reguliere diergeneeskunde, net als Marcus, maar ik vond traditionele benaderingen tekortschieten bij psychische trauma's... en eerlijk gezegd was ik niet erg geïnteresseerd in andere dieren dan paarden. Ik ben na mijn eerste jaar gestopt en alternatieve paden gaan volgen.'

Het gesprek ging verder en Ryan toonde een onverwachte openheid voor concepten die Emma te esoterisch had geacht voor zijn corporate denkkader. Terwijl de maaltijd vorderde, betrapte ze zichzelf erop dat ze haar eerste indruk van hem bijstelde: ze merkte zijn doordachte vragen op en zijn oprechte interesse in iedereen aan tafel. Zelfs Jemima werd betrokken; Ryan vroeg naar haar lessen en luisterde aandachtig naar haar opgewonden beschrijvingen van haar laatste prestaties.

Uiteindelijk, toen Sarah het dessert serveerde, stuurde Kate het gesprek richting de eigenlijke zaak. 'Dus, Ryan, ben je nog steeds geïnteresseerd in een samenwerkingsconstructie voor Phoenix, gezien wat Zoe over de tijdslijn heeft gezegd?'

Ryan legde zijn lepel neer, zijn uitdrukking zakelijker maar niet onvriendelijk. 'Eigenlijk ben ik nu meer geïnteresseerd. Het potentieel dat Zoe beschrijft maakt het een investering die de moeite waard is, zelfs met de langere tijdslijn. Ik heb mijn huiswerk gedaan en ik begrijp dat paarden die Grand Prix-niveau halen minimaal zes cijfers waard zijn.'

'De constructie is eenvoudig,' viel Marcus in. 'Je neemt negenennegentig— pardon, negenenveertig procent eigendom van Phoenix in ruil voor het kwijtschelden van de helft van Emma's schuld. Dat verlaagt haar maandelijkse betalingen tot een beter behapbaar niveau en geeft je een aandeel in wat een zeer waardevol sportpaard kan worden. En totdat haar schuld is afgelost, betaalt je niets voor Phoenix' onderhoud; daarna wordt je belast tegen vijftig procent van de normale pensiontarieven van Ridgewater en ben je aansprakelijk voor de helft van eventuele inschrijfkosten, dierenartsrekeningen et cetera.'

Ryan knikte op zijn gemak mee terwijl Marcus de deal uiteenzette.

'Met één voorwaarde,' voegde Emma toe, nu ze haar stem had gevonden. 'Phoenix' welzijn komt bij alle beslissingen op de eerste plaats. Als Zoe of ik op enig moment vinden dat hij niet klaar is voor training of competitie, gaat dat boven alle financiële overwegingen. Daarom zeggen we 49 procent in plaats van 50; ik moet meerderheidsaandeelhouder blijven met de beslissende stem over hoe we verder gaan.'

Ryan's blik ontmoette de hare over de tafel, verrassend warm. 'Ik zou het niet anders willen. Geloof me alstublieft: mijn deskundigheid in dit veld is nul; ik zal me naar je voegen bij alle beslissingen over Phoenix' welzijn of zijn toekomstige wedstrijdplanning en de tijdslijn die daarbij hoort. Dit gaat voor mij niet alleen om financieel rendement.'

'Waar gaat het dan wel om?' vroeg Kate ongenuanceerd.

Ryan overwoog de vraag, zijn vingers die de steel van zijn wijnglas streelden. 'Noem het een verbreding van interesses. De golfclub slokt het grootste deel van mijn tijd op, maar ik ben... gefascineerd geraakt door wat jullie hier doen. Het revalidatiewerk, de tweede kansen.' Hij wierp Emma een blik toe. 'Het is intrigerend.'

Emma voelde een blos haar hals opkruipen bij de intensiteit van zijn blik. Er zat iets in zijn uitdrukking dat ze niet helemaal kon plaatsen, iets... meer dan professionele interesse?

'Ik vind het een eerlijke regeling,' zei Sarah, zoals altijd praktisch. 'Phoenix krijgt de revalidatie die hij nodig heeft, Emma's financiële last wordt lichter en Ryan krijgt mede-eigendom in een paard met uitzonderlijk potentieel.'

'Dan hebben we een deal,' zei Ryan, terwijl hij zijn hand naar Emma uitstak over de tafel. 'Partners?'

Emma aarzelde slechts een fractie voordat ze zijn hand aannam. Zijn handpalm was warm tegen de hare, de handdruk stevig maar niet dominant. 'Partners,' stemde ze toe, terwijl een onverwachte kriebel door haar buik fladderde die niets met zakelijke afspraken te maken had en alles met de manier waarop Ryan's ogen lichtjes kraaienpootjes kregen als hij glimlachte.

Toen het gesprek weer wegdreef van de praktische kant van hun samenwerking, zag Emma hoe Ryan moeiteloos met Zoe praatte over haar ervaringen met internationale sportpaarden, hoe hij Sarah charmeerde met vragen over de familiegeschiedenis van Ridgewater, en hoe hij Kate aan het lachen maakte met een verrassend droge observatie over de lokale politiek. Hij paste in hun huis met een vanzelfsprekendheid die ze niet had voorspeld; zijn zakelijke persona leek te verzachten in de warme familiesetting.

De realisatie dat ze Ryan Wardell misschien volledig verkeerd had ingeschat, was zowel ontregelend als op vreemde wijze opwindend.

De nachtelijke lucht was koel toen Emma met Ryan naar zijn golfkarretje liep, het grind knarsend onder hun voeten in ritmische tegenmaat bij het gekwetter van krekels. Achter hen gutste het warme licht uit de ramen als honing, met daarin het zachte gemurmel van stemmen en Jemima's af en toe opklinkende lach. Emma sloeg haar armen om zichzelf tegen de lichte kilte, zich pijnlijk bewust van Ryan naast haar, zijn profiel omlijnd door het maanlicht. Ze had ingestemd om zijn zakenpartner te worden, en toch voelde ze zich vreemd onrustig, alsof de grond onder haar voeten tijdens het diner subtiel maar onherroepelijk was verschoven.

'Jouw familie is heerlijk,' zei Ryan, de comfortabele stilte doorbrekend. 'Ik begrijp waarom je zo vastbesloten bent te beschermen wat je hier hebt opgebouwd.'

'Ze zijn soms een tikje veel,' antwoordde Emma met een kleine glimlach. 'Maar ja, ze zijn behoorlijk speciaal.'

'En Zoe is een hele persoonlijkheid,' voegde hij toe.

Emma lachte, al trok er plots een steek jaloezie door haar buik. Zoe was ook erg knap en levendig ondanks haar jetlag; ze had moeiteloos de aandacht van de hele kamer. 'Ze is zeker uniek. Marcus zegt dat ze altijd al zo is geweest, sinds ze kinderen waren. Briljant, maar compleet zonder filters.'

Ze bereikten het golfkarretje, waarvan het gepoetste oppervlak het maanlicht weerkaatste. Ryan stapte niet meteen in, maar draaide zich naar haar toe, zijn uitdrukking peinzend.

'Dank je voor vanavond,' zei hij. 'Niet alleen voor het eten, maar voor de samenwerking. Ik weet dat het geen makkelijke beslissing was om Phoenix te delen.'

Emma knikte, verrast door zijn scherpzinnigheid. Ze had geworsteld met het idee om mede-eigendom te geven van een paard dat ze had gered, zeker van een zo kwetsbaar dier als Phoenix. Revalidatie creëerde diepe banden en doorgaans hield ze zelf de volledige regie over de zorg en training van haar rescues, totdat ze vond dat ze klaar waren voor hun forever-huis. Zelfs dan koppelde ze de paarden zorgvuldig aan de juiste ruiters, om ze alle kans op succes op lange termijn te geven. Die beslissingen delen, zelfs met iemand die zo redelijk leek als Ryan zich toonde, voelde alsof ze een stukje van haar autonomie moest prijsgeven.

'Het is de juiste beslissing,' zei ze uiteindelijk. 'Phoenix verdient de best mogelijke kans, en deze constructie geeft hem die.'

Ze keek even naar het huis, denkend aan Zoe's beoordeling en de maanden aan specialistische zorg die eraan kwamen. 'Trouwens, ik begin te denken dat ík de beste deal heb. De helft van mijn schuld kwijtgescholden in ruil voor het delen van een paard dat misschien nooit wedstrijdfit wordt? Jouw professoren aan de businessschool zouden geschokt zijn.'

Ryan glimlachte, en opnieuw trof het Emma hoe zijn hele gezicht dan veranderde. Het serieuze, zakelijke masker viel weg en onthulde iemand jonger, toegankelijker. In het zachte maanlicht, met zijn verdediging omlaag, was hij ontstellend knap.

'Misschien ontwikkel ik interesses die verder gaan dan pure winstmarges,' zei hij, zijn stem lager dan daarnet. 'Je zien met Phoenix... er is iets fascinerends aan het werk dat je doet. Het geduld, het vertrouwen dat je opbouwt.' Hij zweeg even, op zoek naar woorden. 'Het is totaal anders dan in mijn wereld.'

Emma voelde een onverwachte trilling in haar borst. Ze had Ryan zo keurig gecategoriseerd: de stijve zakenman, het zakelijk type dat hun landelijke leven of de passie achter haar revalidatiewerk nooit zou begrijpen. En toch stond hij hier, toonde oprechte waardering voor haar aanpak, raakte betrokken bij haar familie en was in Phoenix geïnteresseerd om méér dan zijn financiële waarde.

'Ik heb je verkeerd ingeschat,' gaf ze toe, zichzelf verbazend met haar openheid. 'Ik nam aan dat je... nou ja, meer...'

'Corporate? Star? Geobsedeerd door de kwaliteit van golfbaanturf?' stelde Ryan voor, zijn lippen geamuseerd trekkend.

'Alle bovenstaande,' erkende Emma met een kleine lach. 'Hoewel je, eerlijk is eerlijk, bij onze eerste ontmoeting behoorlijk gefixeerd was op de turf.'

'Phoenix had net voor een paar duizend dollar aan schade aangericht,' merkte Ryan nuchter op. 'Maar ik begrijp jouw aannames wel. Ik heb het grootste deel van mijn volwassen leven doorgebracht in omgevingen waar de bottom line telt. Dit,' hij gebaarde naar Ridgewater, 'is iets anders. Er is hier een echtheid die ik... verfrissend vind.'

Het woord hing tussen hen, eenvoudig en toch betekenisvol. Emma bestudeerde zijn gezicht, zag de oprechtheid in zijn ogen, de ontspannen houding die zo anders was dan bij hun eerste ontmoeting. De Ryan Wardell die vanavond kwam dineren, was niet dezelfde man die haar had aangesproken over Phoenix' vernielingen. Of misschien wel, en zag zij nu pas voorbij haar eigen vooroordelen.

'Nou,' zei ze, zich plots bewust van hoe lang ze daar al stonden, hoe intiem dit moment voelde ondanks het open erf, 'fijn dat je het naar jouw zin had. En ik kijk uit naar onze samenwerking.'

Ryan deed een halve stap dichterbij, en Emma's adem stokte onverwacht. De lucht tussen hen leek geladen met iets onbenoemds, een stroompje van mogelijkheden dat haar hart sneller deed slaan. Zijn blik gleed heel even naar haar lippen voor hij terugkeerde naar haar ogen.

'Emma,' zei hij, haar naam zacht in de nacht.

Ze wachtte, roerloos, onzeker wat ze wilde dat er gebeurde, maar pijnlijk bewust van de warmte die van hem afstraalde, de subtiele geur van zijn cologne, de manier waarop zijn nabijheid haar huid op scherp zette. Heel even leek het alsof hij naar voren zou leunen, de afstand tussen hen zou overbruggen. Emma merkte dat ze niet achteruit week, benieuwd naar hoe zijn lippen tegen de hare zouden voelen, hoe zijn handen op haar taille zouden voelen.

Toen stapte Ryan achteruit, en het moment knapte als een zeepbel. 'Dank je nogmaals voor het eten,' zei hij, zijn stem terug in zijn normale register. 'Ik laat morgen mijn advocaat de samenwerkingsovereenkomst opstellen. Eenvoudige, heldere voorwaarden zoals besproken.'

'Goed,' knikte Emma, terwijl een onverwachte golf teleurstelling over haar heen spoelde. 'Klinkt prima.'

Hij klom in het golfkarretje, dat zacht zoemend tot leven kwam toen hij de sleutel omdraaide. 'Ik kom het papierwerk later deze week brengen, als dat je schikt?'

'Perfect,' wist Emma uit te brengen, haar armen om zichzelf slaand tegen een kilte die niets met de nacht te maken had. 'Rij voorzichtig.'

Ryan glimlachte nog één keer, kort en beleefd, zo anders dan de warmte die ze eerder had gezien. 'Goedenacht, Emma.'

Ze keek hoe de lampen van het karretje de oprit af gleden en verdwenen, haar gedachten in de war. Wat was er net gebeurd? Of beter: wat was er bijna gebeurd? Een moment lang was ze zeker geweest dat hij haar zou zoenen, en had ze zichzelf gewillig, zelfs verlangend gevoeld. Die realisatie was ontregelend. Ryan Wardell was haar nieuwe zakenpartner, de eigenaar van het naburige terrein, de man die de helft van haar financiële toekomst in handen had. Iets anders dan een professionele relatie zou op z'n best ingewikkeld zijn, op z'n slechtst rampzalig.

En toch kon Emma, staand in het maanlicht en kijkend naar het laatste glimpje van zijn achterlichten dat de bocht om verdween, het aanhoudende gevoel van een gemiste kans niet ontkennen. Ze drukte haar vingers tegen haar lippen, stelde zich een vluchtig moment voor wat had kunnen zijn, en draaide zich toen om naar de warme lichten van thuis, zichzelf vastberaden voorhoudend dat deze vreemde aantrekkingskracht simpelweg dankbaarheid was, gemengd met opluchting over de verlichting van haar financiële last.

Zelfs terwijl ze het dacht, wist ze dat het niet helemaal waar was.

Hoofdstuk Zeven

RYAN STREEK ZIJN STROPDAS recht toen hij de Ridgemont Community Hall binnenstapte en meteen werd getroffen door een muur van geluid. De bescheiden ruimte zat stampvol; klapstoelen stonden in strakke rijen opgesteld en waren gevuld met bezorgde gezichten. Langs de muren stonden mensen met de armen over elkaar, de uitdrukking somber. Dit was niet de beleefde bijeenkomst van golfclubleden die hij doorgaans toesprak; dit was een gemeenschap die vocht voor haar toekomst. Een toekomst die, begon hij te beseffen, op manieren die hij niet had voorzien, vervlochten was geraakt met de zijne, sinds hij enkele weken geleden de Ridgemont Golf and Country Club had gekocht.

Hij liet zijn blik door de zaal gaan, op zoek naar een bekend gezicht. Halverwege de ruimte bleef zijn blik hangen op een rij waar Emma zat, geflankeerd door haar zussen, Kate en Sarah. Ze zaten dicht bij elkaar, hoofden bijeengebogen in een zacht gesprek, schouders gespannen onder hun casual kleding. Emma klemde een manillomap op haar schoot, haar vingers streken steeds opnieuw langs de rand, een zenuwachtig gebaar dat Ryan herkende.

Hij vond een lege plek tegen de achterwand en leunde ertegen, voorlopig tevreden om te observeren. Gisteren had hij per post de aankondiging van deze vergadering ontvangen, een eenvoudige flyer die een 'inspraakbijeenkomst' over de omleidingsroute aankondigde. Gezien wat Robert hem had verteld over de concurrerende belangen, had hij besloten dat zijn aanwezigheid nuttig kon zijn. De verrassende aantrekkingskracht die hij voelde richting de McKenzies, en in het bijzonder Emma, had daar niets mee te maken. Althans, dat hield hij zichzelf voor.

Het gemurmel verstomde toen een man in een antracietkleurig pak het spreekgestoelte benaderde. Hij stelde de microfoon bij, wat een kort piepend terugkoppelingsgeluid veroorzaakte, zijn gezicht een masker van bureaucratische neutraliteit.

'Goedenavond. Ik ben Howard Jennings, regionaal planningscoördinator voor het Department of Main Roads.' Zijn stem had de vlakke cadans van iemand die soortgelijke presentaties al talloze keren had gegeven. 'Wij waarderen jouw aanwezigheid terwijl we de goedgekeurde plannen van het departement voor het Ridgemont Bypass Project toelichten.'

Ryan zag hoe Emma zich rechter in haar stoel zette, haar rug kaarsrecht. Kate legde een hand op de arm van haar zus, een klein gebaar van solidariteit.

De eerste dia verscheen op het scherm achter Jennings en toonde een kaart van de regio met een dikke rode lijn die door bekend terrein sneed. Zelfs vanaf zijn positie kon

Ryan zien dat de lijn dwars over het terrein van Ridgewater liep.

'Na uitgebreid onderzoek heeft het departement vastgesteld dat de oostelijke route de enige haalbare optie voor de omleiding is.' Jennings klikte door naar de volgende dia, met een tijdlijn waarop de bouw al over zes maanden zou starten. 'Deze route biedt de meest directe verbinding met minimale verstoring van commerciële belangen, en voldoet aan onze budgettaire beperkingen en termijnen.'

Er klonk een zacht, sceptisch snuiven van Kate, hoorbaar in de gespannen stilte.

'Het proces van onteigening zal volgende maand van start gaan,' vervolgde Jennings, met een toon alsof dit slechts een technische voetnoot was en geen levensveranderende aankondiging voor de betrokkenen. 'Er wordt een faire marktwaarde geboden aan alle grondeigenaren, met verhuisassistentie via ons departement.'

Ryan zag hoe Emma's knokkels wit werden om haar map. De uitdrukking 'faire marktwaarde' leek de spot te drijven met de decennia aan geschiedenis die in de grond van Ridgewater waren verankerd, met het zorgvuldig opgebouwde rehabilitatieprogramma dat je niet zomaar als een meubelstuk verplaatst.

'Onze studies wijzen op minimale milieuschade, en de economische voordelen voor de regio zullen na voltooiing aanzienlijk zijn.' Op een andere dia stonden prognoses van toegenomen toerisme en kortere reistijden. 'Het westelijke alternatief is overwogen, maar verworpen vanwege terreinuitdagingen en langere doorlooptijden.'

Dit trok Ryan's aandacht. De westelijke route zou langs zijn golfbaaneigendom lopen en de waarde ervan mogelijk aanzienlijk verhogen. Maar uit wat hij uit kadastrale gegevens en lokale gesprekken had opgemaakt, was het terrein niet uitdagender dan dat van de oostelijke optie. Er klopte iets niet.

Jennings sloot zijn presentatie af met een plichtmatig: 'We staan nu open voor korte opmerkingen van leden van de gemeenschap, al moet ik benadrukken dat de planningsfase is afgerond. Deze bijeenkomst is hoofdzakelijk informatief.'

De badinerende toon van zijn slotwoorden wekte een golfje van ongenoegen in het publiek. Er vormde zich snel een rij bij de microfoonstandaard in het middenpad. Emma kwam overeind, haar map tegen haar borst geklemd, en sloot achteraan, haar houding verried zowel vastberadenheid als bezorgdheid.

Ryan merkte dat hij zijn adem inhield toen ze de microfoon bereikte en haar aantekeningen over het kleine lessenaarplankje uitspreidde. Haar hazelnootkleurige ogen gleden kort door de zaal voordat ze zich met stille vastberadenheid op Jennings richtten.

'Ik ben Emma McKenzie, beheerder van Ridgewater Horse Rescue.' Haar stem klonk in eerste instantie stevig, professioneel. 'Ons terrein is al decennia in mijn familie, maar ik ben niet hier om het te hebben over geschiedenis of sentiment. Ik ben hier om praktische realiteiten aan te kaarten die jouw beoordeling over het hoofd heeft gezien.'

Ze wierp een blik op haar aantekeningen en liet die toen los, alsof ze besloot spontaan te spreken, met onvervalste oprechtheid. 'Op Ridgewater verblijven op dit moment zeventien geredde paarden. Dat zijn niet zomaar hobbydieren.' Haar stem haperde even, maar ze ging door. 'Het zijn levende wezens die herstellen van ernstig misbruik en verwaarlozing. Ze verplaatsen is niet zo simpel als ze op een trailer laden.'

Ryan zag Jennings op zijn horloge kijken, zijn uitdrukking verborg zijn ongeduld nauwelijks. De achteloze afwijzing deed iets onverwachts in Ryan's borst ontvlammen: een steek van verontwaardiging namens Emma.

'Onze meest getraumatiseerde dieren hebben specifieke omgevingen nodig met vaste routines. Phoenix, bijvoorbeeld, een van onze nieuwste bewoners, raakt in paniek bij het geluid van machines.' Een kleine, verontschuldigende blik in Ryan's richting erkende hun gedeelde geschiedenis met Phoenix' avontuur op de golfbaan. 'Het verplaatsen van deze dieren zonder een goede overgang zou jaren aan revalidatiewerk ongedaan maken en hen mogelijk veroordelen tot euthanasie als hun gedrag opnieuw onbeheersbaar wordt.'

Het woord hing zwaar in de lucht. Ryan zag verschillende aanwezigen ongemakkelijk op hun stoel verschuiven. Emma ging door, haar stem werd vuriger.

'De westelijke route zou niet alleen onze werking behouden, maar ook de wetlands aan de noordkant van Ridgewater Lake, die in jouw eigen milieueffectrapportage als ecologisch significant zijn aangemerkt.' Ze hield een document omhoog dat Ryan herkende als een overheidsrapport. 'Dit rapport van de Environmental Protection Agency spreekt jouw beweringen over "minimale milieuschade" bij de oostelijke route tegen. Waarom is dit niet meegenomen? En waar is het mitigatieplan dat vereist was voordat een definitieve beslissing kon worden genomen? Ik heb daar niets over gezien in jouw presentatie.'

Jennings' uitdrukking verstrakte; irritatie flitste over zijn gezicht nu hij geconfronteerd werd met het beleid van zijn eigen departement.

'Ridgewater is niet zomaar een boerderij,' besloot Emma, haar stem nu zachter maar duidelijk hoorbaar in de gedempte ruimte. 'Het is een toevluchtsoord voor dieren die de samenleving heeft afgedankt, een plek van heling en tweede kansen. Wij vragen om een degelijke beoordeling van het westelijke alternatief, een die alle factoren meeneemt, niet alleen bouwtijden, en die daadwerkelijk ingaat op de zeer reële zorgen die zijn geuit door de gemeenschap en door de Environmental Protection Agency.'

Toen Emma terugliep naar haar stoel, merkte Ryan de subtiele knikjes van steun van omringende buurtgenoten. Sarah kneep in de schouder van haar zus; trots lag duidelijk op haar gezicht. Kate stak een kleine duim omhoog, waardoor Emma's lippen, ondanks de ernst van de situatie, even tot een glimlach krulden.

Ryan betrapte zichzelf erop dat hij Emma met nieuwe waardering bekeek. De vrouw die zo kalm voor een bange volbloed had gestaan, trotseerde nu de bureaucratie met dezelfde stille moed. Haar betoog was logisch, feitelijk en onderbouwd met bewijs in plaats van emotie, al was de passie achter haar woorden onmiskenbaar.

Voor het eerst begreep Ryan echt wat er op het spel stond voor de McKenzies, voor Emma. Dit ging niet alleen om perceelgrenzen of marktwaarde. Het ging om een missie, een doel dat Emma's leven betekenis gaf. De gedachte dat dat achteloos terzijde zou worden geschoven uit bureaucratisch gemak, trof hem als fundamenteel onjuist, op een manier die verder ging dan zakelijke afwegingen.

Terwijl Jennings zich voorbereidde op een reactie, kwam Ryan overeind van de muur waartegen hij leunde, zijn hoofd schoot vragen en argumenten bij elkaar. Dit was zijn strijd niet, niet echt. En toch was het opeens onmogelijk geworden om neutraal toeschouwer te blijven.

Howard Jennings schraapte zijn keel en streek zijn stropdas recht met een gebaar dat eerder lichte irritatie dan oprechte bekommernis suggereerde. Hij boog zich naar de microfoon; zijn stem kreeg een neerbuigende toon waardoor Ryan's kaak onwillekeurig verstrakte.

'Dank je, mevrouw McKenzie, voor jouw... hartelijke opmerkingen.' De pauze voor 'hartelijke' maakte het woord denigrerend. 'Hoewel wij begrip hebben voor recreatieve dierenhouders, moeten infrastructurele noden voorrang krijgen boven hobbyboerderij-activiteiten.'

Ryan zag hoe Emma's schouders verstijfden bij de opzettelijke verdraaiing van haar werk. De term 'hobbyboerderij' veegde het professionele revalidatieprogramma dat ze had beschreven van tafel en reduceerde het tot een vrijblijvende bezigheid.

'Het departement heeft grondige beoordelingen uitgevoerd van alle haalbare opties,' ging Jennings verder, op een toon alsof hij tegen bijzonder trage kinderen sprak in plaats van bezorgde burgers. 'De oostelijke route is geselecteerd op basis van uitgebreide criteria, waaronder kostenefficiëntie, uitvoerbaarheid qua tijd en minimale verstoring van commerciële ondernemingen.'

Een gemor van onvrede ging door de zaal. Een oudere man vooraan mompelde iets dat verdacht veel klonk als 'bureaucratische onzin', luid genoeg om tot waar Ryan stond door te dringen.

'Hoewel we de inbreng van de gemeenschap waarderen,' hield Jennings aan, zijn dedain nu onmiskenbaar, 'is de planningsfase afgerond. Deze sessies zijn voornamelijk informatief, niet consulterend. De oostelijke route is op het hoogste niveau goedgekeurd.'

Ryan voelde iets in hem verschuiven, een opbouwende druk die hij herkende van onderhandelingen met hoge inzet. De vertrouwde helderheid die voorafgaat aan een beslissende actie. Dit was zijn strijd niet. Hij had geen persoonlijk belang bij Ridgewater, afgezien van zijn voorzichtige samenwerking met Emma rond één enkel paard. De westelijke route zou hem financieel bevoordelen, ja, maar dat rechtvaardigde niet zomaar een publiek optreden dat overheidsfunctionarissen van zich zou kunnen vervreemden.

Maar toen hij Emma's gezicht zag, en de beheerste manier waarop ze Jennings' afwijzing incasseerde, merkte Ryan dat hij richting de microfoonstandaard liep, nog voordat hij zijn besluit volledig had verwerkt.

Hij trok zijn perfect gesneden colbert recht toen hij plaatsnam, een gewoonte uit talloze presentaties voor raden van bestuur en investeerders. De zwaarte van Emma's blik volgde hem; verrassing lag duidelijk in haar uitdrukking.

'Ryan Wardell, eigenaar van Ridgemont Golf and Country Club,' zei hij, met de beheerste autoriteit die hij in jarenlange bestuurskamers had ontwikkeld. 'Ik heb een aantal vragen over jouw beoordelingsmethodiek.'

Jennings knipperde, duidelijk bekend met Ryan's naam, en probeerde zijn houding te herkalibreren voor iemand die hij als gelijke zag in plaats van als een bezorgde local.

'Meneer Wardell, welkom.' Zijn toon warmde merkbaar op. 'Natuurlijk, al heb ik al aangegeven dat de planningsfase is afgerond.'

'Dat is nu juist wat mij zorgen baart,' antwoordde Ryan, terwijl hij het oogcontact vasthield. 'Als recente investeerder in de regio heb ik beide voorgestelde routes zorgvuldig bekeken, inclusief de milieueffectrapportages die openbaar beschikbaar zijn via de website van jouw departement.'

Ryan pauzeerde even, zodat de implicatie dat hij zijn huiswerk had gedaan, kon landen. 'De optie van de westelijke route lijkt te zijn afgewezen zonder hetzelfde niveau van grondige beoordeling als op de oostelijke optie is toegepast. Kun je toelichten waarom de milieueffectrapportages, die duidelijk minder verstoring laten zien bij de westelijke optie, niet het juiste gewicht hebben gekregen in de eindbeslissing?'

Jennings schoof met papieren op het spreekgestoelte en zijn zelfbeheersing raakte licht verstoord. 'Alle factoren zijn in samenhang gewogen, meneer Wardell. De milieuaspecten wogen minder zwaar dan andere praktische overwegingen.'

'Welke specifieke praktische overwegingen?' drong Ryan aan, nog steeds professioneel van toon, maar met aangescherpte vragen. 'Het kostenverschil tussen de routes is te verwaarlozen volgens de voorlopige begrotingsinschattingen van jouw eigen departement. De tijdsverlenging voor de westelijke route bedraagt ongeveer drie maanden, nauwelijks significant voor infrastructuur die de regio decennialang moet dienen.'

Hier en daar klonk instemmend gemompel. Ryan merkte dat Emma iets voorover boog, haar volle aandacht op hem gericht, met in haar blik een voorzichtige hoop.

'De terreinuitdagingen voor de westelijke route vereisen extra technische oplossingen,' wierp Jennings tegen, al begon zijn zelfverzekerde toon te haperen.

'Welke technische uitdagingen precies?' vroeg Ryan meteen. 'Want de geologische onderzoeken wijzen op vergelijkbare bodemopbouw en hoogteverschillen langs beide routes. Sterker nog, de westelijke route omzeilt de aanzienlijke grondwaterproblemen die op de oostelijke corridor zijn vastgesteld.'

Jennings kneep zijn ogen iets samen. Dit niveau van technische tegenspraak had hij duidelijk niet verwacht bij een routineuze informatiesessie voor plattelandsbewoners.

'Meneer Wardell, dit zijn complexe technische kwesties die grondig zijn beoordeeld door onze technische dienst. Ik heb niet elk detail paraat, maar ik verzeker je dat alle factoren zijn meegenomen.'

'Precies daar zit mijn zorg,' pareerde Ryan, zijn zakelijke training stelde hem in staat vriendelijk te blijven terwijl hij zijn voordeel uitbuitte. 'De maatschappelijke impactbeoordeling voor de oostelijke route erkent "aanzienlijke verstoring van agrarische activiteiten", maar zet dat weg als "noodzakelijk offer voor regionale vooruitgang". Een gelijkwaardige beoordeling van de maatschappelijke baten van het behoud van deze activiteiten ontbreekt echter in jouw documentatie.'

Ryan gebaarde naar Emma en haar zussen. 'Het bedrijf van de familie McKenzie is niet zomaar een hobbyboerderij, zoals je het hebt neergezet. Het is een gespecialiseerd revalidatiecentrum dat essentiële diensten levert aan de paardengemeenschap in heel Queensland, én een internationaal erkende fok- en trainingsfaciliteit. Hun expertise valt niet simpelweg te verplaatsen zonder groot verlies voor zowel de dieren in hun zorg als de bredere gemeenschap die zij bedienen.'

Jennings' gezicht verstrakte; zijn professionele kalmte stond onder druk door deze onverwachte tegenmacht. 'Meneer Wardell, hoewel we jouw inbreng waarderen, heeft het besluitvormingsproces alle relevante factoren opgenomen volgens de richtlijnen van het departement.'

'Dan verdient het misschien aanbeveling om die richtlijnen zelf te herzien,' stelde Ryan gladjes voor. 'Zeker wanneer ze leiden tot beslissingen die niet-gespecificeerde "praktische overwegingen" boven gedocumenteerde milieueffecten plaatsen en de vernietiging betekenen van een nationaal belangrijk bedrijf zonder duidelijke goede reden.'

Hij zweeg even om zijn woorden te laten bezinken en bracht toen zijn laatste punt. 'Wat drijft precies deze haastige tijdlijn? In het oorspronkelijke projectschema was twaalf maanden uitgetrokken voor de routebeoordeling, maar die fase is drastisch ingekort zonder publieke uitleg. Als ondernemer die mogelijk door deze ontwikkeling wordt geraakt, meen ik dat de gemeenschap transparantie verdient over de versnelling van de planning.'

Jennings kreeg een lichte blos; zijn vingers klemden zich om de rand van het spreekgestoelte. De vraag had een gevoelige snaar geraakt en bevestigde Ryan's vermoeden dat er iets anders dan standaardprocedure meespeelde.

'Het departement heeft de bevoegdheid om tijdlijnen aan te passen op basis van financieringscycli en inzet van middelen,' antwoordde Jennings, met bureaucratische taal als schild. 'Het versnelde schema weerspiegelt onze toewijding aan efficiënte projectrealisatie.'

Ryan hield zijn blik vast; de onderhandelaar in hem herkende ontwijking wanneer hij die hoorde. 'Efficiëntie is prijzenswaardig, zolang zij een grondige beoordeling niet schaadt. De westelijke route heeft geen gelijkwaardige aandacht gekregen, terwijl die op meerdere beoordelingscriteria mogelijk betere uitkomsten biedt. Waarom is dat?'

De directe vraag bleef in de lucht hangen, onbeantwoord. Er daalde een gespannen stilte neer, terwijl het publiek het woordenspel met groeiende belangstelling volgde. Ryan ving goedkeurend geknik op van verschillende aanwezigen, onder wie een grijsgekuifde man die hij herkende als de burgemeester van het stadje.

Emma's ogen bleven op hem gericht, haar uitdrukking een complexe mix van verbazing en iets dat opvallend veel weg had van dankbaarheid. De intensiteit van haar blik zond een onverwachte warmte door zijn borst, een gevoel dat volstrekt anders was dan de voldoening van het aftroeven van een tegenstander in een onderhandeling.

Jennings oogde steeds ongemakkelijker, trok aan zijn boord en bladerde door zijn papieren alsof hij zocht naar een kant-en-klaar antwoord dat niet bestond. De momentane kwetsbaarheid in zijn officiële façade bevestigde wat Ryan al vermoedde: ergens in het traject was de besluitvorming aangetast en waren de juiste procedures omzeild.

'Dit zijn geldige vragen die grondige antwoorden verdienen,' sloot Ryan af, zijn stem helder hoorbaar in de nu muisstille zaal. 'Ik denk dat de gemeenschap het zou waarderen als er een vergelijkende beoordeling van beide routes komt, uitgevoerd met equivalente zorgvuldigheid en transparantie. Zolang dergelijke documentatie ontbreekt, zijn de beweringen dat de oostelijke route de "enige haalbare optie" is, niet overtuigend.'

Toen Ryan terugstapte van de microfoon, ging er een golf van instemmend gemompel door de zaal. Hij had zijn stem niet verheven en geen emotionele oproepen gedaan, maar met precieze vragen had hij de gaten in Jennings' verhaal blootgelegd, effectiever dan een fel protest had kunnen doen.

Jennings kwam tussen het spreekgestoelte en het publiek uit; zijn professionele vernislaag begon te barsten onder het gewicht van Ryan's vragen. Hij kneep zijn ogen samen en wees recht op Ryan, een te agressief gebaar voor wat een nette inspraakavond had moeten zijn.

'Natuurlijk pleit je voor de westelijke route, meneer Wardell,' snauwde hij, zijn bureaucratische toon volledig laten varen. 'Jouw golfbaan profiteert daar aanzienlijk van. De waardestijging alleen al wordt flink zodra de omleiding klaar is.'

De beschuldiging bleef in de lucht hangen, een onbeholpen poging om Ryan's geloofwaardigheid te ondermijnen door zijn vragen weg te zetten als eigenbelang. Ryan voelde eerder dan dat hij het zag hoe het publiek zich naar hem toedraaide om zijn reactie te peilen, inclusief Emma, wier bezorgde blik hij kon voelen zonder haar direct aan te kijken.

Ryan stapte opnieuw naar voren, dit keer zonder de microfoon. Zijn stem droeg helder, met een kalme autoriteit in plaats van defensieve boosheid.

'Mijn mogelijke voordeel doet niets af aan de legitieme zorgen die tientallen bewoners hebben geuit,' zei hij, terwijl hij zijn blik op Jennings gericht hield. 'Sterker nog, het plaatst mij in de ongebruikelijke positie dat ik zowel de zakelijke belangen als het welzijn van de gemeenschap begrijp.'

Hij gebaarde naar de zaal en omvatte met een handzwaai ook Emma en haar zussen. 'De vraag blijft onbeantwoord, meneer Jennings. Waarom weigert je beide opties met gelijke grondigheid te beoordelen? Waarom is een tijdlijn versneld die oorspronkelijk ruimte liet voor grondiger inspraak?'

Ryan zweeg even zodat zijn woorden konden bezinken. 'Transparantie dient ieders belang, ook dat van jouw departement. Zonder transparantie ogen beslissingen op zijn best willekeurig, op zijn slechtst beïnvloed.'

De berekenende aard van zijn taal liet Jennings geen ruimte om hem weg te zetten als een emotionele buurtbewoner. Dit was zakentaal, verantwoordings-taal, het vocabulaire van boardrooms en auditcommissies.

Jennings slikte zichtbaar terwijl hij zijn zelfbeheersing trachtte te herwinnen. 'Het departement staat achter het beoordelingsproces. Alle... alle zorgen zullen in overweging worden genomen.' De standaardformule viel dood in de gespannen stilte. 'Deze bijeenkomst heeft waardevolle feedback opgeleverd die we meenemen in onze verdere planning.'

Niemand in de zaal leek overtuigd door de holle belofte. De burgemeester stond op van zijn stoel op de eerste rij, zijn verweerde gezicht in vastberaden plooien.

'Ik denk dat we deze inspraakronde hierbij kunnen afronden,' kondigde hij aan, waarmee hij effectief de regie van Jennings overnam. 'De gemeenteraad zal een formeel verzoek indienen tot herziening van het beoordelingsproces, met bijzondere nadruk op de optie van de westelijke route.'

Een bescheiden applaus volgde op zijn woorden. Jennings verzamelde met stijve bewegingen zijn presentatiematerialen; zijn eerdere zelfvertrouwen was volledig afgebrokkeld. De vergadering viel uiteen in groepjes bezorgde bewoners, hun stemmen verhieven zich in geanimeerde discussies.

Ryan bleef staan waar hij stond en observeerde de zaal met de analytische blik die hij in jaren van bedrijfsovernames had ontwikkeld. De verhoudingen waren aan het verschuiven; Jennings' autoriteit was met succes uitgedaagd, en er ontstond ruimte voor de gemeenschap om zich effectiever te organiseren. Het was een kleine overwinning, maar potentieel betekenisvol. De eerste barst in wat als een onontkoombare uitkomst was gepresenteerd.

'Meneer Wardell?'

Ryan draaide zich om en zag een slanke vrouw van in de vijftig die haar hand uitstak. 'Dr. Juliet Donovan, milieuwetenschapper. Dat was een bijzonder doeltreffend optreden.'

Ryan schudde haar hand en merkte haar stevige greep en directe blik op. 'Ryan Wardell. Al vermoed ik dat mijn vragen slechts bevestigden wat velen hier al vermoedden: dat het beoordelingsproces is aangetast.'

'Precies,' stemde ze in, terwijl ze hem een visitekaartje overhandigde. 'Ik werk met verschillende getroffen landeigenaren aan een bezwaar tegen de oostelijke route. Jouw expertise zou waardevol zijn, vooral jouw inzicht in de financiële kant.'

'Ik draag graag mijn steentje bij,' antwoordde Ryan en meende het oprecht. Hij haalde zijn eigen kaartje tevoorschijn en gaf het haar. 'De gehaaste tijdlijn wijst op druk van ergens. Als we die draad volgen, kan dat verhelderend zijn.'

Andere bewoners kwamen op hem af toen Dr. Donovan verderliep; een voor een stelden ze zich voor en spraken hun waardering uit voor zijn vragen. Ryan wisselde contactgegevens uit met meerdere mensen, waaronder de voorzitter van de lokale ondernemersvereniging en een gepensioneerde civiel ingenieur die aan eerdere snelwegprojecten had gewerkt.

Tussen de verschuivende groepjes door ving hij een glimp op van Emma die met verschillende bewoners sprak, met haar zussen beschermend naast haar. De map die ze eerder zo zenuwachtig had vastgeklemd, lag nu open; de inhoud werd bekeken door een ouder echtpaar dat ernstig knikte bij wat ze ook maar te zien kregen.

Toen de zaal geleidelijk leegstroomde, scrolde Ryan door zijn telefooncontacten en bleef hangen bij een naam waarvan hij niet had verwacht die zo snel na zijn vertrek uit Brisbane te gebruiken. Michael Harrington, adjunct-directeur Regionale Infrastructuurplanning, was jarenlang een vaste speler in Ryan's zaterdagse golfvierbal op de Royal Queensland Golf Club, waar Ryan lid was geweest voor zijn verhuizing. Hun gesprekken gingen meestal over handicaps en markttrends, maar de connectie kon nu van pas komen.

Ryan stapte naar buiten de koele avondlucht in, weg van de groepjes bewoners die nog over de bijeenkomst napraten. Het gesprek werd na de derde toon verbonden.

'Ryan Wardell,' klonk Michael's stem met de verrassing van iemand die een onverwacht sociaal telefoontje krijgt. 'Ik heb je niet meer gezien sinds je naar het platteland bent vertrokken. Hoe bevalt het golfclubavontuur?'

'De club is geweldig, je moet snel eens komen voor een rondje,' antwoordde Ryan luchtig. 'Al ben ik in een interessante situatie beland met betrekking tot het Ridgemont-bypassproject.'

Er viel een korte stilte, net lang genoeg om Ryan's vermoeden te bevestigen dat Michael bekend was met het project. 'Ah, ja. Dat valt niet rechtstreeks onder mij, maar ik ben ervan op de hoogte. Een behoorlijk belangrijke ontwikkeling voor de regio.'

'Zeker,' beaamde Ryan. 'Ik ben benieuwd naar de versnelling van de tijdlijn voor de oostelijke route. Het beoordelingsproces lijkt nogal drastisch te zijn ingekort.'

Weer een pauze, dit keer langer. 'Dergelijke projecten krijgen vaak te maken met planningsaanpassingen op basis van financieringscycli,' bood Michael aan, vrijwel woordelijk gelijk aan Jennings' eerdere uitleg.

'Natuurlijk,' erkende Ryan, in een vriendelijke toon. 'Maar in dit geval lijkt de westelijke optie opmerkelijk weinig beoordeling te hebben gekregen, terwijl die op meerdere criteria mogelijk betere uitkomsten oplevert.'

Hij kon bijna horen hoe Michael zijn antwoord afwoog, professionele voorzichtigheid balancerend met hun gevestigde verstandhouding.

'Ik zou jouw inzichten hierover op prijs stellen,' voegde Ryan eraan toe, en liet een opening. 'Misschien tijdens een diner als ik binnenkort weer in Brisbane ben? Ik verwacht binnen een week te moeten komen voor zakelijke afspraken.'

De impliciete belofte van discretie werkte zoals Ryan had voorzien. 'Dat zou... verhelderend kunnen zijn,' gaf Michael toe. 'Er zijn aspecten aan het Ridgemont-project die zorgvuldige overweging vragen. Ik kijk in mijn agenda en stuur je mogelijke data.'

'Dat stel ik op prijs,' zei Ryan, en hij verbrak het gesprek met een gevoel van voldoening. Michael's behoedzame reactie bevestigde zijn vermoeden: er speelde iets onregelmatigs rond het omleidingsproject, iets dat mogelijk geen toetsing op hoger niveau zou doorstaan. En ze hadden niet verwacht dat iemand met Ryan's connecties en toegang vragen zou gaan stellen en tegengas zou geven.

Ryan draaide zich om naar de gemeenschapshuis, waar Emma nu met haar zussen bij hun auto stond. Ze zag er moe uit, maar tegelijk lichter, alsof de gedeelde last van de vergadering haar eigen last had verlicht. Toen ze hem zag, veranderde er iets in haar uitdrukking, een warmte die verder ging dan louter dankbaarheid.

Terwijl hij op hen afliep, besefte Ryan dat zijn betrokkenheid een grens was overgestoken. Dit ging niet langer over het beschermen van een zakelijke investering of goede verhoudingen met buren. Ergens tussen het volgen van Phoenix' revalidatie en het horen van Emma vanavond, was haar strijd hem persoonlijk gaan raken.

Dat besef had hem zorgen moeten baren. Ryan Wardell, die zijn carrière had gebouwd op een glasheldere afweging van winst en verlies, raakte emotioneel betrokken bij een lokaal conflict zonder gegarandeerde uitkomst. Maar terwijl Emma's gezicht oplichtte toen hij dichterbij kwam, kon Ryan geen moment spijt hebben van zijn ingrijpen. Sommige waarden gaan boven de cijfertjes, sommige connecties wegen zwaarder dan berekende rendementen.

En toen Emma naar voren stapte om hem te begroeten, met dankbaarheid en iets warmers in haar ogen, erkende Ryan dat zijn investering in het lot van Ridgewater onlosmakelijk verbonden was geraakt met zijn groeiende gevoelens voor de vrouw die haar leven had gewijd aan het helen van wat gebroken is.

Hoofdstuk Acht

DE EERSTE DIKKE REGENDRUPPELS spatten tegen het keukenraam toen Emma opkeek van haar kop thee, haar blik getrokken naar de paarsende lucht daarachter. De lucht was de hele middag zwaarder en benauwder geworden, de barometer daalde gestaag terwijl donkere wolken zich aan de horizon ophoopten als blauwe plekken. Ze had de hele dag een oog op het weer gehouden, bezorgd over hoe Phoenix zou reageren op zijn eerste echte onweersbui sinds zijn aankomst op Ridgewater.

'Ik moet even bij Phoenix kijken,' zei ze, waarbij ze Sarah en Ryans levendige discussie over gemeentelijke verordeningen en bouwvergunningen onderbrak. Ze zaten al een uur gebogen over kaarten en documenten die over de keukentafel waren uitgespreid, een strategie uit te tekenen voor de strijd tegen de rondweg, en Sarah had hem al uitgenodigd om te blijven eten. De heerlijke geur van abrikozenkip die vanuit de slowcooker door het huis trok, had duidelijk invloed gehad op Ryans directe acceptatie, maar Emma verbeeldde zich dat zijn ogen op haar gericht waren toen hij had gezegd dat het hem een genoegen zou zijn.

Sarah knikte zonder op te kijken van haar aantekeningen. 'Neem een jas mee. Dat front schuift sneller binnen dan voorspeld.'

Emma schoot in haar laarzen en griste een waterdichte jas van de haak bij de deur. Buiten voelde de lucht geladen, tintelend op haar huid terwijl ze in een draf naar Phoenix' paddock liep. In de verte rolde een laag gerommel van donder over de heuvels. Ze versnelde haar pas, ongerustheid fladderde in haar borst. Renpaarden worden vaak op stal gehouden tijdens stormen, hun blootstelling aan de elementen beperkt door hun gecontroleerde omgeving. Voor een paard met Phoenix' geschiedenis kon dit zijn eerste ervaring met onweer en bliksem in de open ruimte zijn sinds hij als veulen aan de zijde van zijn moeder had gelopen.

Ze zag hem aan het uiteinde van zijn paddock, hoofd omhoog, oren gespitst naar de snel donkerende lucht. Zijn neusgaten trilden bij elke ademhaling, zijn staart sloeg in geagiteerde bogen terwijl hij langs de afrastering heen en weer liep.

'Hé, knapperd,' riep Emma zacht, terwijl ze zo snel naderde als ze durfde. 'Het is maar een beetje weer. Niks om je druk over te maken.'

Phoenix draaide naar haar stem, aarzelend. In de week sinds haar partnerschap met Ryan was bekrachtigd, had hij opmerkelijke vooruitgang geboekt. Zoe's gespecialiseerde technieken, gecombineerd met Emma's geduldige omgang, waren de bange volbloed aan het veranderen. Hij begroette Emma 's ochtends bij het hek, liet zich zonder fixatie verzorgen, accepteerde gisteren een zadel zonder de minste hint van ongemak en liet Emma hem in de omheinde bak stappen en draven. Hij was nu al onherkenbaar als het paard dat nog geen twee maanden geleden bijna een jockey had gedood op de races in Ipswich.

Een grillige bliksemschicht spleet de lucht en zette de paddock in fel wit licht. Een fractie later kraakte de donder vlak boven hen, alsof de wereld openscheurde.

Phoenix gilde, een hoge, doodsbange klank die door de opstekende storm sneed. Hij steigerde, krachtige voorbenen maaiend door de lucht, landde en schoot toen in volle galop de paddock over. Emma's hart sloeg op hol terwijl hij recht op de afrastering af rende.

'Phoenix, nee!' riep ze, maar haar stem verzoop in een nieuwe donderslag.

De volbloed week op het laatste moment uit en vermeed ternauwernood een botsing met de paal. Hij draaide, de ogen wijd en wit van paniek, schuim vormde zich al op zijn hals ondanks de koele lucht. Een nieuwe bliksemflits joeg hem de andere kant op, dwars door de drinkbak, waarbij water over de modderige grond spatte.

Emma greep naar haar mobiel, belde Marcus terwijl ze Phoenix' wilde baan door de paddock geen seconde uit het oog verloor. De regen viel nu serieus in, dikke druppels werden snel tot gordijnen van water die haar haar aan haar gezicht en nek plakten.

'Marcus,' zei ze toen de verbinding tot stand kwam, haar eigen stem amper hoorbaar boven de storm. 'Phoenix raakt in paniek in de oostelijke paddock. Ik heb hulp nodig.'

Ze wachtte zijn antwoord niet af, stopte de telefoon terug in haar zak en bewoog zich behoedzaam de paddock in. Een nieuwe donderslag joeg Phoenix vlak langs haar, zo dichtbij dat ze de luchtstroom van zijn vaart voelde. Hij rende nu blind, doodsangst overschreef al het vertrouwen dat ze hadden opgebouwd. In deze toestand kon hij zo door de omheining heen crashen, of zichzelf onherstelbaar verwonden.

'Phoenix,' riep ze, haar stem over de storm trachtend te laten dragen. 'Rustig, jongen. Rustig.'

De regen plette op haar gezicht terwijl ze naar het midden van de paddock liep, zichzelf zo positionerend dat hij haar kon zien. Weer flitste de bliksem, de regendruppels veranderden in zilveren naalden, en in die momentane helderheid zag ze Phoenix tot stilstand glijden, benen schrap, terwijl hij haar recht aankeek. Hij bleef slechts een tel staan voordat de donder opnieuw kraakte en hem weer de paniek injoeg.

'Emma!'

Ze draaide zich om en zag Ryan naar de paddock sprinten, Sarah enkele passen achter hem. Regen had zijn overhemd doornat gemaakt, de dure stof plakte aan zijn borst en schouders. Zijn normaal onberispelijke haar lag plat tegen zijn hoofd, water stroomde over zijn gezicht.

'Wegblijven!' schreeuwde ze, hem wegwuivend. 'Hij is zo gevaarlijk!'

Maar Ryan klom al door de houten liggers van de omheining; zijn stadsschoenen zonken weg in de steeds modderiger wordende paddock. Sarah had gelukkig het verstand bij de afrastering te blijven, al had ze positie bij het hek gekozen, klaar om open te doen als het nodig was.

'Zeg me hoe ik kan helpen,' riep Ryan, die zich met meer voorzichtigheid voortbewoog dan ze van iemand met zo weinig paardervaring had verwacht.

'Ik moet er een halster op zien te krijgen,' riep Emma terug boven de storm uit, 'maar hij is te bang om te naderen. Hij moet begrensd worden voordat hij zich bezeert.'

Een nieuwe bliksemflits toonde Phoenix opnieuw steigerend, afgetekend tegen de onstuimige lucht als een oeroud paarden-god van chaos. Toen zijn hoeven weer neerkwamen, spatte de modder alle kanten op terwijl hij naar hen toe draaide, ogen wild van angst.

'Ryan, beweeg langzaam naar links,' instrueerde Emma, haar stem kalm houdend ondanks de adrenaline die door haar aderen gierde. 'We moeten een trechter naar het hek creëren.'

Ryan gehoorzaamde zonder aarzelen, water gutste van zijn doorweekte kleren terwijl hij zich plaatste zoals zij aangaf. Emma werd getroffen door zijn vertrouwen in haar leiding, door zijn bereidheid om in een modderige paddock in een hevige storm te staan om een paard te helpen dat hij nauwelijks kende. Een wereld van verschil met de stijve zakenman die haar weken geleden nog aansprak op beschadigd gras.

Phoenix stoof weer langs hen, zijn donkere vacht nu glanzend van regen en zweet, zijn ademhaling hoorbaar zelfs door de storm heen. Emma zag zijn benen trillen van inspanning en angst, zijn lichaam verraadde de vooruitgang die ze hadden geboekt.

'Hij gaat zichzelf uitputten,' zei ze, meer tegen zichzelf dan tegen Ryan. 'Of erger.'

De donder dreunde opnieuw, en Phoenix gilde in antwoord, het geluid sneed door Emma's hart als een mes. Al die uren tedere omgang, al dat zorgvuldige herwinnen van vertrouwen, in momenten gestript door oerangst. Ze kende dat gevoel, herinnerde het van de dag dat ze op haar negentiende zwanger bleek, alleen en doodsbang, haar zorgvuldig geplande toekomst ineens ongewis.

'Marcus is hier!' riep Sarah bij het hek, en Emma zag de auto van de dierenarts het erf oprijden, koplampen die de regen doorkliefden.

Alsof hij versterking voelde, minderde Phoenix iets vaart, zijn paniek maakte plaats voor uitputting. Emma deed een voorzichtige stap naar hem toe, haar hand uitgestoken, haar stem in de sussende toon die zijn vertrouwen was gaan winnen.

'Het is goed, jongen,' fluisterde ze, al waren de woorden net zo goed voor haarzelf als voor het bange paard. 'We komen hier doorheen. Ik beloof het.'

Marcus nam vlot de sprong over de omheining, een tas in één hand geklemd, zijn bewegingen efficiënt ondanks de modder die aan zijn laarzen zoog. Regen plakte zijn donkere haar op zijn voorhoofd terwijl hij de situatie snel en professioneel opnam. 'Hoelang is hij al zo?' riep hij boven de afnemende donder, zijn ogen Phoenix' grillige bewegingen volgend.

'Ongeveer tien minuten,' antwoordde Emma, opgelucht bij het zien van de dierenarts. 'De eerste donderslag deed hem doorslaan. Hij is herhaaldelijk op de afrastering afgevlogen.'

Marcus knikte en opende zijn tas om een etuietje met spuiten te pakken. 'Ik heb een mild kalmeringsmiddel. Als we hem veilig kunnen insluiten, kan ik het toedienen. Dan krijgen we hem onder dak voordat hij zich verwondt.'

'Geen kalmeringsmiddelen.'

De stem, verrassend vast ondanks de plensregen, kwam van achter hen. Emma draaide zich om en zag Zoe door het hek stappen, haar normaal wilde krullen platgeslagen door de bui. In tegenstelling tot de anderen leek ze onbewogen door de storm, ze bewoog met doelgerichte kalmte.

'Hij zit volledig in een sympathische-overprikkelingsrespons,' vervolgde Zoe, haar ogen op Phoenix gericht terwijl ze naderde. 'Sederen kan hem tijdelijk dempen, maar het pakt de psychologische impact niet aan. Hij gaat stormen alleen maar associëren met nóg een beangstigende ervaring.'

Marcus trok een wenkbrauw op, maar maakte geen aanstalten om te discussiëren. 'Wat stel jij voor?'

'Geef me ruimte,' zei Zoe, haar toon verzachtend terwijl ze met trage, weloverwogen stappen naar het midden van de paddock liep. 'Blijf allemaal staan waar je staat, en probeer ontspannen te lijken. Hij moet zien dat jullie niet bedreigend zijn ten opzichte van wat hem bang maakt.'

Emma keek gefascineerd toe hoe Zoe voor haar ogen transformeerde. De praatgrage, soms overweldigende vrouw die enkele dagen geleden was aangekomen, verdween; ervoor in de plaats kwam een behandelaar die met messcherpe focus werkte. Zoe's lichaamstaal verschoof subtiel, haar schouders ontspanden, haar bewegingen werden vloeiend en onthaast, ondanks de urgentie van het moment.

Phoenix draaide aan het uiteinde van de paddock, neusgaten wijd, flanken hijgend. Nog een rommel donder, nu verder weg, zette hem zenuwachtig tot een draf langs de afrastering aan, maar zijn tempo was vertraagd ten opzichte van de blinde galop van zojuist. Uitputting temperde zijn paniek.

'Phoenix,' riep Zoe, haar stem in een ritmische cadans die anders klonk dan haar gewone spreekstem. 'Ik zie je, prachtige jongen. Ik zie je angst.'

Ze stopte op een meter of tien van de volbloed, haar lichaam iets van hem af gedraaid, niet-confronterend. Toen, tot Emma's verbazing, zette ze een overdreven gaap op en rekte haar armen boven haar hoofd in een bijna theatraal gebaar.

'Gapen signaleert ontspanning aan paarden,' fluisterde Emma tegen Ryan, die naast haar was komen staan. 'Het is een van de eerste dingen die ze me met hem liet zien.'

Phoenix' oren draaiden naar Zoe, zijn aandacht gevangen door haar onverwachte gedrag. Hij deed een voorzichtige stap naar haar toe.

'Dat is het,' moedigde Zoe aan, haar stem die hypnotische cadans vasthoudend. 'Hier doet niets je kwaad. De lucht laat gewoon spanning los, net zoals jouw lichaam dat nodig heeft.'

Ze begon een serie trage, vloeiende bewegingen met haar armen en bovenlichaam, aan tai chi herinnerend. Voor een ongetraind oog had het bizar kunnen lijken, zeker uitgevoerd in een modderige paddock tijdens een onweer.

'Ze is buitengewoon,' mompelde Ryan, zijn stem doortrokken van oprechte bewondering. 'Ik heb nog nooit zoiets gezien.'

Emma knikte, zonder haar ogen van het tafereel af te wenden. 'Daarom wilde Marcus haar hier. Haar aanpak is ongebruikelijk, maar ongelooflijk effectief voor gevallen als Phoenix.'

Geleidelijk begon Phoenix' ademhaling regelmatiger te worden. Zijn hoofd zakte iets, de witte ring rond zijn oog nam af, terwijl Zoe haar voorzichtige benadering voortzette. Ze bewoog nooit recht op hem af, maar gleed zijwaarts, haar bewegingen vormden een patroon dat het paard naar haar toe leek te trekken in plaats van dat zij hem benaderde.

Marcus stond bij de afrastering, kalmeringsmiddel gereed maar in reserve. 'De Masterson-methode heeft aanzienlijke anekdotische successen,' legde hij zacht aan Ryan uit. 'Zoe is een van de beste practitioners ter wereld. Wat op mystiek lijkt, is feitelijk zorgvuldig afgestemde communicatie met het zenuwstelsel van het paard.'

Weer klonk er in de verte donder, en Phoenix' hoofd schoot omhoog, maar de reactie was minder heftig dan voorheen. Zoe spiegelde onmiddellijk zijn beweging, tilde haar eigen kin op en liet die vervolgens nadrukkelijk weer zakken, waarbij ze zichtbaar spanning uit haar nek liet wegvloeien.

Opmerkelijk genoeg kopieerde Phoenix haar en liet zijn hoofd opnieuw zakken. Hij deed twee stappen naar haar toe, neusgaten fladderend terwijl hij haar geur oppikte.

'Dat is goed,' fluisterde Zoe. 'Je herinnert je me. Ik ben veilig. Emma is veilig. We zijn hier allemaal veilig.'

Ze greep in haar zak en haalde iets kleins tevoorschijn, vlak op haar handpalm. De karakteristieke geur van zoethout droeg over de paddock toen Phoenix de geur van zijn favoriete lekkernij herkende. Zijn oren schoten naar voren; honger en nieuwsgierigheid overstemden even de angst.

Emma voelde een golf van hoop toen Phoenix Zoe met behoedzame stappen naderde. Ze werkte al jaren met getraumatiseerde paarden, maar Zoe's technieken opereerden op een niveau van communicatie dat zij nog aan het leren was te bereiken.

'Nu, Emma,' zei Zoe zacht, zonder haar ogen van Phoenix af te wenden terwijl hij voorzichtig het snoepje van haar handpalm lipte. 'Loop langzaam naar mijn rechterzijde. Neem het halster mee, maar houd het nonchalant langs je zij, niet als een hulpmiddel.'

Emma voldeed, met de soepele, geduldige passen die ze in jaren werken met nerveuze paarden had geleerd. De regen was afgezwakt tot zacht getik; het ergste van de storm trok oostwaarts naar de kust. Phoenix' flanken trilden nog, maar zijn ademhaling was gestabiliseerd, zijn aandacht nu verdeeld tussen Zoe's kalmerende aanwezigheid en Emma's vertrouwde silhouet.

'Dag, mooie jongen,' zei Emma, haar stem met liefde kleurend terwijl ze naderde. 'Dat was even schrikken, hè?'

Phoenix blies zacht, warme lucht uit zijn neusgaten, bijna alsof hij instemmend antwoordde. Hij liet Emma het halster over zijn neus schuiven en accepteerde het vertrouwde tuig met slechts een lichte hoofdzwieper.

'Laten we hem naar de stal brengen,' stelde Marcus voor terwijl hij zijn tas sloot. 'De middelste box is leeg en heeft die dikke rubberen matten. Dat is de veiligste optie.'

Ze bewogen als een goed geolied team: Emma leidde Phoenix, Zoe liep naast hen met één hand licht op zijn schouder. Ryan en Marcus volgden op respectvolle afstand, klaar om te helpen maar voorzichtig om de nog prikkelbare volbloed niet op te jagen. Sarah was al naar de stal vooruitgegaan om de box in orde te maken.

Het voelde bijna bovennatuurlijk rustig in de stal na de chaos van de storm. Warm geel licht stroomde uit de lampen erboven; de vertrouwde geuren van hooi en paard schiepen een sfeer van geborgenheid. Phoenix' oren wiekten heen en weer terwijl hij zijn omgeving verwerkte, maar hij volgde Emma gewillig de middelste box in, waar Sarah al een vers net met zoetgeurend hooi had opgehangen.

'Brave jongen,' fluisterde Emma, terwijl ze het halster afdeed zodra hij veilig stond. 'Je doet het zó goed.'

Zoe gleed de box in naast haar en bewoog met ongedwongen zelfvertrouwen naar Phoenix' schouder. 'Ik ga nu wat lichaamswerk beginnen,' zei ze, haar handen raakten nauwelijks de natte vacht. 'Hij slaat enorme spanning op in zijn atlas en nek. Zie je hoe hij zijn hoofd houdt?'

Emma knikte en merkte de lichte hoek op die Phoenix' aanhoudende onrust verraadde. 'Wat kan ik doen?'

'Kijk eerst,' stelde Zoe voor, haar vingers vonden specifieke punten langs Phoenix' hals. 'Ik leg uit terwijl ik ga. Dit gaat om luisteren naar zijn lichaam, ontdekken waar hij de angst vasthoudt en hem helpen die los te laten.'

Terwijl Zoe methodisch te werk ging, haar handen ogenschijnlijk nauwelijks Phoenix rakend en toch zichtbare spanningslossingen oproepend, merkte Emma dat ze elke beweging, elke subtiele techniek in zich opzoog. Buiten trok de storm verder naar het oosten, donder nu een verre brom, terwijl binnen in de stal een ander soort heling begon.

In de keuken was het stil, op het af en toe getik van regendruppels die van de dakrand vielen na. De heftige storm had plaatsgemaakt voor een zachte nasleep. Emma omvatte haar mok thee met beide handen en liet de warmte in haar vingers trekken, nog altijd kil van de uren in de stal met Phoenix. Aan de overkant van de gehavende houten tafel zat Ryan op dezelfde manier over zijn stomende mok gebogen, Marcus' geleende hoodie hing iets ruim om zijn schouders. De rest van het huishouden lag allang in bed; zij waren met z'n tweeën achtergebleven in de gouden poel van het ene pendellicht boven de tafel, een klein eiland van warmte in het slapende huis.

'Hoe is je thee?' vroeg Emma, en doorbrak daarmee een stilte die prettig tussen hen in had gehangen. 'Sarah is nogal kieskeurig met haar losse-theecollectie.'

Ryan nam een bedachtzame slok. 'Uitstekend. Al ben ik meestal meer een koffiemens.'

'Dat was me al opgevallen,' zei Emma met een kleine glimlach. 'Drie koppen tijdens je brainstorm met Sarah.'

Hij leek verrast dat zij dat detail had opgemerkt; een flard genoegen gleed over zijn gezicht. 'Aangeleerde gewoonte uit mijn corporatijd. Marathons in de boardroom, op cafeïne en ambitie.'

'Klinkt uitputtend,' zei Emma, terwijl ze één been onder zich op de stoel trok, een houding die een paar uur eerder met haar doorweekte spijkerbroek onmogelijk was geweest. Na hun laatste check bij Phoenix had ze zich omgekleed in zachte flanellen pyjamabroek en een oversized trui, zo vertrouwd en behaaglijk als een oude vriend.

'Dat was het,' gaf Ryan toe, zijn vingers langs de rand van zijn mok glijdend. 'Al zag ik dat toen niet in. Succes maskeert uitputting, tenminste tijdelijk.'

De keukenklok tikte zacht op de achtergrond, markeerde het late uur. Bijna middernacht, maar geen van beiden leek van plan het gesprek te beëindigen. Er was iets door de storm, door hun gedeelde ervaring met Phoenix, verschoven tussen hen; er was een ruimte voor eerlijkheid ontstaan die er eerder niet was.

'Hoe ben jij met Jemima terechtgekomen?' vroeg Ryan plotseling, en zag er meteen schuldbewust uit. 'Sorry, dat is ongelooflijk persoonlijk. Je hoeft niet te antwoorden.'

Emma verraste zichzelf door het juist wel te willen. 'Nee, het is oké. Het is heus geen geheim.' Ze nam een slok thee en verzamelde haar gedachten. 'Ik was negentien, in mijn tweede jaar paardenhouderij aan de universiteit. Mijn leven helemaal uitgestippeld, stap voor stap.' Een wrange glimlach trok aan haar lippen. 'Toen bleef ik ongesteld uit, en vlogen al die keurige plannen zo het raam uit.'

Ryan luisterde, zijn uitdrukking vrij van oordeel. 'En Jemima's vader?'

'Vertrok naar Perth in de week nadat ik het hem vertelde. Nooit meer gezien.' Emma haalde haar schouders op, een oude pijn wegwuivend die al lang geleden was gelittekend. 'Achteraf waarschijnlijk maar beter. Hij was daarvoor al niet echt betrouwbaar.'

'Dat moet doodeng zijn geweest,' zei Ryan zacht. 'Negentien en opeens alleenstaand ouderschap tegemoet.'

Emma knikte; herinneringen borrelden op aan die eerste dagen vol paniek, de positieve test in trillende vingers, de toekomst die ze zich had voorgesteld en die voor haar ogen oploste. 'Ik heb alle opties overwogen, geloof me. Maar toen had ik de eerste echo, hoorde ik haar hartje, en op de een of andere manier wist ik gewoon dat ik wel een manier zou vinden om het te laten werken.'

'Steunde je familie je?' vroeg Ryan.

'Uiteindelijk wel. In het begin was er schok, teleurstelling.' Emma dacht aan haar vaders verbijsterde stilte, haar moeders tranen. 'Maar toen Jemima er eenmaal was, waren ze helemaal aan boord. Mijn zussen waren vanaf dag één fantastisch. Sarah regelde een leerschema zodat ik mijn diploma kon halen met Jemima op sleeptouw. Kate nam de nachtvoedingen over als ik 's ochtends vroeg tentamens had. Mijn broer Kit...'

Ze glimlachte bij de herinnering aan Kit, die met kleine Jemima de gang op en neer liep, valse slaapliedjes zingend terwijl Emma blokte voor haar eindexamens. 'Kit zat bij het leger. Hij is omgekomen in Afghanistan, het jaar nadat Jemima werd geboren, dus zij herinnert zich hem niet. Pip en hij waren nog niet lang getrouwd, maar daarna hebben we haar gehouden. Zo zijn wij altijd geweest, de McKenzies. We sluiten de gelederen als één van ons in de problemen zit.'

'Dat is bijzonder,' zei Ryan, met een zweem van weemoed in zijn stem. 'Mijn familierelaties waren altijd meer... transactioneel.'

Emma kantelde haar hoofd en bestudeerde hem in het warme licht. 'Vertel me over jouw familie. Ik besef dat ik bijna niets van je weet, behalve het corporate succesverhaal.'

Ryans lach was humorloos. 'Dat komt omdat er niet veel meer te vertellen is. Zoon van een bankier en een bedrijfsjurist. Kostschool vanaf mijn zevende. Vakanties die meer op netwerkbijeenkomsten leken dan op gezinstijd.' Hij staarde in zijn thee alsof de amberkleurige vloeistof iets bevatte wat hij kwijt was. 'Ik volgde het verwachte pad. Universiteit, MBA, fasttrackcarrière. Nooit echt ter discussie gesteld tot ik op mijn vijfendertigste ineens uitgeput was, succesvol volgens elke externe maatstaf, en vanbinnen compleet leeg.'

De rauwe eerlijkheid in zijn stem resoneerde bij Emma. Ze had de flarden gezien van het corporate masker dat hij droeg, maar deze kwetsbaarheid was nieuw, en des te aantrekkelijker door haar echtheid.

'Wat veranderde er?' vroeg ze zacht.

'Paniekaanval midden in een boardpresentatie,' gaf hij toe met een zelfspotlachje. 'Best dramatisch, eigenlijk. Het ene moment presenteer ik kwartaalprognoses, het volgende hap ik naar adem en ben ik ervan overtuigd dat ik doodga. In het ziekenhuis noemden ze het burn-out en stress. Mijn arts raadde me aan vrij te nemen, mijn prioriteiten te herzien.'

'En dat leidde tot het kopen van een golfbaan in een verlaten uithoek?' vroeg Emma, plagerig.

Ryans glimlach werd warmer. 'In essentie wel. Ik hield altijd al van golf, het ritme, de rust. Toen de kans zich voordeed, voelde het als... ik weet niet, een kans om iets tastbaars op te bouwen in plaats van alleen cijfers over spreadsheets te schuiven.' Hij pauzeerde, zichtbaar een beetje verlegen. 'Klinkt belachelijk, hè? Arm rijk joch met een midlifecrisis.'

'Helemaal niet,' antwoordde Emma eerlijk. 'We hebben allemaal een doel nodig. Iets dat ertoe doet buiten onszelf.' Ze dacht aan Phoenix, aan al haar rescues, aan het gevoel van juistheid wanneer een getraumatiseerd paard zijn eerste stap richting herstel zet. 'Vinden wat dat voor jou is, is niet belachelijk. Het is noodzakelijk.'

Hun blikken kruisten elkaar boven de tafel, en er ging iets onuitgesprokens tussen hen heen en weer. Ondanks al hun ogenschijnlijke verschillen zat er een onverwachte symmetrie in hun reis, een gedeeld begrip van levens die ontspoord en opnieuw opgebouwd waren.

'Dank je dat je vandaag hielp,' zei Emma, en brak het moment voordat het te intens werd. 'Met Phoenix. Je aarzelde geen seconde, ook al had je geen ervaring.'

'Instinct, denk ik,' antwoordde Ryan. 'Hij had hulp nodig, jij had hulp nodig. Die reactie was... automatisch.'

Emma knikte, herkennend hoe waar dat was. Hij was zonder aarzeling een storm ingerend. Voor al zijn corporate pakken en dure pakken had hij moed, het soort dat van diep binnenin komt, iets waarmee je geboren wordt of niet.

Een man op wie ik kon bouwen, dacht ze, en probeerde die gedachte weg te duwen. Ze rekende op niemand behalve zichzelf.

De klok sloeg middernacht, de klank schrijnend in de stille keuken. Emma voelde het gewicht van de dag plots op haar neerdalen; de vermoeidheid haalde haar in één klap in. Ze probeerde een geeuw te onderdrukken, maar tevergeefs.

Ryan merkte het meteen. 'Je bent doodop. Je moet naar bed.'

De woorden bleven in de lucht hangen, onschuldig en toch geladen met mogelijkheid. Emma ving zijn blik, iets roekeloos kwam in haar omhoog terwijl ze zichzelf hoorde vragen: 'Is dat een uitnodiging?'

Ryans adem stokte zichtbaar, verrassing en iets warmers flitsten over zijn gelaat. De keuken leek zich om hen heen te sluiten, de ruimte tussen hun lichamen geladen met een plotselinge elektriciteit die niets met de geluwde storm te maken had.

Een hartslag lang bewoog geen van beiden. Toen stond Ryan op, liep met beheerste passen om de tafel heen tot hij naast haar stond. Emma kantelde haar hoofd omhoog om oogcontact te houden; haar hart bonsde onverwacht heftig tegen haar ribben.

'Emma,' zei hij, haar naam bijna een vraag, terwijl hij zijn hand uitstak, vingers zwevend bij haar wang zonder haar te raken, zoekend naar toestemming.

Ze antwoordde door ook te gaan staan en de laatste afstand te overbruggen. Zijn hand raakte haar eindelijk, zijn handpalm warm tegen haar wang, duim die licht over haar huid streek. De aanraking was aarzelend, eerbiedig, op een manier die haar borst deed samentrekken van een emotie die ze niet had verwacht.

Toen hun lippen elkaar eindelijk vonden, voelde het als een culminatie in plaats van een begin. Eerst zacht, een voorzichtige verkenning, en dan verdiept door een gedeelde honger die hen beiden verraste. Emma's handen vonden de geleende hoodie, vingers die zich in de dikke stof haakten terwijl ze hem dichter naar zich toe trok. Zijn armen sloten zich om haar middel, standvastig en zeker, verankerend, terwijl de keuken om hen heen leek te tollen.

De kus duurde maar enkele momenten en bevatte toch werelden. Toen ze uiteen kwamen, beiden licht buiten adem, liet Ryan zijn voorhoofd tegen het hare rusten, ogen gesloten alsof hij het moment in zich opnam.

'Dat wilde ik al doen sinds de avond dat ik voor het eerst kwam eten,' bekende hij, zijn stem laag in de stille keuken.

Emma glimlachte en trok met haar vingers een lijn langs zijn kaak. 'Dat had je moeten doen.'

Hij lachte zacht, opende zijn ogen en ving haar blik. 'Ik wist niet of het gepast was. Zakenpartners en zo.'

'Ik denk dat we "alleen zaken" al een tijdje voorbij zijn,' antwoordde Emma. De aantrekkingskracht tussen hen was nu onmiskenbaar, erkend in de warmte van zijn handen die nog steeds op haar middel rustten, in de manier waarop haar lichaam vanzelf naar het zijne boog.

Toch, naarmate hun ademhaling weer kalmde, ging er een wederzijds besef tussen hen door: dit was niet de nacht om verder te gaan. Er was te veel gebeurd, emoties liepen hoog op door Phoenix' crisis, de storm, het late uur en de gedeelde vertrouwelijkheden.

'Ik moet gaan,' zei Ryan uiteindelijk. Hij pakte haar hand, drukte een kus op haar knokkels, een gebaar dat zowel ouderwets als volkomen passend voelde. 'Slaap lekker, Emma.'

'Slaap lekker,' antwoordde ze, terwijl ze toekeek hoe hij de veranda opliep, even als een silhouet in de deuropening stond en toen verdween in de stille nacht.

Alleen in de keuken raakte Emma met haar vingers haar lippen aan, waar de indruk van zijn kus nog nagloeide. Buiten vielen de laatste regendruppels van de dakgoten; de energie van de storm was op, en liet een wereld achter die schoongewassen was en klaar voor wat er ook maar komen zou.

Hoofdstuk Negen

DE DAGERAAD SCHILDERDE DE oostelijke hemel in
lagen roze en goud terwijl Emma richting de stallen liep,
haar hoofd nog steeds de kus van gisteravond afspelend.
Ze had onrustig geslapen, gevangen tussen de zorg om
Phoenix na zijn door de storm veroorzaakte paniek en de
aanhoudende warmte van Ryans lippen op de hare. De
ochtendlucht droeg de pasgewassen geur van doorregende
aarde, alles glansde alsof het nieuw geschapen was. Ze
versnelde haar pas toen ze beweging zag in de round pen,
verbaasd dat Zoe al aan het werk was ondanks het vroege
uur.

Phoenix stond in het midden van de round pen, hoofd
laag maar met nerveus spelende oren, terwijl Zoe hem
met rustige passen omcirkelde. De donkere vacht van de
volbloed glansde in het ochtendlicht, maar de spanning

straalde van zijn krachtige lijf af, zijn spieren zichtbaar strak onder zijn huid.

'Je bent er vroeg bij,' riep Emma zacht, terwijl ze het hek naderde.

Zoe keek op met een glimlach. 'Ik wilde met hem werken nu de energie van de storm nog vers in zijn lichaamsgeheugen zit.' Ze wenkte Emma de pen in. 'Kom erbij. Ik wil je een paar van deze technieken goed laten zien.'

Emma gleed door het hek en zorgde ervoor dat ze het stevig achter zich vergrendelde. Phoenix volgde haar beweging, zijn neusvleugels licht trillend toen hij haar geur oppikte.

'Goedemorgen, mooie jongen,' murmelde ze, terwijl ze hem aan haar uitgestoken hand liet ruiken voordat ze zachtjes zijn hals aanraakte. 'Hoe voel je je na de avonturen van gisteravond?'

'Hij houdt enorm veel spanning vast in zijn nek, ter hoogte van het kopgewricht en de atlas,' merkte Zoe op, haar vingers bijna zwevend op de plek net achter Phoenix' oren. 'De angstreactie kan vastlopen in dit soort knooppunten, waardoor fysieke patronen ontstaan die het emotionele trauma versterken.'

Ze demonstreerde een vederlichte aanraking langs de kam van zijn hals. 'De Masterson Method draait om luisteren in plaats van doen. De meeste lichaamswerkmethodes forceren verandering op het lichaam, maar dit nodigt het lichaam uit om op eigen voorwaarden los te laten.' Haar vingers hingen net boven Phoenix' huid. 'Voel je de hitte hier? Dat is geblokkeerde energie.'

Emma keek gefascineerd toe hoe Zoe's vingertoppen over specifieke punten op Phoenix' hoofd en hals dansten met een aanraking zo licht dat hij bijna afwezig leek. Toch waren Phoenix' reacties onmiskenbaar: een subtiele fladdering van zijn ooglid, een rilling van de huid alsof hij een vlieg afschudde, een nauwelijks waarneembare verandering in zijn ademhaling.

'De kunst is onder de verzetreactie te blijven,' legde Zoe uit, haar stem rustig en beheerst. 'Te veel druk en hij duwt terug. Te weinig en er gebeurt niets. Je zoekt dat perfecte middengebied waarin zijn zenuwstelsel de uitnodiging tot verandering herkent.'

Ze verschoof naar Phoenix' schouder, haar hand volgend langs een onzichtbaar pad langs de spieraanhechtingen. 'Dit gaat niet om ontspanning afdwingen; het gaat om de omstandigheden creëren waarin ontspanning mogelijk wordt.'

Phoenix knipperde plotseling meerdere keren snel achter elkaar en gaapte toen, zijn kaak overdreven ver uitrekkend, voordat zijn hoofd nog verder zakte.

'Daar,' zei Zoe met tevredenheid. 'Dat is een release. Zijn systeem begint los te laten.'

Emma merkte beweging op aan de rand van haar blikveld en draaide zich om Ryan te zien naderen, gekleder dan normaal in een spijkerbroek en een overhemd met opgerolde mouwen. Hun blikken kruisten kort en Emma voelde een vlinderachtig gedartel in haar buik dat niets met Phoenix' vooruitgang te maken had. Ryan schonk haar een kleine glimlach maar bleef buiten het hek, duidelijk beseffend hoe delicaat dit was wat er binnen gebeurde.

'Jij mag,' spoorde Zoe haar aan, terwijl ze Emma naar Phoenix' andere kant gebaarde. 'Onthoud: minder is meer. Luister met je vingertoppen.'

Emma ging naast Phoenix' hals staan, als spiegel tegenover Zoe. Ze legde haar hand zacht op zijn vacht en voelde de warmte van zijn lichaam en het subtiele trillen van de spieren eronder.

'Lichter,' instrueerde Zoe. 'Bijna niet aanraken. Stel je voor dat je de dooier van een ei tussen je vingertoppen houdt en je wilt hem niet breken. Zoveel druk.'

Emma paste haar aanraking aan en concentreerde zich zo intens dat haar wenkbrauwen fronsten. Volgens Zoe's aanwijzingen maakte ze met haar hand piepkleine, bijna onzichtbare cirkeltjes op een plek waar de spier bijzonder strak aanvoelde.

'Daar, precies daar,' moedigde Zoe aan toen Phoenix' ooglid begon te fladderen. 'Blijf daarbij. Je stelt een vraag met je aanraking, je doet geen eis.'

Phoenix zuchtte, een diepe uitademing die leek zijn hele lichaam te laten leeglopen. Zijn onderlip zakte iets, zijn ogen verzachtten, zijn onrust nam zichtbaar af.

'Zo is het,' fluisterde Emma, verbaasd over de reactie van het paard op zo'n minimale interventie. 'Je doet het schitterend.'

Ze werkten verder in tandem, terwijl Zoe stil belangrijke punten op Phoenix' lichaam aanwees en de verbanden uitlegde tussen fysieke spanning en emotionele toestand. Emma raakte de tijd kwijt, verdiept in de subtiele taal van aanraking en reactie. Phoenix' transformatie voltrok zich geleidelijk: zijn hoofd zakte centimeter voor centimeter, zijn ademhaling werd dieper, zijn houding verschoof van alerte paraatheid naar comfortabele rust.

Wat er daarna gebeurde, ontnam Emma de adem. Phoenix verplaatste zijn gewicht en boog eerst het ene voorbeen licht, toen het andere. Met een zachte grom zakte hij door zijn knieën en rolde op zijn zij in het zand van de round pen. Zijn benen strekten zich uit en met een laatste diepe zucht sloot hij zijn ogen helemaal.

'Oh mijn god,' fluisterde Emma, haar keel plots benauwd van emotie. 'Ik heb letterlijk nog nooit een paard dit zien doen.' Niet in de round pen, een plek die de meesten met werk associeerden. Het was sowieso zeldzaam dat paarden in het bijzijn van mensen gingen liggen slapen; het kon maanden duren voordat haar OTTB's zich op Ridgewater veilig genoeg voelden om überhaupt te gaan liggen.

'Dit is enorm,' bevestigde Zoe, haar eigen stem dik van gevoel. 'Voor een getraumatiseerd paard om in het open veld te gaan liggen, zeker eentje met zijn achtergrond... dit getuigt van diep vertrouwen.'

Emma voelde tranen in haar ogen schieten, overweldigd door de betekenis van wat ze meemaakte. Phoenix, die op Ridgewater was aangekomen, krank van angst en wantrouwen, lag vredig voor haar te slapen, zijn massieve lichaam ontspannen en kwetsbaar. De barrières tussen hen waren opgelost, al was het maar tijdelijk, en er ontstond een brug van vertrouwen die bijna wonderbaarlijk voelde na zijn paniek tijdens de storm.

'Dit is nog maar het begin,' zei Zoe, terwijl ze een hand op Emma's elleboog legde en haar zachtjes achteruit leidde om Phoenix ruimte te geven. 'Hij heeft nog veel werk te doen, lagen trauma om los te laten. Maar dit...' Ze gebaarde naar het slapende paard. 'Dit is een enorme doorbraak.'

Emma veegde een traan weg, te ontroerd om zich ongemakkelijk te voelen over haar emotie. 'Dank je,' zei ze eenvoudig, de woorden volstrekt ontoereikend voor het geschenk dat Zoe zowel haar als Phoenix had gegeven, en Zoe lachte zacht en sloeg haar armen om haar heen.

'Dank jij, dat ik met hem mocht werken. Het is een bijzondere.'

Emma keek naar het hek waar Ryan nog steeds stond te kijken, zijn blik vol verwondering. Hij was getuige geweest van iets intiems en diepgaands, een moment van heling dat woorden te boven ging. Hun ogen ontmoetten elkaar opnieuw en in die stille uitwisseling voelde Emma dat de verbinding die ze de avond ervoor waren begonnen, verdiept werd.

'We moeten hem laten rusten,' stelde Zoe voor, terwijl ze geruisloos naar het hek liep. 'In slaap integreert het zenuwstelsel de verandering. Laten we hem die tijd geven.'

Emma knikte en volgde Zoe de round pen uit, met een laatste blik op Phoenix' rustige gestalte. Toen ze zich bij

Ryan buiten het hek voegde, raakten hun handen elkaar even, opzettelijk.

'Dat was ongelooflijk,' murmelde hij.

'Dat was het,' stemde Emma in, haar stem nog onvast van emotie. 'Een begin.'

Of ze Phoenix' reis bedoelde of die van henzelf bleef onuitgesproken, als pure mogelijkheid hangend in de ochtendlucht tussen hen in. Ze schonk Ryan een verlegen glimlach. 'Waarvoor ben jij hier?'

'Ik heb de drang om actief te zijn.' Hij haalde een schouder op en schonk een halve glimlach. 'Normaal gesproken, als ik me zo voel, ga ik een rondje golf spelen, maar... de baan is vandaag gesloten vanwege de installatie van de nieuwe sprinklersystemen, en ik loop alleen maar in de weg als ik de experts probeer te helpen. Dus dacht ik dat ik dan jou maar zou komen lastigvallen. Kijken of ik hier ergens nuttig kan zijn.'

Geamuseerd kantelde ze haar hoofd en bekeek hem. Hij had zijn nette pak ingeruild voor een spijkerbroek en een zwart T-shirt dat onder de korte mouwen verrassend indrukwekkende biceps liet zien. Hij droeg zelfs praktische bergschoenen in plaats van zijn gebruikelijke glanzende leren loafers.

Alles zag er gloednieuw uit, en haar mondhoek trilde terwijl ze zich afvroeg of hij de kleding speciaal was gaan kopen, maar een hulpaanbod sloeg je op een boerderij nooit af.

'Aangezien ik de round pen even niet kan gebruiken,' ze wierp een blik over haar schouder, nog steeds verbaasd Phoenix daar zo vredig in het zand te zien slapen, 'is er een stuk afrastering waar ik al een tijd aan toe wil komen, en ik kan zeker een extra paar handen gebruiken. Laten we mijn gereedschapskist pakken en de balken laden die we nodig hebben.'

Een paar minuten later zette Emma haar pickup stil naast een beschadigd stuk omheining. 'Klaar voor je eerste lesje hekwerk repareren?' vroeg ze, terwijl ze achter de stoel naar werkhandschoenen greep.

'Zo klaar als ik ooit zal zijn,' antwoordde Ryan monter. Hij nam de handschoenen aan die ze hem gaf en boog zijn vingers in het versleten leer. 'Al moet ik je wel waarschuwen: mijn bouwervaring beperkt zich tot het ondertekenen van contracten voor anderen die het echte werk doen.'

Emma lachte, sprong uit de pickup en liep naar de laadbak waar ze het gereedschap en het hout hadden ingeladen. 'We beginnen allemaal ergens. Pak jij die schep even?'

Ze laadden samen de spullen uit, Ryan volgde haar voorbeeld met een bereidwilligheid die haar verwarmde.

'Eerste regel van hekken bouwen,' legde Emma uit, terwijl ze zich opstelde naast de scheefgezakte paal, 'is je fundering op orde. Deze paal is aangetast omdat water rond de voet bleef staan en het hout heeft weggerot.' Ze liet de wiebel zien met een lichte duw. 'Vorige week heb ik hier al met de tractor de grond opnieuw geprofileerd zodat het water hier niet meer blijft staan, maar de paal moet worden vervangen. We moeten de oude eruit trekken en een nieuwe paal zetten, en die goed aanrammen voordat we de planken weer vastmaken.'

Ryan knikte en keek aandachtig toe terwijl ze met haar boormachine de schroeven van de oude planken losdraaide. 'Klinkt simpel genoeg.'

'In theorie,' gaf Emma toe. 'In de praktijk is het een beetje worstelen met de elementen.'

Samen trokken ze de oude paal eruit, en Ryans gezicht vertoonde oprechte triomf toen het hout eindelijk de greep van de aarde losliet. Emma liet hem zien hoe hij de nieuwe, langere paal moest positioneren, zo diep mogelijk in het bestaande gat.

'Nu komt het echt leuke stuk,' zei ze, terwijl ze hem een zware metalen palenrammer aanreikte. 'We moeten de nieuwe paal diep de grond in slaan. Heffen en laten vallen, en dat laten vallen helpen met wat spierkracht.'

Ze was bepaald niet rouwig dat ze dit niet alleen hoefde te doen. Het was uitputtend, zweterig werk en tegen de tijd dat ze de paal diep genoeg hadden geslagen naar haar zin en de planken konden bevestigen, was Ryans shirt smerig, zijn spijkerbroek onder de modderspatten en zijn zorgvuldig gestileerde haar verward van het steeds weer met zijn vingers erdoorheen gaan terwijl hij het zweet van zijn voorhoofd veegde. Toch zag Emma een andere energie in hem, een ontspannenheid in zijn bewegingen die er eerder niet was geweest.

'Pauze,' kondigde ze aan, terwijl ze een kleine koelbox uit de pickup haalde. 'Je hebt het verdiend.'

Ze zochten de schaduw op onder de brede takken van een gomboom, waar het gevlekte licht bescherming bood tegen de felle zon. Emma pakte eenvoudige boterhammen uit, gewikkeld in waspapier, flesjes water en twee appelblozende appels. Ryan nam het eten dankbaar aan en liet zich met een nauwelijks onderdrukte kreun in het gras zakken.

Hij nam een lange slok water en slaakte een diepe zucht. 'Ah, dat is beter. Ik heb ook honger als een paard. Dank je voor de boterham.'

'Het is gewoon wat ik snel in de koelkast kon vinden,' verontschuldigde Emma zich.

Ryan beet erin, pauzeerde en kauwde bedachtzaam. Hij nam nog een slok water, keek naar de boterham in zijn hand en zei: 'Wat in hemelsnaam is dit?'

Emma slikte een grijns weg. 'Ham, kaas en pittige ananasjam.'

'Het is geweldig. Ananas-jam?'

'Pittige ananasjam,' verduidelijkte ze. 'Ik maak ook een zoete versie, maar de pittige is een fantastische relish.'

'Je zegt het niet.' Hij nam nog een hap en kauwde met zichtbaar genoegen. 'Ik neem aan dat je geen vergunning voor voedselverkoop hebt? Dit zou een fantastische begeleider zijn voor de kaasplank van de club.'

Ze lachte. 'Nee, en ik betwijfel of onze keuken aan de commerciële eisen voor een vergunning voldoet. Maar ik zou me misschien laten overhalen om het recept met je chef te delen. In ruil voor hulp om dit hek af te maken.'

'Deal.' Hij glimlachte naar haar, met kraaienpootjes in zijn ooghoeken die hem nog verpletterend knapper lieten lijken. Emma moest wegkijken, of anders iets stoms doen zoals hem midden in de lunch proberen te kussen.

'Ik heb eigenlijk nog nooit handenarbeid gedaan,' bekende Ryan, terwijl hij zijn boterham opat. 'Geen echt werk, tenminste. Ik had een zomerbaantje op de universiteit met boeken in de bibliotheek op de plank zetten, maar dat valt nauwelijks te vergelijken.'

Emma bestudeerde hem en merkte de oprechte voldoening op zijn gezicht op, ondanks zijn duidelijke vermoeidheid. 'Je bent een natuurtalent,' zei ze, half plagend. 'De meeste kantoortypes hadden het na de eerste blaar al opgegeven.'

Ryan boog zijn handen en bekeek de rood geworden plekken in zijn handpalmen. 'Het is anders dan ik gewend ben,' erkende hij. 'Aan het einde van een dag op kantoor is er niets tastbaars om je inspanning te laten zien. Alleen verstuurde e-mails, bijgewoonde vergaderingen, beslissingen die misschien pas over maanden of jaren vruchten afwerpen.' Hij gebaarde naar de zojuist geplaatste paal. 'Dit... dat kun je zien, aanraken. Meteen weten of je het goed of fout hebt gedaan.'

'Dat is een deel van wat ik zo mooi vind aan deze plek,' zei Emma, terwijl ze over de golvende weiden keek die zich uitstrekten naar de verre heuvels. 'Het werk is direct, noodzakelijk. De resultaten zichtbaar.'

Ze wees naar verschillende secties van de grens. 'Elk gebied vraagt om andere afwegingen. Het stuk bij het meer moet hoger omdat de jonge paarden in de zomer graag in het water spelen. De oostgrens moet verstevigd worden omdat hij grenst aan een openbare weg.' Ze glimlachte. 'En dit noordelijke stuk krijgt extra aandacht omdat we hier meestal onze meest recente rescues in de wei zetten, degenen die de grenzen nog weleens willen testen. Al is Phoenix de enige die in meer dan veertig jaar ooit van het terrein af is gesprongen!'

Ryan luisterde met oprechte belangstelling en stelde doordachte vragen over de indeling van het terrein en de specifieke behoeften van verschillende paarden. Terwijl ze hun lunch beëindigden, merkte Emma dat ze meer vertelde over de structuur van haar rescue, het netwerk van supporters dat hun werk hielp financieren, en de uitdagingen van het rehabiliteren van paarden die de renindustrie had afgeschreven.

'Het gaat niet alleen om Phoenix,' legde ze uit, verbaasd hoe gemakkelijk ze details deelde die ze meestal voor zichzelf hield. 'Elk paard dat hier komt heeft een ander verhaal, ander trauma. Sommigen hebben fysieke blessures, anderen psychische schade. Velen beide.'

'Hoe beslis je welke je opneemt?' vroeg Ryan. 'Er zullen vast meer paarden hulp nodig hebben dan jij kunt herbergen.'

De vraag raakte aan iets wat Emma vaak wakker hield. 'Dat is het moeilijkste,' gaf ze toe. 'We hebben beperkte ruimte, beperkte middelen, en ik weet dat ik ze niet allemaal kan redden. Het is wreed om het te proberen met degenen die te veel fysieke schade hebben, en ik moet accepteren dat er paarden zijn die mijn hulp te boven gaan. In plaats daarvan probeer ik me te richten op de dieren die lichamelijk kunnen herstellen, maar toch naar de slacht gaan omdat ze als te moeilijk of te gevaarlijk worden beschouwd.' Ze dacht aan Phoenix, aan zijn wilde ogen op de dag dat ze hem voor het eerst zag bij Laidley Sales. 'Soms is het gewoon instinct. Ik kijk naar ze en... ik weet het.'

Ryan knikte langzaam. 'Ik denk dat ik het begrijp. Het is zoals toen ik Ridgemont voor het eerst zag, er klikte gewoon iets. Ik wist dat ik daar moest zijn, ook al was het totaal niet logisch om mijn carrière op te geven en een golfbaan te kopen.'

De parallel verraste Emma en sloeg een onverwachte brug tussen hun ogenschijnlijk verschillende werelden. 'Precies,' zei ze zacht. 'Sommige beslissingen kun je niet verantwoorden met spreadsheets. Maar... ik heb me vergist.' Ze glimlachte wrang. 'Ik wou dat ik röntgenogen had, eerlijk gezegd! Het is zwaar om een driejarige op te pakken en later te ontdekken dat hij al zóveel artrose in zijn sprongen heeft dat hij niet eens comfortabel in de paddock kan leven.'

'Dat moet moeilijk zijn,' zei Ryan meelevend.

'Dat is het.' Ze wees omhoog, naar de heuvels voorbij het meer. 'Maar ik laat ze nog steeds niet naar het slachthuis gaan. We hebben daarboven ons eigen kleine kerkhof. Papa's olympische merrie Lady was de eerste die er begraven werd; ik stel me graag voor dat zij alle paarden verwelkomt die ik niet kan redden.'

Ze ruimden de restjes van de lunch op en gingen weer aan het werk, waarbij ze de nieuwe liggers aan de stevige paal bevestigden. Ryan ging er met hernieuwde energie tegenaan en hanteerde Emma's boormachine en de lange schroeven met verrassende handigheid, terwijl zij de liggers op hun plek hield. Ze werkten goed samen, vonden een makkelijke manier van samenwerken die weinig woorden nodig had.

Toen de laatste ligger vastzat, gaf Emma Ryan de kwast terwijl ze voorzichtig het deksel van de niet-giftige beschermende lak wipte. 'Laatste stap,' zei ze. 'Niet te dik aanbrengen.'

'Hoelang blijft het goed?' vroeg Ryan, terwijl hij de kwast doopte.

'De lak? We proberen elk jaar het hele terrein rond te gaan. Het hek zelf zou ons ten minste tien jaar moeten geven, zo niet langer. Dit is red gum; het is hardhout. Er staan hier genoeg palen en liggers die mama en papa vóór mijn geboorte hebben geplaatst en die nog steeds stevig staan.'

Nog een half uur later waren ze klaar en stapten ze achteruit om hun werk te bewonderen. Het gerepareerde stuk stond solide en recht, en ging bijna naadloos op in de rest van de afrastering.

'Niet slecht voor je eerste poging,' zei Emma, onder de indruk van de precisie van zijn werk ondanks zijn gebrek aan ervaring.

Ryan stond een moment stil, keek naar het hek met een uitdrukking die deed vermoeden dat hij iets zag voorbij het hout en de schroeven. 'Dank je,' zei hij uiteindelijk. 'Voor het me leren.'

De eenvoudige oprechtheid in zijn stem overviel Emma. Er klonk iets in door dat deed vermoeden dat hij meer bedoelde dan alleen het repareren van hekken, dat hij haar misschien bedankte voor deze glimp in een wereld waar werk zichtbare sporen naliet, waar inspanningen directe gevolgen hadden, waar waarde niet in dollars werd gemeten maar in kracht en duurzaamheid.

'Altijd,' antwoordde ze, en ze meende het. 'Hier is er altijd wel iets dat gerepareerd moet worden.'

De middagzon viel schuin over de roundpen terwijl Emma een voskleurige merrie door de poort leidde, met Ryan die haar op behoedzame passen volgde. Nadat ze het hekwerk hadden afgemaakt, waren ze teruggekomen en hadden gezien dat Phoenix wakker was, maar nog steeds volkomen ontspannen oogde. Emma zette hem in zijn paddock, waar hij rustig begon te grazen.

Omdat Ryan niet bepaald van plan leek om te vertrekken, had Emma voorgesteld dat hij wat basisvaardigheden in het omgaan met paarden kon leren. 'Dit is Shona,' legde Emma uit, terwijl ze de gladde hals van de merrie streelde. 'Ze is een van onze aangewezen leerpaarden voor volwassen beginners. Geduldig als een heilige en ze vergeeft elke fout.' Shona's zachte, bruine ogen bekeken Ryan met milde nieuwsgierigheid, haar oren gespitst alsof ze een vraag stelde die alleen paarden konden begrijpen.

'Ze is prachtig,' zei Ryan, terwijl hij respectvol wat afstand hield. Zijn kleren droegen nog steeds de sporen van hun hekherstel—vlekken aarde op zijn ooit smetteloze overhemd—maar zijn uiterlijk leek hem weinig te schelen. 'Hoe oud is ze?'

'Achttien,' antwoordde Emma, terwijl haar hand over Shona's glanzende vacht gleed. 'Ze is een van Legends dochters, maar ze had net niet wat nodig is om een springpaard op topniveau te worden, en hoewel ze ons een paar prachtige veulens heeft gegeven, is ze daar nu een beetje te oud voor. Geen trauma in haar verleden, gewoon een goed leven bij ons en veel ervaring in het mensen leren hoe ze zich fatsoenlijk rond paarden moeten gedragen.'

Emma deed Shona's halster af, zodat de merrie los in de roundpen kon blijven staan. 'Eerste les: benaderen en halsteren. Paarden zijn prooidieren, dus hoe je je rond hen beweegt, doet ertoe. Benader ze nooit recht van achteren, en blijf waar ze je goed kunnen zien.'

Ze deed het voor, liep schuin op Shona's schouder af, haar bewegingen vloeiend en doelgericht. 'Zelfvertrouwen zonder agressie is waar je naar streeft. Als je naar ze toe sluipt alsof je bang bent, worden ze argwanend. Als je te voortvarend op ze afstapt, gaan ze in de verdediging.'

Ryan knikte en keek aandachtig toe terwijl Emma het halster omhoog hield en hem de constructie liet zien. 'Het halster gaat zo om,' ging ze verder, ze schoof het soepel over Shona's neus, trok de riem achter haar oren langs en maakte de gesp vast aan de zijkant van haar hoofd. 'En dan weer af.' Ze draaide het proces met onbewuste vanzelfsprekendheid terug. 'Jouw beurt.'

Ze gaf het halster aan Ryan, die het aannam met de serieuze concentratie van een leerling die wil uitblinken. Hij benaderde Shona zoals Emma had gedaan, maar zijn bewegingen waren stijver, zijn schouders gespannen door de moeite om ontspannen te lijken. De merrie voelde zijn nervositeit meteen en week een fractie opzij toen hij naar haar reikte.

'Ze bewoog,' zei Ryan, terwijl hij verstijfde.

'Ze reageert op jouw energie,' legde Emma zacht uit. 'Haal eens diep adem. Paarden zijn spiegels, ze weerspiegelen wat jij voelt. Als jij nerveus bent, worden zij het ook.'

Ryan ademde langzaam in en ontspande bewust zijn schouders. Hij probeerde het opnieuw, bewoog nu natuurlijker, maar toen hij het halster naar Shona's hoofd tilde, slingerde de merrie haar hoofd licht en stapte nog eens opzij.

Emma ging naast hem staan, haar hand bedekte de zijne op het halster. 'Zo,' zei ze zacht, terwijl ze zijn bewegingen begeleidde. De warmte van haar vingers tegen de zijne stuurde een rilling van gewaarwording door haar heen die niets met paarden hanteren te maken had. 'Zacht maar zeker. Ze moet voelen dat jij weet wat je doet, ook al is dat nog niet zo.'

Samen schoven ze het halster over Shona's neus, waarbij Emma's handen die van Ryan schaduwden terwijl hij een beetje stuntelde met de gesp. 'Perfect,' moedigde ze hem aan toen hij de handeling voltooide. 'Nu zelf proberen.'

Ryan deed het halster volgens instructie af en benaderde haar opnieuw voor een volgende poging. Deze keer waren zijn bewegingen natuurlijker, zijn zelfvertrouwen groeide. Shona bleef rustig staan en accepteerde het halster met gelijkmatige geduld.

'Goed gedaan,' zei Emma, hoorbaar verheugd. 'Volgende stap: poetsen. Het gaat niet alleen om het schoonmaken, het gaat om vertrouwen opbouwen en controleren of er iets mis is.'

Ze liet hem zien hoe hij elke borstel na elkaar moest gebruiken, en legde het doel uit van de roskam, de body brush en de hoefkrabber. Ryans aanvankelijk voorzichtige streken maakten geleidelijk plaats voor zelfverzekerdere bewegingen, terwijl hij een ritme vond in het repetitieve werk. Shona leunde met zichtbaar genoegen in zijn borstelwerk, haar oogleden zakten een beetje van plezier.

'Ze vindt het lekker,' merkte Ryan op, met verrassing en plezier op zijn gezicht.

'Je vindt de juiste druk,' bevestigde Emma. 'Niet te hard, niet te zacht. Paarden waarderen consistentie en duidelijkheid.'

Ryan bleef poetsen, zijn aanvankelijke stijfheid smolt weg terwijl hij zich op de taak concentreerde. Emma keek met stille voldoening naar de verandering, merkte hoe zijn ademhaling het ritme van Shona aannam, hoe zijn bewegingen het ongedwongen tempo kregen waar paarden het best op reageren. Voor iemand die zijn carrière in een hooggespannen bedrijfswereld had doorgebracht, toonde Ryan een verrassend talent voor dit geduldige, aanwezige werk.

'Mam! Meneer Wardell!'

Jemima's stem klonk over het erf terwijl ze op hen af kwam huppelen, haar blonde paardenstaart bij elke stap op en neer. Sarah volgde op een kalmer tempo, sleutels rinkelend in haar hand.

'Schoolrun voltooid,' kondigde Sarah aan. 'En iemand kon haar enthousiasme nauwelijks bedwingen toen ze Ryans golfkarretje zag.' Ze trok een wenkbrauw op naar Emma, met een veelbetekenende blik waardoor Emma licht begon te blozen.

Jemima klom op de onderste ligger van het hek en bekeek Ryans poetswerk met een kritisch oog. 'Je doet het verkeerd,' verkondigde ze met het zelfvertrouwen van een achtjarige. 'Je moet met de haarrichting mee, niet ertegenin.'

'Jemima,' begon Emma, maar Ryan lachte goedmoedig.

'Dank je voor de tip,' zei hij serieus. 'Zo?' Hij paste zijn techniek aan volgens Jemima's instructie.

'Beter,' keurde ze goed, en toen lichten haar ogen op met plotselinge inspiratie. 'Gaat je haar rijden? Ik zou je les kunnen geven! Ik ben echt goed in beginners lesgeven. Ik heb vorige zomer geholpen met het ponykamp.'

Sarah kuchte en verborg een lach maar half. 'Ik laat het aan jullie over,' zei ze, terwijl ze terugliep naar het huis. 'Eten om half zeven, als je blijft, Ryan?'

Hij keek naar Emma, een vraag in zijn ogen. Zij knikte met een kleine glimlach, en hij wendde zich weer tot Sarah. 'Graag, dank je.'

'Geweldig!' riep Jemima al, terwijl ze naar de zadelkamer sprintte. 'Ik haal Shona's zadel en hoofdstel.'

Voor Emma kon ingrijpen, had haar dochter zichzelf tot Ryans officiële rij-instructeur benoemd, en ze kwam even later terug, worstelend onder het gewicht van een doorleefd zadel. Emma hielp het op Shona's rug te leggen en legde Ryan intussen het proces uit.

'Weet je dit zeker?' vroeg Emma hem zacht. 'Niemand verwacht dat je op je eerste dag met paarden al gaat rijden. Zij dacht dat je ja zei tegen rijden, niet tegen het avondeten!'

'Ik doe mee als jij denkt dat ik je paard niet beschadig,' antwoordde hij met een vleugje van zijn gebruikelijke zelfvertrouwen. 'Al vermoed ik dat ik zo meteen grondig door je dochter nederig gemaakt word.'

'Dan haal ik een cap voor je.' Ze grijnsde naar hem. 'Niemand rijdt zonder cap op Ridgewater. Verzekeringstechnisch.'

Twintig minuten later bevond Ryan zich in de kleine trainingspiste, wat onzeker gezeten op Shona's rug, terwijl Jemima vanaf de grond een constante stroom aanwijzingen gaf.

'Hakken laag! Rug recht! Je stuitert te veel!' riep ze terwijl Shona langs de omheining van de piste draafde. 'Je moet in haar ritme op en neer gaan, niet ertegenin!'

Ryan probeerde de instructies op te volgen, zijn gezicht een studie in concentratie terwijl hij onbekende spiergroepen probeerde aan te sturen. Elke keer dat hij het ritme begon te vinden, verloor hij het weer, zijn lichaam verstijfde zodra hij er te veel over nadacht.

'Ontspan door je onderrug,' stelde Emma voor vanaf haar plek bij de omheining. 'Laat je lichaam met haar meegaan, ga er niet tegenin.'

'Makkelijker gezegd dan gedaan,' mompelde Ryan, terwijl hij een pijnlijke grimas trok toen een bijzonder ongecoördineerd moment hem onhandig in het zadel deed opveren.

Jemima was meedogenloos maar bemoedigend. 'Je wordt beter!' hield ze na elke ronde vol. 'Nog één rondje. Je had hem bijna!'

Tegen de tijd dat ze klaar waren, had Ryan een paar momenten echt in draf kunnen lichtrijden, wat hem enthousiast applaus van Jemima opleverde. Hij steeg met overdreven voorzichtigheid af, benen licht wiebelig terwijl ze weer aan vaste grond moesten wennen.

'Niet slecht voor een eerste les,' zei Emma, terwijl ze Shona terug naar de stallen leidden. 'De meeste beginners wagen zich niet op dag één al aan draven.'

'De meeste beginners hebben Jemima niet als instructeur,' antwoordde Ryan, terwijl hij met een wrange glimlach zijn onderrug wreef. 'Ik weet vrij zeker dat ik dit morgen ga voelen.'

'Waarschijnlijk in spieren waarvan je niet wist dat je ze had,' beaamde Emma. 'Maar je deed het goed. Shona keurde het goed, en zij is een kieskeurige criticus.'

Ze onttuigden de merrie samen, en Ryan volgde Emma's aanwijzingen voor het juiste onderhoud van het materiaal. Jemima demonstreerde hoe je Shona stukjes wortel als beloning geeft, haar kleine handen zeker terwijl ze de groente plat op haar handpalm hield. Ryan kopieerde de techniek, zijn gezicht lichtte op met eenvoudig plezier toen de zachte lippen van de merrie zijn hand kietelden.

Het avondeten vloog voorbij in een waas van gesprek en gelach, het hele huishouden verzameld rond de lange keukentafel. Ryan paste met verrassende gemak in de dynamiek van de familie. Emma betrapte zichzelf erop dat ze naar hem keek, lette op de ontspannen stand van zijn schouders, zo anders dan de gespannen zakenman die haar had geconfronteerd over Phoenix' vernieling van zijn eigendom.

Na de maaltijd, toen Emma zei dat zij aan de beurt was om de laatste ronde langs de paarden te maken, bood Ryan aan met haar mee te gaan.

'Mag ik ook mee, mam?' vroeg Jemima gretig.

'Absoluut niet,' zei Sarah beslist, 'het enige aan jou dat schoon is, zijn je handen, juffie, en zelfs onder je nagels ben ik niet helemaal zeker. Douchen, nu meteen.'

Emma wierp Sarah een dankbare blik toe en kreeg een grijns terug. Haar oudste zus had, vermoedde ze, een aardige indruk van hoe Emma over Ryan begon te denken en zou doen wat ze kon om hen de tijd te geven om het uit te vogelen zonder Jemima's 'hulp'.

Ze liep in comfortabele stilte naast Ryan door de duisternis, gedragen door de vertrouwde nachtgeluiden van Ridgewater: paarden die in hun paddocks verplaatsten, kikkers die riepen bij de kreek, het verre roepen van een uil die over de velden jaagde.

Ze maakten de ronde langs stallen en paddocks af, keken of de drinkbakken vol waren en de hekken goed dicht. Toen ze terug naar het huis wilden lopen, bleef Ryan staan, zijn blik omhoog getrokken naar de nachtelijke hemel, waar ontelbare sterren als speldenprikken het donker doorboorden.

'De sterren zijn hier ongelooflijk,' zei hij zacht. 'In de stad zie je ze nauwelijks.'

Emma stond naast hem en volgde zijn blik naar de vertrouwde sterrenbeelden die al generaties over Ridgewater hadden gewaakt. 'Het is makkelijk om te vergeten omhoog te kijken als je het druk hebt,' zei ze. 'Zelfs hier raak ik soms zo verstrikt in de dagelijkse problemen dat ik dit mis.'

Ryan haalde diep adem van de koele nachtelijke lucht, doortrokken van eucalyptus en de zoete geur van de weiden. 'Ik heb me in jaren niet zo... rustig gevoeld...' gaf hij toe, zijn stem gedempt in het donker. 'Misschien wel nooit.'

De eenvoudige bekentenis raakte iets dieps in Emma's borst. Ze dacht aan de bedrijfswereld die hij had beschreven, de eindeloze jacht op succes die hem bijna had gebroken, de moed die het had gekost om alles wat vertrouwd was achter te laten.

'Het platteland heeft dat effect op mensen,' zei ze zacht. 'Er is iets aan werken met land en dieren dat alles in perspectief zet.'

'Het is niet alleen de plek,' zei Ryan, terwijl hij zich naar haar toe draaide. In het sterlicht was zijn uitdrukking open, kwetsbaar op een manier die ze nog niet eerder had gezien. 'Het zijn de mensen. Jij bent het.'

Emma voelde haar adem haperen; de eerlijkheid in zijn woorden schiep een moment van volmaakte helderheid tussen hen. Ze reikte in het donker naar zijn hand en hun vingers verstrengelden zich als vanzelf.

'Ik ben blij dat je hier bent,' zei ze eenvoudig.

Ze stonden samen onder het uitgestrekte hemelgewelf, twee mensen die een onverwachte connectie vonden, en de kus die volgde voelde volkomen natuurlijk en precies goed, alsof het de enige mogelijke afsluiting was van een dag op Ridgewater.

Hoofdstuk Tien

EMMA SCHOOF ONGEMAKKELIJK OP haar stoel terwijl Ryan de stapel afgewezen subsidieaanvragen op haar bureau doorbladerde. Ze had niet bedoeld dat hij dit deel van haar bedrijf zou zien, de administratieve chaos die schuilging achter het zorgvuldig georganiseerde revalidatieprogramma. Maar na hun kus drie nachten geleden bracht hij meer tijd op het terrein door, en toen hij haar gisteren betrapte terwijl ze zich wanhopig door een aanvraag voor financiering worstelde, had zijn aanbod om te helpen zowel oprecht als precies op tijd geleken. Nu ze zijn frons dieper zag worden terwijl hij haar papierwerk bestudeerde, was ze er niet meer zo zeker van dat het verstandig was geweest hem in dit aspect van haar leven toe te laten.

'Hoelang gebruik je dit archiefsysteem al?' vroeg Ryan, zijn toezorgvuldig neutraal terwijl hij naar de wankele torens ordners tegen de muur van het kantoor gebaarde.

'"Systeem" is misschien een groot woord,' gaf Emma toe, terwijl ze een glimlach probeerde. 'Het is meer een archeologisch verslag.'

Het kleine kantoor was een ode aan generaties McKenzies die paarden boven papierwerk hadden verkozen. Vale linten en trofeeën bedekten elk oppervlak dat niet al ingenomen was door facturen, bonnetjes en handgeschreven briefjes. De antieke desktopcomputer zoemde onheilspellend in de hoek; op het scherm stond een spreadsheet die leek te zijn ontworpen toen Jemima nog in de luiers zat.

Ryan trok een bijzonder beduimelde aanvraag eruit en legde die vlak tussen hen op het bureau. 'Deze, voor de regionale subsidie voor equine therapie, is afgewezen omdat je de ondersteunende documentatie uit bijlage C niet hebt meegestuurd.' Hij bladerde door meerdere pagina's. 'Wat niet verbaast, want je hebt een verouderd formulier uit 2018 gebruikt.'

Emma voelde haar wangen warm worden. 'Ze zouden duidelijker moeten maken wanneer de formulieren veranderen.'

'Doen ze ook,' zei Ryan zacht, terwijl hij de website van de subsidieverstrekker op zijn tablet opende. 'De actuele formulieren staan altijd prominent op hun homepage, met duidelijke vervaldata.'

Hij ging verder door de stapel, en trok de ene na de andere aanvraag eruit. 'Deze is afgewezen omdat je in drie secties over het woordenaantal heen ging. Deze omdat je je beoogde resultaten niet hebt afgestemd op hun geformuleerde financieringsprioriteiten. En deze...' hij hield even in en bestudeerde het document aandachtiger, 'deze had eigenlijk een goede kans, maar je hebt de vereiste financiële overzichten niet toegevoegd.'

'Tot nu toe red ik me prima,' zei Emma, en ze hoorde zelf de defensiviteit in haar stem, iets waar ze een hekel aan had. 'Ik draai nog steeds, toch?'

Ryan keek op, zijn blik verzachtte. 'Dat doe je,' beaamde hij. 'Dat maakt dit eigenlijk des te indrukwekkender. Je hebt Ridgewater Rescue draaiende gehouden op vastberadenheid en passie, met minimale financiële steun. Maar stel je eens voor wat je zou kunnen doen met behoorlijke financiering.'

Zijn woorden bleven tussen hen hangen, zowel een uitdaging als een belofte. Emma keek rond in het rommelige kantoor en zag het ineens door zijn ogen: niet de knusse, vertrouwde ruimte waar ze aan gewend was, maar een fysieke manifestatie van organisatorische chaos die haar actief tegenhield.

'Ik bekritiseer je niet, Emma,' ging Ryan verder toen ze bleef zwijgen. 'Een reddingsoperatie runnen vraagt om andere vaardigheden dan het binnenhalen van de financiering. Je bent briljant met de paarden. Echt uitzonderlijk. Maar voor dit deel bestaan strategieën die je leven makkelijker kunnen maken.'

'Zoals?' vroeg Emma, waarbij haar nieuwsgierigheid het won van haar trots.

Ryan schoof zijn stoel dichter bij het bureau en zakte wat in zijn schouders, zichtbaar op vertrouwd terrein. 'Eerst heb je een goede bibliotheek met sjablonen voor subsidieaanvragen nodig. Het meeste blijft bij elke aanvraag hetzelfde: je missie, geschiedenis, kwalificaties, basisfinanciële info. Met gestandaardiseerde, goed geschreven alinea's hoef je niet telkens het wiel opnieuw uit te vinden.'

Hij pakte een leeg vel papier en begon een eenvoudige organisatieschema te schetsen. 'Ten tweede heb je een financieringskalender nodig. De meeste subsidies lopen op jaarcycli. Als je alle deadlines in kaart brengt, kun je je aanpak plannen in plaats van op het laatste moment te moeten improviseren.'

Emma volgde zijn hand terwijl die over het papier bewoog en met een paar snelle pennestreken orde uit chaos schiep. Ondanks haar aanvankelijke weerstand merkte ze dat ze zich aangetrokken voelde tot de helderheid van zijn visie.

'Dan is er nog hoe je je voorstellen opbouwt,' ging Ryan verder. 'De meest succesvolle aanvragen vertellen een verhaal dat rechtstreeks aansluit op de prioriteiten van de verstrekker. Neem bijvoorbeeld die Queensland Rural Development-subsidie waarvoor je bent afgewezen,' hij tikte op een van de papieren, 'zij zoeken specifiek naar programma's met aantoonbare maatschappelijke impact. Maar jouw aanvraag focuste bijna uitsluitend op de paarden.'

'De paarden zijn juist het punt,' wierp Emma tegen.

'Voor jou wel, ja,' stemde Ryan in. 'Maar om financiering te krijgen, moet je dat vertalen naar taal die financiers begrijpen. In plaats van te zeggen dat je ex-renpaarden revalideert, vertel je hoe jouw werk educatieve kansen creëert voor lokale kinderen, therapeutische programma's biedt voor mensen met een beperking, traditionele rijkunstvaardigheden bewaart en werkgelegenheid op het platteland genereert.'

Emma fronste. 'Dat voelt als de waarheid verdraaien.'

'Je verdraait niets,' hield Ryan vol. 'Je legt accenten op andere aspecten van wat je al doet. Ridgewater bestaat niet in isolatie. Jouw werk heeft een uitstralingseffect dat jij vanzelfsprekend vindt, maar dat vanuit financieringsperspectief juist heel waardevol is.'

Hij haalde de missie van de subsidieverstrekker op zijn tablet tevoorschijn. 'Kijk? Hun primaire doel is "duurzame plattelandsontwikkeling". Jouw werk draagt daar absoluut aan bij, maar je aanvraag maakte die link nooit expliciet.'

Emma boog zich naar de tekst toe, terwijl een onwillige realisatie doordrong. 'Dus ik moet hun taal spreken.'

'Precies,' knikte Ryan enthousiast. 'Kijk naar deze aanvraag van vorige maand voor de dierenwelzijnssubsidie voor paarden. Je schreef: "We revalideren ex-renpaarden met natuurlijke rijkunsttechnieken." Dat is accuraat, maar niet meeslepend. In plaats daarvan zou je kunnen zeggen: "Ons evidence-based revalidatieprogramma heeft het afgelopen jaar alleen al 27 kwetsbare volbloeden met succes naar een tweede carrière begeleid, met een slagingspercentage van 94% over een periode van drie jaar."'

'Maar dat zegt toch hetzelfde met mooiere woorden,' protesteerde Emma.

'Het biedt context en resultaten,' corrigeerde Ryan. 'Financiers willen weten dat hun geld effectief wordt besteed. Cijfers en uitkomsten doen ertoe.'

Hij pakte zijn laptop, opende een strakke spreadsheet en draaide die naar haar toe. 'Ik heb me de vrijheid veroorloofd je operationele gegevens van de afgelopen drie jaar te analyseren. Je boekt met minimale middelen eigenlijk opmerkelijke resultaten. Als we die prestaties goed verpakken, kan dat je slagingspercentage bij financiering compleet veranderen.'

Emma staarde naar de keurig geordende kolommen met haar revalidatiestatistieken, kosten per paard en succesindicatoren. Haar werk zo precies in cijfers gevat zien, was zowel ontregelend als op een vreemde manier bevestigend.

'Deze aanvraag hier,' ging Ryan verder, wijzend op een bijzonder teleurstellende afwijzing van zes maanden geleden, 'je vroeg $15.000 voor algemene bedrijfskosten. Ze wezen het af omdat het niet specifiek genoeg was. Maar als je hetzelfde bedrag had gevraagd voor "de uitbreiding van je therapieprogramma voor mensen met een beperking door het in stand houden van drie therapiepaarden", dan had je perfect aangesloten bij hun financieringsprioriteiten.'

'Maar we hadden het geld nodig voor hooi en dierenartskosten,' zei Emma.

'En therapiepaarden eten hooi en hebben veterinaire zorg nodig,' merkte Ryan op met een kleine glimlach. 'Het gaat om framen, niet om verzinnen.'

Emma haalde een hand door haar haar en trok aan de lokken; de logica van zijn aanpak werd steeds lastiger te ontkennen. 'Dit klinkt allemaal logisch,' gaf ze toe, 'maar het voelt als een spelletje spelen.'

'Elke sector heeft zijn regels,' antwoordde Ryan. 'Die leren tast je integriteit niet aan, ze maken je alleen effectiever in het bereiken van je doelen.' Hij klapte de laptop dicht en ving haar blik direct op. 'Je doet hier geweldig werk, Emma. Ik stel alleen manieren voor om ervoor te zorgen dat je daarmee kunt doorgaan zonder voortdurend op het financiële randje te balanceren.'

Iets in zijn uitdrukking, een combinatie van respect en oprechte bezorgdheid, deed de laatste restjes van haar weerstand smelten. Ze dacht aan Phoenix, aan de maanden gespecialiseerde zorg die eraan kwamen, aan de andere paarden die wachtten op veilingen en in slachthuizen, die ze nu niet kon redden.

'Goed dan,' zei ze uiteindelijk. 'Leer me hoe ik dit goed aanpak.'

Ryan's glimlach was de kleine knauw aan haar trots waard. 'We beginnen met een complete revisie van je archiefsysteem en maken dan sjablonen voor verschillende typen subsidies. Binnen drie maanden kunnen we je financiering makkelijk verdrievoudigen, denk ik.'

Terwijl hij zijn plan uiteenzette, zag Emma de toekomst van Ridgewater in een nieuw licht. De rescue was altijd gegaan over het redden van paarden, één voor één, vechtend tegen de grenzen van ruimte en middelen. Maar misschien konden die grenzen met Ryan's hulp oprekken.

Het was geen verraad aan haar idealen; het was opschalen, capaciteit creëren om meer dieren te helpen, meer goeds te doen.

'Dank je,' zei ze zacht toen hij even pauzeerde in zijn uitleg. 'Dat je het potentieel hier ziet.'

'In Ridgewater,' vroeg hij, 'of in jou?'

'Allebei, denk ik.'

Zijn blik werd zachter. 'Het potentieel was er altijd al. Ik help alleen met de constructieve engineering.'

Emma schoot ondanks zichzelf in de lach. Vertrouw het aan Ryan toe om een moment van verbinding in een bouwmetafoor te veranderen. Toch, terwijl ze samen het hoofd bogen over het papierwerk en er in de chaos van haar kleine kantoor een comfortabel partnerschap ontstond, besefte ze dat zijn zakelijke benadering misschien precies was wat Ridgewater nodig had, een onverwachte aanvulling op haar missie vanuit het hart.

'Nee, absoluut die niet,' zei Emma, terwijl ze de foto uit Ryan's hand griste voordat hij hem kon scannen. Het was een week geleden dat hij begonnen was met het reorganiseren van Ridgewater's administratieve chaos, en ze waren inmiddels van subsidieaanvragen beland bij wat Ryan 'optimalisatie van de digitale aanwezigheid' noemde, maar wat Emma gewoon 'dat socialmediagedoe' vond. Ze hadden tientallen foto's over de keukentafel uitgespreid en plozen jaren aan Ridgewaters geschiedenis uit, op zoek naar inhoud om hun nieuw aangemaakte accounts te vullen. De foto die Emma zojuist had gered, toonde haar van top tot teen onder de modder na een dramatische redding in het regenseizoen twee jaar geleden. 'Aan dit authenticiteitsgedoe zitten grenzen,' deelde ze hem mee, terwijl ze het belastende bewijs veilig in haar zak stopte.

Ryan grijnsde en bleef de stapel sorteren. 'Die had minstens vijftig likes opgeleverd. Mensen vinden het heerlijk om de rommelige realiteit te zien.'

'Ze krijgen rommelige realiteit genoeg te zien zonder dat ik erbij loop alsof ik aan het modderworstelen ben geweest,' kaatste Emma terug, terwijl ze hem een andere stapel foto's toeschoof. 'Dit zijn de voor-en-na-foto's van Mermaid, een merrie die ik vorig jaar gerevalideerd heb. Ze kwam bij ons met een lichaamsconditiescore van twee, en kijk haar zes maanden later. Nu wint ze rubrieken op shows – ze won een paar weken geleden Champion Light Hack in Nambour.'

Ryan pakte de foto's met de dramatische transformatie op; zijn uitdrukking werd ernstiger terwijl hij de skeletachtige zwarte merrie op de eerste foto bekeek en het glanzende, gezonde dier op de tweede. 'Dit is krachtige materie,' zei hij zacht. 'Dit is precies wat we nodig hebben.' Hij bekeek de derde foto, Mermaid met haar nieuwe eigenaar, het tienermeisje dat van oor tot oor glimlachte terwijl de keurmeester in Nambour een enorme bloemenkrans om Mermaids hals hing. 'Je zou niet geloven dat het hetzelfde dier is, toch?'

Emma keek toe hoe hij de foto's zorgvuldig in de stapel 'zeker' legde en een notitie maakte op zijn tablet. Ze was nog steeds aan het wennen aan deze nieuwe dynamiek tussen hen, deze behoedzame samenwerking die iets leek op te bouwen wat geen van beiden nog volledig onder woorden had gebracht. Na hun kus onder de sterren hadden ze niet expliciet besproken wat er tussen hen gebeurde, maar er was een onmiskenbare verschuiving, een comfortabele intimiteit die zich ontwikkelde naast hun professionele partnerschap.

'Leg die strategie nog eens uit,' moedigde ze aan terwijl ze een nieuwe set foto's selecteerde. 'Waarom maken we verschillende content voor verschillende platforms?'

Ryan legde zijn tablet neer en schakelde over naar wat Emma was gaan zien als zijn 'businessmentor-modus'. 'Elk platform heeft een ander publiek en andere verwachtingen van content,' legde hij uit. 'Instagram en TikTok zijn visueel gedreven, perfect voor diavoorstellingen van je prachtige paardenfoto's en korte videoclips. Facebook en YouTube laten langere verhaallijnen toe en helpen een community met je supporters op te bouwen. LinkedIn is voor professionele connecties, subsidiekansen en om Ridgewater te positioneren als marktleider in het revalideren en heropleiden van volbloeden.'

Emma knikte en probeerde alles op te nemen. De wereld die Ryan beschreef, waarin online aanwezigheid zich vertaalde naar tastbare steun voor haar reddingswerk, voelde nog wat abstract. Maar ze vertrouwde op zijn expertise op dit gebied, zoals hij op die van haar met de paarden.

'Dan nu de contentkalender,' ging Ryan verder, terwijl hij een kleurgecodeerde spreadsheet opende. 'Ik heb het zo ingericht dat we consequent posten zonder jou te overladen. Drie Instagram-berichten per week, twee Facebook-updates, maandelijks één LinkedIn-artikel, met automatische cross-posting naar de andere platforms via een app.'

Emma wierp een blik op het minutieus georganiseerde schema. 'Dat lijkt me veel werk.'

'Het is behapbaar met de juiste aanpak,' stelde Ryan haar gerust. 'De sleutel is content in batches maken. Vandaag verzamelen we genoeg materiaal voor de komende maand. Daarna is het gewoon de planning volgen.'

Ze brachten het volgende uur door met het selecteren van foto's en het bedenken van verhaallijnen voor elk gered paard. Emma merkte dat ze er warm voor begon te lopen terwijl ze de verhalen deelde die ze uit haar hoofd kende: de volbloed die in de steek was gelaten na een blessure tijdens een race en nu opbloeide als therapiepaard; de pony die bijna was uitgehongerd en nu kinderen leerde rijden; de kampioen Western Pleasure-merrie die na haar wedstrijdcarrière waardevolle veulens zou fokken, maar een genetisch probleem bleek te hebben.

'Lethal White-syndroom,' zei ze droevig. 'Een veulen dat ermee geboren wordt, kan niet overleven, en verantwoordelijke fokkers willen het recessieve gen niet doorgeven. Haar eigenaar gaf haar daarom gratis aan mij, zolang ik maar beloofde haar nooit meer te laten dekken. Ze is het liefste dier; we gebruiken haar om beginners te leren die Western willen rijden.'

'Je bent een geboren verteller,' merkte Ryan op toen ze klaar was. 'De manier waarop je zowel de technische aspecten van revalidatie als de emotionele reis vangt, is precies wat bij volgers zal binnenkomen.'

Emma voelde een blos van plezier bij zijn lof. 'Het is makkelijk als je om het onderwerp geeft.'

'Juist daarom gaat dit werken,' zei Ryan, terwijl zijn ogen de hare aan de overkant van de tafel ontmoetten. 'Authenticiteit kun je niet fabriceren. Jij hebt dat in overvloed.'

Er viel een aangename stilte tussen hen terwijl ze doorwerkten, alleen doorbroken toen Zoe haar hoofd om de deur stak.

'Ik ga zo mijn volgende sessie met Phoenix beginnen, als je het nog wilt filmen,' kondigde ze aan, haar wilde krullen ontsnappend aan wat die ochtend vast als een keurige vlecht begonnen was.

Ryan keek op zijn horloge. 'Perfecte timing. Ik haal even de camera-uitrusting uit mijn auto.'

Emma bleef aan de rand van de roundpen staan en keek hoe Ryan een professioneel ogende camera zorgvuldig op een statief zette. Zoe was al met Phoenix aan het werk in het midden van de ruimte, haar handen bewogen in de inmiddels vertrouwde patronen van de Masterson Method langs de hals en schouders van de volbloed.

'Is dit wat jullie normaal doen?' vroeg Ryan, terwijl hij de camerahoek bijstelde.

'Precies dit,' bevestigde Emma. 'Gewoon Zoe die doet waar ze het beste in is.'

Ryan knikte goedkeurend. 'Perfect. Authenticiteit is alles voor dit soort content.' Hij begon met opnemen en deed toen een stap terug om naast Emma te gaan staan, een kleine glimlach spelend om zijn lippen terwijl hij het tafereel gadesloeg.

Zoe werkte bijna veertig minuten met Phoenix; de verandering in het paard was zelfs voor een ongetraind oog zichtbaar. De spanning in zijn lichaam smolt geleidelijk weg onder haar deskundige aanraking, zijn hoofd zakte, zijn ogen verzachtten van hun gebruikelijke wantrouwen naar iets dat op vrede begon te lijken.

'Dat is geweldig beeldmateriaal,' mompelde Ryan toen ze klaar waren. 'We knippen het terug om de belangrijkste technieken en transformerende momenten uit te lichten.'

Later die avond, nadat Zoe de gemonteerde video had bekeken en goedgekeurd, plaatsten ze hem op hun nieuw aangemaakte accounts met een eenvoudige caption waarin Phoenix' achtergrond en Zoe's revalidatie-aanpak werd uitgelegd. Emma voelde een zenuwachtige kriebel toen Ryan op 'publiceren' tikte en hun werk de digitale wereld in stuurde.

'En nu?' vroeg ze.

'Nu wachten we,' antwoordde Ryan, 'maar niet lang. Digitale interactie komt meestal snel op gang.'

Hij had gelijk. De volgende ochtend zaten er drie aanvragen in hun inbox over Zoe's diensten, van paardeneigenaren uit de regio. Tegen de middag was dat aantal verdubbeld en stroomden de reacties onder de video binnen.

'Kijk hier eens naar,' zei Ryan, terwijl hij Emma zijn tabletscherm liet zien, waar Ridgewater Rescue's volgers op Instagram van het eerste handjevol naar meer dan 3.000 overnacht waren gesprongen. 'De video is gedeeld door meerdere grote paardensportaccounts.'

Emma scrolde door de reacties, en haar verbazing groeide terwijl ze bericht na bericht las waarin Zoe's technieken werden geprezen en om meer informatie over hun programma werd gevraagd.

'Deze is van een dressuurtrainer in Brisbane,' merkte ze op, wijzend naar een bijzonder uitgebreide reactie. 'Ze vraagt of Zoe ook cliënten van buitenaf aanneemt.'

'En deze,' voegde Ryan toe, terwijl hij naar een ander bericht wees, 'is van iemand van wie het paard vergelijkbaar trauma heeft als Phoenix. Ze zijn bereid vanaf de Sunshine Coast te reizen voor sessies.'

Emma zakte achterover, verbijsterd door de onmiddellijke respons. 'Dit had ik nooit verwacht.'

'Het is een perfecte storm aan factoren,' legde Ryan uit, zijn blik licht van professionele voldoening. 'Zoe's technieken zijn visueel overtuigend en duidelijk effectief. Phoenix is een prachtig, overduidelijk getraumatiseerd paard dat opmerkelijke vooruitgang toont. En er is duidelijk een onvervulde behoefte aan dit soort gespecialiseerde diensten.'

'We moeten uitzoeken hoe we dit gaan vormgeven,' zei Emma, terwijl haar gedachten overspoeld werden door mogelijkheden. 'Zoe was van plan om via de dierenkliniek haar diensten te gaan adverteren, maar als mond-tot-mondreclame klanten naar Ridgewater kan brengen in plaats daarvan...'

'Dit zou een aanzienlijke inkomstenstroom kunnen zijn,' stemde Ryan in, terwijl hij al naar zijn laptop reikte. 'Laten we een dienstenmodel opstellen. Privésessies, groepsworkshops, misschien zelfs certificeringstraining voor andere professionals.'

Ze brachten het volgende uur door met het schetsen van mogelijkheden, waarbij Ryan's zakelijke expertise naadloos aansloot op Emma's kennis van de behoeften binnen de paardenwereld. Wat begon als een eenvoudige socialmediaoefening, bleek onverwacht een levensvatbare zakelijke kans, een die perfect aansloot bij Ridgewaters missie en tegelijkertijd potentieel de broodnodige financiële stabiliteit bood.

'Weet je wat dit betekent, toch?' zei Emma terwijl ze hun conceptvoorstel voor Zoe's diensten afronden en het uitprintten zodat Zoe het kon doornemen en goedkeuren.

'Wat dan?' vroeg Ryan, zijn blik opkijkend van zijn laptop.

'Je had gelijk over dat socialmediagedoe,' gaf ze toe met een aarzelende glimlach. 'Laat het niet naar je hoofd stijgen.'

Ryan lachte en reikte over de tafel om kort haar hand te knijpen. 'Ik zal proberen mijn zelfgenoegzaamheid te beteugelen. Maar Emma, dit gaat niet alleen om gelijk krijgen. Dit gaat om laten zien wat Ridgewater bijzonder maakt. Ik heb alleen een raam gecreëerd; mensen reageren op wat ze erdoorheen zien.'

Zijn woorden gaven haar een warm gevoel; de oprechte waardering in zijn stem herinnerde haar eraan dat zijn hulp er niet op gericht was de kern van Ridgewater te veranderen, maar om die te versterken. Terwijl ze weer in de plannen doken, merkte Emma dat ze zich steeds meer op haar gemak voelde met deze mix van hart en strategie, dit partnerschap dat haar missie respecteerde en tegelijk het bereik ervan vergrootte.

Misschien was Ryan's zakelijke instelling toch niet zo onverenigbaar met Ridgewaters ziel.

'Dus,' zei Sarah, terwijl ze een stomende mok thee over de keukentafel naar Emma schoof, 'ga je ons vertellen wat er gaande is tussen jou en Meneer Golfbaan, of moeten we blijven doen alsof we niets in de gaten hebben?' De veelbetekenende glimlach die ze met Kate en Pip uitwisselde, deed Emma's wangen warm worden. Op de een of andere manier waren zij en Ryan, zonder er ooit duidelijk over te praten, van zakenpartners naar iets meer gegleden, en blijkbaar had haar familie dat al door voordat zij de moed had verzameld het ter sprake te brengen.

Emma sloeg haar handen om de warme mok, om wat tijd te rekken. In de keuken was het stil, op het verre gezoem van de oude koelkast en het af en toe kraken van het huis dat zich om hen heen zette na. Deze late-avondgesprekken in de keuken waren een constante geweest in het leven van de zussen McKenzie, heilige momenten waarin waarheden werden uitgesproken en harten ontlast.

'We zien elkaar,' gaf Emma uiteindelijk toe, de woorden vreemd formeel voor het warme, complexe iets dat tussen haar en Ryan groeide. 'Soort van. Ik bedoel, we hebben het nog niet echt een label gegeven.'

'We vroegen ons al af hoe lang het zou duren voordat je het toegaf,' plaagde Sarah, terwijl ze honing door haar eigen thee roerde. 'Je bent niet bepaald subtiel, Em. De manier waarop je oplicht als hij het erf op komt rijden, zegt genoeg.'

'Om nog maar te zwijgen van het feit dat je ineens je goede spijkerbroek aantrekt om stallen uit te mesten,' voegde Kate er met een grijns aan toe.

Emma kreunde en verborg haar gezicht even in haar handen. 'Ben ik zó doorzichtig?'

'Helemaal,' bevestigde Pip, terwijl ze een koekje van de schaal in het midden van de tafel pakte. 'Jemima is al dagenlang commentaar aan het leveren. "Mam lachte om de grap van meneer Wardell en die was niet eens grappig" is mijn persoonlijke favoriet.'

De gedachte dat haar dochter het had opgemerkt, joeg opnieuw de warmte naar Emma's wangen. Ze was zo in de nieuwigheid van haar gevoelens voor Ryan opgegaan dat ze er niet bij had stilgestaan hoe zichtbaar die konden zijn voor haar opmerkzame achtjarige.

'En?' spoorde Kate aan, haar uitdrukking verschuivend van plagerig naar serieuzer. 'Wat zijn precies zijn bedoelingen? Want niets ten nadele, Em, maar zijn wereld en de onze overlappen niet bepaald veel.' Ze gebaarde vaag naar het raam, waar de lichten van Ridgemont Golf and Country Club net zichtbaar waren op de verre heuvel. 'Hij heeft dat als investering gekocht. Wat is zijn insteek met jou?'

'Kate,' berispte Sarah zacht.

'Het is een terechte vraag,' hield Kate vol. 'Het is vrij makkelijk om hem te googelen en erachter te komen dat hij zijn carrière in bedrijfsovernames heeft doorgebracht. Dat soort mensen stapt niet zomaar helemaal uit die denkwijze.'

Emma voelde een steek van verdediging opkomen. 'Zo is hij niet met mij,' zei ze. 'En ook niet met Ridgewater. Sterker nog, hij helpt ons juist om duurzamer te worden.'

'Dat is nou precies wat me zorgen baart,' viel Pip in, haar doorgaans levendige gezicht opvallend serieus. 'Hoeveel van Ridgewater is nog Ridgewater als het eenmaal "geoptimaliseerd" is door een het bedrijfsleven efficiency-expert?' Ze maakte aanhalingstekens in de lucht bij het woord. 'Ik weet dat ik hier nog steeds "de aangetrouwde" ben, maar ik geef om deze plek en waar ze voor staat.'

'Dat weet ik,' zei Emma zacht. 'En Ryan ook, geloof het of niet. Hij probeert onze missie niet te veranderen; hij helpt ons manieren te vinden om die beter te financieren.' Ze streek met een vinger langs de rand van haar mok. 'Je moest hem met de paarden eens zien, Pip. Hij heeft gisteren een half uur in de roundpen gezeten, gewoon omdat Phoenix rustig leek in zijn gezelschap. Dat is niet een man die aan winstcijfers denkt.'

Het werd stil in de keuken terwijl haar zussen dit lieten bezinken. Emma zag hoe ze hun beeld van Ryan bijstelden, haar woorden afwegend tegen hun eigen indrukken.

'Hij heeft in elk geval moeite gedaan om te begrijpen wat we hier doen,' erkende Sarah. 'Marcus zei dat hij na Phoenix' stormpaniek een stuk of twaalf vragen stelde over luchtwegproblemen bij paarden en vervolgens met artikelen aankwam die hij die nacht had gelezen.'

'En die socialmediacampagne is briljant,' gaf Kate met tegenzin toe. 'Pip deed het al goed met haar ponybedrijfje—alle eer waar die toekomt—maar schattige pony's zijn vrij makkelijk te verkopen. Die video's van Zoe met Phoenix hebben wat, zes nieuwe lesklanten opgeleverd? Zonder dat hij ons een cent voor zijn expertise heeft gerekend.'

Emma knikte, dankbaar voor deze kleine toegevingen. 'Hij ziet het potentieel van Ridgewater, alleen vanuit een andere invalshoek dan wij. En ja, hij komt uit een andere wereld, maar hij probeert de onze te begrijpen.' Ze aarzelde even en voegde toen zacht toe: 'En ik denk dat hij misschien net zo hard nodig heeft wat wij hier hebben, als wij zijn hulp nodig hebben.'

'Wat bedoel je?' vroeg Sarah.

Emma zocht naar woorden voor de momenten die ze had gezien: Ryan's gezicht toen Phoenix in de roundpen in slaap viel, de rustige voldoening op zijn gelaat nadat ze samen het hek hadden gerepareerd, zijn groeiende gemak bij het fysieke, directe werk op de boerderij.

'Hij brandde op in die bedrijfswereld,' zei ze uiteindelijk. 'Ik denk dat Ridgewater hem iets echts geeft, iets tastbaars dat hij in zijn vorige leven miste.' Ze haalde haar schouders op. 'En ik vermoed dat ik daar ook deel van uitmaak.'

'Nou,' zei Pip na een moment, terwijl een deel van haar gebruikelijke warmte terugkeerde in haar stem, 'ik behoud me nog steeds het recht voor om sceptisch te zijn, maar ik geef toe: hij doet zeker zijn best.' Ze reikte over de tafel om Emma's hand te drukken. 'Wees gewoon voorzichtig met je hart, Em. En met dat van Jemima. Zij is al behoorlijk dol op hem.'

Bij de mention van haar dochter werd Emma meteen serieus. 'Ik weet het. Dat baart me het meeste zorgen. Ze heeft nooit een vaderfiguur gehad, en ineens is daar Ryan, die haar over bedrijfsplannen leert en helpt met haar rekensommen.'

'Heb je er met haar over gepraat?' vroeg Sarah zacht.

Emma schudde haar hoofd. 'Nog niet. Ik wist niet eens wat ik moest zeggen, aangezien Ryan en ik het onderling ook nog niet echt hebben gedefinieerd.'

'Misschien is het tijd,' stelde Kate voor. 'Kinderen pikken meer op dan we denken. Het is beter dat ze het van jou hoort dan dat ze de gaten zelf opvult.'

Emma knikte, wetend dat haar zus gelijk had. Terwijl het gesprek naar andere onderwerpen verschoof, betrapte ze zichzelf erop dat ze alvast plande wat ze Jemima zou vertellen—hoe ze dit breekbare, naamloze iets, dat zowel vreugde als onzekerheid in hun zorgvuldig uitgebalanceerde leven bracht, kon uitleggen.

Later die avond stond Emma in de deuropening van Jemima's slaapkamer en keek toe hoe haar dochter haar collectie modelpaarden op haar nachtkastje herschikte. De kamer was een heiligdom van ruiterdromen: muren behangen met posters van beroemde springruiters, planken vol linten en trofeeën van wedstrijden, en een prikbord bedekt met foto's van Jemima op verschillende paarden in de loop van haar jonge leven.

'Kunnen we even praten, lieverd?' vroeg Emma, terwijl ze op de rand van het bed ging zitten.

Jemima knikte en zette een klein model van een schimmel neer. 'Gaat het over meneer Wardell?' vroeg ze met de opmerkzaamheid die Emma nog altijd zo nu en dan verraste.

'Ja,' gaf Emma toe, terwijl ze op de plek naast zich klopte. Toen Jemima zich tegen haar aan nestelde, trof het Emma hoe lang haar dochter al werd, hoe snel de baby die ze ooit had gewiegd veranderde in haar eigen persoon. 'Ik wilde praten over hoe hij de laatste tijd vaak hier is.'

'Omdat jij hem leuk vindt,' stelde Jemima nuchter vast. 'En hij vindt jou leuk.'

Emma glimlachte ondanks haar zenuwen. 'Ja, we vinden elkaar leuk. Maar ik wil dat je begrijpt dat relaties tussen grote mensen ingewikkeld kunnen zijn. Meneer Wardell en ik brengen tijd met elkaar door, maar we leren elkaar nog kennen.'

Jemima dacht na, haar kleine voorhoofdje gefronst in concentratie. 'Zoals je tijd met een nieuw paard moet doorbrengen voordat je weet of het de juiste is?'

'Zoiets,' beaamde Emma, geamuseerd door de vergelijking met paarden, maar geraakt door de poging van haar dochter om het te begrijpen. 'Het kost tijd om iemand écht te leren kennen.'

'Ik vind hem lief,' verklaarde Jemima. 'Hij legt dingen goed uit en praat niet tegen me alsof ik een baby ben.' Ze keek met plotselinge opwinding naar Emma op. 'Denk je dat hij met ons naar Caboolture Show komt? Hij zei dat hij nog nooit een echte paardenshow heeft gezien.'

De vraag overviel Emma en onthulde de hoop die al in het hoofd van haar dochter was gevormd. 'Dat weet ik niet, lieverd. We kunnen het hem zeker vragen.'

'Ik hoop dat hij komt,' zei Jemima, terwijl ze zich weer tegen haar kussens liet zakken. 'Hij kan dan bij jou en tante Sarah en tante Kate zitten. En misschien kunnen we daarna met z'n allen ijs gaan eten, zoals Charlotte met haar vader doet.'

Emma voelde een beklemming op haar borst bij die luchtige vergelijking, bij de glimp van een verlangen dat ze bij haar dochter nog niet volledig had onderkend. 'We zien wel,' zei ze zacht, terwijl ze het dekbed om Jemima's schouders toedekte. 'Tijd om te slapen nu. Je hebt morgenochtend les van Pip.'

Ze kuste Jemima's voorhoofd en ademde de zoete geur van haar shampoo in voordat ze het nachtlampje uitdeed. 'Welterusten, lieverd.'

'Nacht, mam,' mompelde Jemima al half in slaap.

Emma bleef in de donkere gang buiten de kamer van haar dochter staan, terwijl een besef zich als een fysieke last op haar neerlegde. Al die jaren had ze gedacht dat zij en haar familie genoeg waren voor Jemima, dat haar dochter het ontbreken van een vader in haar leven niet had gevoeld. Maar de eenvoudige hoop in Jemima's stem, toen ze over Ryan sprak die bij haar wedstrijd zou komen kijken, onthulde een stille hunkering die Emma op de een of andere manier had gemist.

Het maakte haar groeiende gevoelens voor Ryan tegelijk kostbaarder en beangstigender. De inzet was niet alleen haar eigen hart, maar ook dat van Jemima. Terwijl Emma naar haar eigen slaapkamer liep, vroeg ze zich af of Ryan begreep dat hij, door deel van haar leven te worden, onvermijdelijk ook deel van het leven van haar dochter werd—en daarmee een plek vulde die altijd leeg was geweest, maar nooit zonder hoop.

Hoofdstuk Elf

RYAN HAD MET VIJANDIGE bedrijfsovernames en onderhandelingen van miljarden met minder knikkende knieën dan hij nu voelde terwijl hij een achtjarige volgde over een basisschoolkermis. Jemima's kleine hand klemde zich met verrassende kracht om de zijne terwijl ze hem door de menigte trok, haar blonde paardenstaart die bij elke vastberaden stap op en neer wipte. Het schoolplein, getransformeerd door kleurrijke vlaggetjes en geïmproviseerde kraampjes, voelde voor hem als onbekend terrein, een plek waar zijn getailleerde chino's en casual overhemd hem als buitenstaander aanduidden te midden van een zee van T-shirts en afgedragen spijkerbroeken.

'Schiet op, Ryan!' drong Jemima aan, terwijl ze ongeduldig trok. 'We moeten naar de taartenkraam vóór alle lekkere op zijn!'

Wanhopig wierp hij een blik achterom naar Emma, die een paar passen achter hen liep, haar lippen gekruld in een glimlach die evenveel amusement als medeleven uitdrukte. Ze had hem die ochtend gewaarschuwd: de jaarlijkse kermis van Ridgemont Primary was hét sociale evenement van het seizoen voor iedereen onder de twaalf. Wat ze er niet bij had verteld, was hoe grondig Jemima hem zich zou toe-eigenen, hem trots over het terrein paraderend als een pronkstuk.

Het geluid overspoelde hem, een kolkende mix van gilletjes van kinderen, gekeuvel van ouders en blikkerige muziek uit een portable geluidsinstallatie. Iemand probeerde een microfoon te hanteren voor aankondigingen, met als resultaat af en toe een snerpende feedback die door merg en been ging.

'Miss Wilson! Miss Wilson!' riep Jemima, terwijl ze wild zwaaide naar een vrouw van middelbare leeftijd die cupcakes in keurige rijen rangschikte. 'Dit is Ryan. Hij is de vriend van mam. Hij is de eigenaar van de golfbaan en van de helft van Phoenix, ons nieuwe paard.'

Ryan voelde de hitte naar zijn wangen stijgen. Vriend. Ze hadden eigenlijk nog geen label geplakt op wat er tussen hen aan het ontstaan was, en toch stond Jemima hier doodleuk hun relatiestatus te verkondigen aan wat haar juf leek te zijn.

'Wat leuk je te ontmoeten, meneer Wardell,' zei Miss Wilson, haar ogen twinkelend van onverholen nieuwsgierigheid. 'We hebben al zó veel over je gehoord van Jemima.'

'Heus?' wist Ryan uit te brengen, zich afvragend welke details Jemima tijdens de les had gedeeld. 'Allemaal positief, hoop ik.'

'Ze zegt dat je haar leert over spreadsheets en businessplannen,' antwoordde Miss Wilson. 'Een hele opleiding krijgt ze. Al reikt ons wiskundecurriculum nog net niet tot resultatenrekeningen.'

Emma verscheen aan zijn zijde, haar hand die de zijne even raakte in stille solidariteit. 'Jemima geeft Ryan de volledige rondleiding,' legde ze uit, haar stem warm van genegenheid.

Terwijl ze van de taartenkraam wegliepen, nu minus een grote doos cupcakes die Jemima had uitgekozen, nam Ryan het bontgekleurde geheel van de schoolkermis in zich op. Elke kraam leek nóg levendiger dan de vorige: eendjesvissen met gele plastic eendjes die dreven in blauwe peuterbaden; een schminkkraam waar kinderen tevoorschijn kwamen met vlindervleugels en tijgerstrepen over hun wangen; een plantenstand die uitpuilde van stekjes in gerecyclede potjes.

Wat hem het meest trof, was hoe iedereen met elkaar verbonden leek. Ouders riepen elkaar toe over het terrein, wisselden nieuwtjes uit en vergeleken aankopen. Kinderen renden in roedels tussen activiteiten door, vormden en hervormden zich als een school vissen. Het had niets weg van de zorgvuldig georkestreerde benefietgala's uit zijn zakelijke leven, waar interacties werden afgemeten op potentiële zakelijke winst.

'En dit is Ryan,' hoorde hij Jemima weer zeggen, dit keer tegen een groep moeders bij de stand met zelfgemaakte limonade. 'Hij heeft me geholpen met mijn wiskunde en percentages uitgelegd. Hij is echt slim.'

'Dat hebben we gehoord,' zei een vrouw, terwijl ze haar hand uitstak. 'Ik ben Ruby's moeder. Ruby heeft elke donderdagmiddag les op Ridgewater.'

Een andere vrouw viel haar meteen bij. 'De eigenaar van de golfbaan, toch? Mijn man wil graag een lidmaatschap.'

Ryan betrapte zichzelf erop dat hij vragen beantwoordde over lidmaatschapstarieven en het nieuwe menu van het clubhuis, en hij voelde zich op een vreemde manier alsof hij geïnterviewd werd. Emma stond in de buurt en ving af en toe zijn blik met een vraag of hij redding nodig had. Hij gaf een klein knikje, verrast door hoe gemakkelijk zij zijn ongemak las.

'Sorry, dames,' onderbrak Emma soepel. 'Jemima heeft een missie om Ryan élke kraam te laten zien vóór de loterijtrekking. We moeten door.'

Terwijl ze wegliepen, schoof ze haar hand in de zijne. 'Nog een beetje heel?'

'Nauwelijks,' gaf hij toe. 'Weet iedereen in het dorp van ons?'

'Welkom in het dorpsleven. Nieuws gaat hier als een lopend vuurtje.' Haar vingers knepen zachtjes in de zijne. 'Is het heel gemeen als ik ervan geniet om te zien hoe jij je hier doorheen slaat?'

Voor hij kon antwoorden, trok Jemima alweer aan zijn hand. 'Ryan! Kijk! Ringwerpen! Mogen we? Alsjeblieft?'

De kraam had rijen flessen, met gekleurde houten ringen opgestapeld bij de werplijn. Een display vol knuffeldieren hing als prijzen klaar, met een bijzonder schreeuwerige paarse eenhoorn op de ereplaats.

'Drie ringen voor vijf dollar,' kondigde de vader aan die de kraam runde, een man die Ryan vaag herkende van de golfclub. 'Gooi er één om een flessehals en win een prijs.'

'Alsjeblieft, Ryan?' Jemima keek met Emma's ogen naar hem op, groot en hoopvol.

'Ik waag een poging,' zei hij, terwijl hij zijn portemonnee pakte. De ruil van een biljet van vijf dollar voor drie houten ringen voelde als een transactie uit een andere wereld, één waarin waarde niet werd afgemeten aan dollartekens maar aan de stralende glimlach van een achtjarige.

Ryan woog een ring in zijn hand, taxeerde hoeken en afstanden met dezelfde vaardigheden die hem een scratchgolfer maakten. Hij haalde adem, flickte zijn pols en zag de ring door de lucht zweven om perfect om een flessehals te landen.

'Je hebt het gedaan!' Jemima sprong op en neer, haar enthousiasme trok de aandacht van omstanders.

'Beginnersgeluk,' suste Ryan, al trok er een glimlach aan zijn lippen.

'Nog eens proberen,' moedigde de kraamhouder aan. 'Heb je ze alle drie, dan mag je elke prijs kiezen.'

Ryan liet de tweede ring met dezelfde berekende precisie landen. Er had zich nu een kleine menigte verzameld, gelokt door Jemima's opgewonden commentaar. 'Hij is hier heel goed in,' deelde ze trots mee. 'Hij is goed in van alles.'

De derde ring voegde zich bij zijn voorgangers en nestelde zich met een bevredigend klinkje om een flessehals. De omstanders applaudisseerden, en Ryan voelde een onverwachte warmte door zijn borst stromen die niets met de herfstzon te maken had.

'De paarse eenhoorn!' wees Jemima meteen, toen hem gevraagd werd een prijs te kiezen. Ze klemde het kitscherige beest tegen zich aan en straalde hem vol bewondering toe. 'Dank je wel; ik hou zó van hem!'

Terwijl ze verder liepen over de kermis, stoorden blikken en gefluister hem steeds minder. Jemima's hand in de zijne voelde als iets vanzelfsprekends, haar geklets over schoolvrienden en favoriete juffen vormde een behaaglijk achtergrondgeluid bij de kermischaos. Toen ze hem aan haar schooldirecteur voorstelde als 'de vriend van mijn mam die me over ondernemen leert', deed de term hem niet langer ineenkrimpen.

Emma haalde hen in bij de plantenstand, waar Jemima zorgvuldig een vetplantje uitzocht voor op haar vensterbank. Haar glimlach, toen ze naar hem keek, bevatte iets nieuws, een zachtheid die zijn hart deed samentrekken.

'Je doet het fantastisch,' zei ze zacht. 'Ik weet dat dit niet bepaald jouw natuurlijke habitat is.'

'Het groeit aan me,' gaf hij toe, verbaasd over hoe waar dat klonk. Het lawaai, de drukte, de constante onderbrekingen – allemaal dingen die hem normaal op de zenuwen werkten – leken minder schurend door Jemima's opwinding en Emma's zachte nabijheid.

Toen ze richting de loterijtrekking liepen, ving Ryan een glimp op van hun reflectie in een klaslokaalraam: met z'n drieën liepen ze samen, Jemima tussen hen in met haar paarse eenhoorn onder haar arm, het goud in Emma's bruine krullen dat in het zonlicht oplichtte. Ze leken een gezin, besefte hij plots. Niet de zorgvuldig geënsceneerde, prestatiegerichte eenheid waarin hij was opgegroeid, maar iets warmers, iets echts.

'Daar heb je ze,' ving hij iemand op zeggen terwijl ze voorbijgingen. 'Emma McKenzie en haar nieuwe vent. Jemima is stapelgek op hem.'

Voor het eerst in zijn leven merkte Ryan dat het hem niet stoorde om gedefinieerd te worden door zijn relatie tot anderen in plaats van door zijn professionele prestaties. 'Emma's nieuwe vent' zijn en degene die Jemima deed stralen van trots, voelde op een vreemde manier belangrijker dan welke zakelijke titel hij ooit had gedragen.

Ryan verplaatste de fles Barossa Valley Shiraz van de ene hand naar de andere terwijl hij op de voordeur van het Grote Huis klopte. Hij had veertig minuten in de lokale slijterij staan dubben over zijn keuze, vastbesloten om de juiste indruk te maken bij zijn eerste officiële zondagslunch met Emma's familie. De uitgestrekte Queenslander torende boven hem uit, met brede veranda's en verweerd hout dat sprak van generaties familiegeschiedenis. Zo anders dan het strakke, minimalistische appartement dat hij in Brisbane had aangehouden, of de zorgvuldig samengestelde moderne inrichting van zijn nieuwe huis in Ridgemont. Hij streek zijn kraag glad en vroeg zich af of een casual overhemd met chino's te formeel was voor een familielunch, of juist te informeel voor wat vreemd genoeg voelde als 'de ouders ontmoeten', ook al zaten Emma's ouders ergens in de Kimberley in hun camper.

De deur vloog open en daar stond Sarah, bloemstof op haar onderarmen en een theedoek nonchalant over één schouder. 'Je bent vroeg,' zei ze, haar glimlach warm ondanks de berispende woorden. 'Emma is nog bij de stallen. Kom binnen.'

De keuken barstte om hem heen los, een wervelwind van activiteit binnen verweerde houten muren. Kate stond bij het fornuis en hield behendig meerdere pannen in toom terwijl ze Pip instructies toeriep, die aan een keukeneiland groente sneed dat door decennia aan bereidingen spiegelglad was geworden. De lucht hing zwaar van de rijke geur van lamsvlees in de oven, onderstreept door rozemarijn en knoflook.

'Meegenomen,' zei Ryan, terwijl hij de wijn aan Sarah aanbood, zich vreemd genoeg als een schooljongen voelend die zijn huiswerk kwam inleveren.

Ze bekeek het etiket met een waarderende knik. 'Goede keuze. We zijn hier geen wijnsnobs, maar het is fijn als iemand moeite doet.' Haar veelzeggende glimlach deed vermoeden dat ze precies begreep hoeveel overweging in zijn keuze zat.

'Laat mij die even openmaken,' bood Marcus aan, die tevoorschijn kwam uit wat Ryan aannam dat de voorraadkast was, met een stapel serveerschalen in zijn armen. De nonchalante vanzelfsprekendheid waarmee de dierenarts zich in de ruimte bewoog, deed vermoeden dat hij al heel wat zondagen deel uitmaakte van dit familie-ritueel.

Ryan liet de fles los en keek rond op zoek naar Emma. In plaats daarvan kruiste zijn blik die van Jake Harrison, de agent die tegen het aanrecht leunde met wat op een biertje leek.

'Wardell,' knikte Jake. 'Ik hoorde dat je gisteren nogal indruk hebt gemaakt op de schoolkermis. Ringwerpkampioen, volgens Jemima.'

'Puur geluk,' suste Ryan, al bracht de herinnering aan Jemima's verrukte gezicht toen hij haar de paarse eenhoorn won, een onwillekeurige glimlach op zijn lippen.

'Ga zitten, ga zitten,' drong Marcus aan, terwijl hij naar de enorme houten tafel wees die één uiteinde van de keuken domineerde. 'We hadden het net over of Queensland ook maar enige hoop heeft in de Origin-beslisser volgende week.'

Ryan liet zich naar een stoel leiden, en voor hij het wist stond er een koud biertje voor hem terwijl Marcus en Jake hem moeiteloos in hun sportdebat opnamen. Hij herkende de subtiele taxatie die onder het luchtige gesprek plaatsvond, hoe beide mannen vragen stelden die hun beschermende interesse in Emma blootlegden. Er zat iets verfrissend ongekunstelds in hun aanpak, zo anders dan de bedekte zakelijke gesprekken die hij gewend was.

Vanaf de andere kant van de keuken voelde Ryan Kate's blik: scherp en peilend. Anders dan haar zussen deed zij geen enkele moeite haar onderzoekende blik te verbergen; haar blonde haar was in een praktische paardenstaart getrokken, wat de strakke lijnen van haar gezicht en de directheid van haar stare benadrukte. Toen hun blikken elkaar ontmoetten, wendde ze niet af maar trok ze één wenkbrauw licht op, alsof ze hem uitdaagde zijn aanwezigheid in haar familiehuis te verantwoorden.

De tafel zelf vertelde een familiegeschiedenis; het massieve houten blad droeg de sporen van ontelbare maaltijden en bijeenkomsten. Ryan merkte de niet-bij-elkaar-passende stoelen op, sommige duidelijk antiek, andere modernere vervangers, allemaal zonder moeite rond de tafel geschikt, met een comfortabele minachting voor perfecte symmetrie. Ook het servies volgde dat patroon: borden die net niet bij elkaar pasten, glazen in uiteenlopende stijlen – en toch vormde het geheel iets dat authentieker aanvoelde dan welk zorgvuldig gecoördineerd servies dan ook.

'Dus, Ryan,' zei Kate, terwijl ze een schaal geroosterde groenten neerzette met misschien iets meer nadruk dan nodig was, 'wat zijn precies je langetermijnplannen voor Phoenix? Emma zegt dat je je behoorlijk met zijn revalidatie bemoeit.'

De vraag droeg de onmiskenbare ondertoon: En wat zijn je plannen met mijn zus?

'Phoenix' welzijn staat voorop,' antwoordde Ryan behoedzaam, zich bewust van de plotselinge aandacht in de keuken. 'Ik volg Emma en Zoe in het tijdpad van zijn revalidatie. Wat betreft wedstrijdpotentieel: dat hangt volledig af van zijn mentale herstel.'

'Hmm,' reageerde Kate, haar uitdrukking deed vermoeden dat ze zijn antwoord toereikend maar niet volledig overtuigend vond. 'En de partnerregeling? Emma zei dat je helpt met de administratie van Ridgewater Rescue.'

Onder de tafel voelde Ryan Emma's hand de zijne vinden, haar vingers knepen zachtjes in stille steun. Hij had haar niet eens de keuken binnen horen komen, maar haar aanwezigheid naast hem liet de spanning die zich onder Kate's kruisverhoor in zijn schouders had vastgezet, meteen wegebben.

'Ik heb wat suggesties gedaan voor subsidieaanvragen en digitale marketing,' erkende hij. 'Emma's expertise ligt bij de paarden. De mijne bij spreadsheets en financieringsvoorstellen. Dat vulde elkaar vanzelf aan.'

Pip keek op van haar groenteschikking, haar donkere ogen dansten van plezier. 'Over expertise gesproken: ik wilde al vragen naar je managementstijl op de golfclub. De man van een vriendin zegt dat je de boel er compleet hebt omgegooid. Iets met, hoe was het ook alweer, "strategische optimalisatie van de klantervaring"?'

Haar toon was mild spottend, een test of hij kon lachen om het corporatesjargon dat ooit zijn dagelijkse taal was. Ryan voelde zichzelf iets ontspannen; hij herkende het plagen als een vorm van inclusie in plaats van afwijzing.

'Schuldig zoals ten laste gelegd,' gaf hij toe met een kleine glimlach. 'Al leer ik de laatste tijd dat de beste managementstrategie soms gewoon een hek fatsoenlijk repareren is, of de juiste voersamenstelling vinden voor een kieskeurige eter.'

Dit leverde instemmend geknik op in de keuken, vooral van Sarah, die versgebakken brood in een mand schikte.

'Wat maakte dat je de bedrijfsfinanciering inruilde voor een golfbaan in Ridgemont?' vroeg Sarah, haar vraag was rechttoe rechtaan maar miste Kate's scherpte. 'Dat is nogal een koerswijziging.'

Ryan overwoog zijn antwoord, zich bewust dat het zorgvuldig gewogen zou worden. 'Ik had iets echts nodig,' zei hij uiteindelijk, zichzelf verrassend door zijn eerlijkheid. 'Na jaren cijfers door spreadsheets te schuiven en succes in kwartalen te meten, wilde ik iets tastbaars bouwen. De golfbaan was eerst bedoeld als investering, maar...'

'Maar toen ontmoette je Emma en haar menagerie van gebroken paarden,' maakte Pip zijn zin af, met een glimlach die deed vermoeden dat ze meer begreep dan ze liet blijken.

'Zoiets,' stemde Ryan in, zijn blik die van Emma opzoekend. Haar uitdrukking, een mengeling van genegenheid en iets diepers, deed de kritische blikken van haar familie naar de achtergrond verdwijnen.

Sarah begon de schotels naar de tafel te dirigeren, de choreografie van het opdienen sprak van jarenlange gedeelde zondagslunches. Ryan werd moeiteloos in het ritme opgenomen: schalen doorgeven, vragen naar zijn voorkeur voor de garing van het lam, meedoen aan het uitschenken van de wijn die Marcus had ontkurkt en gedecanteerd.

Toen de familie neerstreek rond de tafel, merkte Ryan hoe vanzelf ze zich tot elkaar verhouden, de onbewuste aanpassingen om elkaars voorkeuren en gewoontes ruimte te geven. Het was een dans waarvan hij de passen leerde, voorzichtig zijn plek zoekend in hun ingesleten patroon.

De maaltijd stroomde als een goed ingestudeerde symfonie: gangen verschenen en verdwenen, wijnglazen werden bijgeschonken, het gesprek bewoog van dorpsroddels naar foklijnen van paarden tot debatten over de beste route naar Brisbane tijdens wegwerkzaamheden. Ryan merkte dat hij in het ritme meebewoog; de eerste spanning van beoordeeld worden maakte plaats voor iets comfortabelers. De scherpe randjes van Kate's scepsis waren na haar derde glas Shiraz afgevlakt, en zelfs Jake's beschermende-oudere-broerhouding verslapte naarmate de maaltijd vorderde. Het was Pip die het gesprek uiteindelijk een nieuwe richting opstuurde; haar ogen twinkelden ondeugend terwijl ze haar vork neerlegde.

'Ryan,' zei ze, haar stem kreeg een klank die meteen ieders aandacht trok, 'heeft Emma je ooit verteld over haar eerste jaar met Jemima? Toen ze nog op de universiteit zat? Dat was het jaar dat ik met Kit trouwde en in de familie kwam, en ik was met stomheid geslagen over hoe Emma dat allemaal tegelijk klaarspeelde.'

Emma kreunde zachtjes naast hem. 'Pip, ik denk niet dat hij dat hoeft te horen.'

'O, maar wel,' hield Pip vol, een blik wisselend met Sarah. 'Essentiële achtergrondinformatie.'

Ryan keek naar Emma en merkte de blos die over haar wangen trok. 'Ik hoor het eigenlijk graag,' zei hij zacht.

Sarah pikte de draad op, haar stem verzacht door hoorbare trots. 'Emma was negentien toen Jemima werd geboren, halverwege haar tweede jaar studie paardmanagement. De meeste mensen zouden hebben uitgesteld, een pauze hebben genomen. Onze Emma niet.'

'Ze was vastbesloten op tijd af te studeren,' voegde Kate toe, haar eerdere scepsis maakte plaats voor onmiskenbare bewondering. 'Ze zat bij colleges met Jemima in een draagdoek wanneer de opvang niet rondkwam. Ik vond haar eens om elf uur 's avonds in de universiteitsbibliotheek: baby slapend in de kinderwagen, Emma markeerstiften over haar studieboeken en essays schrijvend.'

Ryan keek naar Emma, die haar bord met intense concentratie bestudeerde. Dit was niet het gepolijste succesverhaal dat mensen op netwerkborrels deelden; dit was rauwe vastberadenheid, rommelig en echt.

'Vertel hem over die keer dat dr. Patterson haar betrapte tijdens het borstvoeden bij het praktijkexamen,' spoorde Pip aan, Emma's gegêneerde uitdrukking negerend.

Marcus lachte. 'Dat verhaal had ik opgevangen in dierenartsenkringen. Wist niet dat jíj dat was, Emma. Was Patterson niet die dinosaurus die vond dat vrouwen niet thuishoorden in de grootdierenpraktijk?'

'Diezelfde,' bevestigde Sarah. 'Hij kwam langs de stallen tijdens de praktische toets en trof Emma aan die correcte hoefverzorging demonstreerde terwijl Jemima onder een sjaal dronk. De ouwe bok kreeg bijkans een hartverlamming.'

'Wat deed jij toen?' vroeg Ryan rechtstreeks aan Emma, oprecht benieuwd.

Emma keek op en ving zijn blik met een mix van schaamte en onverzettelijkheid. 'De demonstratie afgemaakt, het examen met vlag en wimpel gehaald en een klacht ingediend over zijn discriminerende opmerkingen. Het semester daarna kwam er een ouderruimte in het paardeninstituut.'

De tafel barstte uit in waarderende lachsalvo's, en Ryan lachte mee, terwijl een golf van bewondering zijn borst verwarmde. De Emma die hij leerde kennen, klopte perfect met deze verhalen: haar felle onafhankelijkheid en stille kracht waren in die moeilijke jaren gesmeed.

'Ze was ook koppig in hulp aannemen,' ging Kate verder, terwijl ze de wijnglazen rond de tafel bijvulde. 'Mam en pap boden aan om haar levensonderhoud te betalen, maar zij stond erop haar eigen weg te gaan.'

'Ik nam wel kinderopvang aan,' wierp Emma tegen. 'Ik was niet hélemaal eigenwijs.'

'Alleen meestal,' plaagde Pip. 'Weet je nog dat je 's nachts kantoren ging schoonmaken? Alleen maar zodat je Jemima's eerste echte rijkleren zelf kon betalen?'

Ryan luisterde gefascineerd terwijl het beeld van de jonge Emma uit de verhalen van haar zussen naar voren kwam: studerend tijdens Jemima's dutjes, colleges plannen rond voedingen, 's avonds werken wanneer Pip of Kate op de baby kon passen. De vrouw op wie hij verliefd aan het worden was, was gevormd door deze uitdagingen, door haar vastberadenheid om ondanks alles haar eigen pad te creëren.

'We probeerden meer te helpen,' legde Sarah aan Ryan uit, 'maar Emma had iets met bewijzen dat ze het zelf kon.'

'Ik wilde geen last zijn,' zei Emma zacht.

'Dat ben je nooit geweest,' antwoordde Kate onverwacht teder. 'We wilden het je alleen makkelijker maken.'

'Sommige dingen hóren niet makkelijk te zijn,' zei Emma, terwijl ze Ryan aankeek. 'De moeilijke stukken doen er ook toe.'

Er resoneerde iets dieps in haar woorden bij Ryan. Zijn eigen pad was minutieus gepland en ruimhartig gefinancierd geweest; de verwachtingen van excellentie bij zijn ouders gingen hand in hand met hun bereidheid de middelen te verschaffen voor succes. Prestaties waren de valuta van genegenheid in zijn familie geweest, goedkeuring afhankelijk van meetbare uitkomsten. De onvoorwaardelijke steun van de McKenzies, hun trots op

Emma's worsteling in plaats van alleen op haar triomfen, voelde vreemd ten opzichte van zijn eigen ervaring en toch op de een of andere manier fundamenteel juist.

Toen de maaltijd ten einde liep en ze naar de knusse woonkamer verhuisden met zijn doorgezakte banken en boekenkasten vol stukgelezen paperbacks, betrapte Ryan zichzelf erop dat hij de familie met nieuwe ogen bekeek. Sarah en Marcus vervielen in een vertrouwd patroon van rustige conversatie, haar hoofd comfortabel tegen zijn schouder. Pip en Kate kibbelden gemoedelijk over een aankomende paardenshow, hun competitieve aard duidelijk maar omhuld met overduidelijke genegenheid. Jake vertrok voor een dienst, maar niet voordat hij van Ryan de belofte had losgepeuterd om zich bij zijn team te voegen voor het jaarlijkse liefdadigheidsgolftoernooi van het politiekorps.

Jemima dook op uit waar ze ook maar aan het spelen was geweest en ging linea recta op Ryan af op de bank. Zonder aarzelen plofte ze naast hem neer, leunde behaaglijk tegen zijn zij en sloeg een boek over paardenrassen open. De casual intimiteit van het gebaar overviel hem; dit kind dat hem nog maar kort kende, vertrouwde hem al onvoorwaardelijk.

'Wil je me helpen met de moeilijke namen?' vroeg ze, wijzend naar een hoofdstuk over Europese rassen. 'Sommige zijn echt lastig uit te spreken.'

'Natuurlijk,' stemde Ryan toe, terwijl hij dichterbij boog om de pagina te zien.

Terwijl hij Jemima hielp 'Knabstrupper' en 'Trakehner' te spellen, werd Ryan zich bewust van een diepgaande verschuiving in zichzelf. In de zakelijke wereld was hij gewaardeerd om wat hij kon bereiken, de deals die hij kon sluiten, de winst die hij kon genereren. Hier, in deze vrolijke woonkamer vol paardenboeken en familiefoto's, leek zijn waarde volgens totaal andere maatstaven te worden gemeten: zijn geduld met de vragen van een achtjarige, zijn bereidheid om over rescuepaarden te leren, zijn vermogen tot oprechte verbinding.

Emma ving zijn blik van de andere kant van de kamer, haar uitdrukking zacht terwijl ze hem met Jemima gadesloeg. Op dat moment begreep Ryan met een onthutsende helderheid dat hij op iets gestuit was waar hij nooit bewust naar had gezocht, maar wat hij wanhopig nodig had: een plek waar prestaties minder telden dan aanwezigheid, waar acceptatie niet voorwaardelijk was aan presteren.

Jemima's kleine hand tikte op zijn arm om zijn aandacht terug te winnen, haar blonde hoofdje scheef terwijl ze nog een vraag stelde. Terwijl Ryan antwoordde, puttend uit de schamele paardenkennis die hij de afgelopen weken had vergaard, voelde hij een zekerheid in zijn borst neerstrijken. Dit uitbundige, complexe gezin met zijn niet-bij-elkaar-passende meubels en onvoorwaardelijke steun liet hem een manier van erbij horen zien waarvan hij niet wist dat die bestond. En de vrouw die hem van de overkant van de kamer aankeek, die ooit een baby meenam naar colleges omdat ze haar dromen niet wilde opgeven, werd het middelpunt van een leven dat hij nooit had gepland, maar dat hij zich nu niet meer kon voorstellen op te geven.

Terwijl het middagzonlicht door de ramen stroomde en stofdeeltjes als zwevend goud om hen heen dansten, realiseerde Ryan zich dat het kostbaarste bezit in zijn leven op geen enkel financieel overzicht stond dat hij ooit had opgesteld. Het lag hier, in de met gelach gevulde kamers van Ridgewater, in Emma's stille kracht, in Jemima's vertrouwelijke leunen tegen zijn zij, dat hij iets van onschatbare waarde had gevonden: een thuis voor zijn hart.

Hoofdstuk Twaalf

Ochtendlight viel gefilterd door de stalramen naar binnen en wierp lange, goudkleurige rechthoeken over de betonnen vloer terwijl Ryan naar Phoenix' box liep. Het was twee weken sinds die zondaglunch met Emma's familie, en zijn bezoeken aan Ridgewater waren bijna dagelijkse kost geworden, elke keer trok het hem dieper deze wereld van paarden en heling in. Hij zag Emma vooruitlopen, halster in de hand, terwijl ze Phoenix' deur naderde, en hij vertraagde zijn pas, omdat hij het stille ritueel dat hij was gaan waarderen niet wilde verstoren.

'Morgen,' riep hij zacht, terwijl hij op respectvolle afstand bleef staan.

Emma draaide zich om, haar gezicht lichtte op. 'Je bent vroeg vandaag.'

'Raadsvergadering was eerder klaar dan verwacht.' Hij leunde tegen een steunbalk, tevreden om toe te kijken terwijl ze Phoenix' box binnenstapte. 'Blijkt dat de club allang als een geoliede machine draaide voordat ik kwam, en ik ben niet van het soort dat iets gaat repareren dat niet stuk is, dus ik dacht dat ik iedereen maar uit de weg zou gaan en in plaats daarvan hierheen zou komen. Hoopte dat ik de ochtendsessie kon meepikken.'

Door de open deur zag Ryan dat Phoenix rustig stond, zijn donkere hoofd verlaagd in begroeting terwijl Emma naderde. De verandering in het paard in de afgelopen weken bleef hem verbazen. Waar eerst een trillend, wijdogig dier had gestaan, daar glansde Phoenix' vacht nu van gezondheid; zijn houding was stabiel en alert in plaats van te sidderen van angst.

Emma klikte het halstertouw aan Phoenix' halster vast en murmelde woorden die te zacht waren voor Ryan om te verstaan. De ruin volgde haar gewillig de box uit, zijn oren naar voren gespitst van interesse in plaats van plat van spanning. Toen ze de gang in liepen, merkte Ryan de spierdefinitie op die zich ontwikkelde langs Phoenix' schouders en achterhand; bewijs van consequent werk dat de strakke, opgerolde spieren verving van een paard dat voortdurend klaarstond om te vluchten.

'Hij ziet er fantastisch uit,' merkte Ryan op toen ze langs hem kwamen. 'Moeilijk te geloven dat het dezelfde is.'

Emma's glimlach droeg trots in zich en nog iets diepers. 'Hij herinnert zich wie hij bedoeld was te zijn, voordat de renwereld hem brak.'

Ze liepen als één richting de longeerkraal, waar Zoe wachtte, haar wilde krullen vandaag getemd in een praktische vlecht.

'Perfecte timing,' riep ze. 'Ik was net bezig de voorbereiding voor onze lichaamswerk-sessie klaar te zetten.' Haar blik gleed over Phoenix, professionele beoordeling vermengd met oprechte genegenheid. 'Kijk jou eens, knappe jongen. Klaar voor je massage?'

Ryan posteerde zich buiten het hek van de kraal, op de plek die hij onbewust als de zijne was gaan beschouwen, waar hij kon observeren zonder te storen. Je had er vrij zicht, terwijl hij ver genoeg weg bleef om Phoenix niet af te leiden. Het hout was glad onder zijn handpalmen, afgesleten door jaren van toeschouwers die ertegenaan leunden en toekeken naar de training en heling die Ridgewaters doel vormden.

Zoe begon haar werk met Phoenix los, vrij om weg te stappen als hij dat wilde. Toch bleef de ruin gewillig staan terwijl haar handen nauwelijks zichtbare patronen volgden langs zijn hals en schoft, haar aanraking zo licht dat het leek of ze er nauwelijks was. Ryan had dit proces inmiddels vaak genoeg gezien om de specifieke concentratie in Phoenix' houding te herkennen, de lichte hang van zijn onderlip als teken van ontspanning.

'Ik werk aan het loslaten van de fascie rond zijn atlas,' legde Zoe aan Emma uit, al droeg haar stem duidelijk tot bij Ryan. 'Zie je hoe hij hier nog spanning vasthoudt na de sessie van gisteren? Dit is beschermend patroon uit zijn renperiode, na die harde bitten waarmee ze hem in toom hielden.'

Emma knikte; haar vingers voegden zich bij die van Zoe, de techniek al voelend lerend. 'Ik voel het, die band van strakheid net achter zijn oren.'

Ryan keek toe, zoals altijd gefascineerd door de onzichtbare taal die ze met hun handen spraken, rechtstreeks communicerend met het paardenlichaam op manieren die hij nog maar net begon te begrijpen. Waar hij dit ooit misschien had weggezet als zweverig gedoe, had hij onder Zoe's handen te veel indrukwekkende veranderingen gezien om sceptisch te blijven.

Een stalhulp liep in de buurt langs en stootte per ongeluk een lege emmer tegen het hek. Het gerammel sneed door de ochtendluwte, en Phoenix' hoofd schoot omhoog, zijn lichaam spande zich aan. Ryan richtte zich instinctief op, maar al te goed herinnerend hoe het paard weken geleden panikeerde tijdens het onweer. In plaats van te vluchten, verplaatste Phoenix alleen zijn gewicht, zijn neusvleugels bliezen één keer op, en hij zakte weer terug in Zoe's zorg; zijn schrikmoment gleed voorbij als een rimpel over water.

'Zag je dat?' riep Emma naar Ryan, haar gezicht stralend door de betekenis van wat níét was gebeurd. 'Een maand geleden was hij dwars door het hek gegaan.'

Ryan knikte, oprecht onder de indruk. 'Hoeveel daarvan is Zoe's magische handen en hoeveel is jouw training?'

'Allebei,' antwoordde Zoe voordat Emma dat kon, terwijl haar vingers geen moment stilvielen. 'Het lichaamswerk helpt de fysieke angstpatronen los te laten, maar Emma's consequente omgang leert hem nieuwe reacties.' Ze deed een stap terug en bekeek Phoenix' houding. 'Hij is er klaar voor. Zijn systeem is gereguleerd en aanwezig.'

Emma liep naar Ryan, tilde het zadel van de hekrail naast hem om het terug naar Phoenix te dragen. 'We hebben deze week geweldige vooruitgang geboekt. Hij loopt nu ontspannen stap, draf en zelfs galop in de bak.'

'Gisteren namen we hem mee naar de grasweide,' voegde Zoe toe. 'Hij was buiten wat alerter, maar geen schrikreacties of vluchten.'

'Vandaag is de echte test,' ging Emma verder, haar enthousiasme nauwelijks bedwingend. 'We gaan wat kleine sprongetjes proberen.'

Ryan trok zijn wenkbrauwen op, onder de indruk van het tempo van de vooruitgang. 'Is dat niet wat snel?'

'Voor de meeste revalidatiegevallen wel,' gaf Emma toe. 'Maar Phoenix was nog niet zo lang geleden een winnend renpaard. Zijn spieren zijn nog geconditioneerd en zijn lijf herinnert zich het werk, zelfs als zijn hoofd genezing nodig had.' Ze streek met een hand over Phoenix' glanzende hals nadat ze de singel had vastgemaakt. 'Bovendien vraagt hij bijna smekend om meer uitdagingen. Nietwaar, jongen?'

Alsof hij haar woorden begreep, duwde Phoenix met zijn neus tegen Emma's schouder, wat een lach bij haar losmaakte die iets warms in Ryans borst deed ontvouwen.

'Hoe hoog begin je?' vroeg hij, tot zijn eigen verbazing oprecht benieuwd naar de technische kant—een wereld van verschil met zijn aanvankelijke investering in Phoenix als louter zakelijke aangelegenheid.

'Eerst alleen balken op de grond, dan misschien dertig centimeter als hij zeker is,' antwoordde Emma, duidelijk blij met zijn interesse. 'Sarah is nu de trainingsbak aan het opbouwen. Zij is briljant in het ontwerpen van opbouwende springoefeningen.' Terwijl ze sprak, had ze het halster afgedaan en tilde nu de hoofdstelset op, wachtend tot Phoenix die zou aannemen. De grote ruin blies een zucht uit en liet zijn hoofd zakken, zodat ze het web van leren riemen kon aanleggen.

Ryan knikte. 'En het bitloze hoofdstel, dat is om druk op gevoelige plekken uit zijn renperiode te vermijden?'

Emma keek hem aan met verrassing die overging in iets warmers. 'Precies. De meeste ex-renpaarden hebben mondtrauma door harde bitten en zware handen, en bij Phoenix was het bijzonder erg; hij heeft behoorlijk veel littekenweefsel. Misschien kan hij nooit meer een bit in zijn mond verdragen... en dat is oké. Als we dressuur of zelfs eventing zouden willen, zou hij een bit moeten leren dragen, maar in het springen kun je tot de top komen met een bitloos hoofdstel.' Ze nam de teugels in haar hand en klikte met haar tong naar Phoenix. 'Kom op, knapperd. Laat Ryan zien wat je kunt.'

Ryan duwde zich van het hek af en viel naast hen in de pas terwijl ze naar de trainingsarena liepen. Phoenix liep tussen hen in, zijn pas gelijkmatig en doelgericht, af en toe wierp hij Ryan een blik toe die op groeiende herkenning leek.

'Weet je,' zei Emma zacht terwijl ze liepen, 'ik had nooit verwacht dat hij zó snel zou gaan. Er is iets bijzonders aan hem, Ryan. Iets dat alles wat ze hem aandeden heeft overleefd.'

Ryan gaf Emma haar cap aan, keek in de oprechte overtuiging in haar ogen, en betrapte zichzelf erop dat hij hoopte dat ze gelijk had—niet alleen voor Phoenix' bestwil of voor het rendement op zijn investering, maar omdat haar geloof in het helen van gebroken dingen als een metafoor was gaan voelen voor iets groters, iets dat hem misschien ook omvatte.

De grasarena strekte zich voor hen uit, een grote ovaal van netjes gemaaid gras. Sarah was er al, ze bewoog tussen de felgekleurde springbalken door en maakte minuscule aanpassingen in hoogtes en afstanden. Ryan zocht een plek langs het hek waar hij het merendeel van de sprongen kon zien, en moest er zelf om glimlachen hoe vertrouwd hij zich voelde in een wereld die hem een paar weken geleden volstrekt vreemd was.

Sarah keek op terwijl Emma Phoenix de arena in leidde en bij het blok opstapte. 'Begin met cirkels van twintig meter op beide uiteinden,' instrueerde ze, terwijl ze een stap terugdeed om haar werk te beoordelen. 'Ik wil hem ontspannen en voorwaarts voordat we ook maar in de buurt van balken komen.'

Ryan keek met vernieuwde waardering naar Sarah. Haar visuele beperking was nauwelijks merkbaar in de doelgerichte manier waarop ze bewoog, haar expertise compenseerde wat haar ogen niet volledig konden zien. Hij had geleerd dat de precieze afstanden tussen sprongen en de zorgvuldige overweging van aanrijhoeken voortkwamen uit jarenlange wedstrijdervaring en een aangeboren begrip van hoe paarden zich door de ruimte bewegen.

Emma zette Phoenix in stap, haar houding in het zadel ontspannen maar gezaghebbend. De volbloed liet zijn oren aandachtig heen en weer gaan tussen zijn ruiter en de kleurrijke sprongen die verspreid over de arena stonden. Ryan herkende inmiddels de lichaamstaal van het paard: de naar voren gerichte oren die interesse aangaven in plaats van alarm, de gereguleerde ademhaling die focus in plaats van angst betekende.

'Prachtige stap,' riep Sarah. 'Nu overgaan naar draf, houd je cirkels rond. Laat hem nog niet naar de sprongen trekken, ook al wil hij dat.'

Phoenix viel in een soepele draf, zijn passen gelijkmatig en in balans. Ryan viel op hoe anders het paard zich droeg dan in de eerste sessies, toen elke beweging nog een onderhandeling tussen angst en noodzaak leek. Nu strekte Phoenix zich met groeiend vertrouwen in zijn pas uit, zijn donkere vacht glansde in het licht, spieren golfden onder zijn huid terwijl hij zijn hals boog.

'Hij biedt je meer energie,' observeerde Sarah, haar stem droeg over de arena. 'Neem het aan, maar kanaliseer het. Vraag om iets meer buiging.'

Emma maakte een subtiele correctie, haar handen verzachtten terwijl ze Phoenix door een strakkere wending stuurde. De ruin reageerde onmiddellijk, zijn lichaam boog gracieus om haar binnenbeen heen. Ryan merkte dat hij iets naar voren leunde, meegesleept door de vloeiende communicatie tussen paard en ruiter.

'Goed, eerst de balken op de grond,' dirigeerde Sarah en wees naar een lijn balken die vlak op het korte gras lagen. 'Aanrijden vanaf links, rechte lijn, gelijkmatig tempo.'

Emma verzamelde Phoenix met een nauwelijks merkbare verschuiving van haar houding en richtte hem op de balken. De volbloed spitste zijn oren, zijn pas verlengde zich met duidelijke interesse. Terwijl ze naderden, riep Sarah aanwijzingen over tempo en rechtgerichtheid; haar ervaren oog pikte details op die Ryan nog niet kon onderscheiden.

Phoenix stapte keurig over de grondbalken, zijn concentratie duidelijk in de zorgvuldige plaatsing van elke hoef. Ryan voelde een onverwachte golf van trots terwijl hij toekeek hoe dit paard, ooit zo kapot van angst, nieuwe uitdagingen aanging met zoveel focus.

'Perfect,' keurde Sarah goed, nadat Emma en Phoenix de oefening twee keer in beide richtingen hadden voltooid. 'Nu het kruisje. Denk eraan: de aanrijding is belangrijker dan de sprong zelf.'

Emma maakte nog een cirkel, bouwde een ritmische galop op en draaide toen naar het kleine sprongetje dat Sarah had aangewezen. De gekruiste balken waren in het midden niet hoger dan twintig centimeter, maar ze stonden voor een belangrijke mijlpaal in Phoenix' herstel. Ryan merkte dat hij zijn adem inhield terwijl ze naderden.

Phoenix aarzelde geen seconde, hij sprong met gemak over het sprongetje en had waarschijnlijk twee keer zoveel ruimte over. De landing was soepel, zijn tempo bleef gelijk terwijl Emma hem in een beheerste boog van het hek wegstuurde. De vreugde op haar gezicht was onmiskenbaar, een glimlach brak als een zonsopgang door.

'Brave jongen!' kirde ze, terwijl ze zijn hals enthousiast wreef. 'Wat ben jij een slimme, dappere jongen!'

Phoenix leek te groeien onder de lof; zijn passen werden langer, zijn oren stonden nog steeds stevig naar voren. Ryan kon zien dat het paard naar de volgende sprong zocht; zijn gretigheid was zelfs voor een ongetrainde toeschouwer voelbaar.

'Hij zoekt de volgende,' merkte Sarah tevreden op. 'Maar let op hoe hij niet haast en Emma's aanwijzingen niet bevecht. Dat is ongewoon voor een volbloed met zijn achtergrond. Die raken meestal opgewonden en willen na een sprong ervandoor, maar hij blijft bij zichzelf.'

Emma stuurde Phoenix naar een iets hogere steilsprong, misschien dertig centimeter. Zijn aanrijding was afgemeten, zijn focus volledig terwijl hij met gemak over de balken zweefde, en hij landde met dezelfde beheerste energie die Sarah net zo had geïmponeerd.

'Heb je dat gezien?' wendde Sarah zich tot Ryan, de opwinding hoorbaar in haar snelle woorden. 'Dat is natuurlijk talent. De manier waarop hij zijn voorbenen introk, hoe hij de afstand inschatte, de gebalanceerde landing; dat is geen aangeleerd gedrag, dat is aangeboren kunnen.'

Ryan knikte, al wist hij niet zeker of hij alle elementen kon aanwijzen die ze beschreef. 'Hij laat het in elk geval moeiteloos lijken.'

'Precies,' zei Sarah, op dreef. 'De meeste paarden moeten efficiënte springtechniek leren, maar Phoenix heeft het instinct om zijn lichaam in de lucht bij te stellen. Mijn vader zou zeggen dat hij "scope" heeft.' Ze gebaarde naar Phoenix, terwijl Emma hem weer over een sprong leidde, telkens net iets hoger. 'Let op hoe hij zijn rug gebruikt, hoe hij zijn achterhand optilt. Dat kun je niet aanleren.'

Ryan bekeek het paard met nieuwe waardering en begon te zien wat Sarah beschreef. 'En dat is uitzonderlijk?'

'Voor een ex-renpaard? Absoluut.' Sarah's deskundigheid klonk door in haar beoordeling. 'De meeste paarden die van de baan komen, hebben serieuze hertraining nodig voordat ze met enige techniek kunnen springen. Ze worden gefokt en getraind op snelheid, niet op hoogte.' Ze draaide zich naar Ryan, haar blik serieus. 'Mijn vader reed twee keer de Olympische Spelen, en ik heb eventing op het hoogste nationale niveau gereden. Als een van ons Phoenix had gevonden toen hij jonger was, vóór de renwereld hem verpestte...' Ze schudde haar hoofd. 'Laten we het erop houden dat Emma per ongeluk een heel waardevol paard kan hebben gered.'

De strekking ontging Ryan niet. Zijn oorspronkelijke investering in Phoenix, deels als gebaar van goede wil richting Emma, kon weleens financieel verstandiger uitpakken dan verwacht. Maar vreemd genoeg gaf dat vooruitzicht hem minder voldoening dan simpelweg kijken naar de vreugdevolle beweging van het paard, het zichtbare bewijs van de genezing die onder Emma's zorg had plaatsgevonden.

Na nog een aantal geslaagde sprongen bracht Emma Phoenix terug naar draf en vervolgens stap, en ze stapte de arena rond om hem uit te stappen. Ze stuurde hem naar de plek waar Ryan bij het hek stond.

'Wil jij hem het laatste stukje uitstappen?' bood ze aan, terwijl ze afstapte en hem de teugels aanreikte. 'Zoe raadt aan om na het werk nog zonder ruiter te wandelen, zodat zijn spieren kunnen settelen.'

Ryan aarzelde slechts kort voordat hij aannam. Deze praktische interacties met Phoenix hadden nog altijd een draadje zenuwen in zich, al voelde hij zich de laatste weken wel steeds vrijer tussen de paarden. Hij nam de teugels aan, zich bewust van Emma's alerte begeleiding.

'Zo is het,' moedigde ze aan terwijl hij Phoenix bij het hek wegleidde. 'Lekker losse greep, laat hem voelen dat je zeker bent, ook als je dat niet bent.'

Ryan rechte onwillekeurig zijn schouders en betrapte zichzelf er meteen op dat hij in wat Emma plagend zijn "boardroomhouding" noemde schoot. Hij ontspande bewust en liet zijn arm natuurlijk meebewegen met Phoenix' pas in plaats van krampachtig de controle te houden.

'Hij was vandaag ongelooflijk,' zei Ryan, oprechte bewondering in zijn stem. 'Ik heb hem nog nooit zo... enthousiast gezien.'

'Springen is misschien zijn ware roeping,' stemde Emma in, terwijl ze naast hen meeliep. 'Sommige paarden komen echt tot leven als ze het juiste werk vinden.'

In de verte sloeg een deur dicht in de schuur; het geluid droeg. Phoenix' hoofd schoot omhoog, spieren spanden zich even onder zijn glanzende vacht. Ryan voelde de kortstondige spanning in de teugels, de subtiele verschuiving in de energie van het paard. In plaats van zijn greep te verstrakken of te verstijven, zoals hij weken geleden zou hebben gedaan, liep hij in hetzelfde rustige tempo door, zijn stem zakkend naar de kalme toon die hij Emma talloze keren had horen gebruiken.

'Het is niks, alleen een deur,' murmelde hij, verbaasd hoe natuurlijk de woorden voelden. 'Niks waar wij ons druk om maken, maatje.' Phoenix draaide zijn oren naar hem, en de spanning vloeide net zo snel weg uit de grote spieren als die was gekomen. De ruin blies zacht uit en hervatte zijn ontspannen stapritme.

Emma's glimlach bevatte iets dat verder ging dan simpele goedkeuring. 'Je wordt daar behoorlijk goed in,' merkte ze op. 'Hij vertrouwt je.'

Ryan voelde onverwachte warmte door zijn borst trekken bij haar woorden. Het vertrouwen van dit grootse, ooit gebroken dier voelde ineens betekenisvoller dan het vertrouwen van welke vergaderzaal vol bestuurders dan ook. Phoenix liep naast hem met de gereguleerde ademhaling van een paard op zijn gemak, zijn pas paste zich aan die van Ryan aan, waardoor er een ritme tussen hen ontstond dat geen spreadsheets of strategische plannen vergde—alleen aanwezigheid en wederzijds respect.

Ryan testte de vloerplank met zijn voet en voelde een tevreden gloed toen die stevig op zijn plek bleef. Een uurtje werk goed besteed, al droegen zijn knokkels de gevechtssporen van amateur-timmerwerk. De losse plank had hem dagenlang gestoord, het subtiele bewegen trok zijn aandacht telkens als hij over de veranda van het Grote Huis liep. Vreemd hoe snel hij een soort eigenaarsgevoel had ontwikkeld voor het onderhoud van Ridgewater, alsof de zachte aftakeling van de oude Queenslander opeens ook zijn zorg was. Vanuit de trainingsarena klonk het ritmische geluid van hoefslagen en Emma's stem, terwijl ze haar cliënt van de middag door oefeningen leidde die hij inmiddels bij naam herkende.

Hij verzamelde zijn gereedschap en sorteerde alles terug in de gedeukte metalen kist die hij uit de opslag had geleend. Zes maanden geleden had het absurd geklonken om een vrije middag te besteden aan het repareren van iemands anders vloer. Nu voelde het als een volstrekt redelijke tijdsbesteding die anders besteed zou zijn aan het doorlopen van kwartaalprognoses of het analyseren van markttrends.

Het knarsen van banden op grind trok zijn aandacht naar de oprit, waar twee bekende auto's aan kwamen rijden: Marcus' ute met het logo van Ridgemont Veterinary Clinic, gevolgd door Jake's SUV. Jemima sprong uit de achterbank van Jake's auto, haar schoolrugzak stuiterde op en neer terwijl ze Ryan zag en van koers veranderde, recht op hem af.

'Ryan! Heb je de kraakplank gerepareerd?' riep ze, de treden opspringend. 'Die die altijd piep-piep doet als je erop stapt?'

'Missie voltooid,' bevestigde hij, en demonstreerde het met een overdreven stap. 'Geen piep-piep meer.'

Jake volgde Jemima de veranda op, nog in zijn politie-uniform. 'Wordt een hele klusjesman, Wardell,' merkte hij op, een zweem van amusement om zijn mondhoeken. 'Straks ga je nog badkamerkranen installeren en de stallen opnieuw bedraden.'

'Bij elektra trek ik de grens,' antwoordde Ryan, terwijl hij opstond om hen fatsoenlijk te begroeten. 'Al begin ik het wel te snappen, die voldoening van tastbare problemen oplossen.'

Marcus kwam de verandatreden op, met in zijn handen wat Jemima's schoolproject leek: een kartonnen bouwwerk dat vaag op een paard leek. 'Is Emma nog bezig met haar drie-uur?' vroeg hij, terwijl hij het fragiele bouwwerk voorzichtig op de tafel zette.

'Het lijkt erop dat ze nu afronden,' bevestigde Ryan, terwijl hij naar de arena gebaarde waar Emma net het hek openduwde. 'Volgens mij had de cliënt moeite met galop-overgangen.'

Jemima was al het huis in verdwenen, roepend dat ze haar rijkleren ging aantrekken. Jake leunde tegen de verandareling, zijn houding ontspannen op een manier die Ryan inmiddels als "vrij" was gaan herkennen.

'Biertje?' stelde Jake voor. 'Sarah heeft gisteren de koelkast weer gevuld.'

Het vrijblijvende aanbod—zo anders dan de formele netwerksdrankjes uit Ryans vorige leven—verraste hem nog steeds. Verrassender was hoe vanzelf hij het aannam en de mannen naar de keuken volgde, waar Marcus al flesjes uit de koelkast haalde.

'Proost,' zei Marcus terwijl hij de biertjes ronddeelde. 'Op geslaagde timmerkunst en op het feit dat Jake weer een dag Sergeant Porters micromanagement heeft overleefd.'

Ze tikten de flessen tegen elkaar, en Ryan nam een dankbare slok; het koude bier was perfect na een middag fysiek werk. 'Geeft Porter je gedonder?' vroeg hij aan Jake, oprecht geïnteresseerd in het antwoord.

Jake rolde veelbetekenend met zijn ogen. 'Die man staat erop elk rapport met een rode pen na te lopen, alsof we weer op de basisschool zitten. Dertig jaar bij de politie, en hij denkt nog steeds dat een juiste opmaak misdaden sneller oplost dan echt politiewerk.'

Het gesprek kabbelde verrassend soepel voort. Marcus deelde een anekdote over een paranoïde ezel-eigenaresse die ervan overtuigd was dat haar dieren mensentaal ontwikkelden, en Jake counterde met het verhaal van een geluidsoverlastmelding die een papegaai bleek te zijn die een huiselijke ruzie perfect nadeed.

'Dus,' zei Jake tijdens een stilte, zijn blik vriendelijk onderzoekend op Ryan gericht, 'hoe gaat de transitie van corporate haai naar paardenfluisteraar? Bevalt het om spreadsheets te verruilen voor "paardendekens"?'

Marcus snoof in zijn bier om de beroerde woordspeling, terwijl Ryan ondanks de plagerij moest lachen. 'De spreadsheets bestaan nog steeds,' gaf hij toe. 'Alleen worden ze nu op andere problemen toegepast.'

'Eens een analist, altijd een analist,' stemde Marcus in, zonder enig oordeel in zijn toon. 'Al zie ik dat je aardig oog voor exterieur aan het ontwikkelen bent. Die opmerking over Phoenix' schouderligging gisteren was raak.'

Ryan voelde een kleine steek van genoegen bij de erkenning. 'Ik leer. Al voelt het meeste nog altijd als een vreemde taal.'

'Je pikt het sneller op dan de meesten,' merkte Jake op. 'Het kostte mij maanden daten met Pip voordat ik een koot van een pijpbeen kon onderscheiden.'

De makkelijke wisselwerking, het gebrek aan verborgen agenda's of machtsspelletjes, trof Ryan ineens. In zijn vorige leven droegen gesprekken met andere mannen altijd een onderstroom van competitie in zich; elke interactie was een subtiele status- en voordeelmeting. Hier, met Jake die zijn voeten nonchalant op een keukenstoel plantte en Marcus met zijn mouwen opgestroopt, zodat de krassen van die dag zichtbaar waren—opgelopen bij een nukkige en bijtende veulenbehandeling—was iets heerlijk ongecompliceerds.

'Dit heb ik eigenlijk nooit gehad,' hoorde Ryan zichzelf zeggen, de bekentenis hemzelf nog het meest verrassend.

'Wat nooit gehad?' vroeg Marcus, terwijl hij naar een tweede biertje reikte.

'Dit.' Ryan gebaarde vaag tussen hen in. 'Vriendschappen zonder... een bijbedoeling. In het zakenbankieren is elke relatie op de een of andere manier transactioneel.'

Jake en Marcus wisselden een blik, een stille communicatie. 'Klinkt bloedirritant,' concludeerde Marcus uiteindelijk. 'Geen wonder dat je naar het platteland bent gevlucht.'

'Ridgewater doet dat met mensen,' voegde Jake er met een begripvolle glimlach aan toe. 'Je komt om één reden, en je blijft om heel andere.'

Iets in hun uitdrukkingen deed vermoeden dat ze meer begrepen dan Ryan had uitgesproken; misschien zagen ze de subtiele verschuiving in zijn prioriteiten die hij zelf nog maar net begon te herkennen.

De keukendeur vloog open toen Jemima terugkwam, nu in rijbroek en een schoon T-shirt. 'Ik ben klaar voor mijn springtraining! Is mam al klaar met haar les?'

Het volwassen gesprek viel net zo natuurlijk uiteen als het was ontstaan; de mannen dronken hun bier op en volgden Jemima's energieke voorbeeld richting de stallen. Emma ontmoette hen halverwege, terwijl haar cliënt in tegenovergestelde richting naar de parkeerplaats liep.

'Klaar voor wat springoefeningen?' vroeg ze, terwijl ze Jemima door haar haar woelde. 'Ryan, wil jij ons helpen opbouwen? Sarah is naar de stad voor voer.'

Ryan betrapte zichzelf erop dat hij automatisch hoogtes aanpaste op Emma's aanwijzingen, inmiddels vertrouwd met het systeem van lepels en pinnetjes die de balken op hun plek hielden.

'Eén pen hoger aan die kant,' dirigeerde Emma terwijl ze samen aan een kruisje werkten. 'We oefenen vandaag op rechtgerichtheid, dus het moet perfect gelijk zijn.'

Ryan maakte de aanpassing en was zich pijnlijk bewust van Emma's nabijheid terwijl ze zich voorover boog om zijn werk te controleren. Haar schouder streek tegen zijn arm, een terloopse aanraking die op de een of andere manier meer betekenis droeg dan welke zakelijke handdruk dan ook. De geur van haar shampoo mengde zich met de aardse geuren van de arena—een combinatie die hij inmiddels exclusief met deze momenten op Ridgewater associeerde.

Jemima's les verliep met het kenmerkende enthousiasme van een achtjarige die zeker is van haar kunnen; haar eigen volbloed, Pepper, droeg haar gewillig over de sprongen. Ryan en Emma stonden zij aan zij, af en toe stapten ze naar voren om een verschoven balk recht te leggen of een sprong te resetten; hun bewegingen vonden vanzelf een gemakkelijk ritme van samenwerking.

'Dank je,' zei Emma zacht, op een moment dat Jemima aan het andere uiteinde van de arena in cirkels reed. 'Voor het repareren van de vloerplank. En voor de hulp hierbij.' Ze gebaarde naar de sprongen die ze hadden neergezet. 'En alles wat je hier doet—denk niet dat het me ontgaat. Ik ben niet altijd goed in hulp aannemen.'

De bekentenis droeg meer gewicht dan de simpele woorden. Ryan had Emma's felle onafhankelijkheid gezien, haar vastberadenheid om alles zelf te managen, van Phoenix' revalidatie tot de financiën van Ridgewater Rescue.

'Dat was me opgevallen,' antwoordde hij met zachte humor. 'Al denk ik dat we die eigenschap gemeen hebben.'

Ze glimlachte en erkende de waarheid in zijn observatie. 'Het is al zo lang Jemima en ik. En daarvoor was ik vastbesloten te bewijzen dat ik universiteit en een baby aankon zonder speciale tegemoetkomingen.' Ze keek toe hoe haar dochter de pony over een klein sprongetje stuurde. 'Hulp aannemen voelt als toegeven dat ik het niet allemaal kan, en als je jezelf afzet tegen Olympische ouders en zussen die waren of zijn voorbestemd voor dat niveau... voelt alles daaronder als een catastrofale mislukking.'

Ryan overdacht haar woorden en begreep haar beter dan ze misschien dacht. 'Ik mat mijn waarde vroeger af aan hoeveel ik in mijn eentje voor elkaar kreeg,' zei hij uiteindelijk. 'Succes was een solitaire bezigheid. Nu merk ik dat jou helpen, deel uitmaken van wat jij hier opbouwt, betekenisvoller voelt dan alles wat ik in jaren heb gedaan.'

Hun blikken kruisten elkaar, de eenvoudige waarheid van zijn uitspraak bleef tussen hen hangen. Emma's uitdrukking verzachtte; er was een kwetsbaarheid die zijn borst pijnlijk samendeed met gevoelens die hij nog aan het leren benoemen was.

'Mam! Ryan! Zagen jullie dat? Zonder handen!' riep Jemima, die in galop voorbijkwam met haar armen wijd uitgespreid, haar gezicht stralend van triomf.

'Neem die teugels op, Jemima McKenzie!' riep Emma terug, al verraadde haar glimlach dat er geen echte berisping in zat. Ze draaide zich terug naar Ryan, iets warms en onuitgesprokens in haar blik. 'Ik ben blij dat je er bent,' zei ze eenvoudig.

Terwijl de zon lager zakte en de arena in amberkleurig licht licht zette, betrapte Ryan zich erop dat hij nog een sprong aanpaste voor Jemima's volgende aanrijding. Zijn handen waren zekerder en vaster dan die ochtend. De corporate wereld met zijn scherpe randjes en berekende relaties leek steeds verder weg, vervangen door dit leven van verweerde hekpalen en eerlijke gesprekken, van paarden die helen van onzichtbare wonden en mensen die onverwachte verbindingen vinden. Met elke dag op Ridgewater werd hij iemand nieuws—en toch echter—alsof de plek zelf laagjes zorgvuldig opgebouwde identiteit afpelde om iets waarachtigers daaronder bloot te leggen.

En terwijl hij toekeek hoe Emma haar dochter door de laatste sprongen van de sessie leidde, met gelijke delen geduld en trots, wist Ryan met stille zekerheid dat hij precies was waar hij moest zijn.

Hoofdstuk Dertien

RYAN KNEEP ZIJN OGEN samen naar het spreadsheet op zijn computerscherm, de kwartaalprognoses voor de inkomsten van de golfclub dansten voor zijn vermoeide ogen. Hij was er sinds zonsopgang mee bezig, in de hoop vroeg klaar te zijn zodat hij de club kon verlaten en naar Emma kon gaan. Alleen al de gedachte aan haar toverde een onwillekeurige glimlach op zijn gezicht, een glimlach die verdween toen zijn mobiele telefoon ging. Op het scherm verscheen een naam die hij al weken niet had gezien: Michael Harrington.

'Michael,' nam Ryan op, terwijl hij achteroverleunde in zijn stoel. 'Het is een tijd geleden sinds onze laatste ronde. Je handicap zal wel te lijden hebben zonder mij.'

Een vertrouwd gegniffel klonk door de lijn. 'Eerder vooruitgang zonder dat jij me voor schut zet, maat. Luister, dit is geen gezellig praatje.'

Ryan ging rechter zitten en herkende de professionele toon die in de stem van zijn oude golfpartner was geglipt. Michael was niet alleen een weekendgolfer; als plaatsvervangend directeur Regionale Infrastructuurplanning bewoog hij zich in politieke kringen waar Ryan vroeger nog weleens contacten voor zaken zocht, maar die hij met plezier vermeed sinds zijn verhuizing naar Ridgemont. Ze hadden één kort gesprek gehad na die vreemde bijeenkomst over de rondweg, maar Michael was op zijn hoede geweest, had gezegd dat hij meer tijd nodig had om dingen uit te zoeken, en Ryan had sindsdien niets meer van hem gehoord.

'Ik neem aan dat dit over de rondweg gaat?' vroeg Ryan, terwijl zijn maag zich samenkneep.

'Raak in één keer.' Michaels stem zakte iets. 'Ik dacht dat je moest weten dat er interessante ontwikkelingen zijn. Iemand duwt achter de schermen keihard voor die oostelijke route. Ik heb nog nooit zo'n druk gezien voor wat een eenvoudige regionale infrastruuurklus zou moeten zijn.'

Ryan fronste en tikte met zijn pen tegen het bureau. 'Enig idee wie?'

'Kan het niet met zekerheid zeggen. Maar ze hebben connecties. Besluitvormingsprocessen die normaal maanden duren, worden doorgedrukt.' Michael zweeg even. 'Of beter gezegd: dat wérden ze, tot voor kort.'

'Wat is er veranderd?'

'De tegenwind vanuit jullie gemeenschap, om te beginnen. Die openbare consultaties, de milieueffectrapporten van de natuurorganisaties, de petitie van de lokale ondernemers. Er is genoeg reuring ontstaan om te voorkomen dat de oostelijke route zomaar afgezegend wordt, zoals iemand dat duidelijk graag wil.'

Een vonkje voldoening verwarmde Ryans borst. De weken van dorpsbijeenkomsten, van lokale grondeigenaren helpen hun zorgen te verwoorden, van samenwerken met de milieukundige om de potentiële impact op de lokale wildcorridors vast te leggen, waren niet voor niets geweest.

'Dus wat gebeurt er nu?' vroeg Ryan.

'Main Roads gaat extra onderzoeken doen naar de haalbaarheid van de westelijke route. Ze kijken naar bodemstabiliteit, afwateringsproblemen, alle technische bezwaren die er in eerste instantie tegen werden ingebracht.' In Michaels stem klonk een zweem van waardering. 'Je hebt tijd gewonnen, Ryan. En dat is geen kleinigheid in dit soort zaken.'

'Ik waardeer de tip,' zei Ryan, oprecht dankbaar voor de informatie uit de eerste hand.

'Zeg er maar niets over. Letterlijk. Dit gesprek heeft nooit plaatsgevonden.' Michaels toon werd lichter. 'En kom in godsnaam binnenkort een rondje spelen. Ik heb een nieuwe putter waar ik popel mee te pronken.'

Toen ze hadden opgehangen, bleef Ryan even roerloos zitten om de implicaties te verwerken. De oostelijke rondweg, die dwars door het hart van Ridgewater zou snijden, zou Emma's opvang de das omdoen. Het hele terrein dreigde onteigend te worden, en het verplaatsen van alle faciliteiten, om nog maar te zwijgen van alle paarden, zou nagenoeg onmogelijk zijn... en ze hadden al helemaal geen plek om naartoe te gaan.

Voor bepaalde leden van zijn club bood de oostelijke route echter een gouden kans. Eigendommen aan de andere kant van Ridgemont zouden ineens een uitstekende verbinding met Brisbane krijgen, hun waarde diezelfde nacht nog door het dak. Verscheidene van zijn invloedrijkste leden bezaten daar aanzienlijke stukken grond, een feit dat ze hem steeds moeilijker lieten negeren.

Zijn computer pingde met een nieuwe e-mail, de officiële melding van het Department of Transport and Main Roads over de aanvullende onderzoeken. De bureaucratische bewoordingen die bevestigden wat Michael hem net had verteld, brachten zowel opluchting als bezorgdheid. Dit was niet voorbij, alleen uitgesteld.

De wandklok wees 10.00 uur aan, tijd voor de maandelijkse commissievergadering waar hij tegenop had gezien. Ryan streek zijn stropdas recht, een reflex uit zijn corporate tijd die hij nooit helemaal had afgeleerd, en liep naar de vergaderruimte in het clubhuis.

Ze waren er al, opgesteld rond de gepolijste mahonietafel als schaakstukken: Douglas Peterson, gepensioneerd projectontwikkelaar en penningmeester van de club; Elaine Winfield, wier familie tot de oprichters van Ridgemont behoorde; James Chen, eigenaar van de helft van het winkelvastgoed in de stad; en drie andere commissieleden wier gezamenlijk vermogen Ridgemont waarschijnlijk wel twee keer zou kunnen kopen.

'Goedemiddag, allemaal,' begroette Ryan hen, terwijl hij plaatsnam aan het hoofd van de tafel. 'Zullen we beginnen?'

De vergadering verliep soepel door de standaard agendapunten heen, goedkeuring van de notulen, financiële rapportages, ledenupdates. Maar Ryan voelde de spanning oplopen, de subtiele blikken die over tafel werden gewisseld, de lichte stijfheid in houdingen die normaal gesproken losser werden naarmate vergaderingen vorderden.

Het was Peterson die het onderwerp uiteindelijk aansneed, net toen ze bij het punt 'wat verder ter tafel komt' waren aangekomen.

'Ik begrijp dat er een ontwikkeling is geweest met het voorstel voor de rondweg,' zei hij, zijn toon zorgvuldig neutraal ondanks de scherpe blik in zijn lichtblauwe ogen.

'Iets over aanvullende onderzoeken naar de westelijke route?'

Ryan knikte, niet verbaasd dat het nieuws hen al bereikt had. Sommigen van hen zouden ook op die mailinglijst staan, en sommigen hadden wellicht contacten bij Main Roads die hen een seintje hadden gegeven. 'Ja, ik heb vandaag een officiële melding ontvangen. Main Roads zal verdere haalbaarheidsstudies uitvoeren naar beide voorgestelde routes.'

'Waar je vast blij mee bent,' merkte Elaine op, terwijl haar perfect gemanicuurde nagels een zacht ritme op de tafel tikten. 'Gezien jouw... persoonlijke bezwaar tegen de oostelijke route.'

De nadruk op 'persoonlijke' was allesbehalve subtiel. Ryan beantwoordde haar blik onverstoorbaar. 'Mijn zorgen over de oostelijke route reiken verder dan persoonlijke overwegingen. De milieueffecten die zijn geconstateerd, zijn aanzienlijk en verdienen nader onderzoek.'

James Chen boog zich naar voren. 'Met alle respect, Ryan, veel van onze leden zullen aanzienlijk profiteren van de oostelijke route, die de bereikbaarheid van hun eigendommen vergroot en hun waarde flink opkrikt.'

Ryan voelde een vertrouwde sensatie in zijn borst opkomen, de spanning die vroeger zijn overwinningen in de boardroom voorafging, de gefocuste intensiteit die hem formidabel had gemaakt in zakelijke onderhandelingen. Maar nu voelde het anders, niet gedreven door ambitie, maar door iets fundamentelers: de wens te beschermen wat ertoe deed.

'De beslissing ligt uiteindelijk bij Main Roads,' zei hij kalm. 'Onze rol als club is op te komen voor de belangen van onze leden én van de gemeenschap waar we deel van uitmaken.'

'En precies dát baart ons zorgen,' viel Elaine hem in de rede, haar stem droeg het gewicht van oud geld en verankerde invloed. 'jouw beslissingen lijken de laatste tijd steeds meer gericht op belangen buiten de club. Het liefdadigheidstoernooi voor de politie, het inzetten van onderhoudsmensen om het netwerk van openbare voetpaden te verbeteren, en nu jouw actieve verzet tegen een ontwikkeling die veel van onze trouwste leden ten goede zou komen.'

'De club staat niet op zichzelf,' antwoordde Ryan, woorden echoënd die Emma ooit had gebruikt over Ridgewater. 'Ons succes is verbonden met de gemeenschap om ons heen. Die banden versterken, komt uiteindelijk iedereen ten goede.'

Peterson wisselde een blik met Chen, een stille communicatie die Ryan maar al te goed herkende uit zijn corporate jaren. De commissie was niet overtuigd, en deze vergadering was slechts het openingssalvo in wat een langdurige strijd beloofde te worden.

Toen ze schorsten, bleef Ryan aan tafel zitten en keek toe hoe ze vertrokken, met beleefde knikjes die hun onvrede allerminst verhulden. Het politieke landschap was onder zijn voeten verschoven, breuklijnen verschenen tussen zijn nieuwe prioriteiten en de verwachtingen van degenen die zijn aankoop van de club aanvankelijk met open armen hadden ontvangen.

Zijn telefoon zoemde met een appje van Emma: 'Phoenix was briljant vandaag. We hebben zojuist een volledig parcours van 1 meter gesprongen zonder één aarzeling! Wanneer kom je langs?'

Het simpele bericht sneed dwars door de spanning die tijdens de vergadering was opgebouwd en herinnerde hem aan wat nu echt telde. De rondweg ging niet alleen over vastgoedwaarden of gemak; het ging om het behouden van een plek van heling, een toevluchtsoord dat op de een of andere manier centraal was komen te staan in zijn eigen onverwachte verandering.

Hij sms'te terug: 'Onderweg. Kan na vandaag wel wat paardentherapie gebruiken.'

Ryan liet zijn papieren voor wat ze waren, stapte de zon in en klom in zijn golfkarretje. Zijn route voerde hem langs de zorgvuldig onderhouden fairways naar de grens van het clubterrein met Ridgewater. Het land waar de rondweg ooit zou kunnen doorkomen, lag er nog vredig bij, onwetend van de menselijke machinaties die zijn bestaan bedreigden. Ryan voelde het gewicht van het naderende conflict op zijn schouders landen, zelfs terwijl hij zich haastte naar de plek waar hij zich tegenwoordig het meest zichzelf voelde.

Emma voelde hoe Phoenix reageerde op de subtiele druk van haar been en soepel overging in een verzamelde galop langs de omheining van de piste. Zijn transformatie bleef haar verbazen; de ooit doodsbange volbloed bewoog zich nu met groeiend vertrouwen, zijn ogen alert maar rustig terwijl hij elke sprong inschatte. Ze hoorde het knarsen van banden op grind nog voor ze Ryans golfkar zag verschijnen, en iets aan de stand van zijn schouders toen hij uitstapte, vertelde haar meteen dat er iets mis was. Na zes maanden elkaars stemmingen en signalen leren kennen, kon ze de spanning lezen in zijn doorgaans ontspannen houding, de lichte frons tussen zijn wenkbrauwen die alleen verscheen als hem iets dwarszat.

'Laten we met deze afsluiten,' murmelde ze tegen Phoenix, terwijl ze hem naar een eenvoudige steilsprong stuurde. Hij nam hem met moeiteloze gratie, en ze bracht hem terug naar stap, klopte hem op zijn hals terwijl ze terugcirkelde naar het hek waar Ryan nu stond te kijken.

'Hij ziet er fantastisch uit,' zei Ryan, al haalde zijn glimlach zijn ogen net niet.

Emma stapte af en maakte Phoenix' singel los. 'Dat doet hij. En jij ziet eruit alsof je net bij de belastingdienst op gesprek bent geweest.' Ze bestudeerde hem terwijl ze Phoenix in rustige cirkels begon af te stappen. 'Wat is er gebeurd?'

Ryan haalde een hand door zijn haar, een gebaar dat ze inmiddels kende als teken van frustratie. 'Gewoon wat clubpolitiek. Niets waar jij je zorgen over hoeft te maken.'

'Wat betekent dat het absoluut íets is om me zorgen over te maken,' kaatste Emma terug. 'Kom op, loop met me mee terwijl ik hem afstap en vertel wat er aan de hand is.'

Terwijl ze zij aan zij liepen en Phoenix' hoefslag een gelijkmatig ritme tikte op de vaste grond, legde Ryan de nieuwe informatie over de rondweg uit, de druk van de commissieleden en zijn groeiende gevoel klem te zitten tussen twee werelden.

'Dus eigenlijk denkt jouw commissie dat je ingeburgerd bent geraakt,' vatte Emma samen toen ze bij Phoenix' stal kwamen. Ze klikte zijn hoofdstel los, deed er een halster voor in de plaats en begon zijn zadel af te nemen. 'En ongelijk hebben ze niet, toch?'

Ryan leunde tegen de staldeur, en eindelijk brak er een aarzelende glimlach door. 'Waarschijnlijk niet. Al had ik niet beseft hoe machtig de tegenstand zou zijn. Douglas Peterson maakte behoorlijk duidelijk dat er vraagtekens worden gezet bij mijn managementprioriteiten.'

'Douglas Peterson,' snoof Emma, terwijl ze het zadel op het rek buiten de stal legde. 'Natuurlijk trekt hij de kar. Zijn dochter Melissa reed hier vroeger, tot ze besloot dat paarden beneden haar sociale ambities waren. Overgestapt op tennis, want dat bood betere netwerkopties met de privéschoolkring in Brisbane.'

Ryan keek haar verrast aan. 'Jij kent de dochter van Peterson?'

'Ik ken iedereen in deze gemeenschap,' zei Emma, terwijl ze Phoenix met lange, vloeiende streken begon te borstelen. 'De McKenzies zitten hier al heel lang. Douglas' vrouw Louise sponsort stiekem twee van onze opvangpaarden omdat ze zich schuldig voelt over de renpaarden die ze door de jaren heen hebben gehad en afgedankt. Hun zoon Michael golft op zaterdagen met jou, maar brengt de zondagochtenden vrijwilligerswerk door in het wildreservaat dat door de oostelijke route vernietigd zou worden.'

Ryans wenkbrauwen schoten omhoog. 'Dat wist ik niet.'

'Kleine dorpen draaien op connecties en geschiedenis,' legde Emma uit. 'Elaine Winfields kleindochter krijgt twee keer per week les van Sarah. James Chens vrouw zit met Pip in de commissie voor de Ridgemont Christmas Show. De man presenteert zich als een keiharde zakenman, maar hij moest huilen toen zijn kleindochter vorig jaar de Under-8 Child Rider won op de Caboolture Show.'

Ze bleef Phoenix verzorgen, haar bewegingen efficiënt maar zacht. 'Elk van jouw commissieleden heeft banden met deze gemeenschap die verder gaan dan vastgoedwaarden en infrastructuur. Ze zijn dat alleen uit het oog verloren in de jacht op winst.'

'Dus wat stel je voor?' vroeg Ryan, terwijl hij zijn armen over elkaar sloeg.

Emma wierp hem een bedachtzame blik toe. 'Ik stel voor dat we ze aan die banden herinneren. De McKenzies hebben misschien niet de financiële slagkracht van jouw commissieleden, maar we hebben iets dat net zo waardevol is: relaties. De helft van de vrouwen, dochters en kleindochters van jouw clubleden rijdt bij Ridgewater of komt ons tegen op wedstrijden.'

'Je wilt de paardenvrouwen van Ridgemont mobiliseren tegen hun echtgenoten en vaders?' Ryans toon klonk ongelovig, maar in zijn ogen flakkerde al een vonkje belangstelling op.

'Niet tégen hen,' corrigeerde Emma, terwijl ze Phoenix' wateremmer controleerde. 'Gewoon om ze te helpen herinneren dat er meer op het spel staat dan vastgoedwaarde. We hébben al de data over de impact op de wildcorridors die getroffen zouden worden. Marcus heeft een rapport opgesteld over de mogelijke gezondheidsrisico's van toegenomen verkeersvervuiling voor mensen en vee. De middelbare scholieren van Pip maken een presentatie voor de raadsvergadering volgende maand.'

Ryan keek haar met groeiende verbazing aan. 'Je bent hierop aan het voorsorteren geweest.'

'Natuurlijk,' zei Emma nuchter. 'De dreiging van de rondweg hangt al maanden boven ons hoofd. Dacht je dat ik erbij zou gaan zitten en wachten tot iemand anders het oploste?' Ze pakte een hoevenkrabber en begon Phoenix' hoeven te controleren. 'Bovendien heb ik jou iets te danken.'

'Je bent me niets verschuldigd,' wierp Ryan tegen.

Emma richtte zich op en ving zijn blik. 'Dat is niet waar. De bedrijfsstrategieën die jij hebt ingevoerd, de socialemediacampagne, de subsidieaanvragen waar je bij hebt geholpen... Ryan, voor het eerst in jaren loop ik niet achter met betalingen. Zoe's diensten leveren een stabiel inkomen op, we hebben een wachtlijst voor revalidatie-intakes en ik heb al mijn openstaande rekeningen voldaan.'

Ze aarzelde even en voegde toen zachter toe: 'Ik heb zelfs de laatste aflossing aan jou voortijdig gedaan. Dat was zonder jouw hulp niet gelukt.'

Ryans uitdrukking verzachtte. 'Het is me nooit om het geld gegaan, Emma. Dat weet je.'

'Dat weet ik,' erkende ze. 'Maar voor mij telt het. En dit is belangrijk voor jou, dus is het ook belangrijk voor mij.' Ze klopte Phoenix nog één keer op zijn hals, leidde hem zijn stal in en deed zijn halster af. 'De McKenzies zorgen voor de hunnen, Ryan. En of je wilt of niet, jij bent er één van geworden.'

De woorden bleven tussen hen hangen, eenvoudig maar diep. Emma keek toe hoe Ryan de implicaties verwerkte, de subtiele verandering in zijn uitdrukking verried hoe diep haar uitspraak hem raakte.

'Dus, wat is het plan?' vroeg hij uiteindelijk, zijn stem licht schor van emotie.

Emma glimlachte, sloot Phoenix' staldeur en schoof de grendel erop. 'Eerst moeten we met Sarah praten. Zij kent elke wet en regeling die op de beslissing over de rondweg van toepassing kan zijn. Dan moet Jake zijn politienetwerk activeren; officieel mogen ze geen partij kiezen, maar ze kunnen bij de volgende dorpsvergadering zeker de verkeersveiligheidsrisico's van de oostelijke route benadrukken.'

Ze liep richting het huis en Ryan viel naast haar in de pas. 'Marcus heeft volgende week al afspraken met de vrouwen van twee van jouw commissieleden voor de jaarlijkse tandcontrole en Hendra-vaccinaties van hun paarden. Wonderlijk hoe gesprekken tijdens die afspraken de neiging hebben af te dwalen.'

Ryan schudde hoofdschuddend, geamuseerd. 'Jij bent een politiek meesterbrein vermomd in rijbroek en laarzen.'

'Ik ben een McKenzie,' verbeterde Emma hem. 'Dit is mijn gemeenschap, en ik ken deze mensen. Ik weet wat in hun belang is... soms beter dan zijzelf.'

Toen ze het huis bereikten, pakte Ryan haar hand en hield haar tegen op de onderste trede van de veranda. Zijn uitdrukking was getransformeerd; de zorgelijke lijnen waren gladgestreken en hadden plaatsgemaakt voor iets warmers, zekerders.

'Dank je,' zei hij eenvoudig. 'Dat je me eraan herinnert dat ik hier niet alleen in sta.'

Emma kneep in zijn hand en voelde de ruwe eeltplekken die waren ontstaan door maanden meehelpen op Ridgewater, zo anders dan de gladde corporate handdruk die hij haar bij hun eerste ontmoeting had gegeven.

'Dat sta je niet,' bevestigde ze. 'Niet meer.'

De bries voerde de geur van regen mee vanuit het westen, en ergens in de verte riep Legend naar een van de merries, zijn stem droeg over de weiden. Emma voelde hoe de juistheid van dit moment in haar botten zakte, de zekerheid dat welke uitdagingen er ook kwamen, zij die samen zouden aangaan, ieder met zijn eigen kracht in het partnerschap dat ze aan het bouwen waren.

The Exchange Hotel was in al die jaren dat Emma hier kwam niet veranderd: eerst op de knie van haar vader terwijl hij een biertje deelde met de lokale boeren, later voor haar achttiende verjaardag, en nu, aan de overkant van de getekende, houten tafel van Ryan, op wat onmiskenbaar een afspraakje was. De versleten vloerplanken kraakten onder haar laarzen terwijl ze naar een tafeltje in de hoek liepen, de vertrouwde klanken van countrymuziek uit de speakers vermengden zich met het kletteren van poolballen en het zachte gezoem van gesprekken. Ryans ogen gleden rond, namen de paardenrenmemorabilia aan de muren in zich op, de verzameling stoffige Akubra-hoeden die boven de bar gespijkerd waren, de mix van boeren nog in werkkleding en vaklui die genoten van een pint na het werk.

'Deze plek is een instituut,' legde Emma uit toen ze neerstreken. 'Bestaat al sinds 1888.'

Ryan knikte, zijn vingers trommelden licht op het gelamineerde menu. Emma herkende het subtiele ticsignaal, dat kleine vleugje zenuwen dat hij vertoonde wanneer hij onbekend terrein betrad. Het was aandoenlijk, dat glimpje onzekerheid.

'Wat is hier goed?' vroeg hij, terwijl hij de gerechten aandachtig bekeek, al wist ze zeker dat dit ver afstond van wat hij gewend was in de vijfsterrenrestaurants waar hij in Brisbane at, of zelfs de elegante eetzaal van de golfclub, bekend als het beste restaurant in de wijde omtrek. Toen hij haar mee uit vroeg, had hij erbij gezegd dat hij haar daar niet naartoe wilde nemen; met de clubpolitiek waar hij nu middenin zat, zou het aanvoelen als een zakenetentje, en hij wilde zich liever op haar concentreren, een opmerking die haar warm had gemaakt van binnen.

'Alles,' antwoordde Emma eerlijk. 'Maar de steaksandwich is legendarisch. Het rundvlees komt van de Hartley-boerderij net buiten de stad, en het brood is vers van de bakker letterlijk aan de overkant van de straat.'

De vrouw van de waard, Maureen, verscheen aan hun tafel, potlood in de aanslag boven haar bestelformulier. Haar grijze haar zat in een nuchtere knot, maar haar ogen twinkelden met dezelfde nieuwsgierigheid die overal in de pub oplaaide sinds ze waren binnengekomen. Ryan Wardell die Emma McKenzie mee uit eten nam in The Exchange, zou de dorpsroddel minstens een week voeden.

'Goedenavond, lieverdjes. Wat mag het zijn?' vroeg Maureen, terwijl haar blik waarderend op Ryan bleef rusten.

'Een steaksandwich, alsjeblieft, met een portie uienringen erbij,' bestelde Emma.

'Doe er voor mij ook maar één,' voegde Ryan eraan toe, terwijl hij zijn menu met een beslissende klik sloot. 'Als je in Rome bent, toch?'

Maureen knikte goedkeurend. 'Goede keuze. Over een minuut of vijftien staat het eten op tafel.'

Terwijl ze wegstoof, betrapte Emma Ryan erop dat hij de interacties aan de bar bekeek, waar de waard geamuseerde steken onder water wisselde met een groep landarbeiders.

'Het is behoorlijk anders dan jouw vaste stekjes in Brisbane, vermoed ik,' merkte Emma op, terwijl ze een slok water nam.

Ryans aandacht keerde naar haar terug, zijn uitdrukking wat zelfspotterig. 'Zo duidelijk? Ik deed mijn best om niet op een complete toerist te lijken.'

'Alleen voor mij,' stelde ze hem gerust, met een glimlach. 'Ik heb je in je natuurlijke habitat gezien, weet je nog? Het is maar goed dat je niet één van je mooie pakken hebt aangetrokken. Dan zou je hier wel erg uit de toon vallen. Ik betwijfel of hier in de Exchange de afgelopen vijftig jaar iemand een stropdas heeft gedragen—tenzij op een uitvaart!'

Hij lachte, en dat geluid ontspande iets in Emma's borst. De afgelopen weken waren gevuld met momenten waarop ze Ryan haar wereld zag navigeren, zijn draai vond in het onbekende terrein van het plattelandsleven, paardenverzorging en dorpsrelaties. Elke kleine aanpassing, elke poging om haar leven te begrijpen, had haar dichter bij hem gebracht.

Ze raakten gemakkelijk aan de praat, over Jemima's aanstaande springklasse op de Caboolture Show en Phoenix' vooruitgang die week. Emma betrapte zichzelf erop dat ze naar Ryans handen keek terwijl hij sprak, merkte hoe zijn gebaren losser waren geworden, minder afgemeten dan toen ze elkaar net kenden. De corporate precisie maakte plaats voor iets natuurlijkers, iets authentieker hemzelf.

Toen hun eten arriveerde, bleken de steaksandwiches meesterwerkjes in eenvoud: dikke plakken mals rundvlees tussen goudbruine plakken zuurdesem, belegd met gekaramelliseerde uien, sla, tomaat en een geheime saus waarvan Maureen hardnekkig weigerde het recept prijs te geven, ondanks jarenlange pogingen van locals om het uit haar te peuteren. Knapperige, met de hand gesneden frieten vormden een goudkleurige berg ernaast, en de uienringen vulden een eigen mandje, goud en krokant.

Ryan nam een hap en sloot even zijn ogen, een uitdrukking van verraste verrukking gleed over zijn gezicht. 'Dit is...' mompelde hij, nam nog een hap, 'absoluut verrukkelijk.'

Emma grijnsde en sneed in haar eigen broodje. 'De beste van Queensland, volgens de recensent van de Courier Mail. Hoewel dat artikel bijna een rel veroorzaakte toen toeristen hier massaal kwamen lunchen en alle tafels bezet hielden.'

Ryan schudde zijn hoofd en keek een tikje beschaamd. 'Ik ben een snob, hè? Dat ik aannam dat het eten niet zo goed kon zijn omdat...' hij gebaarde om zich heen naar de pretentieloze omgeving.

'Omdat het een arbeiderspub is in een dorp met één stoplicht?' maakte Emma zijn zin af, geamuseerd in plaats van beledigd. 'Het zou vreemd zijn als je geen béétje snob was, Ryan. Je hebt je hele leven gegeten op plekken waar de wijnkaart langer was dan het hele menu van deze pub.'

Hij leek opgelucht door haar begrip. 'Ik doe mijn best, weet je. Om voorbij mijn vooroordelen te kijken.'

'Dat weet ik,' zei ze zacht. 'En je doet het goed. Je wordt eigenlijk best een dorpsjongen.'

De tevreden uitdrukking die bij haar woorden over zijn gezicht flitste, verwarmde iets diep in Emma. Hij wílde hier thuishoren, besefte ze. Niet alleen om haar, maar omdat iets in deze gemeenschap, in deze eenvoudigere manier van leven, voor hem als thuis was gaan voelen.

Hun maaltijd ging gemoedelijk verder, af en toe onderbroken door locals die even aan hun tafel kwamen. Oudje Jim Patterson, de eigenaar van de ijzerhandel, klopte Ryan op de schouder en bedankte hem voor het advies over zijn golfswing. Nancy van het postkantoor vroeg naar Phoenix, wiens vorderingen ze volgde op de socialemediakanalen die Ryan voor Ridgewater had opgezet. Zelfs brigadier Porter van het politiebureau, Jake's baas, knikte respectvol naar Ryan toen hij langsliep en zei dat hij uitkeek naar het liefdadigheidstoernooi van de golfclub.

'Je bent populair,' merkte Emma op na de derde onderbreking.

Ryan keek oprecht verrast. 'Blijkbaar wel, al weet ik niet waarom. Ik heb niet veel meer gedaan dan een golfbaan kopen en me tegen een rondweg keren.'

'Je hebt meer gedaan dan dat,' verbeterde Emma hem. 'Je bént er. Bij dorpsvergaderingen, bij inzamelacties, voor je medewerkers als ze steun nodig hadden. In een dorp van deze omvang valt dat op.'

Toen ze klaar waren met eten, was de pub voller geworden; de vrijdagnachtmenigte had de meeste tafels bezet. Het geluidsniveau was gestegen en vormde een comfortabele deken van geluid rond hun hoektafel. Emma keek hoe Ryan antwoord gaf op een vraag van de lokale cricketcaptain over of hij dit zomerseizoen mee zou doen met het team, en merkte hoe natuurlijk hij zich inmiddels bewoog, hoe op zijn gemak hij leek in een omgeving die hem een jaar geleden volkomen vreemd zou zijn geweest.

'Wat?' vroeg Ryan, toen hij haar betrapte terwijl ze naar hem keek nadat de cricketcaptain weer was vertrokken.

'Niets,' zei Emma, en bedacht zich toen. 'Nee, eigenlijk niet niets. Ik zat te denken hoe goed je hier nu past. Hoe natuurlijk je met iedereen praat, hoe je details over hun leven onthoudt.'

Ryan stak zijn hand over tafel uit en vond de hare. 'Ik had een goede leermeester. Iemand die me liet zien dat er meer is dan balansen en winstmarges.'

De simpele aanraking van zijn hand om de hare voelde intiemer dan welke kus ook, een verbinding die sprak van begrip en een gedeeld doel. Emma voelde een zekerheid in haar borst neerdalen, een vertrouwen dat ze zichzelf tot nu toe niet volledig had toegestaan.

'Ben je hier gelukkig?' vroeg ze zacht, de vraag droeg meer lagen dan de simpele woorden verrieden.

Ryans blik zocht de hare, vast en helder. 'Gelukkiger dan ik ooit ben geweest,' antwoordde hij, terwijl zijn duim kleine cirkeltjes over de rug van haar hand streek. 'Deze plek, deze gemeenschap... jij. Het is me allemaal belangrijker geworden dan ik me ooit had kunnen voorstellen.'

Emma knikte, en de bevestiging van wat ze al was gaan geloven, vulde haar met stille vreugde. 'Mooi,' zei ze eenvoudig. 'Want ik denk dat wij samen een best goed team zijn.'

'Het beste,' stemde hij in, zijn glimlach vol beloften die geen woorden nodig hadden.

Terwijl ze nog een rondje bleven hangen, kabbelden de vertrouwde ritmes van The Exchange om hen heen: de gesprekken van de locals, het klinken van glazen, af en toe een uitbarsting van gelach bij de bar. Emma keek hoe Ryan meedeed aan het gemoedelijke debat over de Lions in de AFL-wedstrijd op de tv met de boeren aan het tafeltje naast hen, zijn makkelijke lach mengde zich moeiteloos met de sfeer van de pub.

Dit was wat ze had gehoopt maar nauwelijks had durven verwachten, besefte Emma: een man die hun beider werelden kon overbruggen, die waardeerde wat zij bij Ridgewater had opgebouwd en er genoeg om gaf om ervoor te vechten, die bereid was zichzelf te heruitvinden zonder zijn kern te verliezen. Toen Ryan haar blik ving over de tafel, zijn glimlach warm met een persoonlijke betekenis, voelde Emma hoe de laatste van haar reserves oplosten.

Hoofdstuk Veertien

De nachtelijke lucht sloeg om Emma heen toen ze het café uitliepen; het contrast tussen het warme, rumoerige interieur en de koele, stille straat maakte haar even duizelig. Ryan legde zijn hand in de holling van haar rug, een zachte druk die tegelijk beschermend en op de een of andere manier vragend aanvoelde. De simpele aanraking joeg een rilling van bewustzijn door haar heen. Er was vanavond iets tussen hen verschoven, een drempel overschreden in hun begrip van elkaar, en Emma merkte dat ze de avond nog niet wilde laten eindigen.

'Ik heb het heerlijk gehad,' zei ze, terwijl ze zich naar hem toe draaide toen ze bij zijn auto kwamen. Het straatlicht ving de lijnen van zijn gezicht en verzachtte ze, waardoor hij jonger leek dan zijn jaren.

'Ik ook.' In Ryans stem klonk een zweem van aarzeling, zijn vingers tikten licht tegen zijn sleutels. 'Jemima slaapt vannacht bij Charlotte, toch?'

Emma knikte, met een kriebel van verwachting in haar buik. 'Ja, tot morgmiddag. Charlotte's vader neemt ze morgenochtend mee naar de bioscoop.'

Ryan keek haar een lange tel aan, er ging iets onuitgesprokens tussen hen heen en weer. 'Zou je mee naar mijn huis willen komen?' vroeg hij uiteindelijk, de woorden kwamen er haastig uit. 'Voor een slaapmutsje of... gewoon om nog wat te praten. Geen druk, hoor.'

Zijn nervositeit was ontwapenend, zo anders dan de zelfverzekerde zakenman die ze in het begin had ontmoet. Emma voelde haar pols versnellen terwijl ze zijn uitnodiging overwoog. Ze gingen nu bijna een maand met elkaar om; hun relatie was verdiept met elke gedeelde dag op Ridgewater, elk gesprek waarin ze meer van zichzelf aan elkaar onthulden. Ze had over deze stap nagedacht, zich afgevraagd wanneer het juiste moment zou komen.

'Dat lijkt me fijn,' antwoordde ze, met een vastere stem dan ze zich voelde. 'Maar eerst moeten we nog even ergens stoppen.'

Ryâns wenkbrauwen gingen vragend omhoog terwijl hij het portier voor haar opende. 'Ergens stoppen?'

'Traditie,' zei Emma geheimzinnig, terwijl ze haar gordel vastklikte en hij achter het stuur schoof. 'Het tankstation aan de rand van het dorp. Geloof me maar.'

Ryan keek geamuseerd maar reed gehoorzaam het korte stukje naar het 24-uurs tankstation, waarvan de tl-lichten een fel eiland van helderheid vormden in het donkere platteland. Emma sprong uit de auto voordat hij haar portier kon openen en haastte zich doelgericht naar binnen.

'IJscohoorntjes?' zei Ryan toen ze op de vriezer afstevende. 'Is dát jouw mysterieuze traditie?'

Emma pakte twee verpakte hoorntjes en hield ze triomfantelijk omhoog. 'Onmisbaar onderdeel van een echte date-avond,' verklaarde ze. 'Mijn vader zei altijd dat je veel over iemand kunt leren aan hoe die een ijsje eet.'

'Echt waar?' Ryan lachte en greep naar zijn portemonnee. 'En wat gaat mijn ijs-eettechniek precies over mij onthullen?'

'Dat moeten we nog zien,' antwoordde Emma met gespeelde ernst. 'Het is een zeer wetenschappelijk proces.'

De kassamedewerker, een slaperige tiener, sloeg hun aankoop aan en wierp hun een veelbetekenende blik toe, waardoor Emma zich tegelijk jong en oud voelde, teruggevoerd naar haar eigen tienerjaren en zich er tegelijk pijnlijk van bewust dat ze een moeder van bijna dertig was die op het punt stond met een man mee naar huis te gaan.

Terug in de auto pakten ze hun ijsjes uit met de geconcentreerde voorzichtigheid van kinderen die een traktatie krijgen; het papier knisperde.

'Dus wat is de juiste techniek?' vroeg Ryan, terwijl hij zijn hoorntje bestudeerde alsof er geheime instructies in stonden.

'Er ís geen juiste techniek,' gaf Emma toe, terwijl ze een delicate lik van haar ijs nam. 'Dat is juist het punt. Iedereen doet het anders. Pap zegt dat het een soort persoonlijkheidstest is.'

Ryan overwoog dat, nam toen methodisch een hap van de zijkant van de top en hield haar reactie in de gaten. 'Wat is het oordeel?'

'Hmm, strategische aanpak, zorgvuldig afwegen voor je handelt,' beoordeelde Emma, haar ogen lachend. 'Heel erg jij.'

'En jij?' Ryan gebaarde naar haar meer traditionele lik-aanpak. 'Wat zegt dat?'

'Geduldig, geniet van de reis in plaats van te haasten naar de bestemming,' stelde ze voor, en schoot toen in de lach toen er een druppel ijs op haar kin viel. 'Of mogelijk gewoon knoeierig en onvoorbereid.'

Ryan stak een vinger uit, veegde de druppel zachtjes weg en liet zijn aanraking net een fractie langer duren dan nodig. 'Ik ga voor de eerste interpretatie,' zei hij zacht.

De rit naar Ryans huis vloog voorbij in een waas van gelach en steeds rommeliger ijsconsumptie. Emma voelde de knoop van zenuwen in haar buik losser worden en veranderen in iets warmers, verwachtingsvollers. Er was een vanzelfsprekende ontspanning tussen hen die zelfs stilte comfortabel maakte, af en toe onderbroken door een opmerking over hun avond of plannen voor Phoenix' trainingsschema.

Maar toen ze de oprijlaan naar Ryans huis op het golfclubterrein insloegen, keerde Emma's nervositeit terug. Het elegante, moderne huis kwam in zicht; strakke lijnen en grote ramen, dramatisch uitgelicht tegen de nachtelijke hemel, zo anders dan Ridgewaters verweerde hout en praktische ontwerp.

Ryan parkeerde op de ronde oprit en zette de motor af. In de plotselinge stilte werd Emma pijnlijk bewust van hun ademhaling, licht uit de pas, het enige geluid naast het afkoelende getik van de motor.

'We zijn net op tijd klaar met ons ijs,' merkte Ryan op terwijl hij de servetjes die ze hadden gebruikt bijeenraapte. 'Vaders test onvolledig.'

'Oh, ik heb genoeg data verzameld,' verzekerde Emma hem, dankbaar voor het luchtige moment. 'Zeer grondige analyse.'

Ryan liep om de auto heen om haar portier te openen en stak zijn hand uit om haar te helpen uitstappen. Zijn vingers waren warm en een tikje plakkerig van het ijs, de kleine onvolkomenheid op een vreemde manier geruststellend. Dit was geen perfect gechoreografeerde romantische scène, maar iets echts, compleet met plakkerige handen en nerveuze glimlachjes.

Het huis was precies zoals Emma zich had voorgesteld: ruim en minimalistisch ingericht, de strakke lijnen en neutrale kleuren weerspiegelden Ryans geordende aanpak van het leven. Maar ze zag ook kleine persoonlijke accenten die haar verrasten: een kleurrijk kleed over de bank, een stapel paarden- en golfbladen door elkaar op de salontafel, een paar Ariat-laarzen net binnen de voordeur, waar de eerste gebruikssporen zichtbaar werden.

Tekenen van zijn nieuwe leven, besefte Emma. De gedachte stelde haar gerust en herinnerde haar eraan dat dit niet alleen over vanavond ging, maar over het leven dat ze samen langzaam opbouwden, stukje bij beetje.

'Wil je iets drinken?' vroeg Ryan, zijn stem brak door haar gedachten heen. 'Ik heb wijn, of ik kan thee zetten?'

Emma draaide zich naar hem om, staand in de doorgang van zijn smetteloze keuken, tegelijk helemaal op haar plek en vreemd kwetsbaar. De knoop in haar maag loste op in zekerheid.

'Nee,' zei ze zacht. 'Ik denk niet dat dat is wat een van ons nu wil.'

Ze stapte naar hem toe, overbrugde de afstand tussen hen, en reikte naar zijn handen. Ryans ogen zochten de hare een moment voordat hij knikte, een kleine, besliste beweging.

'Nee,' stemde hij in, zijn stem laag. 'Dat is het niet.' En hij pakte haar hand en leidde haar naar de trap.

Het maanlicht viel door de kamerhoge ramen van Ryans slaapkamer naar binnen en wierp zilveren patronen over het bed. Emma voelde zich nu vreemd kalm; de eerdere nervositeit had plaatsgemaakt voor een zekerheid die door haar aderen zong. Ryans vingers waren teder toen ze de lijn van haar hals volgden, zijn aanraking eerbiedig op een manier die haar keel dicht deed slaan van emotie. Dit was niet de koortsachtige passie van de jeugd, maar iets bedachtzamers, kostbaarders, een bewuste keuze tussen twee mensen die elkaars kwetsbaarheden al hadden gezien en toch bleven.

'Je bent mooi,' fluisterde hij, zijn stem hees van gevoel terwijl zijn vingers de gevoelige huid langs haar sleutelbeen vonden.

Emma sloot even haar ogen en liet zichzelf van het gevoel genieten. Het was zo lang geleden dat ze zo was aangeraakt, met zoveel zorg en aandacht. Niet meer sinds vóór Jemima werd geboren, eigenlijk, en zelfs toen had het nooit zo gevoeld, alsof elk contactpunt tussen hen betekenis droeg die verder ging dan het fysieke.

'Jij ook,' antwoordde ze, terwijl ze haar ogen opende en hem naar haar zag kijken met een intensiteit die misschien beangstigend was geweest als ze hem niet zo goed had leren kennen, als ze niet de diepte van bedachtzaamheid achter zijn blik had begrepen.

Haar handen gingen naar de knoopjes van zijn overhemd, elk knopje een kleine beslissing, een stap verder dit nieuwe terrein tussen hen in. Ryan bleef stil, liet haar het tempo bepalen, zijn ademhaling versnellend toen haar vingers zijn huid raakten. Toen ze het overhemd van zijn schouders liet glijden, ving hij haar handen op en drukte een kus in haar handpalmen die als een vraag voelde.

'Ik heb dit al heel lang niet gedaan,' gaf Emma toe; de bekentenis was makkelijker in de zachte duisternis. 'Niet sinds Jemima's vader.'

Ryan knikte, zijn duimen cirkelden over haar polsen. 'Ik wil dat je zeker bent, Emma. Er is geen haast.'

De bedachtzaamheid in zijn stem liet iets warms in haar borst ontrollen. 'Ik bén zeker,' zei ze. 'Ik ben al langer zeker van jou dan ik aan mezelf wilde toegeven.'

Zijn glimlach daarbij was teder en wetend tegelijk, alsof hij had gewacht tot zij zou herkennen wat hij al begreep. Langzaam, met dezelfde zorgvuldige toewijding die hij overal in legde, boog hij zijn mond naar de hare, de kus dieper nu, vol beloften die geen van beiden nog hardop had uitgesproken.

Emma had zich afgevraagd hoe het tussen hen zou zijn, of de beheerste zakenman zijn controle zou bewaren of in deze meest intieme momenten iets anders zou laten zien. Het antwoord, ontdekte ze, was allebei. Hij raakte haar aan met dezelfde gefocuste aandacht die hij schonk aan alles wat hem ter harte ging, maar er zat ook kwetsbaarheid in, in de manier waarop zijn adem stokte toen zij haar handen over zijn borst liet glijden, in de lichte trilling van zijn vingers toen ze de zoom van haar bloes vonden.

'Mag ik?' vroeg hij, en de simpele beleefdheid ervan bracht onverwachte tranen in haar ogen. Ze knikte, hief haar armen om hem te helpen en voelde zich op een vreemde manier niet bang om zich aan hem te tonen.

Toen ze huid op huid lagen, het maanlicht dat hen beiden tot zilver en schaduw maakte, pauzeerde Ryan, zijn voorhoofd tegen het hare. 'Ik moet je iets zeggen,' fluisterde hij, nauwelijks hoorbaar. 'Dit is voor mij ook anders.'

Emma wachtte, haar hand ging naar zijn wang, waar ze de lichte ruwheid van avondstoppels onder haar palm voelde.

'Ik heb natuurlijk eerder relaties gehad,' ging hij verder. 'Maar die waren altijd... transacties, op een bepaalde manier. Wederzijds voordelige afspraken tussen mensen met vergelijkbare doelen.' Hij haalde bibberend adem. 'Dit is de eerste keer dat ik bij iemand ben die mij kent, me echt kent, en me desondanks wil.'

De bekentenis brak iets in Emma's borst open, een golf van tederheid zo scherp dat het bijna pijn deed. 'Ik wil je meer dan dat,' fluisterde ze, de woorden vonden hun weg naar buiten voordat ze zich kon bedenken. 'Ik ben verliefd op je aan het worden, Ryan.'

Zijn ogen werden groot, iets als verwondering gleed over zijn gezicht voordat hij haar opnieuw kuste, dit keer met een diepte van gevoel die haar bekentenis completer beantwoordde dan woorden konden. 'Ik hou van je, Emma,' zei hij tegen haar lippen. 'Ik denk dat ik dat al doe sinds die dag dat je Phoenix van mijn golfbaan leidde.'

Ze lachten zachtjes samen om de herinnering, de spanning van het moment loste op in iets warmers, gemakkelijkers. Hun lichamen vonden elkaar met groeiend vertrouwen, handen leerden bochten en hollingen kennen, lippen ontdekten de plekken die adem deden haperen of versnellen. Emma voelde hoe ze zich voor hem opende op manieren die verder gingen dan het fysieke, lagen van zelfbescherming die afvielen met elke aanraking, elk gefluisterd woord van waardering.

Toen ze uiteindelijk één werden, was het met een traagheid die als eerbied voelde, beiden volledig aanwezig in elk moment, elke sensatie. Emma keek naar Ryans gezicht boven haar, de intensiteit in zijn ogen, de kwetsbaarheid die hij alleen aan haar liet zien, en voelde een vervulling die het fysieke oversteeg. Dit ging niet alleen om genot, maar om verbinding, om twee mensen die hadden geleerd elkaar helder te zien en ervoor kozen volledig gezien te worden.

Daarna lagen ze verstrengeld, haar hoofd op zijn borst, terwijl zijn vingers lome patronen over haar ruggengraat trokken. De nacht was stil om hen heen, het verre gesis van sproeiers op de golfbaan was de enige verstoring van de buitenwereld.

'Waar denk je aan?' vroeg Ryan, zijn stem bromde onder haar oor.

Emma glimlachte tegen zijn huid. 'Ik denk dat dit goed voelt,' antwoordde ze eerlijk. 'En ik denk aan Jemima.'

Ryan's hand verstarde op haar rug. 'In welke zin?'

'In goede zin,' stelde ze hem gerust, terwijl ze haar hoofd ophief om zijn blik te ontmoeten. 'Over hoe natuurlijk jij onderdeel van haar leven bent geworden, hoe dol ze op je is.

Over hoe voorzichtig we moeten zijn, omdat dit niet alleen over ons gaat.'

Begrip verzachtte zijn uitdrukking. 'Zij is de belangrijkste afweging,' stemde hij toe. 'Voor ons allebei.'

Die simpele uitspraak, zijn moeiteloze opname van zichzelf in de verantwoordelijkheid voor het welzijn van haar dochter, deed Emma's hart zwellen. 'Ze heeft nooit echt een vaderfiguur gehad,' zei ze zacht. 'Haar biologische vader had geen interesse om ouder te zijn, en pap, natuurlijk houdt hij van haar, maar hij is haar opa, geen vader. Maar ze kijkt naar Marcus met Sarah en Jake met Pip, en nu kijkt ze naar jou, en leert ze wat ze van mannen kan verwachten, hoe relaties werken.'

'Ik weet het,' zei hij plechtig. 'Daar denk ik elke keer aan als ik bij haar ben. Ik wil iemand voor haar zijn op wie ze kan bouwen, iemand die laat zien hoe respect en zorg eruitzien.' Hij aarzelde en voegde toen toe: 'Ik wil in haar leven zijn, Emma. In jullie beider leven, zolang jullie me willen.'

Het gewicht van die uitspraak hing tussen hen in, in zekere zin betekenisvoller dan hun eerdere liefdesverklaringen. Dit ging over samen een toekomst bouwen, over het vormen van een familie.

'We hebben pas een maand verkering,' herinnerde Emma hem, al klonk er geen echte tegenwerping in haar stem.

Ryan glimlachte en streek een lok haar achter haar oor. 'Volgens de conventies wel, ja. Maar we bouwen hier al langer aan, toch? Sinds die eerste hek-reparatie, sinds Phoenix, sinds al die middagen dat we aan subsidieaanvragen en socialmediastrategieën werkten.'

Emma knikte; ze herkende de waarheid in zijn woorden. Hun relatie had zich ontwikkeld door gedeeld werk, een gedeeld doel, gedeelde zorg voor de wezens die van hen afhankelijk waren, lang voordat ze de diepere gevoelens tussen hen onder ogen wilden zien.

'Jemima zou het heerlijk vinden als je er altijd was,' zei ze zacht. 'Ze denkt nu al dat jij de maan hebt opgehangen.'

'En haar moeder?' vroeg Ryan, zijn stem licht maar zijn ogen serieus.

Emma glimlachte en drukte een kus op zijn borst, precies boven zijn hart. 'Haar moeder denkt soortgelijk astronomische dingen over jou.'

Ze vielen stil, hun lichamen in comfortabele intimiteit tegen elkaar aan, het maanlicht trok zilveren paden over hun huid. Emma voelde zichzelf wegglijden naar de slaap, vrediger dan ze zich in jaren kon herinneren, misschien wel ooit. Morgen zou praktische overwegingen brengen, zorgvuldige gesprekken over hoe ze deze nieuwe fase van hun relatie zouden vormgeven, maar voor vannacht was dit genoeg: deze gedeelde warmte en de belofte wakker te worden naast hem.

Ochtendlicht stroomde door de kieren in Ryans gordijnen naar binnen en trok dunne gouden strepen over Emma's gezicht, die haar uiteindelijk wakker kietelden. Even was ze gedesoriënteerd; het onbekende plafond en de dure lakens stonden in fel contrast met haar eigen bescheiden slaapkamer op Ridgewater. Toen keerde haar geheugen terug, met een warme blos die niets met zonlicht te maken had. Ze rekte zich uit, behaaglijk loom, elke spier herinnerde zich de nacht ervoor met een tevreden, lichte spierpijn.

De plek naast haar was leeg, maar nog warm. Vanachter de slaapkamerdeur kwamen zachte huiselijke geluiden, het lichte klingelen van keramiek dat op koffie deed vermoeden. Emma ging rechtop zitten, trok het laken om zich heen en keek voor het eerst Ryans slaapkamer echt rond. Net als de rest van zijn huis was die elegant minimalistisch; het meubilair was duidelijk duur maar zonder opsmuk. Toch waren er ook hier tekenen van verandering: een paardenroman op het nachtkastje, een ingelijste foto van Phoenix die zij hem weken geleden had gegeven, kleine accenten die spraken van haar invloed die in zijn zorgvuldig geordende leven doorsijpelde.

De deur ging open en Ryan verscheen, blootsvoets en alleen in een pyjamabroek, met twee dampende mokken in zijn handen. Zijn haar was liefelijk verward, een contrast met zijn gebruikelijke gepolijste voorkomen dat Emma's hart even deed overslaan.

'Ik wist niet zeker hoe je je koffie 's ochtends drinkt,' zei hij, met een lichte onzekerheid in zijn stem die niet strookte met de intimiteit die ze uren eerder hadden gedeeld. 'Ik heb je het zwart zien drinken op stal, maar met melk als we thuis zijn...'

'Zwart is voor werkochtenden,' legde Emma uit, dankbaar de mok aannemend. 'Melk is voor plezier. Dus dit is duidelijk een melk-ochtend.'

Ryan glimlachte en ging naast haar op bed zitten, zijn schouder warm tegen de hare. 'Dat onthoud ik.'

Ze zaten even in comfortabele stilte, terwijl ze keken hoe het zonlicht sterker over de vloer trok. Emma moest aan Phoenix denken, aan hoe ver hij gekomen was sinds die eerste doodsbange dag op Ridgewater.

'Phoenix springt nu een volledig parcours,' zei ze; de gedachte kwam vanzelf. 'Hindernissen van één meter, foutloze rondes, en hij maakt het zo makkelijk dat ik mezelf moet terugfluiten om hem niet te snel te pushen. Besef je wat dat betekent?'

Ryan knikte, zijn uitdrukking bedachtzaam. 'Het betekent dat we gelijk hadden over hem. Dat er onder al die angst en trauma een kampioen wachtte om opnieuw ontdekt te worden.'

'Wij,' herhaalde Emma, proevend op het woord. 'Daar dacht ik aan. Hoe het kopen van de helft van Phoenix onze eerste echte samenwerking was, nog voordat we toegaven wat er persoonlijk tussen ons gebeurde.'

Ryan vond haar hand en vlocht zijn vingers in de hare. 'Phoenix was het begin, hè? Mijn eerste echte verbinding met Ridgewater, met jouw wereld.'

'En kijk je nu eens,' plaagde Emma zacht. 'Half plattelandsjongen, hekken repareren en trainingsschema's bespreken alsof je ermee bent opgegroeid.'

'Ik ben nog aan het leren,' gaf Ryan toe. 'Maar ik merk dat ik ervan hou, dat gevoel van tastbare voldoening als een paard reageert, als iets wat kapot was weer heel wordt.' Hij pauzeerde en zijn duim trok cirkels op haar pols. 'Misschien geldt dat niet alleen voor paarden, maar ook voor mensen.'

De implicatie bleef tussen hen hangen; ze wisten allebei hoeveel heling ze in elkaar hadden gevonden, de gebroken plekken die door hun verbinding sterker waren geworden.

'Sarah zei gisteren dat ze denkt dat ik Phoenix volgend weekend mee moet nemen naar Caboolture Show,' zei Emma. 'Niet om te starten, dus geen druk; gewoon naar een lokaal evenement om te zien hoe hij met de omgeving omgaat.'

'Sarah,' echoode Ryan. 'Haar bruiloft is binnenkort, toch? Over een maand?'

Emma knikte, met een kriebel van voorpret. 'Marcus is nu al een zenuwpees, al probeert hij het te verbergen. Hij blijft de weersvoorspelling checken alsof hij die met pure wilskracht kan sturen.'

Ryan lachte zacht. 'Arme man. Hoewel ik waarschijnlijk precies zo zou zijn.'

Iets in zijn toon, misschien een zweem van weemoed, maakte dat Emma haar koffiemok neerzette en zich volledig naar hem toe draaide. 'Ik wilde je al vragen,' zei ze, ineens vreemd nerveus. 'Wil je met mij naar de bruiloft? Als mijn plus-one?'

De uitnodiging hing tussen hen, de betekenis voor beiden duidelijk. Het ging niet alleen om samen naar een familie-evenement gaan; het ging om hun relatie officieel te erkennen tegenover haar hele familie, inclusief haar ouders die speciaal voor de bruiloft van hun reis zouden terugkeren.

'Het zou me een eer zijn,' zei Ryan, zijn uitdrukking serieus. 'Al moet ik toegeven dat de gedachte om je ouders te ontmoeten me een beetje angst aanjaagt. Olympische ruiters, toch? Ik weet net sinds kort welke kant van een paard eet.'

Emma schoot in de lach om de onzin, de spanning brak. 'Ze zijn niet zo intimiderend als ze klinken, beloof ik. Bovendien weten ze al van jou via de verhalen van Sarah en Kate. Mam zegt dat als de paarden je mogen, je haar stem van vertrouwen hebt.'

'Dat is in elk geval iets,' zei Ryan, al bleef er een zweem van nervositeit in zijn glimlach. 'Ik wil gewoon dat ze zien dat ik... dat ik om je geef. Om jullie. Dat dit voor mij niet vrijblijvend is.'

De simpele oprechtheid van zijn woorden raakte Emma diep. 'Dat zullen ze zien,' verzekerde ze hem. 'Net als iedereen. Je hebt jezelf al bewezen, niet met woorden maar met daden. Dat weegt bij de McKenzies zwaarder dan welke indrukwekkende staat van dienst ook.'

Hij knikte, nam haar geruststelling aan. 'Dus, de bruiloft,' zei hij, zichtbaar zijn moed verzamelend. 'Moet ik in jacquet? Mijn danskunsten bijspijkeren? Een geheime ruiterhanddruk leren?'

'Gewoon jezelf zijn,' zei Emma en boog zich voorover om hem licht te kussen. 'Dat is meer dan genoeg.' Ze dacht even na en grijnsde. 'Maar aangezien de bruiloft aan het meer bij Ridgewater is, is een jacquet misschien wat overdreven.'

Ze dronken hun koffie op en praatten over praktische dingen, schema's en plannen. Uiteindelijk schoven ze, in wederzijds stilzwijgend overleg, hun lege mokken opzij en gleden terug onder de dekens, opnieuw naar elkaar toe getrokken met de vanzelfsprekendheid van lichamen die hun natuurlijke harmonie hebben gevonden.

Later, toen ze samen lagen in de stille nasleep, voelde Emma de slaap haar weer meenemen; ze was comfortabeler dan ze zich met iemand in jaren had gevoeld, misschien wel ooit. Ryan ademde al dieper, zijn arm een warme band om haar middel, zijn gezicht vredig op een manier die hem jonger deed lijken, ontdaan van de verantwoordelijkheden die hij droeg.

Phoenix, Sarah's bruiloft, Jemima, de toekomst, al die overwegingen zouden wachten tot ze weer wakker werden. Maar voor nu, in deze zonnige kamer, met Ryans hartslag gestaag onder haar wang, stond Emma zichzelf toe gewoon in het moment aanwezig te zijn, dankbaar voor dit onverwachte geschenk van verbinding dat begon met een bang paard en dat, op de een of andere manier, tot heling voor hen allemaal had geleid.

Hoofdstuk Vijftien

Bliksem kliefde de lucht open en zette de schuur in hard, wit licht voordat alles weer in schaduw zonk. Sarah kromp ineen toen de donder vrijwel meteen volgde; het onweer hing nu recht boven hen. Regen beukte met zo'n felheid op het metalen dak dat ze haar stem moest verheffen om gehoord te worden door de paarden, die onrustig in hun stallen draaiden. Twee weken na Legends milde koliekaanval betrapte ze zichzelf er nog steeds op dat ze de oude hengst vaker controleerde dan de anderen, al was hij volledig hersteld dankzij Marcus' zorgvuldige behandeling.

Ze liep gestaag de gang af, sprak zacht tegen elk paard, één voor één, en stelde hen gerust tegen het woeste weer. De meesten hielden zich kranig, al kroop Miracle onder

Duchess, met wijd opengesperde ogen. Het veulen had nog nooit een storm van dit kaliber meegemaakt.

'Het is goed, kleintje,' murmelde ze, terwijl ze door de tralies reikte om zijn hals te aaien. 'Alleen wat lawaai, niets om je druk over te maken.'

Weer flitste er een verblindende lichtstraal door de schuur, gevolgd door een knal die de wereld in tweeën leek te splijten. Sarah ving zichzelf op tegen de staldeur van Miracle toen de lampen onheilspellend begonnen te knipperen. Als de stroom uitviel, waren ze aangewezen op zaklampen en de noodgenerator, die alleen bedoeld was om de essentiële systemen in het huis draaiende te houden. Ze versnelde haar pas; ze wilde haar ronde afmaken voordat het donker alles nog lastiger zou maken.

Toen ze bij Legends stal aan het eind van de rij kwam, stokte haar adem. De grote hengst stond niet. Hij lag op zijn zij in het stro, benen schokkerig trappend, zweet dat zijn vosbruine vacht donker kleurde ondanks de relatieve koelte van de avond. Terwijl ze vol afgrijzen toekeek, probeerde hij op zijn rug te rollen, kreunend van inspanning en pijn.

'Nee, nee, nee,' fluisterde Sarah, terwijl ze naar het grendel van de stal tastte.

Ernstige koliek. Niet de milde verstopping van twee weken geleden, maar iets veel gevaarlijkers. Ze slingerde de deur open en snelde naar Legends zijde, het touwhalster al in haar hand.

'Opstaan, jongen, je moet opstaan,' spoorde ze hem aan, terwijl ze het halster om zijn zweterige hoofd vastmaakte. Rollen kon een darminvaginatie of -torsie veroorzaken: een gedraaide darm die zonder onmiddellijke operatie fataal zou zijn. 'Kom op, Legend, op!'

Met haar aanmoedigingen krabbelde de hengst overeind, gevaarlijk zwalkend zodra hij stond. Zijn ademhaling ging in schokkerige happen, en meteen keek hij naar zijn flanken en krabde driftig met zijn hoef over de grond. De klassieke tekenen van hevige buikpijn, veel sterker dan tijdens de vorige episode.

Sarah peuterde haar mobiel uit haar zak, biddend dat de storm het bereik niet had beïnvloed. Haar vingers trilden zo erg dat ze twee keer moest proberen om het scherm te ontgrendelen. Marcus' noodnummer stond bovenaan haar favorieten. Ze drukte het in en bracht de telefoon aan haar oor, terwijl ze met haar andere hand Legend stevig aan het halster vasthield.

'Kom op, kom op,' mompelde ze terwijl het overging. Legend probeerde weer te gaan liggen, en ze trok scherp aan het halster. 'Nee! Blijven staan, jongen. Je moet blijven staan.'

'Sarah?' Marcus' stem sneed door het achtergrondlawaai van de storm. 'Wat is er aan de hand?'

'Het is Legend,' zei ze, haar stem brekend van angst. 'Hij lag, Marcus. Ernstige koliek, veel erger dan eerst. Hij zweet hevig, schraapt, kijkt naar zijn flanken, probeert te rollen. Ik heb hem overeind, maar hij blijft naar beneden willen.'

'Wanneer begonnen de symptomen?' Hij schakelde meteen over naar zijn professionele modus, al hoorde ze geritsel op de achtergrond, het geluid van spullen pakken en zich klaarmaken om te vertrekken.

'Ik weet het niet precies. Ik vond hem zojuist tijdens de stormronde. Maar dit is foute boel, Marcus. Echt foute boel. Hij heeft ontzettend veel pijn.' Sarah slikte een snik weg toen Legend kreunde, een hartverscheurend geluid dat ze nog nooit van hem had gehoord. 'Kom alsjeblieft snel.'

'Ik ben al onderweg. Krijg hem aan het lopen als het kan. Houd hem koste wat kost overeind. Dien de Banamine toe uit de noodkit, de dosering staat aangegeven op zijn gewicht. Ik ben er zo snel mogelijk.'

Het gesprek eindigde en Sarah stak haar telefoon weg, terwijl ze aan Legend trok richting de staldeur. 'Kom op, jongen. We moeten lopen.'

De hengst volgde met tegenzin; elke stap deed zichtbaar pijn. Het lukte haar hem naar de brede middenpad van de schuur te krijgen, waar ze meer ruimte had om hem in beweging te houden. De regen bleef op het dak hameren en water was onder de grote schuifdeuren aan het eind van de schuur door beginnen te sijpelen, waardoor zich op het beton uitwaaierenhet meersen vormden.

'Kate!' Ze belde het nummer van haar zus en schreeuwde zodra Kate opnam. 'Breng Emma en Pip mee! Ik heb hulp nodig, het is Legend!'

Weer lichtte de wereld op, en in die korte gloed zag ze Legends toestand met huiverwekkende scherpte. Zijn normaal zo trotse hoofd hing laag, zijn ogen dof van pijn, flanken die hijgden met moeizame ademhalingen. Ze wilde gillen van angst, maar dwong zichzelf adem te halen en kalm te blijven. Volg de aanwijzingen van Marcus.

Sarah pakte de noodmedische kit bij de ingang van de schuur, vond snel de Banamine, maar ze kon Legend niet loslaten om met twee handen de spuit te vullen. Ze vloekte op haar trillende handen. Ze kon de juiste dosering op het flesje ook niet goed zien en moest het neerzetten toen Legend weer naar achteren trok. Telkens als hij door zijn knieën wilde zakken, rukte ze scherp aan het halster en dwong hem te blijven staan. Haar rug en schouders deden pijn van de inspanning om de massieve hengst te controleren, wiens gewone zachtmoedigheid door pijnlijke paniek was weggespoeld.

Voetstappen klotsten door het meersen buiten, en toen stoof Kate de schuur binnen, doorweekt en met grote ogen. 'Wat is er gebeurd?'

'Legend heeft zware koliek. Ik heb Marcus gebeld, maar Legend blijft proberen te gaan liggen en rollen. Ik heb hulp nodig om hem overeind en aan de wandel te houden, en om deze injectie op te trekken.' Sarah klonk vreemd kalm in haar eigen oren, ondanks de paniek die in haar buik kolkte.

Kate knikte, begreep meteen de ernst van de situatie en greep naar de noodkit. 'Ik dien de Banamine wel toe.'

Even later kwamen Emma en Pip binnen, allebei drijfnat van het korte sprintje vanuit het huis. Ze bewogen met de gecoördineerde efficiëntie van mensen die vaker paardennoodsituaties hadden gehandeld.

'Ik heb de beschermers,' zei Pip, al op haar knieën om de beenbeschermers om Legends benen te doen voor het geval hij toch zou vallen.

Emma nam meteen het lopen over van Sarah en leidde Legend stevig in grotere cirkels zodra Kate de naald in zijn hals had gestoken en de Banamine had ingespoten. 'Hoe lang is hij al zo?'

'Ik heb hem ongeveer tien minuten geleden gevonden,' antwoordde Sarah. 'Marcus is onderweg, maar met deze storm...'

Ze begrepen allemaal de onuitgesproken zorg. De weg tussen het dorp en Ridgewater kruiste verschillende lage punten die snel onderliepen. De vertraging kon aanzienlijk zijn.

'Jemima is in het huis,' zei Emma, die Sarah's volgende vraag al voor was. 'Ze vroeg of ze mocht helpen, maar...'

Sarah knikte somber. Als Legend dit niet zou overleven, was dat al erg genoeg zonder dat haar achtjarige nichtje het hoefde te zien. 'Kun je haar met Hana en Eunji meesturen? Misschien kunnen zij wat eten voor haar maken?'

'Goed idee,' stemde Emma in. Ze wierp een blik op Kate, die meteen richting huis liep om het te regelen.

'Was Nicolas nog maar hier,' mompelde Pip. 'We zouden zijn kracht nu goed kunnen gebruiken.'

'Van alle momenten om terug te gaan naar Frankrijk,' beaamde Emma, terwijl ze Legend gestaag bleef rondleiden. De jonge Fransman was een paar dagen eerder vertrokken omdat zijn werkvisum afliep, en ze hadden nog geen vervanger gevonden.

Legend wankelde plotseling en trok Emma bijna onderuit toen hij opnieuw probeerde te gaan liggen. Sarah en Pip schoten toe en voegden hun kracht toe om hem overeind te houden. De hengst kreunde; het geluid sneed door Sarah heen als fysieke pijn.

'De Banamine zou snel effect moeten hebben,' zei ze, meer om zichzelf gerust te stellen dan de anderen. 'Houd hem gewoon in beweging.'

De schuurdeur ging weer open en Kate kwam terug met een paar krachtige zaklampen. 'De stroom in het huis knippert,' meldde ze terwijl ze de lampen uitdeelde. 'Ik dacht: beter voorbereid zijn. Jemima is met Hana en Eunji naar de Barracks gegaan. Ze hebben bordspellen en snacks om haar af te leiden, en Hana heeft beloofd Jemima in haar eigen bed te leggen en bij haar te blijven als wij voor negen uur niet weg kunnen.'

Een nieuwe donderslag deed de schuur trillen en de lampen dimden even voordat ze zich herstelden. Legend beefde onder Sarah's handen, zijn vacht nu doorweekt van het zweet ondanks de koele lucht.

'Waar blijft Marcus?' fluisterde ze, zonder een antwoord te verwachten. Met elke minuut die verstreek, namen Legends overlevingskansen af. Als er sprake was van torsie, hadden ze maar heel weinig tijd voordat weefselafsterving begon.

Marcus klemde het stuur met witte knokkels vast en boog naar voren, alsof die paar extra centimeters hem zouden helpen door de watermuur te kijken die langs zijn voorruit gutste. De ruitenwissers vochten een verloren strijd tegen de hoosbui, en twee keer al had hij omgewaaide takken moeten ontwijken. Legends symptomen, zoals Sarah ze had beschreven, wezen op mogelijk fatale koliek, waarschijnlijk met een darmentorsie. Elke seconde telde, maar de storm leek vastbesloten zijn voortgang te vertragen; de normaal zo bekende weg naar Ridgewater was veranderd in een verraderlijk hindernissenparcours. Hij zat al bijna twee keer zo lang op de weg als de normale vijftien minuten, en hij had nog zeker twee kilometer te gaan.

Water stroomde over de laaggelegen oversteek over Wilson's Creek, zo diep dat Marcus voelde dat de pick-up even tractie verloor. Hij hield zijn adem in en smeekte de wagen om koers te houden en niet de sloot in geduwd te worden. De wielen grepen weer op de ondergelopen wegdek, en hij reed door, in zijn hoofd overwegend welke uitrusting hij nodig had als de situatie zo ernstig was als hij vreesde.

Zijn wagen bevatte het essentiële materiaal voor een veldoperatie, maar een volledige buikoperatie bij een paard van Legends formaat zou meer vereisen. Hij had alles meegegrist wat hij kon bedenken voordat hij de kliniek verliet, maar de omstandigheden zouden verre van ideaal zijn. Het beeld van Sarah's gezicht toen ze Legend twee weken geleden met lichte koliek had gevonden, flitste door zijn hoofd. Toen was er bezorgdheid geweest; wat hij vanavond in haar stem had gehoord, was pure angst.

Toen hij de lange oprijlaan van Ridgewater opdraaide, liet een bliksemschicht een getransformeerd landschap zien. Water stroomde in plakkaten over de weilanden en het grindpad was een ondiepe rivier geworden. De pick-up slipte en schoof terwijl hij het laatste stuk navigeerde, modder spatte tegen ramen en onderstel.

De erfverlichting zette het tafereel in het licht toen hij zo dicht mogelijk bij de schuur stopte. Zonder op een droge onderbreking te wachten, greep Marcus zoveel apparatuur als hij kon dragen en sprintte naar de schuurdeuren. Ondanks de amper vijf meter afstand was hij doorweekt tot op zijn huid toen hij ze bereikte.

Binnen bevestigde het tafereel zijn ergste vrees. Legend stond in het middenpad, geflankeerd door de McKenzie-vrouwen. Het hoofd van de prachtige hengst hing laag, zijn normaal glanzende vacht donker van het zweet. Toen Marcus naderde, probeerde Legend door zijn knieën te zakken, alleen verhinderd door de gecombineerde kracht van Emma en Kate die aan zijn halster trokken, allebei roepend en hem aansporend in tonen die niets weghadden van hun normale kalmte rond de paarden.

Sarah draaide zich om toen hij binnenkwam; opluchting en wanhoop vochten om voorrang op haar gezicht. 'Godzijdank ben je er,' zei ze, naar hem toe rennend.

Marcus zette zijn koffers neer en ging meteen naar Legend, zijn handen gleden vakkundig over de flanken en de buik van de hengst. De spieren onder zijn vingers waren keihard van spanning, en Legend deinsde terug voor zelfs zachte druk. Marcus zette zijn stethoscoop op verschillende plekken op Legends buik en hoorde vrijwel niets waar normaal het geborrel van gezonde darmgeluiden had moeten klinken.

'Heeft hij nog mest gelaten?' vroeg hij terwijl hij zijn onderzoek voortzette.

'Niets sinds ik hem vond,' antwoordde Sarah, zo dichtbij staand dat hij haar licht voelde trillen. 'We hebben ongeveer een halfuur geleden Banamine gegeven, maar het lijkt nauwelijks te helpen.'

Marcus knikte somber. 'Zijn temperatuur is verhoogd, pols snel en zwak, en er is duidelijke buikdistensie.' Hij voerde snel een rectaal onderzoek uit en bevestigde zijn vermoedens. 'Er is een ernstige verstopping, en ik voel wat het begin van een torsie kan zijn. Hij moet onmiddellijk geopereerd worden.'

De woorden vielen als stenen in de stille schuur, slechts onderbroken door het meedogenloze hameren van de regen op het dak en Legends af en toe pijnlijke kreunen.

'We moeten hem naar de kliniek brengen,' zei Kate, al op weg naar de autosleutels die aan een haakje bij de deur hingen.

Marcus schudde zijn hoofd. 'De weg bij Wilson's Creek is nu bijna onbegaanbaar. Ik ben ternauwernood met de pick-up erdoorheen gekomen, en ik had het waarschijnlijk niet moeten proberen. Een vrachtwagen of paardentrailer met Legends gewicht komt er nooit door.' Hij keek de schuur rond; in zijn hoofd vlogen de opties voorbij, geen enkele goed. 'Zelfs als we hem zouden kunnen vervoeren, zou de vertraging waarschijnlijk fataal zijn.'

'Wat doen we dan?' vroeg Pip, de vraag hing in de lucht als de onweerswolken buiten.

Marcus ontmoette Sarah's blik en zag de realisatie al opdoemen voordat hij het uitsprak. 'We hebben twee keuzes. Wachten tot de wegen weer begaanbaar zijn en hopen dat hij zolang blijft leven, of...'

'Hier opereren,' maakte Sarah fluisterend af.

'Ja,' bevestigde Marcus. 'Maar jullie moeten de risico's begrijpen. Buikchirurgie onder veldomstandigheden is extreem gevaarlijk. Infecties, complicaties door anesthesie, beperkt materiaal... de kansen zijn al niet best in perfecte omstandigheden, en dit is allesbehalve perfect.'

Weer flitste de bliksem en zette de schuur in hard reliëf, met de donder vrijwel meteen erachteraan. De lampen knipperden dreigend, maar bleven branden.

'Als we wachten?' vroeg Emma, die Legend nog steeds in bedwang hield terwijl hij van pijn trilde.

'Als er torsie is, en dat vermoed ik sterk, betekent wachten weefselafsterving. Zodra dat begint...' Marcus liet de zin onafgemaakt. Ze begrepen allemaal de implicaties.

Sarah stapte dichter naar hem toe en verankerde haar blik in de zijne. 'Alsjeblieft, Marcus,' zei ze. 'We kunnen hem niet verliezen. Hij betekent alles voor ons.'

In dat moment zag Marcus verder dan de praktische waarde van de hengst, verder dan zijn waarde als dekhengst of zijn rol binnen Ridgewater. In Sarah's ogen zag hij wat Legend werkelijk vertegenwoordigde: de erfenis van generaties, de tastbare belichaming van haar familie's dromen en harde werk. De hengst was niet zomaar een dier; hij was familie.

'Goed,' zei hij, besluit genomen. 'We opereren hier. Maar ik heb jullie allemaal nodig, en we moeten snel handelen.'

De gedaanteverwisseling die volgde, was opmerkelijk. Ondanks de crisis, of misschien juist daardoor, schakelden de McKenzies over in een geoliede eenheid die bewoog met bijna militaire precisie. Emma begon meteen de centrale gang leeg te ruimen, materiaal te verplaatsen en de betonnen vloer te vegen. Kate sprintte naar het huis en keerde momenten later terug met armen vol schone lakens en nieuwe zeilen, nog in de verpakking.

'We moeten de omgeving zo steriel mogelijk maken,' instrueerde Marcus, terwijl hij zijn mouwen opstroopte. 'En alle lichtbronnen die je kunt vinden. De plafondlampen zijn lang niet fel genoeg voor een operatie.'

'Ik haal de draagbare ledlantaarns,' zei Pip, al onderweg naar de zadelkamer. 'Ze staan allemaal aan de lader.'

Sarah liep naar een grote kast en haalde flessen ontsmettingsmiddel en steriele handschoenen tevoorschijn. 'Welke anesthesie ga je gebruiken?'

'Ik heb een combinatie van ketamine, diazepam en alfa-2-agonisten meegenomen,' antwoordde Marcus, terwijl hij snel de doseringen voor Legends gewicht uitrekende. 'Maar we moeten snel werken zodra hij ligt. Het veldprotocol houdt hem niet zo lang onder als gasanesthesie in de kliniek zou doen.'

Binnen enkele minuten was de centrale gang van de schuur getransformeerd. Zeilen bedekten de vloer, met de randen verzwaard door volle supplementemmers. Schone lakens vormden geïmproviseerde wanden, om de kans op besmetting via de lucht te verkleinen. Pip en Kate zetten krachtige oplaadbare lampen neer en richtten ze zo dat er geen schaduwen vielen op wat het operatiegebied zou worden.

Sarah bracht een teiltje heet water en antiseptische zeep uit de zadelkamer. 'Voor het schrobben,' zei ze eenvoudig, terwijl ze het op een klein tafeltje zette dat met een schoon laken was afgedekt.

Marcus knikte dankbaar en was, ondanks de omstandigheden, onder de indruk van hun efficiëntie en vooruitziende blik. Terwijl hij zijn handen en armen schrobde, keek hij toe hoe Emma Legend voor de anesthesie voorbereidde en met vaardige handen een infuuskatheter in zijn vena jugularis plaatste.

'Dat heb je eerder gedaan,' merkte hij op, professioneel gefocust ondanks de adrenaline die door zijn lijf gierde.

'Pap stond erop dat we allemaal basisvaardigheden in diergeneeskunde leerden, en Caroline laat ons elke keer oefenen als ze hier een grotere ingreep moet doen,' antwoordde Emma, terwijl ze de katheter met tape vastzette. 'Nooit gedacht dat ik ooit voor buikchirurgie in onze schuur zou staan te prepareren.'

Buiten hield de storm onverminderd aan; de regen roffelde in een constante dreun op het dak. Af en toe flitste de bliksem nog door de hoge ramen de schuur in, gevolgd door donderslagen waar iedereen van ineenkromp. Legend leek het niet meer te merken; zijn pijn was zichtbaar in de glazige blik in zijn ogen en het constante beven van zijn massieve lijf.

'Alles is klaar,' zei Sarah, terug aan Marcus' zijde. Ze had schone kleren aangetrokken en haar haar strak vastgebonden, vastberaden in haar uitdrukking ondanks de angst die hij eronder kon zien. 'Zeg wat je nodig hebt dat we doen.'

Marcus liet zijn blik over het geïmproviseerde operatieveld gaan en vergeleek het in gedachten met de smetteloze OK in de kliniek. Op geen enkele manier ideaal, maar dankzij de inzet van de McKenzies mogelijk toereikend. Hij haalde diep adem en centreerde zichzelf voor wat de meest uitdagende operatie van zijn carrière zou worden.

'Goed,' zei hij. 'We beginnen.' Hij stapte naar voren om het anestheticum toe te dienen dat Legend buiten bewustzijn zou brengen. Achter hem wachtten de McKenzie-zussen in gespannen stilte, hun gezichten verlicht door de harde, draagbare lampen die lange schaduwen wierpen over de getransformeerde schuur. Buiten raasde de storm voort, maar binnen deze muren stond een ander soort gevecht op het punt te beginnen: één met chirurgisch staal tegen de onzichtbare vijand die Legends leven bedreigde.

'Ik heb jullie allemaal nodig om hem te begeleiden zodra de middelen werken,' instrueerde Marcus, terwijl hij het nauwkeurig berekende mengsel in Legends katheter injecteerde. 'We moeten zijn val volledig controleren en hem dan op zijn rug positioneren met de benen gefixeerd.'

Emma en Pip namen positie bij Legends schouders, terwijl Kate en Sarah touwen over de grote hengst legden en zijn achterhand flankeerden, klaar om zijn afdaling te geleiden. Marcus hield de ogen van de hengst in de gaten en noteerde het exacte moment waarop de middelen begonnen te werken. Legends oogleden werden zwaar; zijn hoofd zakte stukje bij beetje.

'Nu,' zei Marcus zacht, terwijl hij hielp door Legends hoofd te geleiden. 'Begin met druk geven, begeleid hem eerst naar zijn linkerzij.'

De vier vrouwen bewogen in perfecte synchronie en gaven zachte maar vaste druk om Legends massieve lichaam te sturen terwijl zijn benen begonnen te knikken. De hengst zakte op zijn knieën en kantelde toen zijwaarts in wat bijna slow motion leek. Ze controleerden zijn afdaling meesterlijk en voorkwamen dat hij op de vloer smakte of zichzelf bezeerde.

Toen Legend lag, kostte het al hun kracht om de halve ton paard op zijn rug te rollen en zijn benen met zachte touwen te fixeren, zodat zijn onderbuik vrijlag. Marcus had zijn instrumenten al klaargelegd op een steriel veld, elk stuk perfect gepositioneerd voor gemakkelijke toegang. De draagbare lampen wierpen een felle gloed over Legends buik, die zichtbaar opgezet was door de gasophoping veroorzaakt door de obstructie.

'Sarah, jij assisteert mij direct,' zei Marcus. 'Emma, houd zijn vitale functies continu in de gaten. Kate en Pip, ik heb jullie bij de lampen nodig; richt ze precies op mijn werkgebied.'

Hij boog over de buik van de hengst en reinigde een groot rechthoekig gebied met gaasjes gedrenkt in ontsmettingsmiddel. Zijn handen bewogen met hun gebruikelijke efficiëntie, de trilling van spanning nauwelijks merkbaar terwijl hij zich voorbereidde op de eerste incisie.

'Ik begin nu,' kondigde hij aan, het scalpel boven de middellijn. 'Houd zijn ademhaling in de gaten, Emma.'

Het mes sneed schoon door de huid en onthulde de lagen eronder. Marcus werkte methodisch, zich hyperbewust van elke beweging op een manier die in de gecontroleerde omgeving van de kliniek nooit nodig was. Hier moest elke snee in één keer perfect zijn, elk bloedvat geïdentificeerd en met absolute precisie beheerst. Er waren geen tweede kansen, geen reserveapparatuur, geen collega om te raadplegen als er iets misging.

Sarah stond naast hem, gaf instrumenten precies op tijd aan, depte regelmatig om bloed uit het operatieveld te verwijderen en hield haar ogen zelden van zijn handen af. Hij vond haar aanwezigheid aarding geven; haar stille efficiëntie stelde hem in staat zijn volledige focus te houden op de delicate procedure onder zijn vingers.

Voorzichtig inciseerde hij het peritoneum, de laatste barrière die de buikholte beschermde. Toen het onder zijn scalpel openweek, werd hij getroffen door de onmiskenbare geur van gecompromitteerde darm; zijn ergste vrees werd bevestigd. Legends grote karteldarm was ernstig verstopt en had zich om zichzelf heen gedraaid, waardoor de bloedtoevoer naar een aanzienlijk deel van de darm was afgesneden.

Net toen Marcus de omvang van de torsie begon te verkennen, trok Legends massieve lichaam heftig samen, waardoor de spreiders die de wond openhielden bijna losschoten.

'Houd hem vast!' beval Marcus scherp, zonder zijn ogen van het operatieveld te halen. 'Ik heb extra sedatie nodig, Emma. De extra ketamine zit in de zwarte koffer, bovenste vak.'

Emma bewoog snel, maakte de extra dosis klaar terwijl Kate en Pip hun gewicht tegen Legends lichaam zetten. Sarah hield haar positie, handen steady ondanks de crisis die zich ontvouwde.

'Nu toedienen,' bevestigde Emma, terwijl ze het middel via de infuuslijn inspoot.

Marcus wachtte en telde de seconden in stilte terwijl het middel zijn werk deed en Legends spieren geleidelijk weer ontspanden. Pas toen richtte hij zijn aandacht opnieuw op de gedraaide darm voor hem.

'De torsie is ongeveer 180 graden,' legde hij uit, terwijl hij zijn handen voorzichtig rond het massieve orgaan manoeuvreerde. 'Ik moet hem herpositioneren zonder de bloedvaten verder te beschadigen.' De procedure vergde zowel kracht als finesse: de zware, opgeblazen colon zó draaien dat hij ontwrongen werd, terwijl de al gecompromitteerde bloedvoorziening behouden bleef.

Zijn armen en rug deden al pijn, maar omkeren was geen optie nu hij eenmaal begonnen was.

De bliksem sloeg akelig dichtbij in, gevolgd door een oorverdovende donderslag. De lampen in de schuur knipperden dreigend en vielen toen volledig uit. Nu kwam de enige verlichting van de oplaadbare lampen die Kate en Pip vasthielden; zelfs hun felle ledstralen leken mager tegen de plotselinge duisternis.

Marcus werkte door bij het licht van de draagbare lampen; zijn handen aarzelden geen moment ondanks de crisis. 'Houd die lampen stabiel,' zei hij kalm. 'Ik ben bijna door het ergste heen.' De verstopping in de nu ontwarde karteldarm moest nog worden aangepakt; normaal zou dat doorspoelen vereisen, iets wat hier onmogelijk was.

'Ik zal de verstopping handmatig moeten losbreken,' besloot hij, iets wat in een echte OK niet nodig zou zijn. 'Het is niet ideaal, maar we hebben geen keus als we een directe herhaling willen voorkomen.'

Hij werkte methodisch en gebruikte zachte uitwendige druk om de verharde massa in de colon los te maken, terwijl hij voortdurend de integriteit van de darmwand bewaakte, die door de slechte doorbloeding was aangetast. In een klinische setting had hij misschien beschadigde delen weggesneden, maar hier, met beperkte middelen, moest hij vertrouwen op het opmerkelijke herstelvermogen van het lichaam, als het die kans kreeg.

'Darmkleur verbetert,' merkte hij met voorzichtige hoop op, terwijl de doorbloeding terugkeerde in de eerder gedraaide delen.

Na bijna twee uur minutieus werk voelde Marcus zich zo zeker als in deze situatie mogelijk was dat de obstructie was verholpen. Het was tijd om te sluiten en te hopen dat hij genoeg had kunnen doen.

'Ik begin met het sluiten van de buik,' kondigde hij aan. 'Sarah, ik heb nu het dikkere hechtmateriaal nodig.'

Laag voor laag bouwde hij Legends buik weer op, elke hechting precies geplaatst ondanks zijn brandende schouders en rug. Buiten begon de storm af te zakken; de intervallen tussen bliksem en donder werden langer, de regen ging van geweldadige stortbui naar gestaag getik, al bleef de stroom weg. Pip hing vlak over zijn schouder en richtte haar lamp precies op zijn werkgebied. Hij hoopte maar dat de accu lang genoeg mee zou gaan om hem te laten afronden.

'Hartslag en ademhaling stabiliseren,' meldde Emma met hoorbare opluchting. 'Bloeddruk blijft stabiel.'

Drie uur na de eerste incisie zette Marcus de laatste huidhechtingen en stapte achteruit om zijn werk te bekijken. De nette rij steken stak scherp af tegen de chaotische omstandigheden waarin ze waren gezet.

'We moeten meteen met hoge doses intraveneuze antibiotica beginnen,' zei hij, terwijl hij zijn schouders rolde om de opgebouwde spanning na de marathonsessie los te laten. 'En hij heeft de komende 48 uur continue monitoring nodig.'

Alsof hij het einde van de beproeving voelde, werd Legends ademhaling dieper; zijn massieve ribbenkast zette zich voller uit dan sinds het begin van de koliek. Marcus controleerde zijn tandvlees en zag dat de kleur duidelijk verbeterd was, opnieuw een veelbelovend teken.

'Hij is er nog niet,' waarschuwde hij, om geen valse hoop te wekken. 'De komende dagen zijn cruciaal. Maar hij heeft nu een vechtkans.'

Precies op dat moment sprong het licht weer aan, waardoor ze allemaal opschrokken. Pip liet een zwak lachje ontsnappen. 'Timing!'

De McKenzie-zussen begonnen met opruimen en werkten met dezelfde stille efficiëntie die ze tijdens de operatie hadden getoond, al was in elke beweging de uitputting te zien. Kate en Pip demonteerden het geïmproviseerde operatieveld, terwijl

Emma de antibioticainfusie klaarmaakte volgens Marcus' aanwijzingen.

Sarah bleef naast Marcus staan, haar ogen op de nog bewusteloze Legend gericht. 'Wanneer wordt hij wakker?'

'Straks, heel snel,' antwoordde Marcus, terwijl hij de omgeving rond de incisie schoonmaakte en de stapel gebruikte gaasjes in de klinische afvalzak liet vallen. 'We moeten klaarstaan om hem rustig en stil te houden zodra dat gebeurt.'

Ze knikte en draaide zich toen ineens helemaal naar hem toe. In haar ogen zag Marcus iets dat verder ging dan professionele dankbaarheid of zelfs persoonlijke genegenheid. Er was een diepte van vertrouwen en iets nog groters, iets dat tussen hen gegroeid was in gedeelde crises en stille momenten.

'Dank je,' fluisterde ze, haar stem licht brekend. 'Ik weet niet hoe ik...'

'Je hoeft niets te zeggen,' antwoordde Marcus zacht.

Hun blikken bleven aan elkaar hangen over Legends onbeweeglijke lijf, de band tussen hen versterkt door wat ze zojuist samen hadden doorstaan. De storm buiten was eindelijk voorbij en liet het zachte geluid van druppende dakranden achter, en de eerste schemer van de dageraad lichtte de lucht door de hoge ramen. In dit moment van gedeelde opluchting en bottenverslindende vermoeidheid kristalliseerde er iets tussen hen, onuitgesproken maar onmiskenbaar.

Legend bewoog licht, het eerste teken van terugkerend bewustzijn. Sarah's hand vond die van Marcus over het lichaam van de hengst heen; hun vingers verstrengelden in een gebaar dat alles zei wat woorden niet konden vangen. Samen hadden ze tegen de onmogelijkste kansen gevochten en gezegevierd.

Hoofdstuk Zestien

Sarah kneep haar ogen samen naar de digitale thermometer in het schemerige licht van Legends herstelbox, en voelde de opluchting door zich heen spoelen toen ze de waarde zag. 38,1 graden Celsius. Nog steeds licht verhoogd, maar lager dan vier uur geleden. Ze noteerde het getal in het notitieboek dat op haar knie balanceerde; haar handschrift slordiger dan normaal, een verrader van de uitputting die zich in de vierentwintig uur sinds Legends operatie diep in haar botten had genesteld.

De stal ademde om haar heen in de middernachtelijke stilte, slechts doorbroken door af en toe een zachte beweging van paarden in de andere boxen en het aanhoudende, ritmische getjirp van krekels buiten. Eén lamp wierp een zachte gloed over de geïmproviseerde herstelplek die ze hadden ingericht en verlichtte de georganiseerde chaos van medische benodigdheden: infuuszakken die hingen aan een omgebouwd zadelrek, spuiten op maat gerangschikt op een schone handdoek bovenop een omgekeerde voeremmer, en het boek waarin ze nauwgezet Legends vitale functies, medicatie en vochtinname had bijgehouden.

Sarah verschoof op haar geïmproviseerde zitplaats, een vierkante hooibaal met een oud paardenkleed erop. De geur van ontsmettingsmiddel hing nog in de lucht en mengde zich met de vertrouwde geuren van hooi, paard en de zoete luzerne waarmee ze Legend probeerden te verleiden.

Ze boog voorover en plaatste haar stethoscoop tegen Legends borst. Zijn hartslag klonk krachtig en regelmatig, opnieuw een goed teken. Zesendertig slagen per minuut. Omlaag van tweeënveertig eerder op de avond. Ook dit noteerde ze, waarna ze zijn ademhalingsfrequentie controleerde en de zachte rijzing en daling van zijn massieve ribbenkast telde. Veertien ademhalingen per minuut. Alles bewoog zich in de goede richting, al niet snel genoeg om haar zorgen helemaal weg te nemen.

Legend lag op zijn zij in de dik opgestrooide box, zorgvuldig gepositioneerd om de druk op zijn operatiewond te vermijden. Ze hadden hem die ochtend even overeind gekregen, zijn gewicht ondersteunend met hijsbanden die aan de tractorbak hingen, terwijl ze hem de herstelbox in begeleidden. Daar stond hij vijftien minuten wankel overeind, tot zijn benen van vermoeidheid begonnen te trillen. Marcus was al blij met dat korte succes en legde uit dat vroege mobilisatie complicaties zou helpen voorkomen.

'We komen er wel, ouwe jongen,' fluisterde ze, terwijl ze haar hand langs Legends hals liet glijden en de warmte van zijn huid onder haar vingers voelde. Zijn ogen, nu halfgesloten in slaap, trilden even bij haar aanraking. Ze controleerde de infuuslijn in zijn hals en keek of de laatste dosis antibiotica goed in zijn ader liep.

De afgelopen vierentwintig uur waren een zorgvuldig gechoreografeerde zorgcarrousel. Marcus was gebleven tijdens de kritieke eerste twaalf uur na de operatie; hij had hen de waarschuwingssignalen geleerd, laten zien hoe ze de wond op infectie moesten controleren en het medicatieschema opgesteld. Toen hij die middag uiteindelijk werd weggeroepen voor een andere spoed, hadden de zussen diensten ingedeeld, waarbij Sarah de langste stukken op zich nam ondanks hun protesten. Ze kon het simpelweg niet verdragen om weg te zijn, overtuigd dat haar waakzaamheid op de een of andere manier bijdroeg aan Legends vechtkans.

Het zachte kraken van de staldeur trok haar aandacht weg van Legends ademhaling. Voetstappen naderden, stil maar doelgericht, en Sarah herkende ze meteen. Haar hart sloeg sneller, verwachting verwarmde haar borst ondanks de uitputting.

'Nog verandering?' vroeg Marcus zacht toen hij in de deuropening van de box verscheen, afgetekend tegen de donkerdere stal erachter.

'De temperatuur is een halve graad gezakt,' antwoordde Sarah, haar stem een tikje schor van het zwijgen. 'Hart- en ademhalingsfrequentie verbeteren ook.'

Marcus stapte in het licht, en Sarah voelde iets in haar borst loskomen bij het zien van hem. Hij zag er bijna net zo moe uit als zij zich voelde, zijn doorgaans smetteloze overhemd gekreukt, maar zijn ogen waren alert en gefocust toen ze de hare ontmoetten. Over één schouder droeg hij een canvastas en in zijn handen twee thermoskannen.

'Ik heb proviand meegenomen,' zei hij, terwijl hij de tas zorgvuldig naast haar geïmproviseerde zitplaats neerzette. 'Broodjes van het nachttankstation. Niet bepaald haute cuisine, maar beter dan niets. En koffie. Ik dacht al dat je niet had gegeten.'

Sarahs maag knorde prompt, waardoor ze besefte dat ze zich niet kon herinneren wanneer ze voor het laatst een fatsoenlijke maaltijd had gehad. 'je bent een redder in nood,' zei ze, en ze meende het letterlijker dan de uitdrukking deed vermoeden.

Hij draaide een van de thermoskannen open en schonk dampende koffie in de dop, die hij naar haar uitstak. Toen ze ernaar reikte, raakten hun vingers elkaar, warme huid tegen warme huid, en Sarah voelde het contact als een elektrische stroom langs haar arm omhoog lopen. Hun blikken kruisten elkaar boven het uitgewisselde kopje, een moment van verbinding dat hun gedeelde zorg om Legend overstemde.

'Dank je,' zei ze zacht, niet alleen voor de koffie.

Marcus knikte, begrip in zijn ogen, terwijl hij op de hooibaal naast haar ging zitten, hun schouders bijna tegen elkaar in de krappe ruimte. Zijn aanwezigheid naast haar voelde volkomen juist, alsof hij thuishoorde in deze intieme nachtwacht.

Sarah nam een slok van de koffie en liet de warmte zich door haar verspreiden. Hij was perfect, sterk en zoet, precies zoals zij hem het liefst had. Natuurlijk had hij dat onthouden. In de korte tijd dat ze elkaar kenden, had Marcus aandacht gehad voor details die anderen zouden missen; hij merkte haar voorkeuren op zonder dat ze ze hoefde te benoemen.

'je moet rusten,' zei hij zacht, terwijl zijn ogen de donkere kringen onder de hare volgden, de lichte hang van haar schouders die ze niet langer helemaal onder controle had. 'je helpt hem niet door jezelf tot instorten te rijden.'

Sarah zuchtte en wreef een hand over haar gezicht. Ze voelde het zand in haar ogen, de loodzware ledematen die aangaven dat ze haar grens naderde. Haar haar liet los, plukjes omlijstten haar gezicht en plakten aan haar hals.

'Ik weet het,' gaf ze toe. 'Maar ik... ik moet hier zijn. Ik moet weten dat, als er iets verandert, ik het meteen zie.' De angst die haar had voortgedreven sinds ze Legend ineengestort in zijn box had gevonden, was er nog, al was die nu gedempt door voorzichtige hoop.

Marcus haalde een in plastic gewikkeld broodje uit zijn tas. 'Eerst eten,' zei hij, terwijl hij het uitpakte en in haar handen legde. 'Daarna neem ik het een paar uur over, en slaapt je op dat veldbed in de zadelkamer.'

'je hebt de hele dag gewerkt,' protesteerde Sarah, terwijl ze toch dankbaar een hap van het broodje nam. Ei en sla. Haar maag gromde instemmend.

'En je bent hier, naar ik gok, al vierentwintig uur onafgebroken,' kaatste hij terug, zijn blik warm terwijl hij haar gadesloeg. 'We zitten hier samen in, Sarah. Laat mij een deel van het gewicht dragen.'

Samen. Het woord legde zich om haar heen als een warme deken. Ze bestudeerde Legends slapende gestalte, de zachte rijzing en daling van zijn ademhaling, zichtbaar onder het lichte laken dat hem bedekte. Hij vocht nog steeds, was er nog steeds, dankzij Marcus' kunde en vastberadenheid. Vierentwintig uur geleden had ze gevreesd dat ze hem zouden verliezen. Nu, voor het eerst, durfde ze werkelijk te geloven dat hij zou herstellen.

'Zijn kleur is beter,' merkte Marcus op, terwijl hij vooroverboog om Legends tandvlees te controleren en vervolgens het laken optilde om naar zijn buik te kijken. 'En de operatiewond ziet er schoon uit. Geen tekenen van infectie.' Hij wierp een blik op haar aantekeningen. 'Deze vitale functies zijn bemoedigend. Als hij in dit tempo blijft verbeteren, proberen we hem morgenochtend weer overeind te krijgen.'

Sarah knikte en voelde een knoop van spanning tussen haar schouderbladen langzaam losser worden. 'Hij is taai, onze Legend.'

'Zoals zijn mensen,' zei Marcus zacht, zijn ogen die van haar met onmiskenbare warmte ontmoetten.

Ze zaten een tijdje in een aangename stilte, het ritme van Legends ademhaling als vredige achtergrond terwijl ze hun broodjes opaten. Sarah veegde kruimels van haar spijkerbroek en werd zich ineens bewust van hoe smoezelig ze eruit moest zien na vierentwintig uur in de stal. Toch keek Marcus naar haar alsof ze er perfect uitzag; zijn blik was warm en waarderend telkens als die op haar gezicht rustte. In de stille intimiteit van de middernachtelijke stal voelde ze de muren die ze zo zorgvuldig overeind hield, zachtjes meegeven.

Legend bewoog lichtjes in zijn slaap; een massieve hoef trok even samen, alsof hij droomde. Sarah boog meteen voorover om te controleren of zijn infuuslijn niet was verschoven; automatisch ging haar hand naar zijn hals om zijn pols te voelen. De gestage dreun onder haar vingertoppen stelde haar gerust, en ze zakte terug op de hooibaal, zich scherp bewust van Marcus' schouder die licht tegen de hare drukte.

'Hij droomt alleen maar,' zei Marcus zacht. 'Waarschijnlijk jaagt hij in zijn hoofd merries achterna, ergens op een weitje.'

Sarah glimlachte ondanks haar vermoeidheid. 'Typisch. Zelfs op zijn vierentwintigste heeft hij nog meer dan genoeg karakter. En nog altijd een zwak voor de dames.'

Ze draaide de lege koffiedop tussen haar vingers, zette hem toen neer en pakte haar notitieboekje weer. Haar handen konden niet stil blijven; ze zochten bezigheid nu emoties die ze meestal zorgvuldig onder controle hield, begonnen op te borrelen. Ze controleerde Legends kaart voor wat vast de honderdste keer was, al kende ze elke aantekening uit haar hoofd.

Marcus nam het notitieboekje zachtjes uit haar onrustige handen, sloot het en legde het opzij. 'Hij is stabiel, Sarah. je hoeft niet elke dertig seconden opnieuw te kijken.'

Ze knikte en reikte meteen naar een los strootje, dat ze tussen haar vingers boog en tot een piepklein, ingewikkeld patroon vlocht. 'Ik weet het. Ik...' De woorden bleven steken in haar keel.

Marcus wachtte, geduldig en zonder iets te eisen naast haar. De kwaliteit van zijn stilte moedigde haar aan verder te gaan zodra zij er klaar voor was.

'Het was beangstigend,' gaf ze uiteindelijk toe. 'Om zijn leven in andermans handen te leggen, zelfs in die van je. Ik ben gewend degene te zijn die dingen oplapt, die de knopen doorhakt.' Ze brak het stro in haar vingers en pakte een nieuw sprietje. 'Ik ben niet zo goed in loslaten.'

'Je vertrouwde me genoeg om me te laten opereren,' wierp Marcus tegen.

'Ik had geen keus,' zei ze, en schudde toen snel haar hoofd. 'Dat klonk verkeerd. Wat ik bedoel is... ja, ik vertrouwde je. Ik vertrouw je. Maar het maakte me toch banger dan wat dan ook in lange tijd.'

Legends ademhaling veranderde licht, en ze verstijfden allebei, totdat zijn ritme weer terugviel in het rustige patroon van diepe slaap. Sarah liet een adem ontsnappen waarvan ze niet had gemerkt dat ze die inhield.

'Het is niet alleen hij,' ging ze verder, haar stem overslaand. 'Het is alles wat hij vertegenwoordigt. De erfenis van mijn familie, onze toekomst, alles wat we hebben opgebouwd.' Haar vingers draaiden het stro zo strak dat het knapte. 'Papa heeft letterlijk miljoenen voor hem afgeslagen, wist je dat? Niet om het geld, maar omdat Legend zijn droom was die werkelijkheid werd, het hoogtepunt van decennia aan fokplannen en visie.'

Marcus knikte; zijn ogen weken niet van haar gezicht. 'Caroline zei er iets over. Dat Jim aanbiedingen vanuit de hele wereld heeft geweigerd.'

'Er was een Saoedische prins die twee miljoen bood,' zei Sarah, een kleine glimlach plooide om haar lippen bij de herinnering. 'Papa zei dat Legend voor geen prijs te koop was. Die man begreep er niets van. Hij bleef zijn bod verhogen, totdat papa uiteindelijk zei: "Wat zou ik met al dat geld doen, behalve proberen nóg zo'n paard te fokken? En hij staat hier al."'

Ze boog voorover en zette haar ellebogen op haar knieën; ineens moest ze Marcus laten begrijpen. 'Elk veulen op dit terrein draagt zijn bloed. Winnaars in de sport en fokmerries door het hele land. Hij is niet zomaar een paard, hij is... hij is het hart van Ridgewater.' Ze herhaalde de woorden die ze tijdens zijn eerste koliekaanval had uitgesproken, maar nu waren ze gevuld met stille zekerheid in plaats van paniek.

'En hem verliezen zou voelen alsof je een deel van jezelf verliest,' suggereerde Marcus zacht.

Sarah keek scherp op, verrast door zijn scherpzinnigheid. 'Ja. Precies dat.' Ze slikte, ongemakkelijk blootgelegd maar niet meer in staat te stoppen nu ze eenmaal begonnen was. 'Na mijn ongeluk, na het verlies van Fire...' Ze struikelde even over de naam. 'Kon ik het idee niet verdragen om nog iets belangrijks te verliezen. Dus probeerde ik alles te controleren, systemen te maken voor elk mogelijk scenario, zoveel mogelijk variabelen uit te sluiten.'

Ze gebaarde naar de stal: de tot in de puntjes georganiseerde spullen, de gedetailleerde kaarten, de zorgvuldig gestructureerde routines die het dagelijks reilen en zeilen op Ridgewater bepaalden. 'Dit alles... is mijn manier om iedereen veilig te houden. De paarden, mijn zussen, onze broodwinning.'

'Maar je kunt niet alles controleren,' zei Marcus, begrijpend. Niet veroordelend.

'Nee. Dat ontdekte ik nogal dramatisch toen ik Legend ineengestort in zijn box vond.' Ze probeerde te lachen, maar het klonk meer als een snik. 'En toen kon ik alleen nog je bellen en hopen... en vertrouwen.'

Ze viel stil, beschaamd door de emotie die haar stem verdikte. De stilte van de stal omhulde hen, slechts doorbroken door Legends ademhaling en af en toe het stampen van een hoef uit een andere box. Marcus' aanwezigheid naast haar was stevig en geruststellend, zijn lichaam straalde warmte uit in de koele nachtelijke lucht.

'Na Fires dood,' zei ze uiteindelijk, 'dacht ik dat ik dat soort verlies nooit meer zou overleven. En ik besloot dat dat ook niet hoefde, omdat ik ervoor zou zorgen dat het nooit meer gebeurde. Ik zou elk probleem voor zijn, op elke nood voorbereid zijn.' Ze schudde haar hoofd, met een wrange glimlach. 'Blijkt dat het leven niet zo werkt.'

Marcus verschoof een beetje naast haar; zijn arm streek langs de hare en de aanraking stuurde, ondanks haar uitputting, een rilling van bewustzijn door haar heen. 'Nee, dat doet het niet,' beaamde hij. 'Maar dat betekent niet dat je de onvoorspelbare delen alleen hoeft te dragen.'

Die simpele uitspraak legde zich troostend om haar heen. Sarah keek naar hem, echt keek, en nam de vermoeidheid in zijn gezicht in zich op, het mededogen in zijn ogen, de standvastige aanwezigheid die hij had geboden, niet alleen aan Legend maar ook aan haar. Hij had aan haar zijde gestaan tijdens deze crisis, had haar angst of haar af en toe scherpe woorden nooit veroordeeld en begreep wat haar dreef op een manier die maar weinigen ooit hadden gedaan.

'Daar ben ik ook niet zo goed in,' gaf ze toe. 'Mensen laten helpen. Het voelt als... toegeven dat ik zwak ben.'

'Of als toegeven dat je menselijk bent,' wierp hij tegen. 'Met dezelfde behoeften en kwetsbaarheden als de rest van ons gewone stervelingen.'

Dat ontlokte haar een oprechte lach, het geluid klonk vreemd hard in de stille stal. Legends oor trok bij het geluid en Sarah streek automatisch over zijn hals, kalmeerde hem weer in slaap.

'Ik veronderstel dat zelfs Wonder Woman af en toe backup nodig heeft,' gaf ze toe, terwijl iets dat strak in haar borst had gezeten, losser werd.

'Precies,' zei Marcus, zijn glimlach verwarmde zijn vermoeide ogen. 'En voor wat het waard is, je slaat zich hier doorheen met meer gratie dan de meeste mensen in een crisis zouden opbrengen.'

Ze snoof zacht. 'Als je met "gratie" bedoelt "vierentwintig uur niet slapen en snauwen naar iedereen die voorstelt dat ik even pauzeer", dan ben ik inderdaad het toonbeeld van elegantie.'

Marcus lachte zacht; het geluid wikkelde zich om haar heen als een vertrouwde deken. Hun schouders raakten nu steviger; geen van beiden week terug voor het contact. In de krappe ruimte van de box, met Legends massieve gestalte die het grootste deel van de vloer innam, voelde hun fysieke nabijheid zowel noodzakelijk als juist.

'Dank je,' zei ze na een moment. 'Voor luisteren. Voor begrijpen. Voor het feit dat je me niet belachelijk maakt.'

'Uw gevoelens zijn nooit belachelijk,' antwoordde hij oprecht. 'Al helemaal niet als het om Legend gaat. Of Fire. Of Ridgewater, of jouw familie, of wat dan ook wat je lief is.'

Die eenvoudige erkenning, zonder zoethoudertjes of pogingen haar angst te bagatelliseren, raakte Sarah diep. Ze keek naar Legend, naar de zachte rijzing en daling van zijn buik terwijl hij ademde, naar de operatiewond die dankzij Marcus' vaardige handen schoon genas. Toen keek ze terug naar de man naast haar en vond in zijn vaste blik iets dat ze niet had verwacht te ontdekken midden in een crisis: volledige acceptatie van wie zij was, met al haar kwetsbaarheden.

'Ik vertrouw je,' zei ze zacht, de woorden voelden als een veel grotere bekentenis dan hun eenvoudige lettergrepen deden vermoeden. 'Met Legend, met Ridgewater... met alles.'

Marcus verschoof op de hooibaal en kwam dichterbij tot hun dijen tegen elkaar drukten. De warmte van zijn lichaam leek haar te omhullen, en ze verwelkomde die, terwijl ze tegen hem aan leunde. Toen hij weer sprak, waren zijn woorden lager, intiemer, alleen voor haar oren bestemd, al was er niemand anders die hen in de stille stal kon horen.

'Voordat ik naar Ridgewater kwam,' zei hij, zijn ogen gericht op Legends slapende gestalte, 'heb ik me nooit echt ergens thuis gevoeld. Niet echt.'

Sarah staarde hem aan, verrast door die bekentenis. Zijn profiel in het zwakke licht was sterk en toch kwetsbaar; de schaduwen benadrukten de lichte frons tussen zijn wenkbrauwen.

'Zelfs niet in de universiteitskliniek?' vroeg ze. 'je werd daar gerespecteerd, toch? Voor... alles gebeurde.'

Hij glimlachte klein en wrang. 'Gerespecteerd misschien. Maar nooit echt geaccepteerd. De familie van mijn ex-vrouw zorgde daar wel voor.' Zijn handen wrongen in elkaar op zijn schoot, een gebaar zo vergelijkbaar met haar eigen zenuwtrekjes dat Sarah een onverwachte golf tederheid voelde. 'Haar vader was afdelingshoofd. Haar moeder zat in het universiteitsbestuur. Haar broer was mijn direct leidinggevende.'

'Een familieaangelegenheid,' zei Sarah zacht, terwijl begrip doorbrak.

'Letterlijk,' beaamde Marcus. 'Trouwen met de familie Coleman betekende directe toegang tot functies en kansen waar ik jaren voor had gewerkt. Maar het betekende ook dat ik nooit zeker wist of ik iets op eigen verdienste had bereikt.' Hij keek neer op zijn handen, sterk en kundig, handen die Legends leven hadden gered. 'Ze lieten me voelen dat ik nooit goed genoeg was. Alsof elk succes dat ik had te danken was aan hun connecties en niet aan mijn vaardigheden.'

Sarah weerstond de drang hem aan te raken; ze voelde dat hij moest uitspreken.

'Toen het huwelijk eindigde, verloor ik meer dan alleen mijn vrouw. Ik verloor mijn positie, mijn professionele status, mijn zelfvertrouwen.' Sarah hoorde de blijvende pijn onder zijn woorden. 'Ik kwam naar Queensland voor een nieuwe start, een plek waar ik mezelf opnieuw kon opbouwen zonder schaduwen die over me heen hingen.'

Hij draaide zich toen naar haar toe en zocht in het schemerlicht haar ogen. 'Maar hier, bij je en Legend en deze plek...' Hij gebaarde om zich heen en omvatte daarmee niet alleen de stal, maar alles van Ridgewater buiten deze muren. 'Voor het eerst voelt het alsof ik ergens misschien echt thuishoor.'

De eenvoudige eerlijkheid in zijn woorden raakte iets dieps in Sarah. Hier was een man die begreep wat het was om zekerheid te zoeken in een onzekere wereld; iemand die ook zorgvuldige structuren had gebouwd om zichzelf tegen pijn te beschermen.

'je hoort hier thuis,' zei ze, de woorden voelden gewichtig ondanks hun eenvoud. 'je bent nu deel van Ridgewater. Deel van ons.'

Marcus stak zijn hand uit en cupte zacht haar wang. De aanraking was vederlicht, bijna eerbiedig; zijn duim volgde met verfijnde tederheid de lijn van haar jukbeen. Sarahs adem stokte toen hun blikken elkaar vonden in een eerlijke verbinding; de barrières tussen hen losten op in de stille intimiteit van het moment.

'Sarah,' fluisterde hij, haar naam als een gebed op zijn lippen.

Toen zag ze het, in de diepte van zijn ogen: het gevoel dat hij zorgvuldig niet bij naam had genoemd. Niet alleen verlangen of genegenheid van Respect, maar iets diepers, iets dat wortel had geschoten tijdens hun gedeelde beproevingen en stille momenten van verbinding. Iets dat opmerkelijk veel weg had van liefde.

Haar hart bonsde tegen haar ribben toen ze naar zijn aanraking leunde; haar eigen hand ging naar de zijne op haar wang. Marcus bewoog langzaam, gaf haar de tijd zich terug te trekken als ze dat wilde, maar terugdeinzen was wel het laatste waar Sarah aan dacht. Hun lippen ontmoetten elkaar in een voorzichtige kus, zacht en aftastend, een tedere verkenning.

De zachtheid ervan brak haar bijna open. Sarah maakte een klein geluid in haar keel; haar hand gleed naar zijn nek en trok hem dichterbij. De kus werd dieper, zijn lippen weken onder de hare; de smaak van hem—koffie en iets onmiskenbaar Marcus—joeg warmte door haar lijf, ondanks haar vermoeidheid.

Om hen heen ging de nachtelijke symfonie van de stal door: het geritsel van stro toen Legend in zijn slaap bewoog, het zachte kraken van oude balken die zich zetten. Deze vertrouwde geluiden van thuis vormden het decor voor het onbekende, maar perfecte gevoel in Marcus' armen te liggen, zijn handen die nu naar haar taille gleden en haar dichterbij trokken op hun geïmproviseerde zitplaats.

'We zouden even bij Legend moeten kijken,' murmelde ze tegen zijn mond, zelfs nu nog verantwoordelijk.

Marcus glimlachte tegen haar lippen. 'Het is goed met hem,' verzekerde hij haar, en hij kuste haar mondhoek, toen haar kaaklijn, en vervolgens het gevoelige plekje net onder haar oor waardoor ze rilde. 'Stabiel en vredig slapend. Ik houd zijn ademhaling al de hele tijd in de gaten terwijl we praten.'

Natuurlijk deed hij dat. Deze man die haar zorg spiegelde, die haar verantwoordelijkheden begreep en ze deelde zonder dat het gevraagd hoefde. Sarah draaide haar hoofd om zijn lippen opnieuw te zoeken; haar lichaam smolt tegen het zijne toen de kus dringender werd en verlangen de laatste restjes aarzeling wegbrandde.

Zijn handen waren teder terwijl ze verkenden; ze gleden onder de zoom van haar shirt en raakten de warme huid van haar rug, volgden met zorgvuldige vingers de lijn van haar ruggengraat. Tot haar eigen verbazing reageerde Sarah gretig; haar handen tastten de sterke vlakken van zijn borst af door zijn shirt heen, en voelden de snelle hartslag onder haar handpalm.

'Sarah,' ademde hij tegen haar hals, 'als dit niet is wat je wilt...'

'Dat is het wel,' fluisterde ze en trok net genoeg terug om hem aan te kijken. 'je bent wat ik wil, Marcus. Al sinds die picknick bij het meer.'

Zijn glimlach deed zijn ogen oplichten en de hoekjes rimpelen; het deed haar hart tuimelen. Toen kuste hij haar weer, nu dieper, met een hartstocht die de hare evenaarde. Ze verplaatsten zich van de hooibaal naar het schone strobed dat in de buurt was neergelegd voor degene die toezicht hield op Legend om op te rusten, zonder hun contact te verbreken; hun handen waren nu gehaast terwijl ze elkaar hielpen laagjes kleding kwijt te raken.

De koele nachtelijke lucht kuste Sarahs huid toen Marcus de deken neergooide om hen te beschermen tegen prikkend stro en haar vervolgens zacht neerlegde, zijn lichaam dat van haar volgend, een verrukkelijk gewicht bovenop haar. Zijn lippen trokken een spoor van haar mond naar haar keel, naar het kuiltje tussen haar sleutelbeenderen; elke kus een belofte, elke aanraking een openbaring. Sarah boog haar rug onder hem, haar vingers gleden door zijn haar, leidden hem, leerden wat hem deed hijgen tegen haar huid.

'je bent zo mooi,' murmelde hij, zijn stem hees van verlangen terwijl hij naar haar keek. 'Onvoorstelbaar mooi.'

In dit moment, met zijn ogen die haar indrinken alsof ze kostbaarder was dan wat dan ook, geloofde Sarah hem. De onzekerheden die haar sinds het ongeluk plaagden—het gevoel dat ze op de een of andere manier minder was dan voorheen—vloeiden weg onder zijn aanbiddende blik. Hij zag haar, helemaal, en vond haar mooi.

Ze vonden elkaar met een tederheid die de urgentie van hun verlangen loochende. Sarah gaf zich over aan het moment, aan het gevoel van Marcus die boven en in haar bewoog; haar lichaam reageerde op het zijne alsof ze voor deze verbondenheid waren gemaakt. Het was anders dan alles wat ze eerder had ervaren: deze perfecte eenheid van lichamen en harten, dit totale vertrouwen.

Jarenlang had ze overal de controle over gehouden, systemen en vangnetten gebouwd, zichzelf nooit kwetsbaar opgesteld. Nu gaf ze zich volledig aan Marcus, vertrouwde hem haar lichaam toe zoals ze hem Legends leven had toevertrouwd, het hart van Ridgewater zelf.

'Ik hou van je,' fluisterde hij tegen haar oor terwijl ze samen bewogen; de woorden zweefden tussen hen als een geschenk. 'Ik denk dat ik al van je hou sinds het eerste moment dat ik je hier in de stal zag staan, met een klembord in je hand, terwijl je me precies vertelde hoe het eraan toe zou gaan.'

Sarah lachte zacht, het geluid smolt tot een hijgende ademhaling terwijl het genot in haar opbouwde. 'Ik was vreselijk tegen je,' gaf ze toe, haar vingers klemden in zijn schouders.

'Je was schitterend,' verbeterde hij haar en kuste haar diep. 'Sterk en zeker en ronduit doodeng.'

'En nu?' vroeg ze, haar stem brak terwijl ze samen sneller bewogen.

'Nu ben je nog steeds schitterend,' zei hij, zijn blik die van haar vasthoudend. 'Maar je bent ook de mijne, zoals ik de jouwe ben. Als je me wilt.'

'Ja,' ademde ze, het woord zowel antwoord als uitroep, terwijl het genot de overhand nam en ze ophielden met praten; minutenlang echoden hun hijgende adem en zachte kreten in de stille stal.

Ze lagen daarna verstrengeld, hun ademhaling kalmer, hun harten keerden geleidelijk terug naar een normaal ritme. Marcus reikte naar een andere deken die dichtbij lag opgevouwen en trok die over hun afkoelende lichamen. Sarah krulde zich tegen hem aan, haar hoofd rustte op zijn borst, luisterend naar het gelijkmatige kloppen van zijn hart onder haar oor.

Aan de overkant van de box bleef Legends ademhaling diep en gelijkmatig; zijn massieve flank rees en daalde in vredige slaap. Het wonder van zijn overleving—en van deze onverwachte liefde te vinden midden in een crisis—vervulde Sarah met een gevoel van verwondering. Ze hadden bijna zoveel verloren en toch op de een of andere manier alles gewonnen.

'We moeten ons waarschijnlijk aankleden voordat Kate om middernacht voor haar dienst komt,' murmelde Sarah, al maakte ze geen aanstalten om zich los te maken van de warmte van Marcus' armen.

'Waarschijnlijk wel,' beaamde hij, en hij drukte een kus op haar kruin. 'Maar nog niet meteen.'

Ze lagen een tijdje in comfortabele stilte, keken naar Legends ademhaling, hun lichamen verstrengeld onder de dekens. Sarah trok lome patronen op Marcus' borst, haar gedachten dwaalden naar een toekomst die plotseling helder van mogelijkheden leek.

'Ik heb nagedacht over Carolines aanbod voor een partnerschap,' zei Marcus zacht. 'Over voorgoed in Ridgemont blijven. Hier een leven opbouwen.'

Sarah duwde zichzelf op één elleboog om hem aan te kijken, haar hart vol. 'Met ons? Met mij?'

'Met jou,' bevestigde hij, terwijl zijn hand een lok haar uit haar gezicht streek. 'Dit land en deze paarden beschermen, iets bouwen dat blijft. Als dat is wat jij ook wilt.'

'Dat wil ik,' zei ze eenvoudig, en ze boog zich naar hem toe om hem te kussen. 'Dat is precies wat ik wil.'

Terwijl ze zich weer in elkaars armen nestelden, voelde Sarah een rust die ze in jaren niet had gekend. Buiten draaide de wereld door, met al haar onzekerheden en uitdagingen. De dreiging van de rondweg hing nog steeds boven hen, Legends herstel bleef precair en de eisen van het runnen van Ridgewater zouden niet afnemen. Maar voor het eerst sinds haar ongeluk stond Sarah niet langer alleen tegenover die uitdagingen, terwijl ze probeerde elke variabele te beheersen. Ze had een partner gevonden die haar angsten begreep, die haar dromen deelde, die van haar hield—niet ondanks haar kwetsbaarheden, maar omdat het kracht vergde om ze te erkennen.

In dit stille moment, met Legends gelijkmatige ademhaling als geruststellend ritme en Marcus' armen om haar heen, accepteerde Sarah eindelijk dat sommige dingen niet bedoeld zijn om te controleren. Sommige dingen zijn onbetaalbaar, onmeetbaar. Sommige dingen zijn simpelweg voorbestemd.

Hoofdstuk Zeventien

Sarah verschoof ongemakkelijk op de harhet meertic stoel en trok aan de kraag van haar blouse, die vastbesloten leek haar te wurgen. Het was drie weken sinds Legends operatie, en hoewel de oude hengst goed bleef herstellen, hing er vandaag een andere spanning in de lucht. Het lot van Ridgewater zelf stond op het spel nu de regionale planningscommissie getuigenissen zou aanhoren over de voorgestelde rondwegtracés. Ze wierp een blik op Marcus, die aan de getuigentafel zijn stropdas rechttrok; zijn kalme professionaliteit stak pijnlijk af tegen de vlinders in haar eigen buik.

Plafondventilatoren zoemden zonder veel effect en duwden de warme lucht vooral heen en weer. Het rook er naar meubelpolish en de lichte muffigheid van oude overheidsgebouwen. Voor hen schikten vijf commissieleden papieren en waterglazen op de lange tafel, met gezichtsuitdrukkingen variërend van beleefde belangstelling tot evidente verveling. De voorzitter, een grijsharige man met een bril die laag op zijn neus rustte, raadpleegde zijn horloge voordat hij op zijn microfoon tikte.

'Werkt dit? Mooi. We horen nu dr. Marcus Webb over de milieueffectrapportage van het oostelijke tracé van de rondweg, in het bijzonder voor zover die betrekking heeft op het Ridgewater Equestrian Centre.'

Kate kneep in Sarahs hand, terwijl Emma en Pip aan haar andere kant vooroverbogen. Hun aanwezigheid sterkte haar, een verenigd front van McKenzie-vrouwen. Hoewel ze weken hadden besteed aan de voorbereiding van deze hoorzitting, het verzamelen van gegevens en het oefenen van argumenten, deed het besef dat in deze zaal vreemden over Ridgewaters toekomst zouden beslissen, Sarahs mond droog worden.

Marcus stond op met rustige zelfverzekerdheid en streek zijn colbert recht terwijl hij naar de microfoon liep. Zijn donkere haar was netjes gekamd, zijn overhemd bleef ondanks de hitte onberispelijk. Ze had hem een paar uur eerder nog in zijn vrijetijdskleren gezien, toen hij samen met haar Legend 's ochtends had gecontroleerd, en toch nam deze professionele versie van hem opnieuw haar adem weg.

'Dank je, meneer de voorzitter, commissieleden. Ik ben dr. Marcus Webb, dierenarts, gespecialiseerd in paardengeneeskunde. Ik heb een doctoraat van het Royal Veterinary College in Londen, met aanvullende kwalificaties in paardkundige chirurgie en voortplantingsgeneeskunde. Ik werk nu tien jaar in Australië, eerder bij het paardenziekenhuis van de University of Sydney, en de afgelopen vier maanden bij de Ridgemont Veterinary Clinic, waar ik nu vennoot ben.'

Zijn woorden droegen helder door de zaal terwijl hij met gezaghebbende zekerheid sprak. Sarah voelde een golf van trots toen verschillende commissieleden rechterop gingen zitten en de man tegenover hen zichtbaar opnieuw beoordeelden.

'Mijn verklaring vandaag betreft het voorgestelde oostelijke tracé en de mogelijke impact op het Ridgewater Equestrian Centre, een faciliteit met aanzienlijke agrarische en economische betekenis voor de regio.'

Marcus gebaarde naar de grote kaart op een ezel naast hem en gebruikte een laserpointer om het betwiste tracé aan te geven. 'De oostelijke lijn zou dwars door het centrale deel van Ridgewaters terrein lopen, ongeveer dertig procent van hun operationele grond wegnemen en onoverkomelijke uitdagingen creëren voor hun voortbestaan als toonaangevende fok- en trainingsfaciliteit.'

Hij draaide zich weer naar het panel, ernstig maar beheerst. 'Los van het evidente verlies aan weidegrond zou dit tracé een hoofdweg dwars door de hoofdring brengen en op minder dan honderd meter van hun gespecialiseerde fok- en veuleneenheden, wat geluids- en luchtvervuiling veroorzaakt die de gezondheid en het welzijn van hun dieren schaadt.'

Een vrouw in het panel boog voorover. 'Dr. Webb, zou de faciliteit die specifieke gebouwen niet gewoon kunnen verplaatsen naar een ander deel van het terrein?'

'Nee, raadslid, dat kan niet,' antwoordde Marcus zonder aarzelen. 'De huidige locatie is specifiek gekozen vanwege de afwatering, de hoogte en de nabijheid van het hoofdcomplex, waar in noodgevallen snel zorg kan worden verleend. Nog maar drie weken geleden heb ik tijdens een zware storm een spoedoperatie aan koliek uitgevoerd bij Ridgewater Legend, hun belangrijkste dekhengst, toen vervoer naar een kliniek onmogelijk was.'

Sarahs hart sloeg sneller bij de herinnering aan die angstige nacht. Marcus ging verder; zijn stem werd vuriger, al bleef zijn voordracht beheerst.

'Als die voorzieningen niet beschikbaar waren geweest, was dat paard, met een waarde van ruim meer dan een miljoen dollar en onvervangbaar voor hun fokprogramma, gestorven. Dat is geen hyperbool; het is een veterinaire feitelijkheid. Het verplaatsen of volledig heropbouwen van alle Ridgewater-activiteiten zou in de tientallen miljoenen dollars lopen, ver voorbij de nominale grondwaarde. je vindt de kostenramingen in de aangeleverde dossiers, inclusief offertes... en geen van die offertes omvat de aankoop van een geschikt terrein elders, omdat er op dit moment eenvoudigweg niets op de markt is in het zuidoosten van Queensland, of zelfs in het noorden van New South Wales, dat geschikt zou zijn. Evenmin bevatten ze de impact op de bedrijfsvoering, die pas kan worden beoordeeld zodra duidelijk is waar de nieuwe locatie zou komen – maar die aanzienlijk zal zijn, vanwege de lokale klantenkring die in de loop van decennia is opgebouwd en die jaarlijks in de tienduizenden bijdraagt aan Ridgewaters winst.'

De voorzitter krabbelde iets op zijn blocnote. 'En jouw professionele oordeel over het alternatieve westelijke tracé?'

Marcus knikte en wees met de pointer het andere mogelijke tracé aan. 'Het westelijke tracé biedt een oplossing die in de vervoersbehoeften van de regio voorziet en tegelijk de integriteit bewaart van niet alleen Ridgewater, maar ook van meerdere andere agrarische bedrijven. Het kruist voornamelijk onontwikkeld struikland dat eigendom is van de Ridgemont Country Club, grond die momenteel ongebruikt is en ongeschikt voor uitbreiding van de golfbaan, om vervolgens via staatsgrond langs de westkant van het meer te lopen. De extra lengte weg die moet worden aangelegd is minder dan twee kilometer, wat, verzeker ik je, aanzienlijk goedkoper zal zijn dan de werkelijke waarde van de compensatie die aan de familie McKenzie moet worden betaald om hun Ridgewater-activiteiten te verplaatsen en te vervangen.'

Daarna zette hij methodisch de milieutechnische voordelen van het westelijke tracé uiteen, onder verwijzing naar faunacorridors, bescherming van stroomgebieden en minder geluidsoverlast voor woongebieden. Sarah volgde de reacties van de commissieleden en noteerde met haar getrainde oog wie ontvankelijk leek en wie sceptisch bleef.

Emma boog naar haar toe om te fluisteren: 'Hij is briljant. Ze luisteren echt.'

Sarah knikte, niet in staat haar stem te vertrouwen. Marcus was meer dan briljant; hij vocht voor haar thuis met dezelfde toewijding waarmee hij Legends leven had gered. Dat besef snoerde haar de keel dicht van emotie.

'Dr. Webb,' zei een tengere man aan het einde van de tafel, 'de golfclub heeft zorgen geuit over waardedaling van hun eigendom als voor het westelijke tracé wordt gekozen. Hoe reageert je op hun economische argumenten?'

Marcus nam de vraag frontaal, zijn blik zeker. 'Met alle respect, meneer, de mogelijkheid van commerciële ontwikkeling langs een nieuwe vervoersas zou de waarde van het ongebruikte land van de countryclub waarschijnlijk juist verhogen.' Hij pauzeerde en wierp even een blik naar Sarah voordat hij verderging. 'Het oostelijke tracé raakt niet alleen één paardensportcentrum; het bedreigt een duurzaam agrarisch bedrijf dat al drie generaties actief is en substantieel bijdraagt aan zowel de lokale economie als aan Australiës internationale status in de paardensport.'

Sarah wisselde een blik met Kate, wier subtiele knik bevestigde dat Marcus precies de juiste snaar had geraakt. Pip stak haar hand uit en kneep bemoedigend in Sarahs arm, voorzichtig optimistisch.

Bijna een uur lang beantwoordde Marcus steeds technischere vragen over de verwachte economische effecten. Hij struikelde geen moment en gaf antwoorden met een combinatie van wetenschappelijke precisie en praktische inzichten die de sfeer in de zaal geleidelijk deed kantelen. Zelfs de leden die eerst verveeld leken, waren nu betrokken en verwezen naar het dossier waar Sarah en Marcus weken aan hadden gewerkt en dat vooraf was aangeleverd.

Toen de voorzitter Marcus uiteindelijk bedankte voor zijn verklaring, liet Sarah een adem ontsnappen waarvan ze niet had gemerkt dat ze die had vastgehouden. Terwijl Marcus terugliep naar zijn stoel naast hun advocaat, zochten zijn ogen de hare op de tribune, een kort moment van contact dat haar verwarmde ondanks de formaliteit van de setting.

'De commissie zal nu beraadslagen over alle verklaringen die zijn ontvangen met betrekking tot de voorgestelde rondwegtracés,' kondigde de voorzitter aan terwijl hij zijn papieren herschikte. 'Gezien de complexiteit van de ingediende stukken nemen we extra tijd om de vandaag gepresenteerde milieueffectrapportages en economische prognoses te bestuderen.'

Hij keek op en richtte zich tot de zaal. 'De zitting is gesloten.'

Terwijl mensen hun spullen begonnen te verzamelen, draaide Emma zich naar Sarah. 'Dat ging beter dan ik had verwacht,' zei ze voorzichtig.

Sarah knikte, haar ogen nog steeds op Marcus gericht terwijl hij met hun advocaat overlegde. 'Het is nog niet voorbij,' zei ze, 'maar ik denk dat we ze stof tot nadenken hebben gegeven.'

Pip stond op en rekte zich uit na de lange sessie. 'Minstens zullen ze onze zorgen nu serieus moeten beantwoorden. Marcus heeft het onmogelijk gemaakt om ze weg te wuiven.'

Trots zwol op in Sarahs borst toen ze zag dat Marcus dichterbij kwam, zijn professionele houding verzacht tot een warme glimlach. Wat de commissie ook zou beslissen, vandaag had haar iets kostbaars laten zien: Marcus vocht niet alleen voor zijn eigen toekomst op Ridgewater, maar voor alles wat die plek voor haar betekende, voor haar familie, voor hun gedeelde visie op wat er mogelijk was.

'Je was schitterend,' zei ze eenvoudig toen hij bij hen kwam.

Zijn ogen kregen lachrimpeltjes. 'Ik had goed materiaal om mee te werken.'

Hun handen vonden elkaar als vanzelf, vingers verstrengelden in een gebaar dat de afgelopen weken zo vertrouwd was geworden als ademhalen. In die aanraking lag de belofte dat wat er ook kwam, ze het samen zouden aangaan.

'Je hebt "drainage" verkeerd gespeld,' zei Marcus, terwijl hij met zijn potlood op de kantlijn van Sarahs handgeschreven aantekeningen tikte. 'Tenzij er een speciaal hippisch begrip bestaat waar ik nog nooit van gehoord heb, genaamd "drinqe".'

Sarah rukte haar notitieboekje terug en onderdrukte een glimlach terwijl ze naar haar eigen hanenpoten tuurde. Het was een week na de hoorzitting, en hoewel ze nog steeds op het besluit van de commissie wachtten, ging het leven op Ridgewater gewoon door. De keukentafel was verdwenen onder een landschap van kaarten, bouwtekeningen en bodemanalyses; hun ambitieuze plannen voor verbeteringen aan het terrein kregen vorm ondanks de aanhoudende onzekerheid.

'Mijn handschrift is uitstekend leesbaar,' wierp ze tegen, al moest ze toegeven dat het haastig gekrabbelde woord in de verste verte niet op "drainage" leek. 'Sommigen van ons hadden niet het privilege van sierlijk schrijven op deftige kostscholen.'

Marcus lachte en greep naar de topografische kaart van de westelijke weiden. 'Het was heus geen Eton, lief. Maar ja, we moesten ons lopend schrift zo lang oefenen tot onze vingers verkrampte.' Hij streek de kaart glad en verzwaarde de hoeken met koffiemokken. 'Laat me nu precies zien waar het water blijft staan na stortregen.'

Sarah boog over de tafel, haar vlecht gleed naar voren over haar schouder terwijl ze naar verschillende laaggelegen stukken wees. 'Hier, hier, en vooral hier. Deze laatste plek wordt één grote modderpoel. Emma kreeg daar afgelopen winter een van haar geredde volbloeden vast, en we hadden de tractor nodig om hem eruit te trekken.'

'Geen wonder dat je je zorgen maakt over drainage,' mompelde Marcus, terwijl hij de plekken met zijn vulpotlood markeerde. Zijn kruisjes waren perfect symmetrisch, elk exact even groot. 'We zullen hier en hier Franse drains moeten aanleggen, en mogelijk dit hele gedeelte herprofileren.'

Sarah knikte en maakte meer aantekeningen in haar naar verluidt onleesbare handschrift. 'En de toegangsweg naar de Barracks? Die verandert in het regenseizoen in een beekbedding.'

Marcus raadpleegde de hoogtekaarten, zijn voorhoofd gefronst in concentratie. Het middagzonlicht dat door de keukenramen viel, ving de rossige gloed in zijn donkere haar, en Sarah liet zich even afleiden door de vertrouwde kruin die weigerde plat te liggen, hoe professioneel hij het ook in model bracht voor zittingen.

'Ik denk dat we hem ophogen en afwerken met waterdoorlatende klinkers,' zei hij, zich niet bewust van haar blik. 'In het begin duurder, maar ze laten water door in plaats van het te laten afstromen, en ze zijn duurzamer dan grind.' Hij keek op, ving haar blik en zijn uitdrukking verzachtte. 'Wat?'

'Niks,' zei ze met een glimlach. 'Ik vind het gewoon leuk om je aan het werk te zien.'

Een tevreden blos kroop langs zijn hals omhoog. 'Nou, ik zou productiever zijn als jij niet zo afleidend was.'

'Ik? Ik ben volkomen professioneel.' Ze reikte naar een stift en liet haar vingers expres de zijne raken. 'Dan nu de verlichtingsupgrade in de stallen...'

Ze vonden een comfortabel ritme, hoofden dicht bij elkaar boven de plannen. Het rook in de keuken naar verse koffie en de gembercake die Pip die ochtend had gebakken, een huiselijke achtergrond voor hun technische besprekingen. Buiten dreven de vertrouwde geluiden van Ridgewater door de open ramen naar binnen: paarden die hinnikten in de nabijgelegen paddocks, het gedempte gebrom van de tractor terwijl Kate hooibalen verplaatste, Jemima's gelach terwijl ze Emma hielp met de middagvoerbeurten.

'Als we een therapieboks voor Zoe bouwen,' zei Marcus, terwijl hij snel een plattegrond op een blocnote schetste, 'zouden we er meteen een echte hydrotherapiezone bij moeten betrekken. Haar revalidatiepatiënten zouden enorm profiteren van sessies op een aquatrainer.'

Sarah boog dichter om zijn tekening te bekijken, haar schouder drukte tegen de zijne. 'Dat wordt duur... maar misschien de moeite waard. We sturen al paarden naar Brisbane voor hydrotherapie, maar als we het hier op locatie hebben, zou dat een gamechanger zijn voor Emma's rescueprogramma, en ik denk dat anderen het willen huren om een deel van de kosten te dekken.' Ze grijnsde. 'We zouden Kate waarschijnlijk moeten pesten om te voorkomen dat ze Misty er elke ochtend in zet!'

Hun gezichten waren nu dicht bij elkaar en Sarah rook de schone, licht kruidige geur van Marcus' aftershave. Zijn hand bewoog zeker over het papier, trok nette, afgewogen lijnen die een vaag idee omtoverden tot iets concreets.

'Emma wordt onuitstaanbaar als ze dit ziet,' plaagde hij. 'Ze zet elk versleten volbloed in Queensland in de rij voor behandeling.'

'Waarschijnlijk,' gaf Sarah lachend toe. 'Maar met haar revalidatie-expertise, Zoe's lichaamswerk en jouw veterinaire kennis zouden we werkelijk een volwaardig paardenrevalidatiecentrum kunnen worden.' Ze pauzeerde, overvallen door de omvang van wat ze aan het plannen waren. 'Het gaat niet meer alleen om reparaties en verbeteringen, hè? We zijn Ridgewaters hele toekomst aan het hertekenen.'

Marcus legde zijn potlood neer en draaide zich volledig naar haar toe. 'Is dat goed zo? Ik wil niet over je grenzen heen gaan.'

Ze schudde haar hoofd en reikte naar zijn hand. 'Het is meer dan goed. Het is precies wat pap altijd wilde: dat Ridgewater met elke generatie meegroeit. Hij en mam hebben het uitgebouwd tot een toonaangevende fokkerij; nu breiden wij het uit met revalidatie en therapie. We hebben de ruimte. Ik zie niet in waarom het niet zou kunnen.'

'Over evolutie gesproken,' zei Marcus, terwijl hij naar een nieuwe pagina in zijn notitieboekje omsloeg, 'ik zit te denken aan de hengstenstal. We zouden de collectieruimte moeten upgraden.'

Sarah kreunde, al fonkelden haar ogen van pret. 'Vertrouw het jou toe om paardenzaad ter sprake te brengen tijdens een romantisch moment.'

'Ah ja, niets zegt "romantiek" zoals Franse drains en waterdoorlatende klinkers,' antwoordde hij droog. 'Bovendien was ik in de veronderstelling dat dit een zakelijke vergadering was.'

'Is dat wat dit is?' Ze pakte een liniaal van de tafel en tikte ermee op zijn notitieboekje. 'Want jouw maten voor de nieuwe wasplaatsen schelen minstens een meter. Paarden moeten comfortabel kunnen omdraaien, dr. Webb.'

Hij hief een wenkbrauw en nam de liniaal uit haar hand. 'Mijn maatvoering is tot op de millimeter nauwkeurig, mevrouw McKenzie. Misschien speelt jouw diepteperceptie je weer parten.' Zijn toon was plagerig, zonder de voorzichtige omzichtigheid die anderen nog steeds hanteerden rond haar visuele beperking.

'Mijn diepteperceptie is ruim voldoende om te merken wanneer iemand overdreven pietluttig is,' kaatste ze terug en griste de liniaal weer weg. Hun handen raakten verstrengeld, geen van beiden wilde het plastic meetlatje echt loslaten, wat er op de een of andere manier toe leidde dat Marcus haar vingers vastpakte.

'Pietluttig?' herhaalde hij, terwijl hij haar knokkels naar zijn lippen bracht. 'Ik noem het liever "grondig".'

'Betweterig,' pareerde ze, maar haar gespeelde ergernis smolt weg toen zijn ogen de hare vasthielden.

'Nauwgezet,' stelde hij voor, terwijl hij elk van haar vingers een kus gaf.

'Obsessief,' opperde ze, niet langer in staat haar gezicht in de plooi te houden.

'Detailgericht,' besloot hij, waarna hij de liniaal neerlegde en haar dichter naar zich toe trok.

Hun kus was in het begin speels, licht en plagerig zoals hun gekibbel, maar werd al snel iets diepers. Sarah gaf zich eraan over en verwonderde zich over hoe natuurlijk ze in dit patroon waren gegleden, werk en intimiteit met de vanzelfsprekendheid van ademhalen verweven. Toen ze uiteengingen, liet ze haar voorhoofd tegen het zijne rusten.

'We zouden deze plannen waarschijnlijk moeten afmaken,' fluisterde ze. 'Emma en Kate willen ze voor het avondeten doornemen.'

Marcus knikte, al maakte hij geen aanstalten om haar los te laten. 'Nog vijf minuten,' onderhandelde hij, zijn handen warm op haar rug.

Sarah glimlachte en nestelde zich tegen hem aan. De plannen konden wachten. Dit moment, in een zonovergoten keuken met de toekomst voor hen uitgetekend in potloodlijnen en mogelijkheden, was te kostbaar om te haasten. Wat de planningscommissie ook zou beslissen over de rondweg, Ridgewater zou voortbestaan, groeien, bloeien, omdat zij het samen zo zouden maken.

'Tien,' kaatste ze terug, en ze bekrachtigde de deal met nog een kus.

Sarah bleef staan bij kamer 214, met in de ene hand een cadeautas vol knuffels en babybenodigdheden en in de andere een boeket zachtroze rozen. Het was twee dagen sinds Carolines appje over de komst van kleine Marissa, en Sarah had eindelijk een paar uurtjes van Ridgewater kunnen losmaken. De gang van de kraamafdeling zoemde van stille efficiëntie; verpleegkundigen bewogen doelgericht tussen de kamers, af en toe onderbroken door een pasgeboren huiltje dat de gedempte sfeer doorbrak. Ze haalde diep adem en klopte zachtjes op de deur.

'Kom binnen,' riep Caroline, moe maar gelukkig klinkend.

Sarah duwde met haar elleboog de deur open en stapte een kamer binnen die baadde in zacht middaglicht, gefilterd door halfgesloten lamellen. De ruimte was veranderd van klinische ziekenhuisstandaard naar persoonlijk en warm: foto's op de vensterbank, een kleurrijke quilt over het voeteneind van het bed en vazen bloemen die kleur aanbrachten tegen de institutionele muren.

In het midden van dit alles zat Caroline, gesteund door een stapel kussens, met een piepklein bundeltje in een zachte roze deken in haar armen. Haar normaal zo gladde haar zat in een rommelige staart, donkere kringen tekenden zich af onder haar ogen, maar haar gezicht straalde een tevredenheid die Sarah nog nooit bij haar had gezien.

'Daar ben je.' Caroline glimlachte naar haar. 'Ik begon al te denken dat Ridgewater je nooit meer zou laten gaan.'

'Sorry dat het zo lang duurde,' zei Sarah, terwijl ze de cadeaus op een bijzettafel zette en naar het bed toe liep. 'Legend moest zijn hechtingen eruit, en daarna was er een kleine crisis met een van Emma's rescuepaarden.' Ze aarzelde even en bleef onzeker naast het bed hangen. 'Hoe voel je je?'

'Gesloopt. Pijnlijk. Compleet overdonderd.' Caroline lachte zacht. 'En gelukkiger dan ik ooit ben geweest.' Ze verschoof een beetje en schikte het bundeltje in haar armen. 'Wil je haar ontmoeten?'

Sarah knikte en voelde onverwacht haar keel dichttrekken toen Caroline voorzichtig de rand van de deken terugsloeg en een piepklein gezichtje onthulde. De baby sliep; haar gezichtje was onmogelijk klein en volmaakt: rozenknoplipjes, een wipneusje, donzige wimpers die rustten op ronde, zachtroze wangetjes.

'Sarah, dit is Marissa Claire Bennett,' zei Caroline trots. 'Zeven pond en drie ons pure vastberadenheid. Twintig uur weeën, en toch had ze geen enkele haast om te verschijnen.'

'Ze is prachtig,' fluisterde Sarah, oprecht ontroerd door dit perfecte minimensje. 'Ze heeft jouw neus.'

'Arm kind,' grapte Caroline, en reikte de baby aan. 'Hier, wil je haar vasthouden?'

Sarah aarzelde; nerveuze kriebels in haar buik. 'Weet je het zeker? Ik heb niet bepaald ervaring met pasgeborenen... Ik was in het buitenland toen Emma Jemima kreeg.'

'Je gaat met paarden van duizend pond om alsof het niets is,' merkte Caroline op. 'Dan kun je ook wel een baby van zeven pond aan. Bovendien is ze best stevig.'

Voor Sarah een nieuw bezwaar kon bedenken, legde Caroline Marissa al zachtjes in haar armen, met snelle instructies over het ondersteunen van het hoofdje. Sarah vond zichzelf terug met het kleine bundeltje in haar armen, verbaasd over hoe licht en toch op de een of andere manier wezenlijk ze aanvoelde.

Marissa bewoog even, haar gezichtje trok in een fronsje en ontspande weer toen ze zich in Sarahs armen nestelde. Het gewicht van haar was anders dan Sarah had verwacht, tegelijk zwaarder en fragieler dan ze zich had voorgesteld. De baby straalde warmte uit door de zachte deken heen, en Sarah ving die onmiskenbare babylucht op: zoet, poederig, met iets ondefinieerbaar kostbaars eronder.

'Ze is zo warm,' mompelde Sarah, terwijl ze voorzichtig naar de stoel naast het bed verschoof.

'Als een klein kruikje,' beaamde Caroline. 'Nate zegt dat dat de reden is dat hij zo goed slaapt, zelfs in die stoel. Ze houdt hem lekker warm.' Ze knikte naar de deur. 'Hij is net koffie gaan halen. Hij is geweldig geweest, is geen moment van mijn zijde geweken sinds ze me hebben opgenomen.'

Sarah knikte, maar haar aandacht bleef op het kleine gezichtje dat tegen haar arm aan lag. Marissa's huid was ongelooflijk zacht, bijna doorschijnend, met een flinterdun donsje van donker haar zichtbaar bij haar slapen. Terwijl Sarah gebiologeerd toekeek, tuitten de lipjes van de baby zich even en ontspanden weer.

'Ze is bezig met wat ze "droomvoeden" noemen,' legde Caroline uit. 'Oefenen voor het echte werk. De verloskundige zegt dat het normaal is.'

'Het is bijzonder,' zei Sarah zacht. 'Alles eraan. Dat ze al zo volledig is, zo... af.'

Caroline glimlachte en keek toe hoe haar vriendin met de baby zat. 'Het is een beetje wonderlijk, hè? Ik blijf naar haar vingertjes staren. Heb je ooit iets gezien dat zo perfect klein is?'

Sarah sloeg de deken een stukje om en bewonderde een van Marissa's handjes, met minibolletjes als nageltjes, elk niet groter dan een rijstkorrel. De baby kneep reflexmatig Sarahs vinger vast, verrassend sterk voor iets zo klein.

'Ik wilde je eigenlijk iets vragen,' zei Caroline, haar toon serieuzer. 'Nate en ik hebben het erover gehad, en we zouden graag willen dat jij Marissa's peetmoeder wordt.'

Sarah keek scherp op, zichtbaar verrast. 'Ik? Weet je het zeker? Ik bedoel, ik ben vereerd, maar...' Ze stokte, overweldigd door het verzoek.

'Helemaal zeker,' bevestigde Caroline. 'Wie beter dan jij? Je bent mijn oudste vriendin, je bent betrouwbaar, praktisch, en je morele kompas wijkt nooit af. Plus, je weet hoe je je mannetje moet staan, iets waar Marissa later vast baat bij heeft, gezien hoe koppig ze nu al is.'

Sarah voelde tranen prikken, een golf van emotie die haar overviel. 'Het zou me een eer zijn,' kreeg ze uit haar keel, terwijl ze weer naar de slapende baby in haar armen keek. 'Echt waar.'

'Niet huilen,' waarschuwde Caroline met een waterige lach. 'Als jij begint, begin ik ook, en mijn hormonen gaan nog alle kanten op.'

Sarah lachte zacht en knipperde het vocht in haar ogen weg. 'Ik zal me proberen in te houden.'

Een vreemd, onverwacht gevoel overspoelde haar terwijl ze naar Marissa keek, iets warms en verlangends dat zich diep in haar borst nestelde. Ze was nooit bijzonder moederlijk geweest; ze had altijd te veel gefocust op Ridgewater, op haar carrière, op het weer opbouwen van haar leven na het ongeluk, om serieus over kinderen na te denken. Maar dit piepkleine, perfecte wezentje vasthouden wekte iets oers en krachtigs in haar.

Plots en levendig stelde ze zich een kind voor met Marcus' donkere haar en bedachtzame ogen. Het beeld maakte haar niet bang, zoals maanden geleden misschien het geval zou zijn geweest. In plaats daarvan vulde het haar met rustige zekerheid, een gevoel van mogelijkheid dat zowel nieuw als volkomen natuurlijk aanvoelde.

'Je kijkt heel peinzend,' merkte Caroline op, die haar gedachten onderbrak. 'Wat gaat er in je om?'

Sarah glimlachte, nog niet klaar om haar hele inzicht hardop uit te spreken. 'Ik denk erover hoe snel het leven verandert. Zes maanden geleden raakte jij in paniek over je zwangerschapsverlof en vroeg ik me af hoe ik het zou rooien nu mam en pap met hun camper op pad gingen. Nu ben jij moeder, en ik...'

'Hals over kop verliefd op mijn nieuwe zakenpartner?' vulde Caroline aan met een grijns.

'Zoiets,' gaf Sarah toe, terwijl een blos haar wangen verwarmde. 'Het is allemaal zo onverwacht geweest.'

'De beste dingen zijn dat meestal,' zei Caroline zacht. 'Voor wat het waard is: hij kijkt naar jou zoals Nate naar mij kijkt... en nu naar Marissa. Alsof jij het middelpunt van zijn universum bent.'

Sarah voelde de waarheid van die woorden in zich resoneren. Het vertrouwen dat ze met Marcus had opgebouwd, had haar veranderd op manieren die ze nog maar net begon te begrijpen. Ze was altijd trots geweest op haar onafhankelijkheid, haar zelfredzaamheid, maar leren hem te vertrouwen had haar geopend voor een kwetsbaarheid die aanvoelde als kracht in plaats van zwakte.

Marissa bewoog in haar armen; minuscuul wimperspel en donkerblauwe oogjes die naar Sarah opkeken met onscherpe nieuwsgierigheid. Sarah glimlachte naar haar petekind en werd ineens zeker van iets wat ze nooit bewust had erkend.

'Hallo daar,' fluisterde ze tegen de baby. 'Welkom in de wereld, kleintje. Het is een behoorlijk prachtige plek, weet je. Vooral als je de juiste mensen vindt om haar mee te delen.'

Alsof ze het ermee eens was, kromden Marissa's lipjes zich in iets wat een glimlachje kon zijn geweest of slechts een reflex, maar Sarah besloot het als bevestiging te zien. De toekomst strekte zich voor haar uit, stralend van mogelijkheden die ze eindelijk bereid was te omarmen.

Hoofdstuk Achttien

Marcus keek op zijn horloge terwijl hij de deur van de dekstal opendeed, het felle ochtendzonlicht van Queensland door de kier naar binnen stromend. Acht uur, precies op tijd. Binnen hing die vertrouwde, geruststellende mix van schone vlasstro, leer en paard, die meer als thuis was gaan voelen dan zijn vroegere steriele universiteitskantoor ooit had gedaan. Hij deed het licht aan en liet zijn blik over de voorbereidingsruimte gaan, terwijl hij in zijn hoofd de checklist afvinkte die ze hadden opgesteld voor Legends eerste dekbeurt sinds de operatie. Zes weken zorgvuldige revalidatie hadden naar dit moment geleid, en hoewel Marcus' professionele oordeel hem zei dat de hengst er klaar voor was, kreeg hij het vlinderen in zijn borst niet helemaal tot zwijgen.

Hij bewoog zich door de ruimte en legde methodisch de benodigdheden klaar: dekbeugels voor de merrie, de desinfecterende was, steriel glijmiddel en het opvangsysteem als back-up voor het geval natuurlijk dekken te zwaar zou blijken. Allemaal standaardprocedure, en toch voelde vandaag allesbehalve standaard. Legends koliekoperatie was een beslissend moment geweest, niet alleen voor de overleving van de hengst, maar ook voor Marcus' plek op Ridgewater. De herinnering aan opereren terwijl een storm dreigde, bezocht hem nog weleens in zijn dromen, het gewicht van Ridgewaters erfenis letterlijk in zijn handen.

Het geluid van hoefslag op het grindpad buiten trok zijn aandacht. Door de open deur zag hij Sarah Legend uit de hengstenstal halen; het ochtendlicht ving de vacht van de bruine, die glansde van gezondheid. De oude hengst had zijn oren gespits en zijn pas was licht en gretig, wat Marcus deed glimlachen. Zelfs op zijn vierentwintigste wist Legend precies wat een ritje naar de dekstal betekende.

'Iemand is nogal happig vanmorgen,' riep hij, terwijl hij in de deuropening ging staan.

Sarah keek op, haar gezicht brak open in een glimlach die zijn hartslag nog altijd wist te versnellen. 'Hij is onuitstaanbaar sinds hij doorheeft dat de merrie hengstig is. Hij trok me gister bijna omver toen we langs haar paddock kwamen tijdens zijn wandeling. Ik heb zijn voorbeschermers alvast aangedaan voor we zijn stal uitgingen, voor de zekerheid.'

Marcus liep hen tegemoet, terwijl hij Legends conditie bekeek en Sarah begroette met een snelle kus. De hengst zag er schitterend uit; zijn vacht ving het licht als gepolijst brons, spieren die onder de huid bij elke beweging golfden. De incisieplaats was nu slechts een dun lijntje, bijna onzichtbaar onder de teruggegroeide haren, een bewijs van zijn herstel.

'Laat me je dan eens goed bekijken, oude jongen,' zei Marcus, terwijl hij met ervaren handen langs Legends romp streek en de operatiewond nog één keer controleerde. De spiermassa was volledig terug en er was nergens warmte of gevoeligheid. 'Opmerkelijk herstel. Nauwelijks een teken dat hij ooit ziek is geweest.'

Sarah knikte, de opluchting duidelijk zichtbaar in de ontspanning van haar schouders. 'Het was kantje boord. Ik denk nog steeds aan die nacht...'

'Beter niet blijven stilstaan,' zei Marcus zacht, wetend dat de herinnering aan Legends bijna-doodervaring haar nog steeds achtervolgde. Hij gaf de hengst een laatste klop. 'Hij is er klaar voor. Meer dan klaar, zou ik zeggen.'

Alsof hij dat bevestigde, liet Legend een lage hinnik horen, zijn neusgaten wijd terwijl hij de geur uit het andere einde van de stal opving. Marcus draaide zich om en zag Emma en Kate de mooie jonge volbloedmerrie binnenleiden, haar fijne hoofd hoog gedragen, ogen wijd maar vol vertrouwen terwijl ze haar naar de dekbox brachten.

'Harry's cadeau ziet er goed uit,' merkte Marcus op, terwijl hij de uitstekende conditie van de merrie in zich opnam, haar schimmelvacht glanzend van gezondheid.

'Moonlight,' zei Sarah, terwijl ze zijn blik volgde. 'Zo noemt Emma haar. Ze is prachtig gewend.'

'Morgen, tortelduifjes,' riep Pip vrolijk, die de anderen volgde. 'Klaar voor de triomfantelijke terugkeer van de oude jongen naar dekdienst?'

Marcus voelde een warme gloed bij de achteloze acceptatie in haar toon. De manier waarop de McKenzie-zussen hem moeiteloos in hun gezinsroutine hadden opgenomen, overviel hem soms nog steeds, een welkome afwisseling van de kille politiek van zijn vorige leven.

'Alles staat klaar,' bevestigde hij, met enige moeite terugschakelend naar zijn professionele houding. 'Laten we beginnen voordat Legend besluit het heft in eigen hand te nemen.' Zelfs de best opgevoede hengsten konden ongeduldig worden wanneer een merrie zo aan het flirten was als Moonlight, die haar staart hief en haar achterhand uitnodigend naar de hengst draaide.

De McKenzies gingen over in een perfect ingespeelde routine die sprak van jaren ervaring. Emma en Kate plaatsten Moonlight in de box, spraken haar zacht en geruststellend toe terwijl ze haar veilig vastzetten. Pip deed de beschermende dekbeugels om de achterbenen van de merrie, een voorzorgsmaatregel tegen trappen. Sarah hield Legend op gecontroleerde afstand; de hengst werd steeds alerter, zijn hals boog prachtig terwijl hij de merrie rook.

Marcus hield toezicht, zijn aandacht verdeeld tussen de paarden en de McKenzie-vrouwen. Ze werkten met minimale verbale communicatie, een kwartet dat een goed ingestudeerde dans uitvoerde. Een knikje van Kate, een handsignaal van Pip, een kleine positiewijziging van Emma, alles meteen begrepen. De efficiëntie was indrukwekkend en vertelde over een leven lang samenwerken met paarden.

'Ze is er klaar voor,' riep Emma, terwijl ze achteruit stapte toen Moonlight weer gretig haar staart optilde en zacht naar de hengst pruilde.

Marcus deed een laatste check om zeker te zijn dat alles goed was voorbereid. 'Goed dan, Sarah, wanneer jij er klaar voor bent.'

Jaren aan dekervaring hadden de oude hengst de routine geleerd; hij bewoog doelgericht, maar bleef responsief op Sarah's hulpen, een bewijs van het diepe vertrouwen tussen hen.

'Rustig aan,' murmelde ze, terwijl ze Legend toestond Moonlights achterhand te benaderen.

Marcus keek scherp toe, alert op elk teken van ongemak of overbelasting in Legends bewegingen. De hengst besnuffelde de merrie uitgebreid en vertoonde toen de kenmerkende lipkrul van de flehmenreactie, terwijl hij haar feromonen verwerkte. Zijn opwinding was duidelijk, maar Marcus was blij te zien dat de oude hengst zijn manieren hield, gehoor gevend aan Sarah's rustige commando's ondanks zijn enthousiasme. En hoewel Moonlight pas drie was en nog nooit gedekt had, waren haar natuurlijke instincten prachtig; ze stond rustig, met slechts af en toe een gretige hinnik om haar vrijer te vragen op te schieten met zijn werk.

Toen Legend dekte, was de beweging soepel en gecontroleerd, zonder enig teken van de zwakte die op de operatie had gevolgd. Marcus kwam dichterbij, klaar om in te grijpen als het nodig was, maar de hengst had geen hulp nodig en toonde geen agressie. De dekking verliep volgens het boekje; Legends ervaring bleek uit zijn efficiënte, doelgerichte bewegingen.

'Brave kerel,' murmelde Marcus, zijn professionele voldoening warm in zijn borst terwijl hij de geslaagde dekking gadesloeg. Dit ging niet alleen om het voortzetten van Legends bloedlijn; het stond voor de complete genezing van de hengst, het voortduren van Ridgewaters erfenis en, bij uitbreiding, de toekomst die Marcus nu voor zichzelf hier zag.

Toen het klaar was, stapte Legend soepel af, zonder tekenen van stress of pijn. Marcus trad meteen op hem toe, controleerde de ademhaling en hartslag van de hengst, die weliswaar verhoogd waren, maar binnen de normale grenzen voor deze inspanning. Belangrijker nog: er was geen enkele aanwijzing voor buikongemak, geen spoor dat de operatiewond belast was.

'Volgens het boekje,' kondigde hij aan, niet in staat zijn trots te verbergen. 'Geen enkel teken van stress.'

Sarahs gezicht lichtte op van opluchting en vreugde; haar ogen ontmoetten de zijne over Legends schoft. 'Echt? Weet je het zeker?'

'Absoluut,' bevestigde Marcus, terwijl hij nog één keer met zijn hand langs Legends flank streek. 'Zijn herstel is compleet. Ik zou zeggen dat hij weer kerngezond is. En je kunt je geen gemoedelijkere hengst met een merrie wensen... en wat een voorbeeldige merrie, braaf meisje.' Hij klopte ook Moonlight. 'Jij gaat een prachtig veulen maken voor de grote meneer. We scannen over een paar weken om te zorgen dat je drachtig bent.'

Terwijl Emma en Pip Moonlight wegleidden naar haar stal, liepen Sarah en Marcus met Legend terug richting de hengstenstal. Het grote paard bewoog zich met de tevreden rust van iemand die zijn taak naar behoren heeft volbracht; zijn eerdere gretigheid had plaatsgemaakt voor behaaglijke ontspanning.

'Ik dacht dat we hem zouden verliezen,' zei Sarah zacht toen ze bij Legends stal kwamen. 'Toen ik hem die nacht met koliek vond, was ik er zeker van...'

'Maar we zijn hem niet verloren,' herinnerde Marcus haar beslist, terwijl hij zich naar haar toedraaide en Legend naar zijn hooi marcheerde en begon te eten. 'Hij is gezond, dekt succesvol en zal waarschijnlijk weer een generatie kampioenen verwekken.'

Sarah greep zijn hand; haar vingers warm terwijl ze zich met de zijne verstrengelden. Het simpele gebaar droeg meer betekenis dan bloemrijke verklaringen hadden kunnen doen; haar stille dankbaarheid spoelde over hem heen. Haar ogen hielden de zijne vast, helder van emotie die geen woorden nodig had.

'We zijn een goed team, dr. Webb,' zei ze uiteindelijk.

'Het beste, mevrouw McKenzie,' antwoordde hij, terwijl hij haar hand kneep.

Marcus balanceerde de kartonnen doos tegen zijn heup terwijl hij de brede verandatrappen van het Grote Huis nam, voorzichtig om de ingelijste foto's, die tussen zijn opgevouwen truien lagen, niet te laten vallen. De late ochtendzon verwarmde zijn rug; vogels riepen vanuit de jacarandaboom vlakbij, waarvan de paarse bloesems het gazon bedekten. Dit was zijn derde ritje vanaf de pick-up, en de auto zag er nu al duidelijk leger uit; zijn leven bleek verrassend compact wanneer het in dozen werd verpakt. Hij had in de maanden in het gehuurde huisje weinig bezittingen verzameld, alsof een deel van hem op juist deze dag had gewacht, deze beweging richting iets blijvends op Ridgewater.

De deur stond opengehouden met een versleten rijlaars, een typisch McKenzie-oplossing die hem deed glimlachen. Hij stapte de koele hal in, de vertrouwde geuren van boenwas en versgesneden bloemen heetten hem welkom. Dieper in het huis klonken vrouwenstemmen en gelach, het achtergrondgeluid bij zijn nieuwe leven.

'Hulp nodig daarmee?' Emma verscheen vanuit de keuken en veegde bloem van haar handen op haar jeans. 'Je kunt het in de woonkamer neerzetten om uit te zoeken. Sarah is net klaar met ruimte maken in haar kledingkast.'

'Onze kledingkast nu, blijkbaar,' zei Marcus, nog gewend rakend aan het idee. Hij volgde Emma naar de hoge woonkamer waar al meerdere van zijn dozen netjes opgestapeld stonden.

Emma grijnsde; haar uitdrukking leek opvallend op die van haar dochter Jemima wanneer iets haar amuseerde. 'Maak je geen zorgen, Sarah is meedogenloos efficiënt. Ze heeft waarschijnlijk al exact uitgerekend hoeveel centimeters hangruimte je nodig hebt.' Ze gebaarde naar de hal. 'Ik heb een plank in de bibliotheek vrijgemaakt voor je dierenartsboeken. Sarah zei dat je nogal een verzameling hebt.'

'Dat is heel attent,' zei Marcus, ontroerd door de consideratie. 'Al zijn de meesten naslagwerken waar jij ook wat aan kunt hebben. Iedereen zou om drie uur 's nachts maagzweren bij paarden moeten kunnen diagnosticeren.'

'Spreek voor jezelf,' lachte Emma, terwijl ze terug richting keuken liep. 'Ik zet thee terwijl jij de rest binnenbrengt. Verhuizen maakt dorstig.'

Marcus zette de doos neer en liep terug naar zijn ute voor nog een lading. Terwijl hij een bijzonder zware doos met boeken optilde, verscheen Kate naast hem en pakte één kant vast.

'Ik heb 'm,' protesteerde hij automatisch.

Kate trok een wenkbrauw op; haar blik maakte duidelijk dat ze zijn galanterie misplaatst vond. 'Ik sjouw hooibalen voor ontbijt, Marcus. Ik denk dat ik een half doosje boeken wel aankan.'

Samen droegen ze hem de trap op en door de voordeur. Kate bewoog met dezelfde efficiënte gratie die ze rond paarden had, zonder een beweging te verspillen. Toen ze de doos in de woonkamer neerzetten, richtte ze zich op en keek hem doordringend aan.

'Nu je officieel intrekt, zijn er een paar dingen die je over het huis moet weten,' zei ze, helemaal zakelijk. 'De boiler is op zijn best wispelturig. Hoewel we drie badkamers hebben, werkt het niet als twee mensen tegelijk willen douchen; daar is de waterdruk niet voldoende voor, en we zetten de vaatwasser pas aan vlak voor we naar bed gaan om dezelfde reden. We zitten op tankwater, dus korte douches zijn fijn in droge periodes.' Ze wierp een blik naar het plafond. 'Jouw kamer—nou ja, Sarah's kamer—heeft de krakerigste vloerplank van heel Australië, ongeveer drie stappen vanaf de deur. Onvermijdelijk, tenzij je zin hebt te leren eroverheen te vliegen.'

Marcus knikte, dankbaar voor het praktische advies dat Kates eigen manier van acceptatie representeerde. 'Nog iets waar ik rekening mee moet houden?'

'Het keukenraam klemt, maar je moet het openzetten als je ook maar iets maakt dat een beetje rookt, anders gaat het brandalarm af. Niet forceren, anders komt het helemaal uit de scharnieren. En Pip zingt onder de douche. Heel hard, vals en met geïmproviseerde teksten.' Een zeldzame glimlach trok aan Kates lippen. 'Maar je went eraan. We zijn het allemaal.'

Van ergens in de hal riep Pip: 'Ik hoorde dat! Mijn gezang is verrukkelijk en dat weet je!'

Kate rolde met haar ogen, maar er zat oprechte genegenheid in het gebaar. 'Ik help je met de rest van die dozen,' zei ze al, terwijl ze weer naar buiten liep.

Met Kates hulp waren de overige dozen en tassen vlot binnen. Terwijl Marcus het laatste van zijn spullen droeg, een sporttas met zijn vrijetijdskleren, onderschepte Pip hem in de hal. Haar uitdrukking was verdacht onschuldig, wat hem meteen op zijn hoede bracht.

'Dus,' zei ze, nonchalant tegen de muur leunend, 'maak je van onze Sarah eindelijk een eerbare vrouw, of hoe zit het?'

Marcus voelde de hitte naar zijn gezicht stijgen. 'Ik, eh, zou het niet helemaal zo verwoorden.'

'Nee?' Pips ogen fonkelden van kattenkwaad. 'Samenwonen is een grote stap, hoor. Voor je het weet plannen we een bruiloft. Ik denk aan de lente, met Legend als ringdrager. Hij zou er schitterend uitzien met bloemen door zijn manen gevlochten.'

'Pip!' klonk het vanaf de trap; Sarah klonk zowel geërgerd als geamuseerd. 'Hou op met hem pesten. Straks bedenkt hij zich en wil hij niet meer intrekken bij een stelletje mafkezen.'

Pip grijnsde, zonder een spoor van berouw. 'Te laat. Geen retour of ruilen, Marcus. Je zit nu vast aan het volledige McKenzie-pakket.' Ze klopte hem meelevend op zijn arm. 'Maak je geen zorgen, we plagen alleen de mensen die we leuk vinden.'

Marcus merkte dat hij ondanks de blos op zijn wangen toch moest lachen. 'Ik zou het niet anders willen,' zei hij eerlijk.

Pips plagende uitdrukking verzachtte tot iets oprechters. 'Goed antwoord. Sarah's kamer is boven, tweede rechts. Ik ga maar eens redden wat Emma aan het bakken is, voordat ze wordt afgeleid en het verbrandt.' Ze verdween richting keuken, opgewekt neuriënd.

Boven vond Marcus Sarah in wat nu hun gedeelde slaapkamer was, de grote ruimte subtiel aangepast aan zijn komst. Ze had iets minder dan de helft van de kast vrijgemaakt, twee laden geleegd en ruimte gemaakt op het nachtkastje naast de deur, wetend dat hij die kant prettig vond. De kleine aanpassingen, praktisch en attent, spraken boekdelen over haar acceptatie van dit nieuwe hoofdstuk.

'Is dit goed zo?' vroeg ze, met een vleugje onzekerheid terwijl ze naar de ingerichte ruimte gebaarde. 'Ik kan meer plek maken als je die nodig hebt.'

'Het is perfect,' verzekerde hij haar, terwijl hij zijn sporttas op het bed zette. Hij haalde er een ingelijste foto van zijn ouders uit en aarzelde toen, onzeker waar hij die moest neerzetten.

Sarah leek zijn vraag aan te voelen. 'Hier,' zei ze, terwijl ze een klein aardewerken paardje op de ladekast verschoof om ruimte te maken. 'Ze moeten ergens staan waar je ze makkelijk ziet.'

Het simpele gebaar kneep onverwacht zijn keel dicht. Hij zette de foto voorzichtig neer en voegde er nog een aan toe, van hem en Zoe als tieners, armen om elkaars schouders, voor hun ouderlijk huis in Surrey. Zijn verleden dat zich moeiteloos nestelde naast Sarah's heden voelde diep juist.

In het uur erna verdeelde Marcus stukje bij beetje zijn bezittingen door het huis. Zijn medische tijdschriften kregen een plek op Emma's aangewezen boekenplank, zijn favoriete koffiemok (met de tekst Mijn held, een cadeau van een meisje van wie hij het pony had gered bij zijn allereerste koliekoperatie na de diergeneeskunde) vond zijn plekje in het keukenkastje naast de bonte verzameling McKenzie-mokken. Zijn laptop streek neer op de hoek van de eettafel die Sarah aanwees als traditioneel ongebruikt. Zijn stethoscoop hing naast Sarah's sleutels aan een haakje bij de achterdeur, klaar voor stalnoodgevallen.

Hij was zijn verzameling dierenartsenhandboeken aan het rangschikken toen hij Sarah in de deurpost zag leunen, hem met een zachte uitdrukking gadeslaand.

'Wat?' vroeg hij, pauzerend met 'Equine Internal Medicine' in zijn handen.

'Niets,' zei ze, warm glimlachend. 'Ik dacht gewoon hoe kloppend dit voelt. Jij, hier, die plek maakt voor 'Advanced Reproductive Techniques in Horses' naast mams collectie Zweedse misdaadromans.'

Voor hij kon reageren, klonken kleine, snelle voetstapjes op de gang en Jemima stoof de kamer in, iets in haar hand geklemd.

'Oom Marcus! Mam zei dat je nu echt bij ons woont!' kondigde ze aan, licht buiten adem van opwinding. 'Ik heb dit voor je gemaakt.'

Ze duwde hem een gevouwen vel knutselpapier in de hand. Marcus hurkte zodat hij op haar hoogte kwam en nam het met gepaste plechtigheid aan. 'Dank je, Jemima. Wat is dit?'

'Het is een welkomstkaart,' legde ze uit, licht stuiterend op haar tenen. 'Maak open!'

Marcus vouwde het papier voorzichtig open en onthulde een tekening die onmiskenbaar het Grote Huis voorstelde, met enkele stokfiguren ervoor. Eén lange figuur droeg wat een stethoscoop leek, in blauwe wasco getekend. Er omheen draafden verschillende paarden in allerlei maten en kleuren, waaronder een massieve bruine die duidelijk Legend moest voorstellen.

'Dit ben jij,' zei Jemima, wijzend naar de figuur met de stethoscoop. 'En dit is tante Sarah, en mam, en tante Kate, en tante Pip, en ik. En al onze paarden. Zie je wel, jij hoort nu bij onze familie.'

De eenvoudige uitspraak, met de directe zekerheid van een kind gebracht, raakte Marcus recht in het hart. Hij slikte tegen de plotselinge brok in zijn keel en keek naar de grof getekende weergave van de familie die, op de een of andere manier, de zijne was geworden.

'Dank je, Jemima,' kreeg hij eruit, zijn stem een tikje schor. 'Dit is het mooiste welkomstcadeau dat ik ooit gekregen heb.'

Ze straalde, sloeg haar armen kort en stevig om zijn nek en stoof toen alweer weg, missie volbracht.

Marcus bleef nog even gehurkt zitten, de kaart in zijn handen, zich bewust van Sarah's aanwezigheid nog altijd in de deuropening. Toen hij eindelijk naar haar opkeek, zag hij zijn eigen emotie weerspiegeld in haar ogen.

'Welkom thuis, Marcus,' zei ze zacht.

Op dat moment, omgeven door de verzamelde geschiedenis van de familie McKenzie en zijn eigen spullen die daar hun plek in vonden, wist Marcus dat hij inderdaad thuis was gekomen.

Hoofdstuk Nineteen

MARCUS KANTELDE HET LAPTOPSCHERM op de keukentafel zodat het bovenlicht geen weerkaatsing zou geven. Om hem heen schikten de McKenzie-zussen zich op stoelen, met Sarah die de plek direct naast hem opeiste, haar schouder op een vertrouwelijke manier tegen de zijne gedrukt. Jemima wrong zich tussen Emma en Pip in, haar opwinding voelbaar terwijl ze met haar benen onder de tafel bungelde. De keukenklok wees iets over zeven 's avonds aan in Queensland, wat betekende dat het in het VK tien uur 's ochtends was, het perfecte moment om Zoe te spreken voordat ze naar de stallen ging voor haar middagcliënten.

'Is je zus zenuwachtig om ons allemaal in één keer te ontmoeten?' vroeg Kate, terwijl ze een lok haar achter haar oor streek. 'Dit kan wel wat overweldigend zijn.'

Marcus glimlachte, denkend aan zijn ontembare jongere zus. 'Zoe? Amper. Ze zeurt al weken dat ik dit gesprek moet regelen. Als er al iemand gewaarschuwd moet worden, zijn jullie het voor haar.'

'Oh?' Pip boog nieuwsgierig naar voren. 'Welke duistere geheimen moeten we weten over de mysterieuze Zoe Webb?'

'Ze praat ongeveer twee keer zo snel als het geluid als ze enthousiast is, stelt ongelooflijk persoonlijke vragen zonder door te hebben dat ze persoonlijk zijn, en heeft absoluut geen filter tussen haar brein en haar mond,' antwoordde Marcus liefdevol. 'Verder is ze hartstikke lief.'

Sarah lachte en vond onder de tafel zijn hand. 'Dus in niets zoals haar gereserveerde, diplomatieke broer?'

Voordat Marcus kon reageren, klonk het belletje van een inkomende oproep. Hij klikte om te accepteren, en het scherm vulde zich met het gezicht van zijn zus; haar wilde krullen zaten amper vast in wat leek op een haastige paardenstaart, haar brede glimlach onmiddellijk herkenbaar als de vrouwelijke versie van de zijne.

'Daar ben je!' riep Zoe uit, haar Britse accent duidelijk sterker dan het zijne na zijn jaren in Australië. 'Ik dacht al dat je het vergeten was. Oh my god, is dat iedereen? Hallo, McKenzies! Ik heb zoveel over jullie gehoord!'

Marcus voelde Sarah's geamuseerde blik terwijl Zoe's spervuur aan begroetingen zijn inschatting bevestigde. 'Hallo, Zoe. Ja, iedereen is er. Laat me je even netjes voorstellen.'

Hij begon met de introducties, maar Zoe onderbrak hem vrijwel meteen; haar enthousiasme was niet te beteugelen. 'You're Sarah! Marcus heeft me echt álles over je verteld, al vergat hij te melden hoe knap je bent. Geen wonder dat hij zo zoetsappig deed in zijn mails de laatste tijd!'

Marcus voelde de hitte in zijn nek kruipen. 'Zoe, kunnen we misschien nog een heel klein beetje van mijn waardigheid bewaren?'

'Absoluut niet,' antwoordde zijn zus vrolijk. 'Daar zijn kleine zusjes niet voor. En welke van jullie is Emma? De revalidatie-expert voor renpaarden? Ik heb je aanpak met off-track volbloeden bestudeerd en ik heb ongeveer duizend vragen.'

Emma boog zich naar voren, meteen geboeid door de verwijzing naar haar werk. 'Dat ben ik. En ik hoor graag over jouw lichaamswerk-aanpak voor de overgang na het racen. Ik werk nu met een ruin die symptomen van PTSS laat zien na een ongeluk bij het starthek, en nog een die gediagnosticeerd is met een cornageprobleem, maar ik denk dat het stressgerelateerd is.'

'Oh, fascinerend! Ik had vorig jaar een vergelijkbaar cornagegeval, heb een gecombineerde aanpak ontwikkeld met Masterson-technieken en trauma-geïnformeerde grondwerk...' Zoe begon aan een gedetailleerde uitleg, haar handen expressief bewegend in beeld.

Marcus keek met groeiende amusements om hoe zijn zus en Emma in een razendsnel technisch gesprek vervielen, terwijl de anderen tussen hen in keken als toeschouwers bij een bijzonder snelle tenniswedstrijd. Pip ving zijn blik en vormde met haar lippen 'twee keer zo snel als het geluid' met opgetrokken wenkbrauwen, waardoor hij een lach moest onderdrukken.

'Wacht even,' zei Zoe opeens, terwijl ze weer de hele groep in het vizier nam. 'Ik ben onbeleefd, ik begin meteen over werk. Kate! Jij moet Kate zijn, de dressuurruiter. Marcus zei dat je mikt op kwalificatie voor de volgende Spelen?'

Kate keek verrast dat ze zo rechtstreeks werd aangesproken. 'Daar werk ik naartoe, ja. Mijn merrie Mystery doet het goed op Grand Prix-niveau.'

'Fantastisch! Ik heb met verschillende Olympische dressuurpaarden in Duitsland gewerkt. Zó gevoelig, hè? Het psychologische element in hun training is fascinerend.' Zoe's aandacht verschoof alweer en landde op Pip. 'En jij moet Pip zijn! De kampioensjockey die ponytrainer is geworden. Ik ben dol op je filosofie over het beleren van jonge paarden; Marcus stuurde dat artikel over jou uit de Queensland Equestrian Monthly.'

Pip lachte verrukt, duidelijk gecharmeerd door Zoe's enthousiasme. 'Voormalig jockey, ja, al was ik nooit kampioensniveau. Ik ben veel beter in het terroriseren van kleine kinderen en pony's.'

'Dat betwijfel ik ten zeerste,' kaatste Zoe warm terug. Haar blik viel uiteindelijk op Jemima. 'En jij moet de beroemde Jemima zijn! Je oom Marcus vertelt me dat jij de beste ruiter van jouw leeftijd in heel Australië bent.'

Jemima straalde en ging wat rechter op zitten. 'Ik ga dit jaar naar de Pony Club-kampioenschappen met mijn pony Sparky, en ik heb een nieuwe volbloedmerrie die ik meeneem naar de Ekka!'

'Nou, als ik aankom, moet je me al je rijkunsten laten zien,' beloofde Zoe. 'Ik reken op jou om me alles te leren over Australische pony's.'

'Wanneer kom je precies?' vroeg Sarah, die het gesprek naar praktische zaken leidde. 'Dan kunnen we je kamer voorbereiden.'

Zoe's gezicht lichtte nog verder op, als dat al mogelijk was. 'Ik heb mijn vlucht geboekt over acht weken! Het visum is in behandeling, mijn huur loopt volgende maand af, en ik ben mijn cliënten al aan het overdragen aan andere therapeuten.' Haar uitdrukking werd serieuzer. 'Ik kan je niet zeggen hoe dankbaar ik voor deze kans ben. Na dat artikel en alle tegenreacties... het is moeilijk geweest om hier weer op te bouwen. Ik moest offline blijven. De toetsenbordridders werden me gewoon te veel.'

Marcus voelde een steek van beschermende bezorgdheid voor zijn zus. De controverse rond haar onderzoek had zijn tol geëist, dat wist hij, ook al bagatelliseerde ze het in hun regelmatige gesprekken. 'Wij zijn degenen die dankbaar moeten zijn,' zei hij beslist. 'Jouw vaardigheden zijn precies wat Ridgewater nodig heeft.'

'Absoluut,' stemde Emma vurig in. 'Ik heb minstens vijf paarden die meteen baat zouden hebben bij jouw methode, en ik ken meerdere eigenaren die veel geld betalen om iemand uit Brisbane te laten komen voor vergelijkbaar werk; die zullen dolblij zijn met een therapeut in de buurt.'

'En de kliniek is dolenthousiast dat je het team komt versterken,' voegde Marcus toe. 'Caroline is al van plan om zaken naar je door te verwijzen.'

Zoe glimlachte, met een vleugje kwetsbaarheid die door haar enthousiasme schemerde. 'Het betekent veel om weer ergens bij te horen.'

Ze praatten nog even door, maar er stond nog een tweede gesprek voor vanavond gepland, dus uiteindelijk namen ze met tegenzin warm afscheid van Zoe. Opgelucht dat het goed was gegaan—al was hij ervan overtuigd dat zijn zus genoeg gemeen had met de McKenzie-vrouwen om vriendschap te sluiten—beëindigde Marcus het gesprek.

Kate boog over zijn schouder, haalde de contactlijst op en selecteerde een contact met het label MUM + DAD.

'Ze lopen drie uur achter op ons, dus daar is het laat in de middag,' legde Sarah uit, terwijl ze de tijd checkte.

Na enkele overgangen werd de oproep beantwoord; het scherm liet even een plafondventilator zien voordat het bijstelde en het gebruinde, verweerde gezicht van Jim McKenzie in beeld kwam, die met lichte verwarring in de camera tuurde.

'Doet dat ding het? Ingrid, ik denk dat ik ze heb!' riep hij over zijn schouder, zijn stem met die typische resonantie die Marcus herkende van mannen die hun hele leven buiten hadden gewerkt. 'Ah, daar zijn jullie! Kunnen jullie ons zien?'

De camera wiebelde en stabiliseerde toen, zodat zowel Jim als Ingrid te zien waren aan wat een klein tafeltje in hun camper leek. Zonlicht stroomde door de ramen achter hen naar binnen en zette de ruige schoonheid van het Kimberley-landschap in de verte in het licht.

'Pap! Mam!' vielen de McKenzie-zussen in koor uit, duidelijk verrukt terwijl ze naar het scherm toe bogen.

'Daar zijn onze meisjes,' glunderde Jim, zijn gezicht in blije rimpels. 'En jonge Jemima ook! Hoe is het met mijn lievelingskleindochter?'

'Ik ben jouw enige kleindochter, opa,' merkte Jemima op, waarop iedereen moest lachen.

'Des te meer reden dat jij mijn favoriet bent,' kaatste Jim met een knipoog terug. Zijn blik verschoof naar Marcus, zijn ogen twinkelden van goedmoedigheid. 'En dit moet de beroemde dr. Webb zijn over wie we zoveel hebben gehoord.'

Marcus voelde zich ineens, onverklaarbaar, nerveus, als een puber die voor het eerst de vader van zijn vriendin ontmoet, ondanks dat hij bijna veertig was. 'Aangenaam je te ontmoeten, meneer, mevrouw. Ik heb veel over je beiden gehoord.'

Jim lachte, warm en oprecht. 'Geen "meneer" nodig, jongen. Iemand die Legend redt en Sarah's hart verovert, is familie voor mij.' Zijn uitdrukking werd serieuzer. 'Dat was opmerkelijk werk met die oude hengst. Niet veel dierenartsen zouden aan een operatie onder die omstandigheden beginnen.'

'Het was teamwork,' antwoordde Marcus eerlijk. 'De McKenzie-vrouwen waren buitengewoon.'

'Dat zijn ze meestal,' sprak Ingrid voor het eerst, en hij hoorde een heel lichte zweem van een Zweeds accent, ondanks haar decennia in Australië. Haar blonde haar was in een stijlvolle bob geknipt die een nog altijd opvallend mooi gezicht omlijstte, met Sarah's messcherpe jukbeenderen en Kate's directe blik. 'Maar we begrijpen dat het jouw kunde was die hem heeft gered.'

Marcus voelde Sarah's hand de zijne onder de tafel knijpen, een stille bevestiging. 'Ik ben gewoon dankbaar dat het is gelukt,' zei hij eenvoudig.

'Nou, we hebben eindelijk een dierenarts in de familie,' verklaarde Jim, die met voldoening achteroverleunde. 'Weet je hoeveel jaar ik al wacht tot een van mijn dochters een dierenarts mee naar huis neemt? Had ons een fortuin aan voorrijkosten gescheeld! Ik hoopte stiekem dat één van jullie lesbisch zou blijken en met Caroline zou trouwen!'

'Jim!' berispte Ingrid hem, al glinsterden haar ogen met hetzelfde plezier. 'Dat is nou niet de manier om Marcus te verwelkomen.'

'Nee? Nou, er is ook nog het feit dat Sarah de afgelopen maanden in haar mails gelukkiger klinkt dan ik haar heb gehoord sinds voor het ongeluk,' ging Jim verder, terwijl zijn plagerige toon verzachtte. 'En dat weegt veel zwaarder dan korting op dierenartskosten, al sla ik die ook niet af.'

Marcus wierp Sarah een blik toe; haar wangen waren een beetje rood geworden door haar vaders openhartigheid. De gedachte dat hij aan haar geluk had bijgedragen, vervulde hem met stille trots.

'Ik wist vanaf Sarah's allereerste mail over jou dat jij bijzonder was, Marcus,' zei Ingrid, haar rustige zekerheid glashelder door de verbinding. 'Ze schreef dat je haar had tegengesproken over Legends behandeling, dat je voet bij stuk hield, ook toen zij overstuur was. Dat zei me alles wat ik moest weten.'

'Echt?' vroeg Marcus, oprecht benieuwd.

Ingrid knikte. 'Sarah heeft iemand nodig die sterk genoeg is om haar partner te zijn, niet enkel haar supporter. Iemand die haar aanvult in plaats van alleen maar met haar mee te knikken.' Haar ogen, een paar tinten blauwer dan die van Sarah maar even direct, hielden de zijne vast door het scherm. 'Ik denk dat jij die persoon wel eens zou kunnen zijn.'

Die eenvoudige uitspraak, met zo'n nuchtere zekerheid gebracht, raakte Marcus diep. Hij voelde Sarah's arm tegen de zijne drukken, een stil erkend knikje naar haar moeders inzicht.

'Goed dan,' zei Jim, die het emotionele moment doorbrak met praktische McKenzie-doortastendheid, 'wanneer breng je die zus van jou naar Australië? Ingrid en ik zouden over een maand of drie terug naar het oosten kunnen vliegen voor een korte stop; kunnen we het zo plannen dat we haar ontmoeten.'

Het gesprek boog over naar plannen voor Zoe's komst en de uiteindelijke hereniging wanneer Jim en Ingrid terugkeerden van hun reis. Terwijl het gesprek verder kabbelde, soepel wisselend tussen familie-updates en milde plagerijen, betrapte Marcus zichzelf erop dat hij zich erover verwonderde hoe vanzelfsprekend hij in hun kring was opgenomen. De McKenzies praatten met hem alsof hij er altijd al was geweest, verwezen naar inside jokes, vroegen zijn mening over familiezaken, betrokken hem zonder aarzeling in toekomstplannen.

Toen ze de oproep uiteindelijk beëindigden met de belofte van een echt feest zodra iedereen samen was, zakte Marcus achterover in zijn stoel, omringd door de warme nagloed van familieverbondenheid. Sarah leunde tegen hem aan en liet haar hoofd even op zijn schouder rusten.

'Nou,' zei ze zacht, 'het lijkt erop dat je grondig geadopteerd bent.'

Terwijl de McKenzie-zussen de tafel begonnen af te ruimen en het schema voor morgen bespraken met de vanzelfsprekende routine van een leven lang samen, voelde Marcus hoe de laatste stukjes van zijn nieuwe leven op hun plek vielen. Van de geïsoleerde man die professioneel gerespecteerd maar persoonlijk stuurloos bij

Ridgewater was aangekomen, was hij veranderd in iemand met wortels, verbindingen, een doel. Niet alleen Sarah's partner, maar een volwaardig lid van deze levendige, complexe, geweldige familie.

'Meer kan ik niet wensen,' antwoordde hij, en wist dat het de zuivere waarheid was.

Sarah liet zich in een stoel vallen en strekte haar benen uit over de verweerde planken van de veranda. De dag was lang geweest, vol trainingssessies en papierwerk, maar nu werd ze omringd door de rustige kameraadschap van haar familie. Kate koesterde een mok thee in de schommelstoel, terwijl Emma en Pip een halfslachtig potje kaarten speelden aan het kleine tafeltje. Jemima zat kleermakerszit op een kussen bij Sarah's voeten, verdiept in het vlechten van vriendschapsarmbandjes voor haar aankomende Pony Club-kamp; haar kleine vingers bewogen behendig door de kleurige draadjes.

Het knarsen van banden op grind trok hun aandacht. Sarah ging rechter zitten in haar stoel en herkende het geluid van Marcus' pickup nog voordat hij in zicht kwam. Automatisch krulden haar lippen tot een glimlach; die kleine fladdering van verwachting was er nog steeds, zelfs na maanden samen.

'Dat zal Marcus zijn,' zei ze overbodig, terwijl het voertuig naast het huis parkeerde.

Ze keken toe hoe Marcus uit de pickup stapte, zijn lange gestalte afgetekend tegen het schuine middaglicht. In de ene hand droeg hij zijn tas en in de andere een stapel post. Toen hij de verandatrap naderde, zag Sarah de vermoeide lijnen rond zijn ogen, maar zijn glimlach bleef warm toen die de hare vond.

'Sorry dat ik laat ben,' riep hij, terwijl hij de treden op kwam met de vanzelfsprekendheid van iemand die echt thuis is. 'Ik ben langs de brievenbus gestopt. Aardige oogst vandaag.'

Sarah stond op om hem te ontmoeten, ving zijn snelle kus op en nam de stapel enveloppen aan die hij haar aanreikte. 'Drukke dag?'

'De laatste visite was een heel vieze abces,' bevestigde hij, terwijl hij zijn tas neerzette en de anderen met een knik begroette. 'Ik weet niet of mijn broek ooit nog dezelfde wordt, ik moet ze laten weken. Dit is mijn reserve,' voegde hij eraan toe toen Sarah met een nieuwsgierige blik naar zijn niet-bijzonder-vieze benen keek.

'Heldendaden zoals altijd,' plaagde Pip, terwijl ze een nieuwe hand kaarten deelde. 'Zin om met ons glorieus van Emma te verliezen?'

Marcus lachte, maar zijn ogen bleven op Sarah gericht terwijl zij de post doorbladerde. 'Er zit iets van Transport and Main Roads tussen,' zei hij zacht, zijn toon net genoeg verschuivend om Sarah's volledige aandacht te trekken.

Haar vingers verstarden, en ze peuterde voorzichtig de officiële envelop tussen een catalogus van een voederleverancier en een bankafschrift vandaan. Het regeringswapen sprong streng af tegen het witte papier, dreigend en officieel. Het leek plots stil te worden op de veranda; zelfs de vogels in de jacaranda leken hun avondzang te pauzeren.

'Is dat over de bypass?' vroeg Kate, terwijl ze haar schommelstoel met één voet in beweging zette, een nerveus gebaar dat Sarah van vroeger kende.

Sarah knikte, haar keel onverwacht droog. 'Lijkt er wel op.' Haar handen trilden licht toen ze de zegel brak, zich bewust van haar familie die toekeek, hun gezichten haar eigen spanning weerspiegelend. Marcus ging achter haar stoel staan; zijn kalme aanwezigheid in haar rug bood stille steun. Ze vouwde de brief open en liet haar ogen over de formele taal glijden, op zoek naar het oordeel dat ergens in het bureaucratische proza verscholen lag.

Even vervaagden de woorden voor haar ogen. Toen drong de betekenis langzaam door en voelde ze een glimlach doorbreken als zon na een storm.

'Ze gaan de westelijke route overwegen,' kondigde ze aan, haar stem overslaand. 'Ze laten onderzoeken uitvoeren langs de westelijke grens van het braakliggende struikgewas van de golfclub en de westelijke oever van het meer. Ze verwijzen expliciet naar milieueffectrapportages en het behoud van landbouw als belangrijke factoren.'

De veranda barstte los. Emma en Pip lieten hun kaartspelletje met tweelingkreten van triomf varen; kaarten vlogen terwijl ze opsprongen om te juichen. Kate's schommelstoel kraakte toen ze overeind schoot, een zeldzame, stralende glimlach lichtte haar doorgaans serieuze gezicht op. Jemima veerde van haar kussen, vriendschapsarmbandjes vergeten, en danste opgewonden in rondjes.

'We hebben het voor elkaar!' riep Emma uit en trok Sarah in een felle omhelzing die haar bijna van haar voeten tilde. 'Ze hebben echt geluisterd!'

'Jouw verklaring zal ze hebben overtuigd,' zei Sarah, terwijl ze opkeek naar Marcus, wiens uitdrukking een mengeling van opluchting en trots toonde. 'Al die impactstatistieken en economische prognoses.'

'Het was teamwork,' suste hij, al glansden zijn ogen van voldoening. 'De community-actie die jij op touw hebt gezet, maakte een enorm verschil.'

Jemima trok aan Sarah's mouw, haar blauwe ogen groot van opwinding. 'Betekent dit dat we al onze weides mogen houden? En de rijbaan? En Legends speciale veld?'

Sarah hurkte neer zodat ze op ooghoogte met haar nichtje was, en knikte terwijl ze een blonde lok achter het oor van het kind streek. 'Het is nog niet voorbij, lieverd, maar dit is echt een goed teken. We hebben nog steeds steun uit de gemeenschap nodig voor de definitieve goedkeuring, en er komen meer hoorzittingen.'

'Maar dit is de cruciale stap,' wees Emma erop, terwijl ze de glazen weer vulde met gulle scheuten limonade. 'Ze erkennen dat de oostelijke route een levensvatbaar agrarisch bedrijf zou vernietigen.'

'En dat de westelijke route economisch meer zin heeft,' voegde Pip toe, terwijl ze haar glas weer hief. 'De golfclub zal woest zijn.'

'Dat denk ik eigenlijk niet,' wierp Kate tegen. 'Hun braakliggende struikgewas zal als commerciële voorkant aan de nieuwe weg meer waard zijn.'

Sarah leunde tegen de verandabalustrade en keek naar de levendige gezichten van haar familie terwijl ze de volgende stappen bespraken. De ondergaande zon verguldde alles met warm amberlicht en maakte van het alledaagse een kostbaar tafereel. Marcus ving haar blik te midden van de vrolijke chaos, hief zijn glas in een privétoost die geen woorden nodig had.

'Ik ga Legend naar binnen halen voor de nacht,' zei Sarah na een paar minuten vrolijk gefeest. Het nieuws in de brief verdiende een echt feest, maar nu verlangde ze naar een moment rust. Marcus zette zijn glas neer en stond op om met haar mee te gaan, en samen liepen ze naar de hoog omheinde wei waar Legends markante silhouet bij de afrastering zichtbaar was; zijn krachtige gestalte was onmiskenbaar in het vervagende licht. De oude hengst hief zijn hoofd bij hun nadering, begroette hen met een zacht gehinnik en graasde toen weer verder.

'Ik word nooit moe van het naar hem kijken,' zei Sarah, terwijl ze tegen de verweerde paal leunde. 'Na alles wat hij heeft meegemaakt, heeft hij nog steeds die presence, die waardigheid.'

Marcus knikte, zijn schouder warm tegen de hare. 'Net als zijn mensen.'

De vergelijking deed haar glimlachen. 'Noem je me nou oud en waardig, dr. Webb?'

'Waardig zeker. Al misschien nog niet zo eerbiedwaardig als Legend,' antwoordde hij, met rimpeltjes bij zijn ogen die haar hart nog steeds deden overslaan. 'Kom je even zitten?'

Hij gebaarde naar een omgevallen ironbarkstam die als rustieke bank aan de rand van de wei lag. De plek bood een perfect uitzicht over Ridgewaters glooiende weiden, helemaal tot aan het meer dat in het avondlicht glansde als vloeibaar goud. Ze gingen op het gladde hout zitten, en vanzelf vond Marcus' arm zijn weg om haar schouders.

Een comfortabele stilte daalde neer, gevuld met de omgevingsgeluiden van het erf dat in de avondstand ging: paarden gehinnik in verre weides, eksters die hun schemerlied zongen, de vage stemmen van haar zussen die nog op de veranda aan het vieren waren. Legend kwam dichter bij het hek, blijkbaar geprikkeld door hun stilzitten.

Marcus stak zijn hand uit om de fluwelige neus van de hengst te aaien toen die die over het hek naar hen uitstak. 'Weet je nog mijn eerste dag hier?' vroeg hij. 'Toen je me in de stal ontmoette met die clipboard en die blik waar je kokend water mee had kunnen laten bevriezen?'

Sarah lachte; de herinnering was levendig. 'Ik was vreselijk tegen je. Zo defensief en stekelig.'

'Je was magnifiek,' verbeterde hij haar, en echoot daarmee woorden die hij haar eerder had gezegd, tijdens Legends koliekcrisis. 'Fel in het beschermen van wat je lief is. Het is een van de dingen die ik het meest in je bewonder.'

Ze liet haar hoofd tegen zijn schouder rusten en verwonderde zich over hoe ver ze waren gekomen. Die eerste dag had ze hem met argwaan bekeken: een tijdelijke en bepaald ontoereikende vervanger voor Caroline, die haar zorgvuldig gecontroleerde systemen zou kunnen verstoren. Nu voelde zijn aanwezigheid net zo essentieel voor Ridgewater als het land zelf.

'Dit had ik nooit verwacht,' gaf ze zacht toe. 'Niets van dit alles. Jij, wij, dat het zo... compleet voelt.'

Marcus draaide zich iets naar haar toe, zijn uitdrukking ineens ernstig, al bleven zijn ogen zacht. 'Ik had het ook niet verwacht. Na hoe mijn huwelijk is geëindigd had ik me erbij neergelegd dat ik alleen zou blijven.' Hij pakte haar hand en zijn duim trok cirkels in haar handpalm, een gebaar dat inmiddels vertrouwd en dierbaar was. 'En toen was daar jij, staand in die stal, totaal ongeïmponeerd door mijn staat van dienst en vastbesloten om het op jouw manier te doen.'

'Ik was gemeen,' wierp Sarah tegen.

'Je was een uitdaging,' corrigeerde hij. 'De beste soort. De soort waar je beter van wordt als je haar aangaat.' Zijn vrije hand ging naar zijn jaszak; een lichte nervositeit sloop in zijn bewegingen, wat meteen Sarah's aandacht ving. 'En over uitdagingen gesproken...'

Haar adem stokte toen Marcus een klein fluwelen doosje uit zijn zak haalde; zijn uitdrukking was vol kwetsbaarheid die haar hart deed tuimelen. Hij ging niet op één knie, maakte geen groots gebaar, maar hield het doosje in zijn handpalm en draaide zich volledig naar haar toe op hun gedeelde boomstam-bankje.

'Sarah McKenzie,' begon hij, zijn stem vast ondanks de emotie die ze in zijn ogen zag, 'ik kwam hier naartoe op zoek naar een nieuw begin, naar een plek waar mijn kunde gewaardeerd zou worden zonder politiek of poeha. Wat ik in plaats daarvan vond, was een thuis waarvan ik niet wist dat ik ernaar zocht, en een vrouw die me elke dag uitdaagt om beter te zijn dan ik ben.'

Hij opende het doosje en toonde een ring die de laatste zonnestralen ving: een stevige gouden band met een enkele diamant die verzonken zat in de verdikte bovenkant. Elegant, praktisch en volkomen perfect, net als de man die hem vasthield.

'Ik hou van je,' vervolgde Marcus zachter. 'Je kracht, je toewijding, je occasionele koppigheid, en zelfs je onleesbare handschrift op de stalkaarten.' Zijn poging tot humor werd verraden door de lichte trilling in zijn stem. 'Ik wil samen met jou hier op Ridgewater een leven opbouwen, iets blijvends creëren. Wil je met me trouwen?'

Sarah voelde tranen opwellen, onverwacht maar welkom, als regen na droogte. De vraag hing slechts een hartslag tussen hen in voordat ze antwoordde.'Ja,' zei ze eenvoudig, zonder aarzeling of twijfel. 'Ja, Marcus. Natuurlijk wil ik dat.'Zijn glimlach brak als de dageraad open op zijn gezicht toen hij de ring om haar vinger schoof. Hij paste perfect, opnieuw een bewijs van zijn zorgvuldige oog voor detail. Sarah verwonderde zich over het gewicht: zo licht en toch zo betekenisvol, voordat ze voorover boog om hem te kussen. Zijn armen sloten zich om haar heen, sterk en zeker, inmiddels zo vertrouwd als haar eigen hartslag.Toen ze elkaar eindelijk loslieten, hield Marcus haar dicht bij zich, zijn voorhoofd tegen het hare. 'Ik moet je wel waarschuwen,' murmelde hij, 'dit betekent dat Zoe officieel je schoonzus wordt. Ze zal onuitstaanbaar zelfgenoegzaam zijn over haar voorspelling, dat weet je.'Sarah lachte; de vreugde borrelde op van diep binnenin. 'Ik denk dat ik nog wel één eigenzinnige Webb in de familie aankan.' Ze keek naar de ring, nog steeds een tikje ongelovig. 'Mijn zussen worden gek als ze dit zien.''Ik heb overwogen om Jim om toestemming te vragen, maar ik vond dat een tikje ouderwets voor een vrouw die haar eigen hippische imperium runt,' zei Marcus, terwijl zijn duim een ontsnapte traan van haar wang veegde. 'Bovendien heeft je vader me al verteld dat ik familie was. Ik maak het alleen officieel.'Legend koos dat moment om Marcus een ferme duw tegen zijn schouder te geven, waardoor hij bijna van de stam kieperde. Ze lachten allebei, en de spanning van het moment smolt weg tot iets warms en vertrouwds.'Zelfs Legend keurt het goed,' zei Sarah, terwijl ze de voorpluk van de hengst streelde. 'Al vraagt hij zich waarschijnlijk gewoon af wanneer we hem naar binnen brengen voor zijn avondeten.'Marcus sloeg zijn arm steviger om haar schouders, en zijn uitdrukking werd peinzend terwijl hij over het erf uitkeek. 'Caroline's kleine Marissa zal wat leeftijdsgenootjes nodig hebben om tegen te rijden bij de Pony Club, weet je. Als we erover denken ooit onze eigen familie te beginnen.'Die terloopse verwijzing naar kinderen had haar ooit kunnen afschrikken, een extra kwetsbaarheid die ze zich niet kon permitteren. Nu merkte Sarah dat ze glimlachte bij de gedachte aan een kind met Marcus' donkere krullen en haar vastberaden aard, dat zou leren rijden op een van Legends zachtaardige nazaten.'Ooit,' stemde ze zacht in. 'Maar niet vóór de bruiloft. Mam vergeeft het ons nooit als we haar de kans ontnemen om een échte ceremonie te plannen.'Legends geduld raakte op, en hij pakte de zoom van Sarah's shirt tussen zijn tanden en trok.'Goed, goed!' Lachend kwam ze overeind en hield de halster omhoog die ze had meegenomen. Legend duwde zelf zijn neus erin en wachtte geduldig tot ze hem had vastgemaakt, waarna ze samen terugliepen naar de hengstenstal en Legend zijn avondvoer gaven.'We kunnen het nieuws maar beter gaan delen.' Marcus stootte speels tegen haar schouder en ze glimlachte, terwijl ze nog even checkte of de staldeur goed in het slot zat.'Moet dat? Het wordt druk.'Hij lachte en boog zich voor een kus. 'Ik verheug me er juist op. McKenzie-chaos heeft een speciaal plekje in mijn hart.'Ze glimlachte en pakte zijn hand. 'Je bent knettergek. Maar ik hou toch van je.'Hand in hand liepen ze terug richting het huis, waarvan de ramen nu warm licht gaven tegen het dieper wordende blauw van de avond; daar wachtten hun familie, hun toekomst, en al de uitdagingen en vreugden die bij beide hoorden. Voor hen lag de brede uitgestrektheid van Ridgewater, het land dat ze samen zouden beheren. Sarah kneep in Marcus' hand, voelde de stevige warmte van zijn greep, en het nieuw verwonderende gevoel van de ring aan haar vinger. Opeens kon ze niet wachten om haar zussen te laten zien, hun vreugde te delen. Ze versnelde haar pas, en naast haar lachte Marcus zacht, terwijl hij zijn tred verlengde om haar bij te houden. Hij sloot naadloos bij haar aan, zonder dat ze het hoefde te vragen. Precies zoals hij vanaf het allereerste begin had gedaan.

Hoofdstuk Twintig

Emma spreidde de wedstrijdschema's over Ryans keukeneiland uit, haar vinger gleed langs de pagina terwijl ze data koppelde aan Phoenix' trainingsopbouw. De glanzende paardensportbrochures leken verrassend goed op hun plek tegen het strakke graniet van het aanrechtblad, net zoals zij zich steeds meer thuis begon te voelen in Ryans luxueuze woning aan de golfbaan. Op zijn laptop stond een spreadsheet met mogelijke sponsoropties, weer een manier waarop hij zijn zakelijke inzicht wist te verweven met haar paardenwereld. Nog maar een week na hun triomf op de Ekka, en nu al raakten hun levens vervlochten op manieren die ze nooit voor mogelijk had gehouden.

'Als we in januari meedoen aan de Summer Championship Series, moeten we eerst in Ipswich kwalificeren,' zei ze, terwijl ze een datum in oktober omcirkelde. 'Maar dat geeft ons bijna twee maanden om Phoenix voor te bereiden op de 1,45 m-rubrieken.'

Ryan knikte en typte een notitie. 'En de materiaalkosten voor die wedstrijden? Hebben we nieuwe hindernissen nodig om op die hoogtes te trainen?'

'Ik denk van wel,' zei Emma, die zijn praktische aanpak waardeerde. Ze had haar hele leven tussen paardenmensen gezeten die de technische aspecten van training begrepen, maar de financiële realiteit vaak over het hoofd zagen. Ryans vragen waren verfrissend pragmatisch. 'Pap heeft al een paar jaar niet meer op die hoogte getraind, en bij Sarah lag de grens op 1,40. De meeste van papa's oude staanders zijn aan vervanging toe... maar we kunnen ze van ons eigen hout maken, dat is veel goedkoper dan nieuwe kopen. Er zijn niet veel bedrijven die ze op het formaat maken dat we uiteindelijk nodig zullen hebben.'

'En vervoer? Phoenix reist nu goed, maar het wedstrijdseizoen betekent vaker op pad.'

'We zouden een echte vrachtwagen moeten overwegen,' gaf Emma toe, terwijl ze een lok haar achter haar oor streek. 'Mijn huidige paardentrailer is prima voor lokale shows, maar voor langere afstanden, zeker in de zomerhitte, zit hij veel comfortabeler in iets met betere ventilatie en vering. Kate heeft er een, natuurlijk, maar de kans is groot dat zij ermee weg is met Mystery net als wij hem nodig hebben; ze gaat begin volgend jaar op dressuurtour.'

'Die heb ik al onderzocht,' antwoordde Ryan, terwijl hij op zijn laptop naar een nieuw tabblad klikte. 'Er is een Australisch model met klimaatregeling en een geïntegreerd camerasysteem, zodat je hem tijdens het rijden kunt monitoren.'

Emma boog dichterbij, hun schouders raakten elkaar terwijl ze de specificaties bestudeerde. Zijn bedachtzaamheid verraste haar soms nog steeds, de manier waarop hij behoeften voorzag die zij nog niet eens had uitgesproken. 'Dat zou perfect zijn, vooral voor de nachtelijke ritten naar Sydney later in het jaar.'

Ryan draaide zich naar haar toe; hun nabijheid voelde ineens intiem, ondanks de alledaagse aard van hun gesprek. 'Ik heb met een voerbedrijf gesproken dat interesse heeft in sponsoring,' zei hij. 'Ze lanceren een nieuwe lijn prestatie-supplementen en willen een showpaard met een overtuigend verhaal.'

'Phoenix zou daar zeker voor in aanmerking komen.' Emma glimlachte, denkend aan hoe ver haar geredde volbloed gekomen was. 'Van de slachtwagen naar kampioenlinten in een paar maanden.'

'Precies,' beaamde Ryan, zijn ogen glanzend van enthousiasme. 'Ik heb een voorstel gemaakt waarin ik het revalidatieaspect benadruk. Bedrijven koppelen zich graag aan succesverhalen met een hart. Ze hebben al aangeboden zijn voer voor een jaar te dekken, plus bonussen voor klasseringen op nationaal erkende evenementen.'

Emma schudde ongelovig haar hoofd. 'Je hebt van Phoenix een businesscase gemaakt die echt werkt.'

'Ik zie het liever als het maximaal benutten van middelen om jouw visie te ondersteunen,' corrigeerde Ryan zacht. 'De sponsoring maakt kapitaal vrij om je opvangproject uit te breiden. Win-win.'

Ze pakte haar mok en overwoog zijn woorden. Zijn zakelijke blik had aanvankelijk in strijd geleken met haar benadering van paarden, maar steeds vaker zag ze hoe hun verschillende kwaliteiten elkaar aanvulden. Hij had manieren gevonden om haar dromen duurzamer te maken zonder haar principes geweld aan te doen.

Ryan klapte zijn laptop dicht; zijn uitdrukking verschoof naar iets persoonlijkers. 'Over het maximaal benutten van middelen gesproken,' begon hij, met een vleugje nervositeit in zijn doorgaans zelfverzekerde stem, 'ik zit na te denken over onze woonsituatie.'

Emma's hart sloeg sneller. Ze brachten de meeste nachten samen door, ofwel bij hem thuis of op Ridgewater, waardoor een enigszins vermoeiend heen-en-weer-schema was ontstaan.

'Dit huis is veel te groot voor alleen mij,' ging Ryan verder, terwijl hij wees naar de ruime keuken die uitkwam op een nog royaler leefgedeelte. 'En het is maar vijf minuten van Ridgewater. Wat zou je ervan vinden als jij en Jemima hierheen komen? Echt, bedoel ik.'

De vraag hing tussen hen in, zwaar van betekenis. Emma's gedachten schoten langs de praktische kanten: Jemima's schoolrit, dagelijkse trips om de paarden te checken, de aanpassing voor haar dochter.

'Het is een grote stap,' zei ze voorzichtig, niet van plan het idee af te wijzen, maar wel de complexiteit ervan erkennend. 'Jemima's hele leven speelt zich af op Ridgewater. Ik weet niet hoe ze het vindt om weg van de paarden te wonen, weg van haar tantes.'

'Ze is heus niet weg van hen,' merkte Ryan zacht op. 'We zitten vijf minuten verderop. Ze kan nog steeds elke middag op stal zijn, haar paarden kunnen gewoon daar in de wei blijven. Maar ze zou hier haar eigen slaapkamer hebben, een zwembad in de achtertuin, een echt thuis. En als je aan school denkt: de bus kan net zo goed voor onze poort stoppen als bij Ridgewater om haar 's ochtends op te halen, en ik meld me met alle plezier aan voor de beurtrol voor de middagen.'

Emma knikte langzaam, zijn punten overwegend. 'En mijn werk dan? Ik heb ruimte nodig voor papierwerk, dierenartsdossiers, wedstrijddocumenten...'

Ryan glimlachte, duidelijk voorzien op deze zorg. 'De derde slaapkamer is een perfecte werkkamer voor jou. Er komt ochtendlicht binnen, er zitten ingebouwde planken in, en ik kan een degelijk bureau laten plaatsen dat past bij jouw manier van werken. De studeerkamer beneden blijft mijn plek voor als we allebei thuis werken.'

Zijn zorgvuldige planning raakte haar diep. Hij bood niet alleen zijn huis aan; hij maakte ruimte voor haar leven, haar werk, haar dochter. Toch bleef er aarzeling hangen.

'En als ik 's nachts paarden moet checken? Of als er een noodgeval is?'

'We hebben twee auto's en een golfkar,' antwoordde Ryan simpel. 'Je kunt nog steeds middernachtcontroles doen als dat nodig is. Bovendien wonen Sarah, Kate en Pip nog in het huis, samen met Marcus en Jake, en nu ook Zoe. Tussen hen en de backpackers in de Barakken is er meer dan genoeg bezetting, dat moet je toegeven.'

Emma stond op en liep naar het raam, waar ze uitkeek over de strak onderhouden golfbaan. De praktische obstakels losten op onder Ryans doordachte oplossingen, waardoor alleen haar eigen angsten overbleven om onder ogen te zien. Samenwonen was een verklaring van blijvendheid, van een toekomst bouwen waarin hij in elk aspect van haar leven meedeed.

'Wat als het niet werkt?' vroeg ze zacht, haar diepste zorg hardop uitsprekend. 'Wat als we erachter komen dat we niet samen kunnen wonen?'

Ryan kwam achter haar staan en legde zijn handen licht op haar schouders. 'Dan verzinnen we iets anders,' zei hij. 'Maar Emma, ik vind dat we het onszelf verplicht zijn om het uit te zoeken. Tussen twee plekken heen en weer, het is heerlijk maar uitputtend. Ik wil elke ochtend wakker worden met jou naast me in hetzelfde bed, en Jemima verdient die stabiliteit ook.'

Ze draaide zich naar hem om en zocht de oprechtheid in zijn ogen. Deze man, die ooit de belichaming leek van alles wat ze wantrouwde aan de zakenwereld, was haar partner geworden in de meest ware zin. Hij begreep haar toewijding aan de paarden, steunde haar ambities en, misschien wel het meest wonderbaarlijke, hield van haar dochter alsof het zijn eigen kind was.

'Je hebt gelijk,' zei ze uiteindelijk, terwijl een glimlach door haar onzekerheid brak. 'Laten we het doen. Maar alvast een waarschuwing: we komen met veel modderige laarzen en paardenhaar.'

Opluchting en blijdschap trokken over Ryans gezicht. 'Ik heb al laarzenrekken besteld voor de bijkeuken,' gaf hij grijnzend toe. 'En uitgezocht welke stofzuiger het beste met paardenhaar omgaat. Ik ben volledig voorbereid op de McKenzie-invasie.'

Emma trok hem naar zich toe voor een kus, haar hart vol tot barstens toe. 'Ik had nooit gedacht dat ik iemand zou vinden die begrijpt en accepteert wie ik ben,' fluisterde ze tegen zijn lippen. 'Iemand die de paarden ziet als onderdeel van het pakket, en niet als concurrentie voor mijn aandacht.'

Ryans armen sloten zich steviger om haar heen. 'De paarden zijn deel van wie jij bent,' zei hij eenvoudig. 'Van jou houden betekent van alles houden, inclusief modder en vroege ochtenden.'

Staand in zijn keuken, omringd door wedstrijdschema's en sponsorvoorstellen, voelde Emma de laatste restjes reserve wegsmelten. Ze bouwden samen iets op, een leven dat beide werelden eerde. Phoenix' reis van bange wegloper naar zelfverzekerde atleet leek ineens een metafoor voor haar eigen transformatie: van behoedzame alleenstaande moeder naar een vrouw die moedig genoeg is om deze onverwachte liefde te omarmen.

Emma duwde de keukendeur van het Grote Huis open; de vertrouwde geur van koffie en Pips pompoenscones sloot zich als een warme omhelzing om haar heen. Haar zussen zaten rond de grote houten tafel waar al generaties lang McKenzie-gezinsbesprekingen werden gevoerd: Kate scrolde op haar telefoon, terwijl Sarah facturen sorteerde, en Pip vertelde druk gebarend over een trainingsdoorbraak met een van haar pony's. Zoe zat op een kruk bij het aanrecht, haar wilde krullen ontsnappend aan de vlecht terwijl ze iets vurig uiteenzette. Ze keken allemaal op toen Emma binnenkwam, en ze voelde een golfje zenuwen om het nieuws dat ze kwam brengen.

'Daar is ze,' verklaarde Pip. 'We dachten al dat je permanent bij Ryan was ingetrokken.'

Emma voelde haar wangen warm worden terwijl ze koffie inschonk. 'Eigenlijk is dat waar ik het met jullie over wilde hebben. Jemima is bij Charlotte voor een speelafspraak, dus ik dacht dat dit een goed moment was.'

Sarah legde haar papierwerk weg en richtte zich meteen volledig op Emma. Kate legde haar telefoon neer en zelfs Zoe, normaal nooit stil, hield haar bewegingen in en voelde net als de anderen het gewicht van wat Emma zou zeggen.

'Ryan heeft ons gevraagd om bij hem in te trekken,' zei Emma, die besloot dat openheid de beste aanpak was. 'En ik heb ja gezegd.'

Er viel een moment stilte, waarin Emma de gezichten van haar zussen bestudeerde: Sarah's bedachtzame blik, Kates lichte verrassing, Pips groeiende glimlach. Toen begonnen ze alledrie tegelijk te praten.

'Het werd tijd,' verklaarde Pip, terwijl ze naar nog een koekje reikte. 'Dat constante heen en weer was belachelijk.'

'Heb je aan Jemima's schoolrit gedacht?' vroeg Sarah, zoals altijd praktisch.

'Heeft zijn huis genoeg ruimte voor al je spullen?' vroeg Kate zich af.

Emma lachte en voelde de spanning uit haar schouders wegvloeien. Ze had half weerstand verwacht, een discussie over het doorbreken van McKenzie-tradities of het verlaten van Ridgewater. In plaats daarvan doken ze meteen de logistiek in en accepteerden ze haar besluit met hun kenmerkende nuchterheid.

'Ja, Sarah, we hebben de schoolrun uitgewerkt. Zijn huis is maar vijf minuten hiervandaan en eerlijk gezegd dichter bij haar school dan Ridgewater, en de bus stopt 's ochtends bij de poort. Kate, hij maakt van de derde slaapkamer een kantoor voor mij, en er is een bijkeuken voor al onze laarzen en rijkleding.'

'En een zwembad,' voegde Pip met een knipoog toe. 'Doet niet alsof Jemima niet door het dolle heen is dat ze een zwembad in haar achtertuin krijgt.'

'Ze is behoorlijk enthousiast,' gaf Emma toe, glimlachend om hoe snel haar dochter aan het idee gewend was. 'Al heeft ze Ryan laten beloven dat ze nog steeds elke dag na school naar stal kan.'

'Alsof we onze beste junioramazone zouden laten verdwijnen,' snauwde Sarah plagend, terwijl ze naar de koffiepot reikte. 'Trouwens, ik wil haar houding over oxers bijstellen. Ik zag gisteren op training dat ze de neiging krijgt haar handen te ver naar voren te gooien.'

Emma knikte, dankbaar voor haar zus' blijvende inzet voor Jemima's opleiding. 'Dat zou geweldig zijn. Ryan stelde voor om een formeel schema te maken voor haar rijlessen met ieder van jullie, zodat ze nog steeds profiteert van ieders expertise.'

Kate trok haar wenkbrauwen iets op. 'Dat klinkt wel heel... georganiseerd.'

'Dat is het ook,' gaf Emma toe, haar genegenheid niet verbergend. 'Hij pakt dit precies aan zoals je verwacht, met spreadsheets en efficiëntie-analyses. Maar daaronder wil hij er oprecht voor zorgen dat Jemima niets hoeft in te leveren doordat ze niet meer op Ridgewater woont.'

'Behalve misschien het twijfelachtige genoegen om Zoe om drie uur 's nachts tegen zichzelf te horen praten terwijl ze obscure paardentherapieën onderzoekt,' plaagde Pip, terwijl ze Zoe met haar elleboog aanstootte.

Zoe kwam rechter op haar kruk zitten; haar uitdrukking werd serieuzer dan haar gebruikelijke bezielde enthousiasme. 'Eigenlijk brengt dat mij bij iets wat ik ook graag met jullie wilde bespreken.' Ze haalde diep adem, voor haar woorden weer in hun gebruikelijke rappe tempo stroomden. 'Ik heb besloten permanent vanuit het VK te verhuizen en mijn praktijk hier op Ridgewater te vestigen. Marcus heeft de sponsoring voor mijn werkvisum al geregeld, en de kliniek kan genoeg gedocumenteerde werkuren leveren voor immigratie. Als jullie het tenminste eens zijn.'

Emma voelde een golf van vreugde. Zoe was een onmisbaar deel van hun bedrijf geworden; haar vernieuwende therapieën hadden niet alleen Phoenix, maar ook diverse andere lastige revalidatiedossiers getransformeerd. Het idee dat haar vaardigheden een permanente pijler van Ridgewater zouden worden, was opwindend.

'Zoe, dat is fantastisch nieuws!' riep Emma uit. 'Je kunt mijn kamer nemen!'

'Het huis was toch al te vol,' grapt Pip, al verraadde haar brede glimlach hoe blij ze echt was met Zoe's aankondiging. 'En zo hebben we zowel de familie-dierenarts als de familie-therapeut permanent op het terrein.'

'Belangrijker nog,' viel Sarah in, 'we moeten praten over het inrichten van een echte therapieruimte voor jouw praktijk, Zoe. De kleine schuur achter de binnenbaan laat zich daar prachtig voor verbouwen. Dicht bij de stallen, maar rustig genoeg voor behandelingen.'

Zoe's ogen werden groot. 'Zouden jullie dat doen? Een eigen ruimte creëren?'

'Natuurlijk,' zei Sarah. 'We kunnen goede vloeren leggen, klimaatbeheersing installeren en opslag voor je apparatuur voorzien. Het is een investering in de diensten van Ridgewater. We gaan jouw therapieën als onderdeel van ons revalidatieprogramma aanbieden.'

'En er ook naar prijzen,' voegde Kate zakelijk knikkend toe. 'Jouw expertise verdient een passende vergoeding.'

'Misschien kunnen we nadenken over een paardenzwembad,' ging Emma verder, die warm liep voor het plan. 'En misschien investeren in dat roodlichttherapiesysteem waar je het over had.'

Zoe keek een moment overweldigd door hun enthousiaste plannen. 'Dit had ik niet verwacht... Ik hoopte het, maar dit gaat boven alles...'

'Welkom bij de McKenzies,' lachte Pip, terwijl ze Zoe's schouder kneep. 'Zodra we beslissen dat je familie bent, is verzet zinloos. Voor je het weet ben je opgenomen in de operatie.'

Emma zag hoe Zoe's uitdrukking verschoof van verrassing naar oprechte verbondenheid, dezelfde verandering die ze de afgelopen maanden bij Ryan had gezien. Ridgewater had dat effect op mensen: het trok ze in zijn baan en maakte ze onderdeel van iets dat groter was dan henzelf.

'Dus dan zijn we eruit,' concludeerde Sarah, terwijl ze al een notitieblok naar zich toe trok. 'Emma en Jemima verhuizen naar Ryan, Zoe neemt Emma's kamer, en we bouwen de kleine schuur om tot therapiecentrum. We houden Jemima's kamer, voor logeerpartijen,' voegde ze er terzijde aan toe, waarna ze naar Pip grijnsde. 'Nu hoeft alleen Pip nog te besluiten om bij Jake te gaan wonen, in plaats van te doen alsof ze niet vijf nachten per week bij hem in de stad slaapt.'

Pip proestte in haar koffie, terwijl de anderen in lachen uitbarstten. Emma voelde een golf van dankbaarheid over zich heen spoelen: voor deze steunende chaos van zussen en gevonden familie, voor hun makkelijke acceptatie van verandering terwijl ze hun onderlinge verbondenheid stevig vasthielden.

'Op nieuwe beginnen,' stelde Kate voor, terwijl ze haar koffiemok hief voor een toast.

'En oude fundamenten,' vulde Emma aan, denkend aan hoe Ridgewater hun anker bleef, ook nu hun levens eromheen bleven veranderen.

Vijf mokken tikten tegen elkaar in de warme keuken, een eenvoudig ritueel dat de voortzetting van de McKenzie-erfenis markeerde door al haar aanpassingen en uitbreidingen heen. Ridgewater, bedacht Emma, was altijd meer over de mensen geweest dan over de plek; een waarheid die maakte dat haar besluit om te verhuizen minder voelde als weggaan en meer als het uitbreiden van de grenzen om Ryans huis binnen zijn sfeer te brengen.

Ryan leunde tegen de reling van Ridgewaters springpiste en keek zonder schroomse bewondering toe hoe Emma Phoenix door een complexe reeks wendingen en aanrijroutes leidde. Zelfs voor zijn inmiddels geoefende oog was de harmonie tussen paard en ruiter uitzonderlijk; elke subtiele gewichtsverplaatsing van Emma leverde een directe reactie op van de krachtige volbloed onder haar. Naast hem stond Jemima op de onderste plank van het hek; haar kleine handen klemden de bovenbalk vast terwijl ze de bewegingen van haar moeder volgde met het kritische oog van een jonge amazone die al diep ingevoerd was in de technische aspecten van de sport.

'Ze vraagt hem nu te verzamelen,' vertelde Jemima, met de autoriteit van iemand die ingewijde kennis deelt. 'Zie je hoe zijn pas korter maar veerkrachtiger wordt? Dat is zodat hij power heeft voor de grote oxer.'

Ryan knikte, nog steeds verbaasd over hoeveel hij had geleerd in de maanden sinds Phoenix door het hek van zijn golfbaan was gedenderd. Wat ooit leek op een vrouw die simpelweg op een rennend paard zat, bleek nu een ingewikkelde dans van communicatie en wederzijds vertrouwen.

'Daar gaan ze,' mompelde hij, terwijl Emma Phoenix naar de imposante sprong leidde die ze had opgebouwd. Met 1,50 m was die niet veel lager dan Emma zelf; de breedte vereiste niet alleen hoogte, maar ook flink veel vermogen van het paard. Phoenix verzamelde zich, zijn krachtige achterhand katapulteerde hem in een boog die de zwaartekracht bijna tartte. Emma's lichaam bewoog in perfecte synchronisatie mee, vouwde zich naar voren over zijn hals op het hoogste punt en gleed bij de landing weer naadloos in het zadel, bijna geluidloos aan de overkant.

'Ja!' Jemima pompte haar vuist. 'Dat noemen we "ruimte over"! Hij had makkelijk nog twintig centimeter hoger gekund.'

Trots zwol op in Ryans borst, niet alleen op het paard waarvan hij de revalidatie had meegemaakt, maar ook op de vrouw wier vakmanschap en geduld het mogelijk hadden gemaakt. Elke dag bracht nieuwe bewondering voor Emma's veelzijdige talenten. Hij wist dat ze goed was, maar haar deze Grand Prix-hoogtes zien aanpakken, onthulde een niveau van expertise dat hij nog niet volledig had doorgrond.

'Je mum is echt bijzonder,' zei hij tegen Jemima, terwijl hij haar blonde haar liefdevol in de war woelde.

'Ze is de beste,' bevestigde Jemima met de onwankelbare zekerheid van een achtjarige. 'Phoenix was zó bang toen hij kwam, maar mam gaf nooit op. Dat is wat ze doet, weet je. Ze maakt paarden beter waar iedereen anders het opgeeft.'

Ryan glimlachte om die scherpe observatie. 'En mensen soms ook,' voegde hij zacht toe, denkend aan hoe Emma langzaam zijn corporateschild had weggevijld en hem een andere manier had laten zien om succes en vervulling te meten.

'Zoals jij?' vroeg Jemima onschuldig, terwijl ze haar hoofd schuin hield om zijn gezicht te bestuderen. 'Was jij kapot?'

De vraag overviel hem door haar scherpzinnigheid. 'Niet kapot,' antwoordde hij behoedzaam. 'Gewoon... incompleet. Gefocust op de verkeerde dingen.'

Jemima knikte wijs. 'Dat zegt tante Pip over paarden die van de koers komen. Ze zijn niet kapot, ze hebben gewoon nooit geleerd dat er meer is in het leven dan heel hard rondjes rennen.'

Ryan lachte, opnieuw getroffen door de wijsheid die bij de McKenzie-vrouwen, ongeacht hun leeftijd, vanzelf leek te komen. Hij en Jemima waren zo verdiept in het kijken naar Emma's volgende aanrijding, dat ze de taxi die achter het huis stopte niet zagen, noch het stel dat uitstapte, hun bagage pakte en na een korte aarzeling richting de piste liep in plaats van het huis binnen te gaan.

Emma en Phoenix namen nog een indrukwekkende lijntje, ditmaal een triple die nauwkeurig uitstappen tussen de elementen vereiste. Ryan wilde net iets zeggen over hun prestatie, toen Jemima plotseling naast hem naar adem hapte.

'Opa! Oma!' gilde ze, waarna ze van het hek klauterde en met de ongeremde uitbundigheid die alleen kinderen kennen op de naderende figuren af stoof.

Ryan draaide zich om, en zijn maag maakte een nerveuze flip toen hij Jim en Ingrid McKenzie herkende. Hij had hun foto's natuurlijk gezien, trots uitgestald door het hele Grote Huis, maar niets had hem voorbereid op een ontmoeting in levenden lijve, laat staan zonder waarschuwing. Jim, nog steeds recht als een kaars ondanks zijn zeventig jaar, was blijven staan, zijn blik vastgeklonken op de piste waar Emma nietsvermoedend volledig geconcentreerd was op Phoenix' training.

'Mijn hemel,' riep Jim uit, waarbij op zijn verweerde gezicht schok en iets anders te lezen viel... respect misschien, of trots. 'Is dat Emma die dat paard over een meter vijftig zet? Wanneer is dát gebeurd?'

Jemima botste tegen het stevige lijf van haar grootvader, die bijna achteruit stapte toen ze haar armen om zijn middel sloeg. 'Phoenix is geweldig, opa! Hij heeft de OTTB-showcase op de Ekka gewonnen en nu traint mam hem voor de Grand Prix en ze krijgen sponsors en alles!'

Ingrid, lang en elegant met haar platinablonde haar in een stijlvolle korte coupe, boog om haar kleindochter te omhelzen terwijl ze haar blik op de piste hield. 'Zo, zo,' zei ze, met slechts een zweem van een Zweedse tongval. 'Het lijkt erop dat we tijdens onze reizen heel wat gemist hebben.'

In de piste had Emma de nieuwkomers eindelijk opgemerkt. Ze hield Phoenix in, haar gezicht toonde eerst verbazing en brak toen open in een blije glimlach. Ze sprong snel af, pakte de teugels en leidde Phoenix in vlot tempo richting hek.

Ryan voelde zich aan de grond genageld, zich ineens pijnlijk bewust van zijn casual kleding, de modderspatten op zijn laarzen, het totale gebrek aan voorbereiding voor deze cruciale ontmoeting. Emma had gezegd dat haar ouders op tijd voor Sarah's bruiloft naar huis zouden vliegen, maar dat was pas over een week.

'Mam! Pap!' riep Emma, haar stem een mengeling van verrassing en vreugde, terwijl ze naderde met Phoenix braaf achter haar. 'Ik wist niet dat jullie vandaag aankwamen!'

Ryan dwong zichzelf in beweging en probeerde een zelfvertrouwen uit te stralen dat hij beslist niet voelde. De ouders ontmoeten is in elke relatie zenuwslopend, maar als die ouders Olympische ruiters waren die een familielijn hadden opgebouwd, waren de inzet ineens een stuk hoger.

Voordat hij hen kon bereiken, greep Jemima zijn hand en trok hem met verrassende kracht voor iemand zo klein naar voren. 'Opa, oma, dit is mijn nieuwe papa, Ryan!' kondigde ze zonder filter aan.

Ryan voelde de wereld even stilstaan. Nieuwe papa. De woorden hingen in de lucht, prachtig en angstaanjagend tegelijk in hun implicaties. Emma stokte halverwege haar stap; haar ogen werden groot bij de uitspraak van haar dochter. Zelfs Phoenix leek de plotselinge spanning te voelen; zijn oren schoten nieuwsgierig naar voren.

Jim McKenzie's blik ging van zijn kleindochter naar Ryan; hij mat hem met een taxerende oogopslag die alles leek te registreren, van zijn stadse kapsel tot zijn inmiddels geoefende manier om naast een paard te staan zonder angst te tonen. De uitdrukking van de oudere man was ondoorgrondelijk, een pokerface gevormd door decennia van paardenhandel en competitie.

'Dus jij bent die kerel van de golfbaan,' zei Jim uiteindelijk, zonder dat zijn toon iets prijsgaf. 'Degene die mijn dochter er eindelijk toe brengt om te laten zien wat ze over de grote hoge sprongen kan.'

Ryan slikte en stak zijn hand uit. 'Ryan Wardell, meneer. Het is een eer je beiden te ontmoeten. Ik heb zoveel over je gehoord.'

Jims handdruk was stevig maar niet uitdagen; in Ryans ogen een goed teken. De oudere man draaide zich weer naar Phoenix, die rustig naast Emma stond, zijn vroegere angst voor vreemden inmiddels verleden tijd.

'Dat paard heeft Olympisch potentieel,' merkte Jim op, terwijl zijn geoefende oog de bouw en uitstraling van de volbloed opnam. 'Vermogen te over, en nu ook de juiste instelling, als ik het zo zie. Met het juiste trainingsprogramma...'

Ingrid stootte haar man speels met haar elleboog aan. 'James McKenzie, jij bent veel te oud voor wat je nu denkt. Jouw wedstrijdtijd is voorbij.'

Jim lachte; het klonk als een diepe grom. 'Je kunt een man zijn dromen niet kwalijk nemen, Inga. Maar je hebt gelijk.' Hij keek naar Emma, en zijn uitdrukking verzachtte. 'Het is nu jouw tijd, Em. Al kan ik je nog wel een paar trucjes leren voor die krappe wendingen, als je interesse hebt.'

Emma's gezicht vulde zich met opluchting en blijdschap. 'Dat lijkt me heel fijn, pap.'

Ryan voelde een deel van zijn spanning wegvallen toen Ingrid naar voren stapte en hem hartelijk omhelsde, alsof ze al familie waren. 'Dus jij bent degene die onze Emma weer heeft laten lachen,' zei ze, haar blauwe ogen twinkelend. 'En haar heeft overgehaald om eindelijk haar eigen wedstrijdambities na te jagen, in plaats van altijd iedereen voorrang te geven.'

'Daar kan ik geen eer voor opeisen,' antwoordde Ryan eerlijk. 'Ze heeft altijd het talent en de drive gehad. Ik heb alleen geholpen met wat praktische zaken.'

Jim grinnikte en gaf Ryan een klap op zijn schouder, met een kracht waardoor hij bijna wankelde. 'Nog bescheiden ook. Je zult het goed doen bij de McKenzies, jongen. Wij lopen niet te koop met onszelf, ondanks wat sommigen in de paardensport misschien zeggen.'

'Nou, het lijkt erop dat we ons moment perfect hebben gekozen om het nieuwste lid van de familie te ontmoeten.' Ingrid liet haar warme blik heen en weer gaan tussen Ryan en Jemima, die zijn hand nog steeds bezitterig vasthield.

'Het nieuwste lid, we hebben Marcus en Jake trouwens ook nog niet ontmoet,' corrigeerde Jim, terwijl hij Phoenix' glanzende hals streelde. 'Ik snap wel waarom deze knaap ieders hart heeft veroverd. Doet me denken aan mijn Lady in haar topjaren, hetzelfde scherpe oog.'

Terwijl de familie gemakkelijk in gesprek raakte over paarden en de trouwwerken, voelde Ryan een diep gevoel van thuishoren over zich heen komen. Jemima's spontane introductie zorgde allerminst voor ongemak; ze had gewoon hardop gemaakt wat ze al aan het worden waren: een familie, misschien onconventioneel, maar er niet minder echt om.

Het gelach van de McKenzies steeg warm en allesomvattend om hem heen op, terwijl Jim verhalen vertelde over hun reizen en Ingrid zich druk maakte om hoeveel Jemima gegroeid was sinds vorige kerst. Phoenix rustte op een achterhoef en dommelde ontspannen naast hen weg, zijn donkere hoofd tevreden laag; het laatste stukje van de onwaarschijnlijke puzzel die hen allemaal bij elkaar had gebracht.

Emma's ananasjam

INGREDIËNTEN

1 grote, rijpe ananas
Een stukje verse gember van 1 cm, geschild en geraspt
Kristalsuiker – zie de bereidingswijze voor de hoeveelheid
Sap van 1 limoen
1 theelepel kaneel
Snufje nootmuskaat

BEREIDINGSWIJZE

Schil en ontkern de ananas en snijd hem in ringen. Doe de stukken in een blender en mix kort tot de grootste stukken weg zijn, maar het nog geen gladde puree is.

Meet hoeveel ananaspulp je hebt. Je hebt **de helft van dit volume aan suiker** nodig – heb je bijvoorbeeld 3 kopjes ananas, dan gebruik je 1½ kopje suiker.

Doe de gemixte ananas in de kom van een slowcooker en voeg de overige ingrediënten toe.

Zet de slowcooker op **HOOG** en laat 4 uur koken, roer elk uur even door.

Zodra het mengsel zichtbaar begint in te dikken, is het klaar; het stijft nog verder op tijdens het afkoelen.

Giet de jam in steriele potten en bewaar in de koelkast. Dit recept levert maar 1–2 potten op, afhankelijk van de grootte, maar het is het lekkerst om in kleine hoeveelheden te maken.

Heerlijk zoet of hartig; probeer het eens met kaas en crackers!

VARIATIES

Citrusmix: Voeg de rasp van één sinaasappel toe samen met het limoensap voor een frisse, citrusachtige twist.

Tropische mix: Roer in het laatste uur van de kooktijd ½ kopje fijn gesneden mango of passievruchtpulp erdoor voor een tropische fruitblend.

Pittige chutney-kick: Als je van pit en een beetje hitte houdt, verdubbel dan de hoeveelheid geraspte gember en voeg 1–2 rode chilipepers zonder zaadjes, fijngehakt, toe.

*Nu beloof ik je: er komt ook een recept voor Kates o-zo-verleidelijke macadamiaproteinrepen en Zoe's magische bananenbrood... maar daarvoor moet je **De Amazones van Ridgewater** blijven lezen!*

De Amazones van Ridgewater – waar passie en purpose samenkomen en elk einde een nieuw begin is

Soms worden de grootste gevechten het dichtst bij huis uitgevochten.

Wanneer de overheid van Queensland dreigt Manege Ridgewater te vernietigen met een nieuwe bypass, staan de McKenzie-zussen en hun gekozen familie voor de strijd van hun leven. Maar soms komt redding uit de meest onverwachte hoek: de vervangende dierenarts die Sarah's behoefte aan controle uitdaagt, de politieagent die Pips expertise waardeert, de opgebrande corporate die in Emma's helende handen gelooft, de teruggetrokken auteur die Kate's onverwachte muze wordt, en de cynische journalist die Zoe helpt het onredbare te redden.

Van spoedoperaties bij hun prijsdekhengst tot interstate onderzoeken naar gestolen paarden, van olympische dromen tot het revalideren van getraumatiseerde dieren: deze koppels smeden partnerschappen die in crisistijd worden getest en door een gedeeld doel alleen maar sterker worden. In een wereld waar mens en paard elkaar helen, overwint liefde niet alleen alles – ze verandert alles.

Andere boeken van Caitlyn Lynch

De Verloren Australiërs

Het Meisje in de beek
   Het Meisje op het jacht
   Het Meisje in het herenhuis

De Reddingsrangers – Eliteromantic-suspense vol actie en Special Forces-helden

Gered door de ranger
De thuiskomst van de ranger
De missie van de ranger
Het bloed van de ranger
Ranger Vuur (exclusief voor nieuwsbriefabonnees)

De Amazones van Ridgewater – In het hart van Australië: moedige vrouwen en onvergetelijke paarden

Vertrouw op je pad
Barrières doorbreken
Balans vinden
Geschreven in de sterren
Kerstmis op Ridgewater

Tropische ontsnapping – 7 vrolijke, flirterige tropische romans!

Een bieuw begin op het Rif
De onverwachte miljardair
Foute bruiloft, echte liefde
Op laag luur
Hartstocht in de ring
Liefde in beeld
Liefde in de praktijk

Op zichzelf staande romans

Liefde in de scrum – Een liefdesroman over een rugbyspeler en een rockzangeres
Als wensen paarden waren - Een Ierse romance

Ontdek alle publicaties van Shenanigans Press op onze websitehttps://www.shenaniganspress.com/nl!

Of volg ons op sociale media; we zijn te vinden op Facebook en Instagram.

En vergeet je niet in te schrijven voor onze nieuwsbrief om op de hoogte te blijven van nieuwe uitgaven, acties, winacties en meer!